EBRO 1938

La Batalla de la Tierra Alta

EBRO 1938

La Batalla de la Tierra Alta

RUBÉN GARCÍA CEBOLLERO

nowtilus

Colección: Novela Histórica
www.nowtilus.com

Título: Ebro 1938
Autor: © Rubén García Cebollero

Copyright de la presente edición © 2009 Ediciones Nowtilus S. L.
Doña Juana I de Castilla 44, 3°C, 28027 Madrid
www.nowtilus.com

Editor: Santos Rodríguez
Coordinador editorial: José Luis Torres Vitolas

Diseño y realización de cubiertas: Opalworks
Diseño del interior de la colección: JLTV
Maquetación: Claudia R.

ISBN 13: 978-84-9763-717-6
Fecha de publicación: Octubre 2009

Printed in Spain
Imprime: Gráficas Díaz
Depósito legal: BI-2428-09

Si me quieres escribir
ya sabes mi paradero
en el frente de Gandesa
primera línea de fuego

Índice

1

Nos preparamos

Pocas veces en la Historia una operación militar de tales proporciones se ha preparado en secreto. Ni siquiera yo lo supe, a pesar de que muchos mandos de las tropas que intervinieron eran de la JSU o de que tío Pachi, jefe de Ingenieros en el Estado Mayor, desempeñó un papel decisivo en los preparativos para el paso del río.

Derrotas y esperanzas
Manuel Azcárate

Muchos años después, tras el retorno de su exilio forzoso, el general Vicente Rojo si sabrá qué precio se pagó por la batalla. Antes de abrir la puerta de entrada al Consejo, durante el año 1938, nada sabe sobre quiénes conviven en medio de estos días turbulentos.

Uno nunca sabe su precio hasta que se lo aciertan. Ni hasta qué punto ama algo hasta haberlo perdido. Con los republicanos combaten Basilio Perich, Pedro Hernández, Pablo Uriguen, Diego Zaldívar, Maik O'Donnell Berger, el alemán Ulrich, el polaco Jerzy y tantos otros, lejos de la Barcelona que habita Carmela Miró. Con los sublevados, el requeté Josep Camps, el falangista Andrés Muro, los legionarios Sebastián Ortiz e Isidoro Carmona y tantos otros, lejos del Madrid que habita Elena Domínguez.

Antes de abrir la puerta, de entrada al Consejo, Vicente Rojo desconoce el rostro del soldado Pedro que se embotará entre las aguas del Segre y las del Ebro. Nada sabe del pontonero Roque y su natal pueblecito de Angüés; de la bala que le perforará un ojo al enlace, brigadista internacional, Ulrich durante la segunda gran guerra; ni del dolor de Basilio por su muerta mujer y su fenecido vástago en el bombardeo de Granollers; nada sabe del Mudo, el *Napias*, el *Chichas*, el *Manolo*, de Diego o de Ryan.

Las tropas avanzarán tras cruzar el río. Avanzarán hasta Gandesa. Las crestas de Pándols se teñirán de sangre. Será infernal agosto frente a Vilalba. Corbera caerá mientras Franco contempla desde lejos su caída. Se luchará por el cruce de Camposines. Llegarán las lluvias de septiembre. Se firmará el pacto de Munich. Se luchará en Cavalls. Se despedirá a las Brigadas Internacionales. Se morirá en San Marcos. Vendrán la retirada y el exilio, los lustros del Caudillo y su régimen, la represión y el silencio. En palabras del poeta León Felipe: «el principio del éxodo y el llanto.»

Antes de abrir la puerta, con su discurso de academia meditado, el general Rojo recuerda, cuando era comandante de Infantería, su parlamento con Moscardó en el Alcázar, quien rechaza entregarlo. Habla con oficiales y amigos, reparte cigarrillos, rememora sus clases como profesor de táctica en la Academia, donde estuvo diez años, a quienes hubiera gustado que él dijera que «me quedaría con vosotros si tuviera valor para sacrificar a mi mujer y a mis hijos. Si yo me quedo —les dice—, esta noche serán asesinados en Madrid.»

Rojo quiso decirle a Emilio Alamán que le escribiría una carta, que no sabemos si envió, que los leales al Gobierno republicano no estaban sometidos a ideología alguna, ni a demagogia, postrados, invadidos o hambrientos. No vivían bajo el tirano terror de la anarquía, el comunismo o la masonería, pues él llevaba también en su pecho un crucifijo cristiano y era querido y respetado por aquellos a los que, los rebeldes, califican de «hordas de incendiarios asesinos», que solo sabían matar católicos y pintar tranvías. Rojo se sentía en el bando de la libertad frente al bando del miedo.

Años después el Juzgado Especial para los delitos de Espionaje y Comunismo le procesará por el delito de rebelión militar, por no haberse rebelado contra el Gobierno legítimo de la Segunda República. La vida es una paradoja. Así como él había propuesto a sus alumnos de promoción, en la Escuela Superior de Guerra, pasar el Ebro, para establecerse en la ruta Reus-Granadella, ahora la vida lo pone a él a ejecutar el paso táctico del río.

Aunque Rojo sabía que sus hombres amaban el peligro y lo difícil, quizá lo imposible, un valor reconocido incluso por Yagüe en un discurso en Burgos que le valió un arresto cuando acabaron las operaciones de Balaguer, y cuando entregó el proyecto del paso, el 5 de junio, lo veía de una forma muy diferente a ahora. El agregado ruso, Maximov, dio el visto bueno y después dijo que el paso del Ebro iba a ser un fracaso. Rojo pidió a Negrín ser relevado del cargo, y marchar a cualquier lugar en cualquier frente, pero no fue así. Aunque les fallara la aviación y el armamento, aunque se indignase, aunque volviera a poner su cargo a disposición el 30 de junio, Rojo sabía que con Franco no habría ni paz, ni piedad, ni perdón; sabía que sus hombres lucharían por defender las libertades de su pueblo, la dignidad patriótica; que su infantería sería como la de los Tercios que en Rocroi, según Bousset, eran muros que tenían la virtud de reparar sus brechas.

Solo Negrín desea esta ofensiva. Rojo ha llegado a afirmar, con la boca pequeña, que piensa asistir como turista. Serán Modesto Guilloto y Líster quienes lleven el peso de tan cruel campaña. El general respira hondo antes de comparecer ante el Consejo de Guerra de la República. No desea que el Ebro sean unas Termópilas, aunque exista una posible Salamina.

Un tenue haz ilumina las tres rojas estrellas y la espada, contra la funda en equis, de su distintivo. Viernes, por la mañana, 24 de junio del 38. Etapa final de un plan que lleva casi tres meses de preparación. En mayo la compañía de fortificaciones y obras del Ejército del Ebro construye el observatorio de campaña, en la Mola de Sant Pau de la Figuera. Una estratégica trinchera con capa de hormigón, camuflaje, mirillas, estructura de raíl, una te con vigas y una capa vegetal sobre el hormigón. Los comandos han ido acumulando la información precisa. Desde el observatorio se divisan el valle del Ebro, la sierra de Cavalls, la de Pándols, y muchas cotas más de la ofensiva.

El general, apolítico y bueno, cristiano y español, ante el Consejo, propone atacar al Ejército rebelde en el sector del Ebro, casi a cien kilómetros del mar, en una zona defendida tan solo por una bisoña división. El objetivo es aliviar Levante, unir las dos zonas gubernamentales, y amenazar las comunicaciones facciosas en dicho frente para detener su acción. «Podríamos llegar a Maella, Calaceite o Vinarós» —afirma.

«Ellos nos lo hicieron por Quinto —señala Rojo al Consejo—. Ahora nos toca cruzar el río y aliviar la presión sobre Valencia, Almadén y Sagunto.»

Faltan los puentes que se han de construir en Cataluña y que no se pueden importar.

El trabajo con la tropa es intenso desde mayo. A finales de abril cada unidad y servicio efectúa ya ejercicios para cruzar el río. Aprenden a remar, nadar, combatir y ejecutar marchas nocturnas.

Del Ebro se analizan los lugares de paso, concentración de tropas y material, camuflaje, y emplazamiento de la artillería para que, llegada la hora, las fuerzas, las barcas y los puentes estén listos y el enemigo ni lo intuya.

Pedro Hernandez es un buen nadador, minero de la costa murciana, con buen pulso y puntería con el fusil.

Rompe el silencio un sapo rechoncho, con ojos prominentes y puntual pupila recelosa, de aspecto oliváceo, diminutas marcas oscuras y verdosas, y una aguda y oclusiva llamada pu, pu, pu, que finaliza cuando Pedro encuentra su refugio y lo elimina.

Las libélulas y los saltamontes callan. Una verdosa culebra bastarda, de grandes y amarillos ojos e incisiva mirada, reacciona con fuertes silbidos, que repite hasta que Pedro la estrangula sin dejar que le muerda, pues su mordedura, aunque no mortal, entumece, provoca rigidez, hinchazón o hasta fiebre durante algunas horas.

Acude a su memoria Carmen, su mujer, quien siempre le advertía: «¡Ay, cariño! Abre el ojo y no el del culo. Amigo no hay más amigo, que el más amigo la pega. Amigo no hay más amigo que un duro en la faldriquera.»

El general Vicente Rojo, con sus gafas circulares, su escaso bigote superior, sus entradas pronunciadas y sus grandes ojos, piensa en las intenciones de Companys, lograr una Cataluña independiente con la positiva mediación extranjera, y para ello la ofensiva del Ebro debe alcanzar la línea de trincheras que el Consell de Defensa de la Generalitat construyó en el 36, la del río Algars, los límites territoriales catalanes a la espera de una negociada solución internacional. Le hagan o no a él ministro de Defensa de ese posible futuro estado, quizá algún día alguien encuentre entre sus testamentarios legajos parte de las palabras con las que la ofensiva se fraguó.

El proyecto de operaciones de 5 de junio por fin tiene fecha. Ha llegado el día D y con arreglo a las directrices 1 y 3 que él ha escrito con su puño y letra, por orden del ministro de Defensa Nacional, el ataque se desencadenará durante la madrugada del 24 al 25 de julio, el día de Santiago.

Pedro Hernández se alista, semanas antes de la ofensiva, en el comando donde está Francisco Pérez López, quien tiempo después publicará los hechos en su diario de guerra.

—Siempre me toca a mí hacer de guardia civil —reniega Pedro.

—A alguien ha de tocarle —sonríe Francisco.

Con unos camiones katiuskas los acercan hasta un convento abandonado, cerca de un pueblo deshabitado donde los cerdos, cabras, pollos y conejos campan a sus anchas. Cargan un par de mulos y un burro, y suben hasta el convento abandonado, repleto de aceite de oliva, sacos de arroz, judías y guisantes. Las bodegas rebosan vino y jamón. Desde la cima vigilan el movimiento de las tropas, las armas y la artillería. A diario se aprovisionan de agua mediante una patrulla que, del pueblo abandonado, sube cebollitas, tomates, patatas, rábanos, lechuga y cerezas. Durante tres semanas exploran la región. Logran un par de prisioneros que acabarán yendo a Barcelona. Cruzan el río cada atardecer.

Se enfrentan a los tabores marroquíes, acuchillan centinelas, lanzan granadas y si pueden, regresan con ocho o diez prisioneros. Disparan al recibir el alto; si el enemigo los coge se ensaña arrancándoles las cabezas y empalándolos en los postes de sus tiendas de campaña.

Somos tres grupos de vigilancia. Una noche sorprendemos a los moros, algunos tocan la flauta, otros duermen casi desnudos. Pasamos entre los centinelas que pasean charlando arriba y abajo y en medio del campo empezamos a lanzar granadas. Los centinelas han sido asesinados. Los demás corren en todas direcciones, desarmados. Los masacramos con las dagas. Solo cuatro soldados andaluces quedan con vida. Cargamos las armas capturadas y regresamos. El enemigo dispara a nuestra espalda desde todas partes. Repasamos el río por los pelos. Llueven pepinos de mortero sobre el agua y las balas de las ametralladoras susurran rata-ta-tá y hieren a un americano. Lo ponemos a cubierto. En la otra orilla quedan los legionarios, marroquíes, algunos boinas rojas o carlistas y algún guardia civil. Disparan a los que intentan cruzar. Acuden los tanques.

Los días posteriores nos escondemos en las bodegas con el jamón y el vino. La artillería nos visita.

Volvemos a la retaguardia donde los franco-belgas continúan fumando sus Gauloises. Y algunas noches cantan y bailan y beben.

Roque Esparza tiene las manos huesudas y grandes, el pelo ondulado, los pies enormes, los ojos saltones y líquidos, el cuerpo desgarbado y ancho. Es bromista, piadoso, caritativo, imaginativo, de lento hablar y tranquilo pensar, y cree que no vale la pena meter las narices donde no le importa. Pone su mano sobre su gorro frigio y contempla silencioso el río.

En hay piazos que dan que pensar, reflexionará. Con adobe, vendimia, lagar, ascuas y breñas rondando por su cabeza. Para cuenta, to quisqui y hala, a cascarla. ¡Santa Bárbara bendita! Y sin ir a rondar a las mozas del lugar.

Roque Esparza es largo de piernas, fuerte de brazos, ancho de espaldas, amplio de pies y manos; de cráneo voluminoso, cabeza de silueta rectangular, negro y cepillado pelo, nariz chata, mentón corto, orejas grandes, más tozudo que una mula, más cumplido que un luto, con voz grave, tranquila y un deje aragonés no en exceso marcado.

Angüés huele a tierra seca, a grillo, a sudor y rastrojo de polvorientos caminos, vides y trigales.

Angüés es un pueblo sencillo, casi llano, que está siempre de paso a alguna parte y en el que pocos viven desde siempre. Por un lado lleva a Siétamo y a Huesca, de forma vertical, y por otro, de forma horizontal, lleva a Bespén, o a Junzano y a Casbas. Más adelante, a Torres de Monte y Pueyo de Fañanas.

Las bandadas de palomos sobrevuelan la iglesia, visitan el campanario y describen vuelos sobre algunos pajares que aún esconden recuerdos de mozas que Roque nunca reencontrará, cuando quiera olvidar el Ebro, la cárcel, el cura y el exilio.

El pelo del teniente Andrés Muro es corto, negro y fino. Sus ojos son oscuros y su mirada firme, los huecos de una escopeta de doble cañón. Su tez, olivácea; su voz, suave, fuerte y persuasiva. Luce un discreto bigote. Es incansable, prudente, orgulloso, recio y frío.

El teniente Andrés Muro nace en Madrid el siete de enero de 1914. Lucha en el bando faccioso, al que, obviamente, prefiere llamar «nacional». Se casó en el año 36 con Elena Domínguez, una mujer hermosa y pura, de convicción católica, que le llevó al altar solo unos meses antes del Alzamiento Nacional. El teniente Andrés Muro cree que si una Helena empezó lo de Troya, otra, la suya, es motivo suficiente para salvar a España. Andrés, pese a su juventud, habla tres idiomas: español, inglés y alemán, y tiene algunas nociones, aunque elementales, de francés e italiano.

Madrid es una caja fuerte que atesora a su esposa, Elena Domínguez, con su rostro ovalado, su pequeña nariz de punta redondeada, sus amplios labios, su barbilla pronunciada y su mechón rebelde tan oscuro cual sus ojos, el izquierdo más grande que el derecho, que le estarán buscando, a través de las estrellas, en las inescrutables y celestes entrañas de la noche.

Durante la batalla cada día visualiza a su Elena; el mechón se ondula en el diestro lado de la frente, las ojeras denotan que no lo está pasando bien y sin embargo, los amplios labios trazan un simple rictus que da la sensación, muy agradable, de estar a punto de convertirse en una infinita sonrisa. Su Elena, su mujer.

La noche del 24 de julio el teniente Andrés Muro da de comer a su caballo *Galán* pensando en las celebraciones del día de Santiago. En Corbera, en un descampado cerca de la carretera, iba a haber una competición de saltos. Se informa y sospecha de la actividad enemiga. Parece que se preparan para cruzar el río. No se cree posible que así sea. Ellos no son capaces.

El teniente alimenta a *Galán*, le acaricia la quijada, ajeno por completo a la futura muerte del caballo. Para el 25 de julio, fiesta de Santiago, patrón de España, se ha programado un concurso hípico que el general Monasterio, jefe de la Caballería franquista, no ha querido anular. Los rojos no son capaces de cruzar el Ebro.

Pablo Uriguen es delgado, ágil y de altura normal. Sus rasgos son nítidos y finos. Su frente es ancha y su cabeza grande. Sus ojos verdes, casi hialinos, oscilan sin cesar. Allí donde va Basilio, va él; de no mediar orden contraria u otro tipo de causa que lo imposibilite.

Pablo es simpático y, como buen vasco, de nariz bien formada, onerosa y robusta. Habla con un acento marcado y fuerte, grave y altivo; con una voz que parece surgir de la garganta a martillazos, y resuena a vozarrón y a ecos de rumoroso mar. Es sociable, buen conversador, despierto, satírico y de rápido pensar.

Pablo Uriguen nace en San Sebastián el 19 de julio de 1920. Su destino era ser pescador (*arrantzale* lo llaman allí en su lengua), como todos sus familiares, y no soldado. Habla de los nudos ordinarios, dobles, as de guía, corredizos, calabrotes, llanos, llanos dobles, cote escurridizo, balso por seno, lasca, lasca por seno, lasca doble, horca, pescador, burel, ballestrinque, remolque, san francisco, gaza o cote. Su familia está ligada al mar por incontables generaciones y él no quiere morir en tierra firme, sino en las mismas entrañas del Mar Cantábrico. Ningún hombre elige donde muere. Eligen por él las circunstancias.

Pablo es vasco, católico y republicano. Habla de brújulas, sextantes, cuadernos de bitácora, anclas, barcos y capitanes. También de velas cuadradas, cangrejas, bermudas o latinas; de balleneros, queches, goletas, bergantines, y de las mismísimas carabelas de Colón. Añora La Concha, el Cantábrico, el chillido de las gaviotas, el rumor del mar, a sus padres, a su hermana Amaia y a sus amigos. En vez de vivir pendiente de sus sueños marítimos (foques, fofoques, contrafoques, petifoques, chafaldetes, trinquetes y demás), o de la dura vida familiar luchando contra el mar por sacar en las redes la pesca necesaria, ahora vive pendiente de las bombas de mano, los morteros, las balas, los cañones, los aviones y las trincheras donde, junto a Perich y muchos otros, descubrirá el infierno.

El tanque y el avión devuelven la movilidad a la guerra, la sorpresa y la velocidad, explica Basilio Perich. La sorpresa y la velocidad en la ofensiva del Ebro están en los pies y corazones de los soldados; en la meticulosa y ajedrecística preparación. En un primer momento.

Los tanques destruyen con los diversos calibres de sus cañones todas las defensas a su paso, liquidan las armas automáticas que detienen a la infantería y la caballería, que tiene poco sentido y está en decadencia. Aunque los antitanquistas pueden luchar contra la máquina y vencerla.

Los bombarderos y cazas diezman los refuerzos, destruyen las comunicaciones, las columnas que se dirigen al frente o las desarticulan mucho antes de que lleguen a este, o impiden que se utilicen las reservas estratégicas. El ingenio español no tiene límites y entre la noche y el día solo existe la voluntad del hombre. Los movimientos nocturnos de tropas reducen las posibilidades apuntadas.

La República también cuenta con tanques y aviones. Su mayor desventaja será su desgaste y el progresivo desequilibrio que la No Intervención provoca, y esa es una historia que no merece ser contada.

En los días turbulentos hay quien amenaza a una mujer para que delate a su esposo, escondido de topo en algún recóndito paraje. Si ella no es fuerte y cede pronto acudirán a darle el paseo. Hay quienes atan a la víctima a un coche, lo arrastran, lo ven exhausto a punto de morir y entonces orinan sobre su boca y después: ¡bang! Los nacionales también tienen sus métodos. Muchos se acostumbran a vivir de topos, se esconden por miedo en uno y otro bando. Otros desertan, andan de noche, se esconden de día. Lanzan su fusil en plena batalla, cuando ven que todo está perdido y ponen rumbo a casa. Algunos llegan y otros caen por el camino.

En los días turbulentos un niño barcelonés, al final de las Ramblas, ve pasar camiones cargados de carne de muertos y muertas, trozos de cadáveres, un brazo, una cabeza. Vive acostumbrado a las sirenas y a los bombardeos, a correr, perder las alpargatas y ver muertos y muertas por el suelo.

En los días turbulentos un hermano puede estar en un bando y su hermano puede estar en el otro. Uno puede ser comisario y el otro encontrar papeles que lo incriminen y destruirlos, o no. La gente cree que muere por ideales y tan solo lo hace por dos motores latentes en la historia: la economía, y el odio.

El 18 de junio del 36 es domingo y algunos se quedan sin ir a la playa. Dos años después en Barcelona de noche no hay luz.

Algunos llevan en los ojos los conventos quemados y los ataúdes con esqueletos al aire. Otros bailan en el Casino, trabajan en un taller de artes gráficas, usan el tranvía y desconocen a los paseados de la Arrabassada.

La retaguardia vive en el horror, la carencia y el absurdo. Se alarma la sirena en la torre de la plaza de Gracia. Brillan los aviones en el cielo. Ya hay refugiados en el andén del metro. Escombros, todo son escombros. El espantoso ruido de la bomba, el silencio, el ruido de los cascotes, los quejidos, los heridos en el suelo del Clinic, los heridos grises de los bombardeos. La gente corre, deambula enloquecida, salvaje. Algunos explican chistes y viven el momento. Otros, la angustia y el «¿cuándo se acabará esto?»

La bomba frente al cine Coliseum deja trozos de ropa y carne en los árboles. Ya nadie ve *Tiempos modernos*, de Chaplin. Toca hacer largas colas para encontrar comida.

Algunos nunca acaban de ver la película *Bajo dos banderas*. Otros no volverán a bailar sardanas en el parque el domingo por la tarde, a ir de excursión al campo, a ir al teatro o a recorrer las humildes, populares, empinadas y estrechas calles hacia Montjuich del barrio del Poble Sec, desde el Paralelo, con sus detalles modernistas y su Santa Madrona.

La Via Laietana se llama ahora Via Durruti.

En plena Guerra Civil España sufre una plaga de iniciales: PSUC, POUM, FAI, CNT, UGT, JCI, JSU, AIT, UHP y demás.

El PSUC es un partido «champiñón» que hace pluff y aparece propiciado por las circunstancias. Los anarcosindicalistas de la CNT y los anarquistas de la FAI, junto al POUM (Partido Marxista, con trotskystas, dogmáticos, antiestalinistas, dispuestos a repetir en España la experiencia rusa de 1917) dan color e ideas al clima bélico. Los militares «nacionales» se alzan en armas contra la República, contra un Gobierno elegido de forma democrática en las urnas (al cual no quieren reconocer) por intereses.

El enemigo viste ropas de utopismo anarquista y habla de comunismo libertario. Sobran las barricadas, soldados, milicianos, zonas de combate, consignas y bandos.

¿Dónde está Nin? ¿En Salamanca o en Berlín?

La represión republicana es fruto de iniciativas concretas, individuales o colectivas, nunca asumida por los dirigentes; aunque, para algunos, tal afirmación sea inadmisible.

La represión franquista es sistemática y brutal, asumida de pleno por militares y políticos. Siempre en aras del Alzamiento Nacional, del Destino en lo Universal, que impone un precio por salvar a España de una parte de sus españoles, la de todos aquellos que forman las hordas demoníacas de los rojos, que han de ser aniquiladas por el Artífice total de la Victoria, Gran Capitán de su tiempo, Caudillo, Generalísimo, por la Gracia de Dios, Francisco Franco, conquistador final de su histórico título: liberador de la Patria. Una, grande y libre.

Así es como España se llena de víctimas, inocentes o no. Así los tanques cruzan por los viñedos, culpables (sin duda y sin escapatoria) de no poder moverse de los campos que habitan. Surge el Ejército Popular de la República, el SIM (servicio de contraespionaje), el Quinto Regimiento, las Quintas Columnas, el «No Pasarán» como lema fundamental en Madrid, el drama local, provincial y nacional, por el que España es noticia. Los extranjeros intervienen voluntarios o forzosos con su vida o su ayuda (esfuerzo, material, comercio o propaganda). La guerra evoluciona hasta llegar al Ebro.

Cambó ayuda a Franco y Radio Veritat hace más daño en Cataluña que Queipo de Llano con Radio Verdad desde Sevilla. Cambó ya se había lucido con su ley, de julio del 18, al provocar la eliminación de más de la mitad de los humedales del país, con la desecación. Su dinero y el de Juan March avalan a Franco fuera del país.

Al abuelo de alguien se lo cargan los rojos en un pueblecito cercano a Toledo. Le roban su automóvil y a cambio, le dejan la frialdad del plomo traidor, un par de fogonazos nocturnos en la espalda y un silencio absoluto ante el porqué. El abuelo de alguien desaparece, se va a un paseo, obligado, y unos días después, como sucede en estos casos, alguien escupe a sus familiares: «Ahí tienen el cadáver.»

Del asesino, lo único que se sabe es que nunca se supo nada y quizá nunca nada se sepa. Quizá aún vive. Nadie espera que abra la boca.

Al abuelo de alguien se lo podrían haber cargado también los falangistas de haber sido otra persona. En esta época la gente muere por las circunstancias, por lo que parece ser, lo sea o no, ante las desbocadas huestes de ambos bandos. Por lo visto, alguien quiere sembrar las cunetas de cadáveres y el miedo, el odio y los fusiles, en pelotón, turban las calles.

Una víctima más es Federico, Federico García Lorca. Todo el mundo lo sabe. Entre otros lo escribe Machado, que «el crimen fue en Granada, en su Granada.» ¿Qué más da dónde fuera? La voz de los poetas no la acallan fusiles ni disparos. Lo único que se logra es la leyenda, el mártir. Miguel Hernández le cantará: *Atraviesa la muerte con herrumbrosas lanzas.*

Lorca es enterrado junto al profesor Galindo y al banderillero Galadí.

Neruda llorará por la lorquiana voz, «de naranjo enlutado.» A su vez, el primo asesino dejará dicho: «En Granada estábamos hartos de maricas. Acabamos de matar a Federico García Lorca. Le dejamos en una zanja. Y yo le pegué dos tiros en el culo. Por marica.»

Del abuelo de alguien o de su automóvil nunca más se supo. Muchas familias de uno y otro bando vivirán el resto de sus vidas con la losa de las preguntas inhibidas, mortecinas, que vagan en el silente olvido de lo para siempre jamás irreparable. Se ha ido Unamuno. Se ha ido José Antonio. Otros se irán al exilio. Y quizá a algo peor.

Para algunos, la guerra es una lucha de clases; para otros, una cuestión de fe. Una cruzada contra el ateísmo y el materialismo. Resulta muy sencillo decir es blanco o negro, la eterna lucha del Bien contra el mal, del Orden contra el caos, de la Razón contra la insensatez, del rico contra el pobre. La realidad no es blanca ni negra. Es gris, terrible y lamentable: una guerra incivil.

—Siempre me toca a mí hacer de guardia civil —reniega Pedro.

—A alguien ha de tocarle —insiste Paco, que no lo escribirá en su diario de guerra.

Cruzan las montañas. Los camiones se acercan a una playa en la desembocadura del Ebro con un puente de hierro destruido por el medio. Solo podemos comer hasta las once en punto de la noche. Cruzamos el río nadando. Es un día caluroso, sediento, sin agua a nuestro alcance; está prohibido ir a buscarla.

El primero que cruza lleva un ovillo de cordel que agarra al tronco de un árbol. Cruzamos siguiendo su línea. Nos disfrazamos de legionarios, alemanes, guardias civiles o soldados con botones de madera. Cruzamos el ferrocarril y buscamos la carretera. Ni un alma a la vista. Liquidamos a los dos centinelas del puente y llegamos a una casa donde tocan el acordeón, ríen y cantan. Abrimos la puerta y encontramos a un mayor, dos capitanes y unos doce soldados desarmados y medio borrachos, sin pantalones y en camiseta, sentados sobre las camas deshechas. Se rinden todos menos el mayor, al que un checo golpea con su pistola. Los hacemos prisioneros. Matamos a un par de italianos que conducen un camión con sus ridículos plumeros en la cabeza. Con la bengala verde regresamos a casa. Nos desvestimos y nadamos repasando el río. Nos ametrallan y un inglés muere.

Hay quien, cuando tenía siete años, había jugado con Einstein, en febrero del 23 en su pueblo de Esplugues de Francolí, que había llegado al país invitado por el Institut d'Estudis Catalans, para que disertara sobre su teoría de la relatividad en el Palau de la Generalitat, o sobre la cosmología del universo finito en la Academia de Ciencias. Nadie le entendió nada. Se sorprendió de nuestra analfabeta patria y exaltó a los obreros a leer a Spinoza. No sé si alguno le hizo caso.

Hay a quien la gasolina le recuerda el día en que se coló para ver la victoria de Tazio Nuvolari en la carrera del parque de Montjuic, en junio del 36, a quien Companys coronaría con los laureles del triunfo sudado entre plátanos y farolas, y retransmitida, entre otras, por Radio Barcelona.

Hay quien mira el tendido eléctrico de los tranvías, que parece un tendero donde colgar la ropa, y recuerda el polvo del camino de la Creu Coberta al llegar a la plaza de España, antes de que la urbanizaran. Cuando quieren cortar el tráfico bajan los troles de los tranvías, los dejan escapar para que así queden enrollados en los cables y sin posibilidad de recomposición.

Hay quien da de comer a las palomas, o sube al mamut del parque de la Ciudadela, réplica del que se había descubierto a principios de siglo en los Urales, en las riberas del río Beresowka, o va a comprar a los almacenes El Siglo, en la calle Pelai, o hace años estuvo en un concurso de globos en Poblenou y vio Barcelona desde el cielo, o la ve a la sombra de la enramada de los plátanos de las Ramblas, o en la boca del metropolitano frente al Liceu, o en la plaza de la Boquería. Hay quien sigue vivo y va hacia los refugios, al de Poble Sec de casi dos kilómetros, al de la plaza del Diamant, al de la plaza Raspall, o al de la plaza Revolución, construido por los vecinos de Gracia. Barcelona sobrevive a pesar de las heridas.

El Ejército republicano se estructura a partir de la brigada mixta, cuya composición se resume en cuatro batallones de infantería, un grupo de artillería, un escuadrón de caballería, un batallón mixto de ingenieros, una compañía de intendencia, un grupo de sanidad y el primer escalón ligero de municionamiento.

Tres brigadas mixtas forman una división. Tres divisiones forman un cuerpo de Ejército. Nosotros formamos parte del Quinto Cuerpo de Ejército, comandado por Líster.

Parte de la batalla sucede en el sistema ibérico; tierra de abetos, pinos, hayas, robles y abedules.

Los rebeldes otorgan al río la condición de obstáculo insalvable, convencidos de que sus peculiaridades físicas impiden que sea franqueado con éxito. Presuponen la incapacidad técnica y la pobre pericia de los republicanos; sin ponderar, en su justa medida, que las temperaturas de julio han disminuido su caudal y que, además, no es la primera vez que intentamos y logramos sorprenderlos, aunque después nos derroten.

La batalla acaece sobre el territorio que, muchos años después, se englobará en las comarcas catalanas de Terra Alta, Ribera d'Ebre, Baix Ebre y Montsià y, también, en las aragonesas tierras de Mequinenza, que pertenecerán a Zaragoza. El núcleo de la misma se reduce a los espacios físicos y naturales frente a la asediada Gandesa, y los caminos que a ella llevan, desde las poblaciones y lugares que conquistaremos, defenderemos y abandonaremos.

Amposta será un descalabro total. Las tropas encargadas de avanzar por allí, de la 45.ª División, al igual que en Tortosa, serán rechazadas por la 105.ª División franquista.

Xerta, a solo doce kilómetros de Tortosa, capitulará ante nuestra ofensiva. En Benifallet, el balneario de Cardó, construido en 1866, lo convertiremos en hospital durante la batalla.

La lucha discurrirá también por la cordillera pre-litoral. En los límites entre la Terra Alta y el Baix Ebre, las sierras de Pándols y Cavalls verán como se escribe (con sangre, furia y desesperación) una incalificable página, un episodio más de la contienda de la Historia de España y del mundo en la tercera década del siglo XX.

El Fayón antiguo tiene su castillo a 56 metros de altitud sobre el mar. Mora d'Ebre, Ascó y Miravet también tienen un castillo.

Mora d'Ebre se convertirá en un puesto de comandancia y en nuestro principal centro de abastecimiento. A finales de octubre, principios de noviembre, volaremos su puente.

Las fuerzas del Gobierno de Burgos no volverán a tomar el castillo de Miravet hasta el 7 de noviembre, ya que lo perderán al inicio de nuestra ofensiva.

Flix, ocupado por los rebeldes el 4 de abril de 1938, lo recuperaremos el 25 de julio y quedará, en manos fascistas, definitivamente conquistado el 16 de noviembre, tras los «fuegos artificiales».

El río Canaletes, de unos treinta kilómetros, cerca de Benifallet, desemboca en el Ebro. Vilalba, Fatarella, Corbera d'Ebre y Gandesa, donde destaca la sierra de Pàndols, están en la Tierra Alta.

Nuestra línea de ataque va de las montañas de la Fatarella a Vilalba dels Arcs, Gandesa, la sierra de Cavalls y la de Pàndols.

Predomina el paisaje abrupto y la escasa y desnuda roca calcárea. Los hombres no solo luchan entre sí, sino también contra la despiadada y fascinante *natura* de la zona. La orografía del campo de batalla sobrecoge y admira. Destacan, como se ha dicho, la sierra de Pàndols con 705 y 671 metros de altitud; el Puig Cavaller, con 709; la sierra de Cavalls, con 660; la Fatarella, con 550, o el Coll del Moro, 466. Se fortificarán, por ejemplo, el Puig de l'Àliga, San Marcos o San Marx, Pándols o la Obaga de la Fontcalda.

Los requetés rezan el Rosario en las trincheras y en el combate desafían a la muerte sin ningún temor. Invocan a Dios nuestro Señor con el fin de librar a la Patria y al mundo entero del azote comunista. Defienden la unidad de España contra las autonomías vasca y catalana.

El requeté Josep Camps forma parte de la sección de choque del Tercio, y lleva grabado en su fusil Mauser: «Tirad mucho y bien, ¡pero tirad sin odio!» Prefiere llevar la boina roja antes que el casco de acero. En abril del 38 quisimos volar Vilalba. El Tercio ahora aún está lejos de allí. Todavía se encuentra cerca de Villanueva de la Serena y no ha emprendido la marcha a pie hacia Cáceres, para después, en tren, ir de Valladolid a Zaragoza y después hacia Tortosa, Puebla de Híjar, Alcañiz y, por fin, Bot, y llegar al atardecer del 28 de julio a Vilalba dels Arcs.

Los servicios de contraespionaje y el SIM (Servicio de Inteligencia Militar) no descansan. La República se mueve. Se trabaja en el transporte de unidades, la recogida de embarcaciones, materiales, dinero, con la mayor cautela y precisión posibles. El objetivo es la sorpresa. Una gran sorpresa.

Juan Modesto tiene a sus órdenes los Cuerpos de Ejército quince y quinto, cuyos respectivos jefes son Tagüeña y Líster.

En el Quinceavo Cuerpo están las Divisiones 30.ª (mayor Esteban Cabeza), 35.ª (mayor Pedro Mateo Merino) y 42.ª (mayor Manuel Alvarez).

En el Quinto, las Divisiones 11.ª (mayor Joaquín Rodríguez), 45 (mayor Hans Khale) y 46.ª (Valentín González El

Campesino, minero y desertor de la Legión, que es sustituido el día 25 por Domiciano Leal).

Modesto es el primero en idear y plantear un ataque en el sector del Ebro Fayón—Ribarroja a Benifallet-Xerta. El general Vicente Rojo lo plantea como una salida hacia el sur, para la cual necesitamos los víveres y municiones, que la apertura de la frontera francesa (a partir de mediados de marzo) ha posibilitado. En junio, la frontera permanecerá otra vez cerrada.

Antes de la ofensiva visitarán el frente Negrín, Companys y los líderes hindúes Nehru y Menón.

La 35.ª División la componen casi doce mil hombres. ¿Cuántos van a sobrevivir? ¿Y de los demás que será?

Los soldados estamos tranquilos. Contentos y conscientes. La batalla todavía no existe todavía.

Cincuenta días, casi dos meses, buscando y preparando escondrijos en la orilla del río, aleccionando al primer escalón, disponiendo los puentes de vanguardia, los de caballete (para 6 y para 12 toneladas), los de hierro (para 28 toneladas) y las barcas motoras.

La denominada «Quinta del biberón» combate en el Ebro. Tuvo su bautismo de fuego en Tremp y Balaguer, con una cabeza de puente.

Recibimos instrucción para pasos de río. Hacemos marchas y ejercicios nocturnos. Vamos almacenando barcas y puentes. A algunos los adiestran en el manejo de las embarcaciones.

Camuflamos el material (en su mayoría deficiente, por su sequedad, sus grietas, agujeros, o su evidente inutilidad). Cuando crucemos el río, nos recibirán los débiles disparos de fusil con los que el enemigo intentará detenernos.

No van a conseguirlo.

Maik, Michael Berger, sostendrá entre sus manos una vieja fotografía.

Ahí están los del British, sonrientes y morenos, concentrando sus miradas en el cíclope ojo de la cámara. Un fogonazo los inmortaliza. No recordará con precisión dónde era, pero era antes de cruzar el río. La instantánea perpetúa a uno con boina y la cara girada hacia la derecha. A otro, de rodillas con su fusil y su bayoneta montados. A otro más, con el puño en alto. A otro, con sus gafas. A otro, con su barba. A todos, con una sonrisa que no presagia lo que va a suceder; lo que van a vivir.

Ahora que julio empieza a terminarse.

Se topa con el bibliobús del SBF, que ha pinchado y entonces repara en una hermosa joven que le sonríe. Aún no sabe, que se llama Carmela, y que se ha fijado en sus pantorrillas de sanitario bajo el kaki pantalón corto, y en su peinado con copete. Quizá también en su trasero. Menos mal, siente Maik. Parte de su anatomía empieza a elevarse como las empinadas calles de la Fatarella y eso no pega nada con el dolor de aquello que se rompe para siempre, con el rostro del niño pegado al escaparate de una librería, ni con el frío del ahogado pecho y el rumor de las aguas que lo llevan.

Carmela habla con una amiga que del Paralelo, Avenida, hasta el Portal del Ángel, París, los cines no han parado de crecer. Recuerdan también, cómo no, el Fantasio y el Metropol.

La hermosa joven recuerda los cadáveres sobre la Plaza de Cataluña, aún por urbanizar, el día del alzamiento castrense. Los soldados se fueron concentrando en la plaza desde diversos puntos y cuando estaban juntos, de las cuatros esquinas, de las bocas del metropolitano y de algunas oficinas también, surgieron los disparos del pueblo y llenaron de sangre y furia la Plaza de Cataluña. Se habló de diez mil muertos.

Carmela estudió de los 14 a los 17 años en la Escola Profesional de la Dona de la Generalitat de Catalunya: corte y confección, sombreros, floreros artificiales, puntas y bordado, lavado y planchado, matemáticas, humanidades y economía doméstica.

Está claro que algo va a suceder. Han hecho un sorteo entre los marineros y han elegido a los que mejor reman. Han solicitado veinticinco voluntarios que sepan nadar bien. Veinticinco por batallón. Está claro que vamos a mojarnos.

La Tierra Alta es una comarca accidentada, pobre y rota, sinuosa y encajonada por estrechos barrancos, en la que fluye el Canaletes, afluente del Ebro, con abundancia de viñas y escasez de agua.

En junio nos adiestran en el uso de pontones y de botes pequeños. Simulamos ataques; solo con la fuerza de nuestras ametralladoras y morteros, por si la artillería y la aviación no pudiesen maniobrar con nosotros.

En los pozos pondremos puestos de mando. Los parapetos de piedra nos servirán de cobertura. La zona a ocupar es montañosa, poco arbolada y de duro suelo para cavar refugios.

Carta número 343

Querida Berta:

Aunque nunca recibas esta carta (ni las demás), has de saber que no te olvido. Algo va a suceder. Quizá importante. Estamos en Falset y se dicen y especulan muchas cosas. Cuando nos tratan bien, y aparecen por ahí algunos paquetes de Camel o de Lucky, algunas gotas de güisqui (cosas de los americanos), será que se prepara algo importante.

Nos han entrenado y preparado cruzando ríos imaginarios, o sucedáneos físicos, con lo que llaman medios continuos y discontinuos. Barcas, botes, pasarelas, toneles y demás. Algunos, a marchas forzadas, están aprendiendo a nadar. Hemos hecho simulacros de aproximación, embarques y desembarques, ataques y también marchas nocturnas (contigo las noches eran más divertidas), mar-

chas de diez o quince kilómetros y otras acciones a nivel de sección, compañía y batallón.

Ya ves, mi Berta, que los últimos días (el último mes) están siendo movidos. Pienso en ti y consumo mis horas entre corrientes fluviales y embalses. Vivimos con una euforia y una emoción sin fin. Podemos vencer. Podemos decidir la guerra, a nuestro favor. Los soldados cantan canciones como Columna Thaelmann, Si me quieres escribir, La Varsoviana, Ay, Carmela, Quince Brigada, Bandiera Rossa, Himno de Dombrowsky, La Internacional o No Pasarán.

Tanta alegría me ha hecho recordar nuestra boda, los gritos reiterativos: ¡Vivan los novios! ¡Qué se besen! Y la felicidad de hallarnos juntos, la dicha que nos daría un fruto, tan dulce como tú, llamado César. La felicidad que compartíamos con los seres queridos. Ahora el calor es espantoso y mis gotas empapan el papel de esta carta, pobre pero sincera, que no podrás contestar ni leer.

Te sigue amando, Berta,

tu Basilio.

2

El paso del Ebro

Nada hay más peligroso que intentar seriamente la defensa de un río
ocupando a todo lo largo de orilla, porque una vez que el enemigo sorprende el paso, y lo sorprende siempre, encuentra al defensor en un orden
defensivo muy extendido y le impide reunirse.

Carta al Príncipe Eugenio, 1813
Napoleón Bonaparte

El general Vicente Rojo, que había ayudado desde Madrid a
que la capital resistiera y a que fuera posible creer que «no
pasarán», espera noticias, sobre el paso del río, en el puesto de
mando de la Mola de Sant Pau.

Bajo el cielo nocturno, con quieta brisa y sin luna, y el
incesante cri-cri de los grillos, esperamos la orden de iniciar la
ofensiva. Son las cero horas, quince minutos, del 25 de julio
de 1938. La tropa aguarda con silencio ansioso, expectante y
total, a un par de kilómetros del río.

Pertenezco al Primer Batallón de Infantería, de la Novena
Brigada de la Onceava División, englobado dentro del Quinto
Cuerpo del Ejército comandado por Líster. Nuestras órdenes
son pasar el Ebro en dirección a Miravet y continuar avanzando hasta donde se nos diga. Al recibirlas, plaga de hormigas
numerosas y disciplinadas, guardamos silencio y amparados
por la oscuridad, nos dirigimos hacia la orilla izquierda del
río. Lo vamos a cruzar en barcas (nueve o diez soldados por
cada una de ellas), a golpe de remo, taimados para que los
otros no logren descubrirnos. Algunos van a cruzar a nado.
Otros van a ahogarse en estas aguas.

Llegan los katiuskas con las luces apagadas. Nos acercamos al cauce caminando, lanzamos con sigilo las barcas o los botes, sacándolos de sus escondites. A base de músculo nos situamos en la orilla enemiga.

Formamos parte del contingente ofensivo del Sector Centro (zona de Xerta a Ribarroja), que va a correr mejor suerte que los otros dos sectores: Norte (Mequinenza) y Sur (Amposta). El batallón especial de nuestra Onceava División cruza por un accidente físico que no llega a península, en Illestas, en el subsector de Ginestar.

Los ojos se acostumbran a las tinieblas aunque no desaparece el miedo, que se mezcla con el ímpetu colectivo, alevoso, premeditado, que nos empuja a matar o morir.

No hay tiempo para pensar, por ejemplo: «¿Qué haces aquí, Pedro?» Ni nada parecido. Tu vida está en juego, sobre el tapete de esta adusta tierra, contra las fuerzas del Generalísimo.

Dos horas después, dos piezas Krupp del 150 vomitan su ira cerca de Miravet y prosiguen así durante seis horas; tras las cuales, cesan en obvia retirada.

La noche del paso es la del 24 (domingo) al 25 (lunes). En el campo del Español la selección catalana derrota cinco a uno a los «leones rojos», mientras otra selección catalana vence cuatro a cero al Badalona. En Haifa (Palestina) la explosión de una bomba causa treinta muertos y setenta heridos. El número premiado por el Sindicato de Ciegos de Cataluña es el 655 con 62,50 pesetas. En Barcelona, en los cines Durruti, el Principal y el Bosque echan *Crimen y castigo*.

En esta época se venden cristales, mantones de manila, vajillas, relojes, neveras de zinc, hornillos, prismáticos, curriolas, lámparas, ventiladores, cocinas, catalejos, lejía, harina, cámaras Kinamo, microscopios, magnetos, libros, bicicletas, máquinas de escribir Underwood «5», tornos, balanzas, máquinas de coser, muebles, lana de colchones, sellos, radios, gramófonos de bocina y gramolas portátiles, bombonas y garrafas, plumas estilográficas, radios, vigas, acordeones, pianos, mantas, sábanas, aspiradores, pieles, joyas, vinos, licores, y se anuncian alquileres, huéspedes, academias, comadronas, cirujanos, centros de enseñanza, automóviles, confecciones, agencias matrimoniales y toda clase de establecimientos.

Un batallón entero, incapaz de contener su impaciencia, se lanza al río y lo cruza.

El Ebro fluye rojo de sangre. Al sur, en Amposta, está la 14.ª Brigada Internacional, compuesta por los batallones Commune de París, Vaillant Couturier, André Marty, Henri Barbusse, y en la reserva, un batallón de la 139.ª Brigada.

Con tres barcazas parten hacia el norte de Amposta, y la orden de tomar un molino de arroz. Es una noche sin luna, de brisa débil. Deben realizar operaciones de distracción en el sector. Las granadas los sorprenden e iluminan la noche. Los noventa hombres del Vaillant Couturier son aniquilados en la orilla rebelde. En Campredó, el batallón de la Commune de París ha establecido una cabeza de puente. La pasarela ha volado a su espalda. El combate no cesa durante más de una jornada. Todos los del Commune de París perecen y su jefe, el argelino Cazal, se suicida de un tiro en la cabeza.

La 35.ª División internacional la componen, entre otros, los batallones Lincoln Spanish, el Palafox, el Rakosi, el Thaelmann, el Zwölfte February, los Mac-Paps o el British. El soldado Ulrich forma parte del Hans Beimler, 11.ª Brigada Internacional, y cruza el Ebro por Mora la Nueva.

La compañía escandinava del 24.º Batallón, es la primera de la 11.ª Brigada en pasar el río.

Al norte de la 35.ª División Internacional se halla el 15.º Cuerpo de Ejército republicano mandado por Tagüeña, con su 3.ª División (Brigadas 31.ª, 33.ª y 40.ª), su 35.ª División (Brigadas 11.ª, 13.ª y 15.ª) y su 42.ª División (Brigadas 59.ª, 226.ª y 227.ª).

Más al norte, en el Segre, se halla el 12.º Cuerpo de Ejército republicano, bajo el mando de Vega, con su 16.ª División (Brigadas 23.ª, 24.ª y 149.ª) y su 44.ª División (Brigadas 140.ª, 144.ª y 145.ª, junto a la Segunda de Caballería).

Al sur de la 35.ª División Internacional, que ocupa el sector central, se encuentra el Quinto Cuerpo de Ejército, comandado por Líster, con su 11.ª División (Brigadas 1.ª, 9.ª y 100.ª), su 46.ª División (Brigadas 10.ª, 37.ª y 51.ª), y su 45.ª División (Brigadas 12.ª, 14.ª y 139.ª).

En la reserva se hallan algunas divisiones del Ejército del Este: la 27.ª (Brigadas 122.ª, 123.ª y 124.ª), la 60.ª (Brigadas 84.ª, 85.ª y 224.ª), y la 43.ª (Brigadas 72.ª, 102.ª y 130.ª), así como el Séptimo Regimiento de Caballería, batallones seleccionados de las unidades en posición en el resto del frente, DCA (Defensa Contra Aviones), unidades de tanques y blindados y batallones de puente de las reservas generales.

Antes del paso del río el capitán Wolff arenga a los del Lincoln con un: «¡Viva el Ejército Popular! ¡Viva las Brigadas Internacionales! ¡Viva la victoria final!»

Escuchamos el monótono croar de las ranas, el mecerse de las cañas.

Habíamos construido una presa en el Ciurans, que desemboca en el pueblo de García, para practicar. Se habían ocultado barcas de pesca en camiones requisados. Los pontoneros cargaban barcas, también requisadas, en Masnou.

La primera barca que cruza en Flix la vuela una granada de mano. Las armas automáticas trabajan y la segunda, con más de veinte hombres a bordo, llega a su destino. Topamos con un llano lleno de cepas y al final un bosquecillo. Tenemos que atravesarlo solos. Después comienzan a cruzar más barcas.

Los nacionales no pueden resistir ni en el castillo viejo ni en la era nueva. Se quedan sin municiones. Los demás han huido hacia la Fatarella y Vilalba.

En Ascó, ocho kilómetros más abajo de Flix, cruzan las Brigadas 11.ª, 12.ª y 15.ª, de la 35.ª División Internacional. Nos resuenan en la piel los zumbidos de potentes motores y de frenos de aire comprimido, accionados con frecuencia, por los pesados camiones de la Comandancia General de Ingenieros del Ejército que transportan barcas y pasarelas.

A la 13.ª Brigada le resulta fácil pasar el río, aunque a los de la 11.ª Brigada les cuesta lanzar los botes al agua. El tiroteo crece y es intenso. La 1.ª Brigada de la 11.ª División y otras fuerzas de la 15.ª Brigada, atacan Mora por su retaguardia, tras cruzar por los alrededores de Ascó y García.

En Miravet, el agua apenas llega hasta la rodilla. Hay barcas construidas en un taller barcelonés, en los alrededores del hospital de Sant Pau, y pasarelas de corcho que se retirarán de día para que la aviación no las machaque y volverán a instalarse cuando oscurezca.

—¡Adelante, hijos de Negrín! Llenamos el Ebro de barcas y barcazas.

Algunos se lanzan dispuestos a nadar; se adentran en su fluyente y nocturna tranquilidad. La fuerza de la corriente hunde a algunos y arrastra o dificulta el movimiento de sus barcazas, decididos a cruzar en línea recta. Son ocho eternos minutos.

Quienes se aventuran en tan ardua empresa no han sido entrenados en ríos, sino en el mar, en embalses o en lagos. Las corrientes difieren en su sentido y fuerza, y la maniobrabilidad y pericia necesarias para cruzar el Ebro distan mucho de parecerse a cualquier paseo por el Mediterráneo. El río los zarandea, zozobra y empuja.

Algunos, ni siquiera saben nadar; otros, han aprendido a marchas forzadas. El Ebro no es una charca ni una débil fuerza, no permanece quieto e inmóvil, y muchos de ellos perecen hundidos por el pánico, la inexperiencia o la fatalidad. Se ahogan. Son literalmente arrastrados bajo la fluvial superficie. Luchan de forma denostada. Se ve el miedo en sus ojos. Patalean, bracean, se vuelven más y más pesados, lanzan angustiosos puñetazos y ciegas patadas, intentan sacar la cabeza hacia arriba, o cuanto menos la boca, hacia el aire, el aliento, que les abandona y les deja sin vida.

Ahogarse no es ningún misterio. Por una u otra razón se llega a respirar, de forma antinatural, el agua como si fuera aire. El futuro ahogado comienza a tragar agua, con histeria y pánico, y no logra escupirla (quizá por ignorancia; tal vez porque no consigue asomarse a la superficie). Sus brazadas y patadas se descontrolan, descoordinan y aceleran. Solo piensa en salir. No aprovecha sus fuerzas. No piensa. Solo se siente débil, incapaz de derrotar al medio y de apartar su miedo. Quizá saca un par de veces la cabeza. Es un soldado de plomo condenado a habitar el lecho del río, o aquel en el que acabe, por impulso de las corrientes marinas. No logra respirar. No lo consigue. Flaquean sus fuerzas. Va a rendirse.

Un ser humano común puede estar minuto, minuto y medio, dos minutos sin respirar bajo el agua, quizá más, consciente. Hay un momento en el que llega a la inconsciencia. En teoría, fallece. No todos los ahogados mueren. Algunos, solo Dios sabe por qué, sobreviven para poder contarlo si tienen la suerte de que otros los saquen, de que les vacíen el cuerpo repleto de agua (fuera como fuese) y de no tener complicaciones con los pulmones, el cerebro o cualquier otro órgano seriamente afectado.

La asfixia del ahogado lo conduce a la antesala de la muerte; a la luz, la energía, donde las palabras, las imágenes y todo cuanto es conocido, resulta superfluo. Si es su momento, sus espectros le acompañarán más allá. Si no, alguna voz le dirá «vuelve, regresa, no es tu hora», y entonces su conciencia, estallido de luz, retornará a su cuerpo.

Los republicanos esperan no acabar como Napoleón frente al Danubio, en Esling, o como el general nordista Hooker al cruzar el río Rapidan, en Chancellorsville, frente al sudista Lee en la llamada Guerra de Secesión. Existe tráfico de heroína de París a Nueva York. Hay más de tres centenares de niños asturianos, en los refugios infantiles de la Garriga, con sus maestros de las escuelas hogares.

Pedro Hernández, enhiesto ciprés de Silos, seco, enjuto, incansable; con su noble mirada, férrea y trabajadora, otea el camino que nuestros pies recorren. «Quien no trabaja, no come», suele decir. Quien no camina, no trabaja. El sol de julio resbala por su negro pelo, de moda parisina, brillante y redondo cepillo. Su porte es serio y su humor inglés, culto, refinado, a pesar de su analfabetismo, su vacío académico, que con creces suple habiendo vivido el doble de lo que viven otros. Despierto, inquieto, alerta, con la velocidad de las sierpes y lagartos a los que ni respeta ni teme, y las manos acostumbradas a construir milagros, a remover océanos de esfuerzo, sudor y lucha, con su honrada, recta e inquebrantable decisión.

El agua ni para los gusanos, cree. Y él aquí, ya ves. Lejos del hombre que será con su verde chaqueta de pana, de guardabosques, su fajo de billetes en la cartera, su mujer y su nieto entrando a un restaurante en Montserrat, veintitantos años después. O el día de su muerte, cuarenta años después de la batalla, con el mismo cansancio que nunca aparentaba; la misma sensación, seria y distante, de los que no le conocían; el mismo desencanto, invisible, intuido, que provoca el peso de la derrota. La certeza de que la vida dura poco o quizá menos. Y si no la disfrutas, si dejas que se escape, no volverás a verla.

El Ebro tiene casi mil kilómetros de longitud. Los soldados se adentran, sorprendido el enemigo, hasta donde logran llevarles la fuerza de sus piernas. Los fusileros caminan asegurando posiciones. Las tropas de choque (las Brigadas Internacionales) constituyen la primera línea de fuego. Sus pasos han chapoteado en el Ebro para, después, adentrarse rompiendo las defensas facciosas.

En tierras de la futura comarca del Baix Ebre tropiezan con macizos calcáreos; con carreteras como la dirigida de Prat de Comte a Xerta y elevaciones con capas calcáreas formadas por enormes acumulaciones de pequeños fósiles, de cuyo nombre es inútil acordarse, que con facilidad son distinguibles por su aspecto o forma de sombrero chino; con finas arenas y con limos; con olivares, algarrobos, robles y pinos de diversas especies; con arbustos, hierbas, retamas y matorrales bajos, en los que destacan los espinosos conjuntos del erizo de flor azul. También, con el enemigo. Los soldados avanzan.

En tierras de la futura comarca de la Terra Alta, junto a carrascas, carrascales encinares con viburno, pinocha seca, romero, futuros brezos de invierno, escojas, olivares, avellanedos, almendreras y viñedos divisan fortalezas naturales que se utilizarán como fortificaciones: el Puig de l'Aliga, San Marcos o San Marx, Pándols o, entre otros, Obaga de la Fontcalda. Los soldados avanzan. También, el enemigo.

En tierras de la futura comarca de Ribera d'Ebre, por entre hermosas alamedas, cruzan las fuerzas de choque. En Mora d'Ebre se situará un puesto de comandancia, siendo centro principal de abastecimiento. Cuando los republicanos se retiren del pueblo volarán su puente. Miravet, el último reducto en Cataluña de los templarios, cae en manos republicanas. Los fascistas no podrán recuperarlo hasta el día 7 de noviembre, casi al final de la batalla.

Hemos cruzado el río. Mientras corremos a destruir las alambradas, la suerte pone en nuestras manos una rueda de carro. No sé qué demonios hace aquí, la lanzamos y golpeamos con ella nuestro obstáculo, de un aproximado metro setenta de alto, mientras forzamos su rotura con máximo denuedo.

«Aunque deba existir solo dos días, por lo menos, que mi tiempo de existencia no lo haya malgastado en ser lo que no soy», piensa Pedro Hernández al cruzar el Ebro.

A las once de la mañana, en Ascó, el enemigo contraataca con dos compañías, y se enfrenta al primer escalón de la 11.ª Brigada. Solo dos batallones de la misma, a esa hora, han cruzado el Ebro. La pasarela utilizada la van a destrozar los artilleros fascistas, que provocan trombas de agua, zarandean nuestros oídos y estómagos, mientras nuestros tanques y nuestra artillería les contesta, desde la otra riba, la izquierda. En estas condiciones no se pueden tender los puentes.

Desde las siete de la mañana Ascó está cercado. Los fascistas no se rinden. Cuando faltan quince minutos para las once, los del Batallón Doce de febrero conquistan la torre de la iglesia, el eslabón final de su defensa.

La 11.ª Brigada, la alemana, mandada por Otto Flatter, que cruzó el río al sudeste de Ascó, pasadas las cinco de la mañana, ataca dicha población y recibe la ayuda de dos batallones de la 15.ª Brigada (mientras esta prosigue hacia Gandesa), que atacan por detrás desde el oeste y suroeste, y acaban conquistando Ascó, donde el enemigo dominaba las alturas. Suenan las ametralladoras, se derrocha energía, se suceden los ataques, perduran las fantasmales ruinas del castillo templario y no se logra el objetivo hasta pasado el mediodía.

La 11.ª Brigada Mixta Internacional Thaelmann, la alemana, está integrada por los batallones Thaelmann, Edgar André, Hans Beimler-Chapáiev, y Doce de febrero o Zwölfte Februar, compuestos por alemanes, escandinavos, austríacos y españoles.

Ernst Thaelmann fue el secretario general del Partido Comunista Alemán. Encerrado en la prisión de la Alexanderplatz de Berlín, desde marzo de 1933, morirá en el campo de Buchenwald el 18 de agosto de 1944.

Hans Beimler había sido diputado comunista en el Reichstag, y tras su incendio, fue encarcelado en Dachau, de donde se fugó un día antes de su ejecución, estrangulando al SS que lo custodiaba y disfrazándose con su ropa. Guardó su puñal nazi hasta que en la defensa de Madrid cayó abatido. Una lápida le conmemorará en el Fossar de la Pedrera, donde fusilarán a Lluís Companys: *Caigut per defendre la causa de la llibertat*.

La 12.ª Brigada Internacional o Garibaldiana, la forman italianos, y la 14.ª Brigada Internacional o Marsellesa, franceses.

La 13.ª Brigada Internacional Dombrowsky, la polaca, la forman los batallones Dombrowsky, Michiewicz, Rakosi, y Palafox.

Jaroslav Dombrowsky murió el 23 de mayo de 1871 en las barricadas parisinas de la Comuna, defendiendo la libertad de los pueblos.

La 15.ª Brigada , la inglesa, la constituyen los batallones Inglés o British, Lincoln, Español o Spanish, y Canadiense o Mac-Paps.

En la 15.ª, en el Lincoln, un hombre afroamericano, apodado El Fantástico, lanza las bombas de mano mucho más lejos que nadie. El batallón le debe el nombre al presidente Abraham Lincoln y a sus palabras: «El gobierno del pueblo, por el pueblo y para el pueblo nunca desaparecerá de la Tierra.»

Cuando el Batallón Hans Beimler-Chapáiev, el número 43, entra en Ascó, Ulrich, receloso, gruñe para sí:

«No me gustan las esquinas. Cada esquina es una esquina en la que puede morirse, si la muerte deambula en derredor.»

El pueblo está triste, árbol frutal sin hojas, sin flores, sin frutos. Se ubica junto al río, bordeado por un ferrocarril, con un túnel que atraviesa la montaña en el que Modesto, jefe del Ejército del Ebro, situará su cuartel general con oficinas y diversas líneas de comunicación. Las vías del ferrocarril van de Madrid a Barcelona.

El pueblo asciende en escalones hacia la cima. Hay casas enormes en altura, de tres y cuatro filas de ventanas, y rojizos tejados de desgastadas tejas; otras con muros de fango y piedra, vigas de madera y una vista que abarca los parduscos campos, las carrascas y las aguas, que fluyen impasibles y distantes en los ojos de Ulrich, absortas ante la inhumana carnicería que presencian, han presenciado y presenciarán. O que el cielo y la tierra les transmiten.

A lo largo de la batalla nuestras tropas, las fascistas, leales y victoriosas (recordará el teniente Andrés Muro) «van a ser trece divisiones más algunos batallones de refuerzo, algunas unidades independientes de ametralladoras, tabores y banderas, apoyadas por la agrupación motorizada italiana, la Legión Cóndor y casi toda nuestra aviación (unos 450 aparatos).»

Aquel día huíamos como asustadas bandadas de patos, sin orden ni concierto ante la avalancha roja. Pocos resistieron. La aviación y la artillería se emplearon a fondo llegando incluso a una intensidad de fuego superior a los seiscientos disparos. Gandesa resistió.

Al acabar el día las conquistas republicanas son Ribarroja, Flix, Ascó, Corbera, Benisanet, Miravet y Pinell. Las principales zonas de las sierras de la Fatarella, Cavalls y Pándols. Mora de Ebro está aislada.

La primera línea de fuego, dividida en tres sectores, se encuentra así, al acercarnos a la medianoche del lunes 25 de julio:

En Mequinenza, tropas de la 42.ª División ocupan el vértice de los Auts y el cruce de Gilalber, llegando casi a Fayón. Esta bolsa no resistirá aunque, por el momento, lo consiga.

En el sector centro, avanzan hacia Gandesa; se ocupan las alturas al este de Pobla de Masaluca y Vilalba dels Arcs, siguiendo la carretera de Vilalba a Gandesa, cercando casi esta y desbordándola por el sur con la toma del Puig de l'Aliga y la sierra de Pándols, próximos a la conquistada y perdida ermita de Bot, a venta Mateu y vértice Rey. A las nueve de la mañana, se ha ocupado la Fatarella; a las doce y cuarto, Ascó; a las dos de la tarde, el Castillo de Miravet.

En Tortosa hemos fracasado con más de seiscientas muertes. La 14.ª, la Marsellesa, no ha podido con la 105.ª División nacional. Se mantienen las mismas posiciones anteriores al cruce.

Pierre Landrieux, de la Marsellesa, ve pasar, envueltos en la niebla del alba y en medio de las aguas enfangadas y ondulantes, los cuerpos de sus camaradas muertos Ebro arriba. Con su casco o su gorra pasan de pie, pues el peso de los cartuchos o de las granadas, los hunde y vuelven a salir a la superficie y emergen la cabeza y el busto. No pueden cruzar el río y ayudar a sus camaradas que demandan auxilio desde la otra orilla.

Se luchará en altos bancales poblados de viñedos, una tierra de picos, collados, vertientes o laderas, pies, macizos, cimas o cumbres, cordilleras, torrentes, valles, navas, desfiladeros o gargantas, altiplanos o mesetas, riscos, afluentes, colinas, altozanos o altillos, prados, sierras y montes. La impresionante orografía será castigada por el fuego explosivo, la cólera, la rabia, la furia fraticida de una descomunal lucha de carneros.

Teníamos camiones Elizalde, de esos de seis mil kilos, y también unos Hispano Suiza de motor Diesel. Los fascistas circulan de noche con las luces encendidas, los nuestros las apagan. Siempre van con cautela, sigilo, simples sombras de una masa oscura, de la misma noche, y aparecen con el chasquido de la sorpresa.

Nosotros tardaremos en pasar. La infantería avanza. Se han seleccionado los puntos de cruce; allí donde el río tiene una anchura de 80 a 150 metros, y la velocidad del agua es de un metro a un metro y medio por segundo. Hay medios continuos y discontinuos de paso. En general, botes de remo y barcazas, que en el silencio y la oscuridad, con sorpresa, rapidez y decisión, llevan a cabo el cruce.

Después vendrán pontoneros, como Roque Esparza, a construir pasarelas de flotadores y de puentes sobre caballetes.

Echarán sobre el Ebro flotadores hexagonales de corcho, con planchas sobre estos, para permitir el paso en fila india de los soldados. Cruzarán sus aguas. Las pasarelas de este tipo son fáciles de construir, rápidas, y en un par de horas se tienden sobre el río. Los soldados las cruzan con determinación, treinta y tres por minuto; a veces, incluso más.

Después, eso no basta. Deben pasar los pesados camiones, y golpear y clavar sus puentes, de caballetes de madera, para que pase uno de sus camiones cada minuto. Y no basta.

Deben pasar sus tanques, sus carros blindados y su artillería. Necesitan tiempo, dos o tres días, para colocar sobre el río sus puentes de hierro. Sólidos y vulnerables. La aviación enemiga se ensañará con ellos y con el río. Será una lucha dentro de la batalla entre aviación y pontoneros.

Unen las orillas dos pasarelas entre Fayón y Mequinenza, una entre Ribarroja y Fayón, otra entre la Vall del Sant y Ribarroja, una entre Vinebre y Ascó, y otra entre Benissanet y Miravet. También lo harán cinco puentes de hierro, que serán destruidos; uno en la isla natural, donde se bifurca el río; otro, en Benissanet; dos, en Mora de Ebro y el último en Ascó. Y no basta. Aprovechan la línea del ferrocarril para crear uno especial en García. Utilizan la presa de la industria química de Flix y el teleférico para grandes pasos.

Tenemos más de noventa barcas, botes hinchables, tres puentes de pontones (comprados en Francia), doce de otros tipos, veintidós tanques T-26 y cuatro compañías de carros blindados (con ametralladoras en vez de cañones) como los que usan los italianos.

Los primeros en cruzar han sido los del Batallón Hans Beimler-Chápaiev. Alemanes, escandinavos y catalanes avanzan a la orden de: «¡Adelante, hijos de Negrín!», con extraños acentos en su pronunciación. No sé si lo dirá *Reconquista*, el periódico del Ejército del Ebro. En cualquier caso, la iniciativa es nuestra.

Nos adentramos en el rumor tranquilo del Ebro. Chapoteamos con nuestros pies su calma y una emoción y un ímpetu nos invaden: atacar sin descanso, expulsar de este frente al enemigo, expulsarlos de España.

Tras conquistar los pueblos, los que caerán o no, Mequinenza, Fayón, Flix, Mora la Nova, Miravet o Amposta, pintaremos sus calles con nuestros ideales y con nuestra alegría: «¡Viva la República!» Allí donde encontremos yugos y flechas, allí donde haya símbolos fascistas, los erradicaremos. Cuando hallemos la cabeza del enemigo, la imagen de Franco, dejaremos (bajo la misma) escrito: «¡El asesino del pueblo!»

El río se baña en sangre y la muerte aparece junto a la pólvora y el humo. Por él pululan las libélulas acompañadas por el incansable estridular de los grillos.

Reza el refrán que en julio normal, seco todo manantial. El río también ha adelgazado. La 33.ª Brigada, de la 3.ª División, ha sido la primera en cruzar, frente a Flix, bajo intenso fuego enemigo.

Roque Esparza llena de sorbos sus labios. Hay mucho trabajo aún por hacer. Para estar despierto, más despierto, bebe en un cazo en el que hay más boños que café, algo que debería ser café, aunque no lo parece. Bebe un sucedáneo de café; un agua sucia que deposita en el estómago al que preferiría, no obstante, atiborrar de lentejas, garbanzos, habas, guisantes, espárragos, apio o espinacas, de no ser por lo intempestivo de la hora y por la imposibilidad de engullir otra cosa que lo que queda en el metálico cazo.

Roque «fabla» con el estilo seco y a golpes característico de los aragoneses. Cuando dice el Ebro, dice *el Ébró*; acentuando sílabas de la misma forma en que diría Zaragoza (*Zárágózá*), con la misma contundencia con la que una unidad del Ejército republicano (comandada por Líster) redujo, tiempo atrás y a la fuerza, el Consejo de Aragón.

Escupe el último sorbo del cazo en el río. Evoca en su mente otros aromas, sabores y conocidos vegetales: albahaca, laurel, tomillo, salvia, romero, ajedrea, hierbabuena, ligústico, estragón, hisopo, eneldo, borraja o perifollo.

Recuerda que pronto llegará San Lorenzo con las fiestas de Huesca. Su pueblo natal, Angüés, está cerca de Huesca y él no vestirá de blanco con los adornos verdes (el pañuelo verde, en especial), ni beberá vino, ni llevará entre las comisuras de sus labios una ramita de albahaca o laurel, ni estará de parranda, sino que seguirá en la guerra, en la dichosa guerra, con sus sandalias y sus puentes de pontones.

A las ocho de la tarde de hoy, día 25, los fascistas han abierto las compuertas del pantano de Barasona y el río crece enrabietado.

Se dice que siglos atrás el castillo de Miravet le fue tomado a los moros merced a una subida milagrosa de las aguas del Ebro, que lo inundaron por completo. Al ver su rabia, parece posible que así fuera.

Al Ebro se le hinchan las narices. Sus aguas se desbordan de forma extraordinaria. La crecida de estas arrastra animales muertos, maderas, frutas, árboles enteros, ramas, cadáveres, ropas, algunas banderas y todo cuanto no puede evitar ser arrastrado.

Empezamos a tender, recordará Roque Esparza, pasaderas. Es decir, hileras de tablones colocados sobre hexágonos de corcho o barricas. Después la tropa pasa sobre ellos presa del diablo. Los bombardean, al parecer, casi al mismo tiempo en que cruzan el Ebro.

Es normal. Nuestros aviones no aparecen por ningún sitio. A lo mejor es que ni tenemos. No sé. El enemigo tiene cerca sus aparatos. Los aviones de la invasión tienen sus bases en Calamocha, Castejón del Puente, Logroño y Alfanén; la Legión Cóndor en la Cenia, Zaragoza, Tauste y Buñuel; los italianos en Caspe y Zaragoza. Los nuestros deben tenerlos en la luna de Valencia.

Nos toca tender una compuerta movida por un cable, capaz de transportar ocho toneladas. La artillería que vemos no es para dar saltos, desde luego. Algunos de nuestros cañones son antiguos, rusos, sin freno-recuperador elástico, o son piezas de la costa que se han colocado en sitios de los que no pueden moverse.

Hemos visto unidades de artillería, caballería, blindados, tanques, asalto, costa, transmisiones y demás. Esto va en serio. Quizá Negrín tenga razón y pueda cumplir su promesa. Quizá su Gobierno sea el de la victoria.

Con el corazón encogido en un puño, durante la medianoche de hoy lunes, la bibliotecaria Carmela Miró escucha en la radio el parte oficial del Ejército de Tierra, que al día siguiente, en Madrid, recogerá en forma escrita el diario *El Socialista*:

> Este: La jornada de hoy ha constituido un triunfo para las armas republicanas, que han llevado a cabo una operación de guerra de extraordinaria dificultad con la mayor precisión, conquistando todos los objetivos señalados por el mando.
>
> En las primeras horas de la madrugada, las fuerzas españolas cruzaron el río Ebro entre Mequinenza y Amposta, por sorpresa en una, y en otra por viva fuerza. Nuestros soldados, arrollando todas las resistencias, han hecho más de 500 prisioneros y han capturado abundante material de guerra, artillería y armamento de Infantería. Muchas unidades enemigas, incapaces de resistir nuestro violento ataque, han huido a la desbandada. Nuestros soldados continúan su avance a la hora de cerrar este parte.
>
> La aviación italo-alemana ha pretendido responder a nuestro ataque con una acción de aplastamiento, actuando sin interrupción durante el día, sin poder detener el avance de las columnas españolas. Por fuego de nuestros antiaéreos han sido derribados dos trimotores: un Junkers y un Heinkel.

Una lágrima resbala por las mejillas de Carmela, llega a su barbilla, salta al vacío, se cuela por su escote bajo, cruza su henchido pecho y sigue cayendo hasta el abismo.

«Va a ser una masacre —Suspira mientras piensa—. Van a bombardearnos sin descanso.»

Estamos agrupados (de modo sucesivo) en división, brigada, batallón, compañía, sección, pelotón y escuadra. No sé si los fascistas se agrupan de la misma forma ni en el mismo número. A mí las matemáticas me cabrean y me aburren, por lo que no les presto atención. Sé que somos muchos y muchos serán los que se dejarán la piel.

En ambos bandos.

En los internacionales hay franceses, poloneses, italianos, australianos, filipinos, islandeses, sirios, ucranianos, suecos, norteamericanos y demás. Dicen que hay hasta un mongol. De todo, como en botica.

La guerra de la aviación se resume, en números, en unos doscientos contra unos cuatrocientos cincuenta aparatos como media. Falta coordinación entre nuestras distintas armas y hay quizá, también, una deficiente capacidad de maniobra.

Las fuerzas invasoras lanzan la primera ofensiva el 6 de agosto. Una acción secundaria en la bolsa Fayón-Mequinenza y, entonces, nuestras tropas se retiran con orden y sin pérdidas importantes. Delgado Serrano nos ha reconquistado la bolsa del Norte.

Estamos en julio. En dos días conquistaremos veinte kilómetros de profundidad por cuarenta de ancho; unos ochocientos kilómetros cuadrados, que el enemigo irá recuperando palmo a palmo durante casi cuatro meses.

Ahora le llegan refuerzos de Cáceres (74.ª División) y de Levante (4.ª División de Navarra).

Las fuerzas invasoras tienen en Mequinenza a la 13.ª División (Barrón), en la Fatarella a la 50.ª División (Gómez Gureta), en Tortosa a la 105.ª División (López Bravo) y en Xerta al Cuerpo de Ejército Marroquí (general Yagüe).

Ahí van los Messerschmidt. Los aviones alemanes sobre los pontoneros. La lucha prosigue incapaz de detenerse, inerme barca a la deriva, sin razón, a merced del océano, desplazada del mundo y desplazando al mundo.

Este aire caliente e incómodo, que se levanta en verano, se llama bochorno. Viene del *vulturnus* latino. Viene de antaño y llega desde África, desde el sur, desde el inmenso desierto que parece sumergirnos con su infernal aliento. Una mano de aire aprieta nuestro cuello, nos seca la garganta y nos hunde paso a paso un poco más, un poco más en la tierra.

Pasamos el Ebro. Tiempo atrás lo hizo Carlos V y días después lo pasan nuestros camaradas. Y allí están los periodistas de los diversos medios, para escribir o radiar sus crónicas, sus artículos de opinión impresos o sus noticias a las ondas. Están los operarios de la Film Popular de Barcelona filmando nuestro cruce para su noticiario *España al día*, con sus pesados trípodes y sus cámaras que parecen cajas de galletas (ojalá lo fueran) enfocando nuestras barcas, soldados y remos. Grabando, en películas sin color, el paso del Ebro.

«Son nubes de buen tiempo, cúmulos —relatará Diego Zaldívar—, las que hay cuando cruzamos el río. Son nubes blandas de contornos definidos, base plana, la parte superior con forma de cúpula y con protuberancias redondeadas.»

El armero que ajusta la carga del portabombas le comenta lo bello que es el día. Los nuestros atacan sin nuestra ayuda. Cruzan el río y avanzan sin apoyo aéreo. Nunca podrá entenderlo. Aunque así fue. Así es.

El enemigo tiene aviones como el italiano Savoia-Marchetti S.M.79 o los alemanes Junkers. El Ju-52 alcanza los 270 kilómetros por hora, con un techo operativo de 5.900

metros, siendo portador de quinientos kilos de bombas y un par de ametralladoras.

También tienen los fascistas el Chirri o Fiat 32. El mejor caza de interceptación enemigo es sin duda el monoplano Messerschmitt Bf 109B, con una velocidad de 550 kilómetros por hora, un techo (inalcanzable para nosotros) de 10.500 metros y armado con dos ametralladoras pesadas de 13 mm. Cuando te encuentras con uno de ellos, con sus plateadas alas y sus círculos con una equis superpuesta, solo puedes buscar su punto débil: el miedo del piloto. Si creen que tienes las mismas posibilidades que ellos de morir o de salir vivo, se irán. Es un riesgo que no quieren correr. Un mal negocio. Si no lo logras, te derriban.

Nosotros tenemos los Polikarpov I-15 y yo, dentro de poco, mi nuevo I-16. El I-15 alcanza más de 350 km/h, con un techo de nueve mil metros, con cuatro ametralladoras Lewis de 7,62 mm y una posible carga externa lanzable de hasta ocho bombas. Cuando me derriben con mi I-16, del tipo diez, volveré a llevar uno, un *Mosca*, con los colores de la bandera republicana en la cola y el distintivo de la tercera escuadrilla (un seis doble, una ficha del dominó) que me habrán pintado deprisa y corriendo.

Ahora, sin embargo, en breve voy a tener mi nuevo I-16, del tipo diez, el llamado *Supermosca*, que alcanza más de 400 km/h y un techo de nueve mil metros, armado con cuatro ametralladoras Lewis de 7,62 mm y capacidad para realizar conjuntamente 1.800 disparos por minuto. Allá arriba nunca piensas en las cifras. Nos llaman los del *Chupete* por el sistema de oxígeno para respirar allá arriba, y también los de la nariz fría.

Nunca podré entender por qué avanzaron sin apoyo aéreo.

No es un cielo lunoso aunque Pérez López lo escriba en su diario. Pedro Hernández no reniega. Lo han aislado en otra parte.

Malcom Dunbar, de la Quince Brigada, ha elegido los lugares de paso de acuerdo con la información de los comandos. Cruzamos entre Flix y Mora. Algo más al sur, la Catorce Brigada, la franco-belga, pasa cerca de Amposta.

Repetimos lo del ovillo de cordel, y usamos cables para que los botes que transportan a las tropas y armas pasen el Ebro. Volvemos de nuevo a disfrazarnos con uniformes nacionales. Marchamos en fila india hasta llegar a la carretera que conduce a Madrid. Tomamos posiciones junto a un pequeño puente con las automáticas y los morteros a punto. Siete guardias civiles caen en una casa cercana bajo nuestras dagas. Los desvestimos y cogemos sus uniformes. Lanzamos sus cuerpos a un hoyo. El coronel Peñarredonda nos odia y ha ordenado que se dispare a cada brigadista capturado.

Debemos tomar Corbera, nos informa el enlace motorizado, Ulrich. Atacamos a las once. Avanzamos en dos líneas cerradas pegados a las aceras. Las otras compañías rodean la ciudad. Les disparan. Dos mueren. Ha sido una mujer que una granada abate, sin que por ello deje de sostener su arma entre las manos.

Encontramos después a tres pilotos alemanes. Uno nos dispara y liquidamos a los tres.

Durante media hora silban las balas. Parapetados tras las puertas, aprovechamos resquicios y agujeros para disparar a cualquier cosa que se mueva. Aparecen cuatro legionarios en la calle y los dejamos avanzar. Les disparamos casi a bocajarro. Llegamos al cementerio, rodeado por un alto muro. Llevamos cinco bajas: tres muertos, un herido y un desaparecido. La ciudad ha sido tomada.

Para tomar el cementerio el mejicano carga el mortero y el checo prepara su automática. Está lleno de enemigos. A granadas y cuchillo tenemos que limpiarlo. Los muertos y los vivos se confunden sobre las tumbas y las explosiones. Entre el humo cantamos la Internacional para saber quién es quién. Avanzamos despacio. El enemigo continúa en sus agujeros. Dos horas así. El mejicano regresa con cien republicanos a la espalda. Tenemos seis bajas: cuatro muertos, un herido en la cabeza y otro en el brazo. Éramos solo cinco. Recibimos diez hombres más: dos daneses, un finlandés y siete polacos de la caballería que se han quedado sin caballo.

Seguimos hasta Gandesa. Por el camino topamos con un guardia civil atrincherado frente a un manzano. En su trinchera cae una granada y muere con la pistola todavía en la mano.

Llegamos a una granja. Todo está abierto, puertas y ventanas. Ni un alma. En los establos hay cabras, mulas, dos caballos, algunas vacas y enjaulados conejos. El fuego está encendido y hay comida en la mesa. Nos la comemos en un claro tras la casa. Dormimos bien por una noche. Al alba, el vigía subido al pino ve venir por el camino una columna de carlistas. Avanzan como hormigas hacia la granja. Los sigue otra columna con mulas cargadas de automáticas y morteros. No podemos enfrentarnos, aunque hay que detenerlos. Enviamos a dos polacos en busca de refuerzos y posicionamos un par de automáticas, con rapidez, en la cima de la montaña.

El enemigo avanza sin cubrirse, seguro de estar a salvo. Por los binoculares les vemos entrar en la granja. Cogen los caballos y las mulas. La columna avanza, de nuevo, hacia la cima de la montaña. Otra columna, esta de boinas rojas, avanza por la izquierda. Llega, sin aliento, un polaco: tres compañías de las fuerzas de Líster, con mulas y armas pesadas, están a punto de unírsenos. Suben como corderos; sus diez exploradores demasiado juntos a la columna. En el cielo, cinco o seis aviones de reconocimiento se acercan. Escondidos en la maleza, agujeros o rocas nadie se mueve. Vamos a usar la táctica de los indios: dejar que el enemigo se acerque casi hasta nosotros y entonces sorprenderlo.

Caen como moscas. La columna carlista huye hacia el bosque. Llegan los refuerzos de Líster, se posicionan y también disparan. El enemigo se empeña en avanzar y sus hombres no cesan de caer.

Una pequeña línea de tanques italianos aparece tras ellos. Cuatro cañones antitanques los están esperando. Es la primera vez que tenemos armas pesadas y el enemigo no lo espera. Apuntamos con los morteros a la granja repleta de soldados. Huyen hacia el bosque.

Hace mucho calor y el agua escasea. Las tropas de Líster ya cavan trincheras. Infernal nos llueve la artillería enemiga. Colocamos una Maxim en posición. Logramos detener tres tanques; los otros se retiran. El enemigo se reagrupa y carga de nuevo. Otro batallón nos llega de refuerzo. Ahora solo éramos siete.

Los griegos llamaban *Elaios* al Ebro y los romanos, *Hiberus*. Fue el río de Hiberia, de la Iberia de los griegos. Y sigue siendo ese río.

Seis siglos antes de Cristo, el historiador Avié, en *El periplo marsellés*, dijo del Ebro que es un *oleum flumen*, un río de aceite. Una metáfora acertada.

La guerra no es algo nuevo para el río. Vivió las Guerras Púnicas, donde, casi en su desembocadura, derrotaron los romanos a los cartagineses.

Los romanos llegaron y construyeron atalayas para vigilar su recorrido y los árabes, castillos que perduraron hasta la Baja Edad Media.

Entonces navegaban por él y había puertos importantes en Tortosa, Mequinenza o Ascó. Luego no importarán ni su comercio ni su navegación. Solo su agua. Cada vez más escasa en el mundo que los hombres destruyan.

Aguas teñidas de rojo, como el mar durante una levantada de atunes en las almadrabas del Estrecho, son las del ancho Ebro que discurre de Mequinenza hacia su delta, pasando por Fayón, Tivenys, Tortosa y Amposta.

Se pasea la guerra por los contrafuertes de Pándols, el Matarraña, el Canaletes y el Siurana, los profundos meandros engorjados del transcurso del Ebro entre Ribarroja y Flix.

El río viene del Nela, Oca, Jerca, Omecillo, Zadorra, Tirón, Najerilla, Iregua, Ega, Aragón, Alhama, Arbra, Gállego, Jalón, Guadalope, Matarraña y Segre.

Maik toma una foto del British en la que tres soldados, con sus gorras, están de pie y ocho más en cuclillas, cada uno a lo suyo, tratando de explicar algo sobre un mapa. Tras ellos, olivares. El sol lo inunda todo.

Pablo en verdad se llama Paul, que es como se dice Pablo en euskera. Perich le llama Pablo igual que él le llama Basilio, en vez de Basil, que es como se nombra su nombre en catalán.

A Berta le habría gustado el nombre del vasco. Proviene de la raíz latina *paulus*, pequeño, débil. A ella le encantaban esas cosas.

Cuando conozca a Roque, le diré que su nombre es de origen latino, roca, y prerromano, *rocca*. También pudiera provenir del germánico *Hroc*, grito de guerra, o de *rohom*, bramar. Roque un tipo valiente y honrado, de temple aragonés y un rostro pétreo como las rocosas atalayas de su tierra. Cada dos por tres reniega: ¡*Rediós*! O bien: ¡*Rediez*! Son cosicas que él mismo podrá contaros o que vosotros mismos podréis sentir.

Los pontoneros hemos calculado que serán necesarios trescientos metros de puente de hierro, aunque al final emplearemos mil quinientos. La 35.ª División capturará en Corbera un parque de pontones fascistas, compuesto por treinta y cinco pontones pesados de fabricación danesa, que no podremos usar hasta que tengamos los adecuados medios de transporte. También caerá una pagaduría franquista, y las monedas y billetes fascistas alfombraran durante varios días las calles de Corbera. De la puerta del Ayuntamiento arrancaremos un retrato de Franco.

En García, donde el Siurana entrega sus caudales al Ebro, va a haber también trabajo. El puente ferroviario se eleva trece metros sobre el lecho del río. Hay que reconstruir un tramo de cincuenta metros y una pilastra que destruimos al retirarnos meses atrás. No estará terminado hasta octubre. En agosto, ya podrá usarlo la infantería.

Los puentes pesados no resisten las crecidas por los cambios de perfil del fondo. La enérgica corriente arrastra las tierras del lecho y hunde y desvía los soportes.

Los del Batallón Número Uno desmontan las pasaderas y los puentes de vanguardia cuando llega el alba, para que no los destruyan las *Pavas*. Los pasos se efectúan solo por las noches. Tardamos tres horas en montarlos. Cruzan durante tres o cuatro horas y después toca desmontarlos. La situación requiere esfuerzo y abnegación sin límites. Nos acompaña el murmullo del Ebro.

Los de la 100.ª Brigada se apoderan de un camión con diecisiete ametralladoras del Batallón franquista Número Cincuenta y, por los pelos, se les escapa la artillería a la que ven salir de Pinell hacia Gandesa.

Un pelotón de marinos, agregados a la Brigada Diez, le ha rebanado el pescuezo a unos oficiales fascistas. Otros combatientes han hecho prisioneros y conquistado un tren con equipos y vituallas.

Cuando el río crezca, no solo traerá agua, los rebeldes lanzarán a él también brulotes y nuestros ingenieros tendrán que prever los daños y hacer frente a lo imprevisto, como cuando en Lérida habían saqueado los rojos la población y llevaban medias de seda en las mochilas.

Todo está en marcha. Todo va a nuestro favor. En el Puesto de Mando se recibe el primer parte, transmitido por un telefonista:

«La operación ha comenzado y todo marcha bien.»

Carta número 344

Amada Berta:

Aunque nunca recibas esta carta, ni las demás, has de saber que no te olvido. Cruzar el Ebro ha sido terrible y fascinante. La sorpresa era esa: la importancia de la acción. Estamos atacando y quizá retroceda el enemigo. Me siento ligero, casi con alas, como el primer día que recibí tus besos, que intercambiamos de forma apasionada, el flamígero aliento de nuestras mutuas almas. Sé que son una sola; un alma fragmentada.

¿No escuchas, mi Berta, el monótono compás de los relojes, la melodía de las chicharras y el cri-cri de los grillos? Pues eso, entre los pasos de la tropa, es todo cuanto ahora me acompaña; el balanceo de las armas y los hombres, la súbita aparición de algún conflicto, el rumor de las aguas que hemos dejado atrás. Estoy cansado. Como todos. No lo bastante para no garabatear lo que está sucediendo; nuestra vida en esta loca guerra que es quizá interminable. Podemos vencer. Podemos decidir la guerra a nuestro favor. La República lucha. Se defiende.

Cuando amanezca, todo el mundo sabrá que estamos atacando. Quizá tú también. Quizá vosotros también. No podemos parar. No hace falta descanso. Empujo por ti mis pies y mi fusil, mi corazón quebrado y conquistaremos la libertad y la justicia del pueblo, por el pueblo y para el pueblo. Somos una avalancha hidrológica y humana, una corriente de valor y coraje, que defiende un orden legal y democrático, unos valores y un sistema plebiscitados y dignos contra la invasora tiranía fascista.

Nunca te apasionaron estos temas. Lo comprendo. Solo quería decirte y decirme, garabateando algunas letras, que mantengo el recuerdo.

En medio de esta locura te recuerda con amor, Berta,

tu Basilio.

3

Avanzamos

...pensó en el Ebro. Así como era posible derrotar en sus primeros días una ofensiva meditada por largo tiempo en razón de eventualidades imprevistas a las que se había dado ocasión de madurar, de la misma manera algún movimiento desesperado y repentino podría triunfar precisamente por el número de posibilidades que destruía de un golpe...

Bajo el volcán
Malcom Lowry

Franco está en Burgos. Pacón le despierta y el Generalísimo telefonea de inmediato a Kindelán. Le ordena:

—Bombardead de forma masiva sus cabezas de puente.

Mientras, piensa en las veces que ha desoído las peticiones de refuerzos de Yagüe, quien en su optimista informe, de apenas hace tres días, le aseguraba poder contener cualquier ataque.

El cielo tiembla con el avance ensordecedor de la aviación. Roque sonríe. ¿A ver cuántas bombas necesitan para tirar un puente? El enemigo aéreo escupe su iracunda y mortífera carga con abrumador potencial. Roque sonríe. Bajo el incesante silbido que provocan las bombas al caer, y el maullido perpetuo de los cazas y de los bombarderos, canta Roque:

Cien mil veces que los tiren,
cien mil veces los haremos.
Tenemos cabeza dura
los del Cuerpo de Ingenieros.

Cuando llega la noche reconstruyen los puentes que la aviación fascista destruye o intenta destruir durante el día. A veces, solo son uno o varios tramos que, con la máxima celeridad posible, se arreglan aún a riesgo diurno de sus vidas, con muy poca cabeza y muchos huevos. Quizá con la *seguridad* de no morir en el intento; puesto que el bombardeo aéreo no es tan preciso como el de mortero, y la mayor parte de las veces provoca descomunales chapoteos en el agua, espontáneas fuentes, surtidores o chorros verticales que divierten bajo la bélica sinfonía del ataque; o desde el parapeto, a la espera de la nocturna tarea de la reconstrucción.

Nuestros macutos habían quedado amontonados en una casa del campo al otro lado del río. Nos dieron diez peines y cinco bombas de mano. El suelo de la casa había quedado repleto de documentos sindicales y políticos abandonados para aligerar peso y hacernos gente anónima.

Los pontoneros tienen dos puentes en Mora, el del Camí de Les Sinies delante de la Fonda Turú y el de la isla, aguas abajo. Muchos quedarán enterrados en el Hort de la Cardeneta.

Los republicanos se habían adelantado un par de horas a la hora solar y los nacionales, una. Los horarios de ambas zonas no hacen referencia a la misma posición solar.

Los zapadores ferroviarios enemigos en junio habían extendido los carriles del tren hasta Pinell de Brai, y así el Ejército rebelde tiene una vía rápida de suministro y transporte de tropas en la estación de Bot, a cinco kilómetros del frente.

El Ebro no es el Alcanadre, cuyo puente colgante fue quemado, en la carretera que lleva a Barbastro, para que no llegaran a Angüés los republicanos. La 11.ª Brigada de Líster, en agosto del 37, llegó y lo ocupó por las armas. Roque se marchó con ellos.

Angüés es una villa del somontano oscense que le vio nacer en 1912 y que dista poco más de una veintena de kilómetros de Huesca. Es una tierra árida que Roque ve reflejada en las tierras del Ebro, en sus circunstantes márgenes, donde la guerra adquiere una máxima dimensión de barbarie, y él tiende sus puentes sin mayor impulso que su tozudez, su berroqueña fuerza y la conciencia que nada volverá a ser como fue.

Angüés cayó en manos nacionalistas el 26 de marzo de 1938. ¿Qué peligro entraña un pueblo de agricultores? ¿Quizá las armas de caza? Lo cierto es que lo más peligroso que pudo haber allí fue el CORS (Confraternidad Obrera Radical Socialista), o tal vez el pequeño grupo de teatro que dirigía don Benjamín Royo Colás, q.e.p.d., gracias al cual existió el CORS, con ¡una biblioteca! En ese local mucho antes de la guerra, en el 35, se estableció la CNT, después, CNT-FAI, que fue barrida por Líster. Solo la formación del Ateneo Cultural podía entrañar algún imaginado peligro.

Roque no va a volver a Angüés, ni a los campos familiares, ni a paladear los tintos y claretes en porrones o botas. Ni a recorrer San Marcos, Monte Casbas, Las Planas, Arnillas, llegar casi a Bespén o llegar casi a Casbas. Ni a disparar un arma yendo de caza sin recordar su paso por el Ebro.

Flix, Ascó, Mora d'Ebre, Miravet y su castillo están organizados para la defensa circular con alambradas de dos a tres filas de estacones. Las numerosas guarniciones rebeldes no parecen dispuestas a rendirse, y la 35.ª División no está aquí de paseo.

Freud tenía razón cuando le escribió a Einstein que, en general, los hombres solucionan sus problemas acudiendo al uso de la violencia.

En Miravet, a los pies del castillo, el Ebro serpentea junto a la sierra de Cardó.

Subimos por el monte desde una calle que bordea el acantilado, desde el embarcadero hasta la iglesia, con arcos apuntados de ladrillos. Las balas silban enojadas sobre nuestras cabezas. Tomamos una calleja que al trecho es un sendero ascendente, tras las últimas casas del pueblo en la falda del monte. Lo subimos para acercarnos al castillo. El insistente silbo de las balas continúa. Vamos disparando cuesta arriba hasta llegar a unos trescientos metros sobre el nivel del río entre atajos, jaras y pedruscos desprendidos y el silbo de las balas que se han encaprichado de nosotros.

Los rebeldes intentan resistir en el castillo como siglos atrás lo hicieran seis templarios cuando ya el resto había desistido. Tanto ellos como estos han acabado siendo capturados. El final varía en ambos casos.

La puerta de entrada al castillo debe abrirse tras un umbrío pasadizo amurallado, herencia del paso del Islam por estas tierras en tiempos pretéritos. El castillo lo forman tres recintos. El segundo de los cuales, en el que nos hallamos, tiene dos cámaras abovedadas que son, o han podido ser, bodega y granero.

A nuestra izquierda, hay un muro que limita el tercer recinto, en pendiente hacia el pueblo y el río. Las balas silban a lo lejos y un cañoneo pretende acompañarlas.

A nuestra derecha, un túnel en el muro comunica con el primer recinto, en el que están las partes esenciales de la fortaleza. Desde ellas, los rebeldes hacen silbar las balas, con su determinación y sus fusiles, a pesar de haber sufrido nuestros cañoneos, cuando nos disponemos a desarmarlos y subimos hasta aquí.

El túnel da a un patio de armas, al que se accede desde la galería del castillo. A la derecha de dicho túnel hay una puerta, de arco de herradura cegada, que conduce a la sala capitular, refectorio y dormitorio, en la que hay evidentes vestigios de las huestes vencidas.

En la sala capitular, una sala interior da a un patio alto, el de la Sangre. Se dice que aquí fueron degollados los seis últimos templarios que resistieron al asedio del año 1308. No haremos nada parecido a nuestros prisioneros. Me temo que ellos quizá sí nos lo harían a nosotros.

Desde el patio, tras una escalera exterior, están las estancias comunicadas con la capilla románica de una única nave. Una escalera de caracol de 44 peldaños lleva desde los pies de la capilla a las torres de defensa y a otras dependencias. Hemos tomado absoluta posesión del castillo. Está limpio.

Desde el patio de armas puede verse la escalera que comunica con la galería del castillo, y el piso superior con una balaustrada de cuatro arcos de herradura cegada, y sobre estos, unos metros más altas, dos pequeñas ventanas de idéntica proporción. Junto a la escalera, de frente a nosotros, se yergue una enorme puerta, pórtico mayor a los de la balaustrada, con una más pequeña a la derecha, en la esquina, y con una finísima ventana entre una y otra a una altura mayor. Perdura el eco latente del silbido perpetuo de las balas.

A la capilla se entra por una puerta que queda a la derecha y a la espalda; a nuestra izquierda, una ventana rematada en arco deja pasar un claro y amplio haz de luz. Tres arcos de herradura cegada se suceden hasta llegar a la pared final, con un altar enfrente, varias cavidades en el mismo y un Cristo tallado coronando el aéreo vacío del último arco.

En el exterior, la mirada y la memoria no pueden ocultarnos las murallas sin almenas, los ladrillos con algunos impactos, las formas del castillo castigadas por la guerra y el tiempo; no es la primera vez que esto sucede, que aparecen ante nosotros por el camino de hierbas y rastrojos, de polvo y de sudor, que nos ha llevado a la conquista.

Proseguimos nuestro avance. Algunos pocos camaradas se quedan aquí.

Por detrás, en la parte posterior de la fortaleza que no da al río, al alejarnos, vemos las tres enormes torres del castillo de Miravet. A la izquierda, en la parte de arriba, hay dos finísimas ventanas; en la parte de abajo una tan solo. La torre central está agujereada por los impactos superiores. A su diestra, aparece un boquete, casi un mordisco tétrico y enorme, producto de la lluvia colérica de nuestra artillería. La torre lateral, a la derecha, también presenta numerosas huellas de balazos. La palma se la lleva la pared contigua a la torre lateral izquierda, donde las balas silban todavía en silencio su canción de conquista.

Han apresado al comandante del castillo de Miravet durmiendo en calzoncillos y a 60 o 70 soldados.

En la Fatarella, un comedor está con las judías preparadas para cenar, en una casa sencilla cuyos propietarios han abandonado para poder huir. Algunos soldados han ido al bar y se sirven copas y juegan al billar. Estaremos aquí hasta las cinco de la mañana.

En la venta de Camposines u hostal del Pau o masía de Peret, se bifurcan las carreteras que llevan hacia Corbera y Gandesa, y hasta la Fatarella.

Nos paramos en la venta de Camposines y no tomamos nada por temor a ser envenenados. Arrastramos las ametralladoras por la carretera y queremos ponerlas en un carro, aunque seguimos tal como hemos llegado.

La 42.ª División se apodera de una batería del 15,5, fabricada en Trubia, con todos sus complementos.

Julio es tiempo de libélulas. La época en que los polluelos del buitre leonado y del negro abandonan sus nidos, se lanzan a la aventura de volar, y planean sobre el cielo como vuelan ahora los viles Heinkel, Junker, Fiat, Caproni, Breda, Dornier y demás sobre nuestras cabezas. Este año todo es distinto.

Ha florecido la hierba de Santiago, con sus ramilletes de flores amarillas, mientras los lobeznos comienzan a unirse a la manada, en su desconocida función depredadora, como entre sí los hombres que combaten en uno y otro ejército.

Es tiempo para que el cereal, trigo, cebada u hordio, esté cosechado y rebose en los graneros y los silos. Solo la destrucción, la locura y la guerra rebosan en la época que nos toca vivir. El eslizón, las madreselvas, los alimoches, las águilas reales, sus nidos, los lebratos conocen también el repetido juego de la guerra: el hombre no escarmienta.

No es el Ebro hombre para saber dónde es mejor vivir, dónde es más agradable. A Roque le parece justo que sea allí donde se pueda copular como conejos, recolectar el poleo en estos días y evitar la alergia que generan las ramas de los pinos negros, teñidos de diminutas esferas amarillas de polen, en las que se cifran todas las esperanzas de supervivencia de la especie.

Cualquier lugar en paz. Muchas cosas mejoran en buena compañía. Le acompaña la guerra: su negra humareda, su polvo, sus bombas que caen en el agua, el resplandor de las explosiones, los puentes que saltan en pedazos, el runrún de los motores de la aviación facciosa e incesantes, llueven las bombas.

Los rebeldes han abierto los embalses pirenaicos: primero los de Tremp y Camarasa, Noguera Pallaresa, y, más tarde, los de Barasona y Esera. Se ha elevado de metro y medio a dos metros el nivel del río, y su caudal se ha incrementado en más de quinientos metros cúbicos por segundo. Se siente fuerte. Fluye con potencia. Su corriente destruye, se lleva o anega cuanto se opone a su paso. Los puentes construidos, o en construcción, tiemblan ante su colérica crecida. El Ebro se desborda como una ola de mar de siete metros. Sin duda, arrasadora.

Un lobo de agua con las fauces abiertas crece a cada paso, desbocado, furioso. Rabia con hidráulicos zarpazos y pasará algún tiempo hasta que consiga retornar a su calma y su normal reposo.

La guerra no le deja. Le inunda de metralla, de artilugios, de hombres obcecados en su fragorosa decisión de victoria, o en su cobarde y comprensible anhelo de supervivencia. El *juego* continúa.

Jerzy recordará que el Batallón Número 41, de la 11.ª Thaelmann, lleva el estandarte con el nombre y número en una bandera roja sobre la que, en amarillo o blanco, están dibujados la hoz y el martillo comunistas.

Sus fuertes manos intentarán describir cómo lleva su fusil en el hombro derecho y la forma de su casco de hierro, del tipo alemán, con su barboquejo o correa que lo sujeta de un lado a otro, pasa por debajo de la barbilla, roza la nuez, para que se aferre protector a la cabeza, y en los lances del combate no se quede al descubierto.

¡Maldito barboquejo! ¿Sabes qué sucede si está atado y bien atado durante un bombardeo? Que un impacto de metralla, con la fuerza y dirección apropiadas, puede desnucarte. Y entonces...

En los azules y vidriosos ojos del polaco Jerzy, semejantes a pequeñas porciones de un cielo intenso, claro y soleado, los recuerdos fluirán cual relámpagos, chispazos, que salten en el tiempo.

El 26 de julio todos los pueblos de la zona están en nuestras manos en lo que los militares denominan «bolsa». Gandesa no ha caído.

La Vanguardia del martes 26 de julio, diario al servicio de la democracia, con un coste de treinta céntimos, informa:

> Triunfo de las armas republicanas. Avance victorioso a través del Ebro, que fue pasado ayer entre Mequinenza y Amposta. Han sido capturados quinientos soldados enemigos. También ha caído en nuestro poder abundante material de guerra. Muchas unidades invasoras huyen a la desbandada.

Cuando llega la noche y los republicanos aumentan sus pasos por el río, mucho más seguro que en horario diurno, y deambulan prisioneros tiempo después lo harán camillas, heridos y tropas de refresco Roque Esparza añora su pasado y su villa natal.

Añora los días en que iba de caza con su escopeta de un cañón por los montes y caminos de Angüés; en especial por los que llevan a Tamariz, a un kilómetro y medio más o menos del pueblo, cerca de Torres de Montes, a un lugar del que brota el agua que hasta allí llega, escondida bajo la tierra, desde Sierra Guara. Echa de menos los campos sembrados de girasoles y los que lo están de cereales. Caminar entre riscos al acecho de tórtolas, palomas torcaces, perdices, codornices o los patos que aparecen por el Arnillas, que para otros es el río Rija, casi llegando a Bespén, en vistosas bandadas. Ver saltar los conejos entre los surcos de los arados, las zarzas, los matorrales o los matojos de los pequeños barrancos. Buscar sus madrigueras, seguir sus rastros, sus pisadas o atisbar la sonrisa de las liebres. De vez en cuando tropezar con jabatos o tercos jabalíes. Sentir la emoción en las venas y regresar contento, por lo menos, con alguna pieza que llevar a la mesa. Medio cántaro de vino, los jamones en la saladera, manteca de cerdo, pasas, aceite, caracoles y embutido en las garnachas.

Ir a regar los huertos, recoger tomates, lechugas y patatas, con el sudor que anega los ojos y las manos, con la satisfacción de trabajar la tierra, a azadadas de corazón y rabia, mientras el trigo crece y las uvas asoman en las viñas. Asistir al milagro de la elaboración del vino, la vendimia, mover los toneles de roble cuando la luna mengua y pisar las uvas en circulares y enormes recipientes de madera, oler el mosto, dejar que nazca el vino acunado en toneles que rezuman su alcohólica y atrayente fragancia, para en un futuro y con mesura, paladear el fruto recogido.

Echa de menos el baile de los sábados por la noche y el paisaje cambiado por las luces últimas del crepúsculo.

Cuidar las gallinas y los cerdos, sacrificarlos a su debido tiempo y obtener los nobles y tradicionales alimentos: longanizas, tortetas, chorizos, pancetas o jamones. Acudir a los bailes y celebrar las fiestas. ¡Ah, los pajares! Limpiar las caballerizas y abrevar, si se tienen, a los caballos o a las mulas. Salir de su calle, caminar hacia arriba, girar a la derecha, dejar a la izquierda la plaza, caminar todo recto hasta donde tiempo después se hará una fuente de tres chorros; junto a esta, el abrevadero de los animales y, separados por un muro, el lavadero, en el futuro rodeado de árboles y jardines, una casa, una calle y al final una carretera que dará a otra, en el cruce, con dirección a Huesca.

Lanzarse a nadar en el Alcanadre. Ir a pescar. Atravesar los campos, contemplar los cielos, distinguir los halcones, los cuervos con quejosos graznidos, los tordos o las águilas, más difíciles de ver. Pastorar las ovejas u ordeñar las cabras. Contemplar el vuelo de los buitres en círculo o, algunas veces, tropezar con los lobos, que los libros creerán extinguidos, a la hora del último crepúsculo. Vivir conforme a lo heredado, conforme a la naturaleza, sin más necesidad que el aire de los campos y un humilde lugar de descanso junto a la laboriosa tierra donde depositar todo su esfuerzo.

Ahora le esperan anclajes de madera o de hierro, el puente férreo en Flix, el puente de madera en Ascó, Ginestar, Benissanet, Mora, lejos del jadico y el estral, la hoz, los cencerros, las forcas de aventar, las abarcas de cuero, y una bacia de cobre, quijotesca, usada como sus compañeros que cuelgan como cerdos en el camatón a la espera de su despiece en Pándols, y en Cavalls. La DCA, Defensa Contra Aeronaves, usa sus baterías Bofors de tiro rápido y no da a tres en un burro. Los artilleros estudian sus planos de escala 1/50.000 en el puesto de mando, y los puentes especiales checoslovacos que había comprado Tarradellas, aunque no pagados en el momento oportuno, ni han llegado ni llegarán nunca, por lo que al mismo tiempo no podrán pasar la infantería y el material pesado con los medios tradicionales.

Cuando estalla la guerra Angüés ya no es Angüés. España no es España. Es necesario construir tres refugios: uno, utilizando los pequeños covachos del Fosaler; otro, bajo la demba de Cáncer, próximo al camino del pozo; el último, en la calle Tamariz, su calle, excavado en la roca, bajo la futura plaza

Garriga, en la que un feo monumento conmemorará a las víctimas de la Guerra Civil Española.

Un buen día pasa, Roque, de cazar animales a asesinar personas. No es más que un asesino. El enemigo no es más que otro asesino. Tal vez los dos añoran una tierra similar, una familia parecida y algunos semejantes buenos deseos. Los intereses o qué sé yo qué, los tienen por azar enfrentados. Están aquí para matarse, no dejarse matar o pasar a ser unos u otros prisioneros. Ah, y los cabroncicos de siempre llegan desde el aire para joder los puentes.

Se tienden y repliegan los puentes en el transcurso de la noche. Las caravanas de camiones con las luces apagadas se acercan al río. Los camiones pasan, descargan en sus puntos de destino y repasan de nuevo en completo orden el puente que se levanta con el último camión, alrededor de las tres y media o las cuatro de la mañana. Los pontoneros van a unos seis minutos por tramo y, con la experiencia y la costumbre, y a pesar de la aviación fascista, llegarán a ir a minuto y medio por tramo.

Las bombas levantan densas humaredas de polvo. Los bombarderos aparecen y desaparecen, golpean los timbales de la destrucción, acompañados por sus protectores cazas. Parecen sumergirnos en una triste niebla, ofrecernos las sucesivas explosiones de su paso o el ronroneo sostenido de sus vuelos de reconocimiento.

«Los pontoneros nunca perdimos la batalla —recordará Roque—. Les tomamos el pelo. Simulamos la existencia de puentes que parecían serlo y no lo eran. Construimos y desmontamos puentes para jugar al máximo nuestras bazas. Aprovechamos cuanto teníamos al alcance y a mi juicio, logramos superar las dificultades. Sí, nosotros, fuimos los primeros en usar los pontones militares. Al final, perdimos.»

Se llega hasta Gandesa, a los pies del Puig Cavaller. Vemos ya la campana del campanario desde la que saludan las balas rebeldes. Si Roque Esparza hubiera estado allí le habría recordado a Angüés por sus tejados, su adobe, sus casas bajas, sus olivares, sus caminos serpenteantes y su sol.

Azrael, el arcángel de la muerte, está aquí.

La compañía Botwin del batallón Palafox ocupa el cementerio de Gandesa. Las fuerzas del Palafox han conquistado antes Corbera. Luchan sobre Gandesa sin éxito. El Batallón Zwolfte Februar también llega al cementerio de Gandesa, el día 26; uno antes, había ocupado Ascó.

El teniente Andrés Muro mantiene al paso a su caballo *Galán* que quiebra la noche con el ritmo de sus cascos. Los rojos han cruzado el río un día antes y él piensa que están por completo a salvo. Su camisa de dril azul le da calor.

Continúa ajeno al peligro bajo la noche tranquila. La artillería despierta. ¿No podría haberlo hecho en otro sitio? Cae la metralla y le arranca la cabeza, de un tajo, a *Galán*. El teniente se salva.

—Me quedo con el petral en la mano —farfullará—, y la cabeza del caballo colgando.

Sus orejas se escurren por la brida y después toda la cabeza cae al suelo.

—¡Me cago en la puta, rojos de mierda! —maldice, impotente, poniendo la mano en la quijada del caballo.

Otros hombres habrían corrido como alma que lleva el diablo, huido, ratas a la desbandada, al sentirse indefensos y tan cerca de la muerte. Los obuses ululan con sus parábolas e intentan palpar sus señalados objetivos. El oficial decide no enterrar a *Galán*.

El cuello del caballo aparece cortado con un tajo transversal. Su dueño piensa en la fortuna necesaria para salir ileso del trance. Tras el impacto, *Galán* se desploma a peso. Cae hacia la izquierda. Su cabeza, después de escurrirse por la brida, rueda macabra algunos metros. Una oreja se le dobla contra una piedra. Su mirada oscura, profunda y presa de un imprevisto pánico, se adentra en las entrañas del teniente Andrés Muro. De las dos partes que quedan de *Galán* borbotea su espesa y abundante sangre formando charcos que acabarán siendo legamosos.

La metralla ha cercenado su vena yugular, sus músculos esternocefálico, braquiocefálico, esplenio, trapezio, mastoidohumeral y esternomaxilar, partiendo del cutáneo del cuello en dirección ascendente y en ángulo aproximado de unos treinta y cinco grados. ¿Qué más da cuántos grados fueran?

—Para mí fueron importantes —objetará el teniente—. El impacto fue lateral. Si el ángulo hubiera sido mayor no habría sobrevivido para poder contarlo.

—¡Me cago en la puta, rojos de mierda! —el oficial franquista no deja escapar ni una sola lágrima. Aunque de haberlo hecho, tampoco lo iba a confesar. El corazón le duele y está en una guerra. No tiene tiempo de ponerse a cavar. La artillería enemiga continúa su implacable tiro.

Los charcos de sangre se extienden hacia todas partes, rozando el tronco y sus extremidades inferiores, por un lado, y rodeando la cabeza y topando con las piedras, por el otro. Sobre el limo rojizo se hunden sus desorientadas huellas, provocadas por sus botas de medio muslo.

—Si no me voy de aquí acabarán por darme —musita bajo el fuego y fragor artillero, para después perderse y adentrarse en la oscuridad, solo alumbrada de forma atronadora por los centelleantes fogonazos y chispas de la guerra—. ¡Qué Dios te guarde en su gloria, *Galán*! —exclama, a modo de homenaje al equino.

¿Van los caballos al cielo? Se atempera cuando ya ha dejado atrás el doloroso espectáculo y no le inmuta el repiqueteo de la ofensiva roja ni el permanente olor de la muerte.

En tiempos de paz o de guerra, vivir siempre es lo mismo: «¿Por qué a mí y no a otro? ¿Por qué a él y no a mí?», cavila mentalmente.

Josep Camps y los del Tercio de Montserrat llegan en tren desde Extremadura. Salen en Bot, reciben disparos de bienvenida, corren hacia un talud, «maricón el último», y luego a Batea y a Vilalba, con las ametralladoras al cuello y sus trípodes, por caminos de carro ampliados y sin pavimentar. Pertenece a la sección de choque y luce una bandera confeccionada por las muchachas de Muñana, de fondo negro con una calavera y las aspas de Borgoña, las tibias entrecruzadas y el lema *Xoc, xoc, xoc, vi, vi, vi la mare que ens va parir*. En Vilalba dels Arcs, cuando cantan los del Tercio, parecen un gramófono tocando el Virolai. El Tercio tiene mujeres sanitarias que también cocinan. Josep piensa en ellas bajo la sombra de un almendro, hasta que le perturba el silbido de la metralla.

Nos acompaña un calor infinito. Los kilómetros que llevamos a la espalda los hemos recorrido a pie. Cada uno lleva en su camino un calzado distinto y cada uno soporta mejor o peor las circunstancias. El sudor, las llagas, los labios resecos, los roces de la ropa, los pies que echan humo, los pulmones a punto de salir por la boca y el cansancio, paulatinos, nos son comunes a todos.

Hemos sido entrenados en marchas nocturnas de diez o quince kilómetros y, en ellas, no había ni lucha ni enemigo. Ahora se trata de conquistar territorio a base de piernas, doblegando a quién o qué se oponga. La moral es alta. El enemigo está desconcertado. Eso es un bálsamo para nuestros dolores, que dejan de importar, se aminoran, con el convencimiento de que vamos a expulsar al fascismo de España.

En aquel entonces aún tenía botas; y estas, suelas. Mucho después lo va a pasar peor, con alpargatas de suelas de cartón (y gracias) o hasta descalzo. Días de hambre y resistencia, por encima de todo psíquica, contra el aplastamiento destructivo, infernal, que orquestarán las huestes fascistas. Eso aún queda lejos, bastante lejos, bajo el calor infinito que nos acompaña.

Llevaba pocas cosas (recordará Basilio), esas eran las órdenes. No quise desprenderme de un libro (*El malvado Carabel*) de Wenceslao Fernández Flórez, con tapas de cubierta azules, y no pasó nada. Conseguí que pasara seco el Ebro y mantenerlo intacto. Había alguna ocasión, esporádica, de leer. Bueno, no siempre la hubo. Era un libro especial para él, e incluso llegó a serlo para Pedro Hernández, y eso que no sabía leer.

Los que cruzan por el puente García, entre Mora la Nueva y Mora d'Ebre, entran en esta última por detrás. Las patrullas fascistas los detienen y estas caen por envolvimiento, sin un solo disparo. Gracias a la información suministrada, no solo se sabe la localización y el número de fuerzas enemigas, sino el lugar exacto que ocupa el estado mayor.

Nos dirigimos hacia la casa del comandante. Vamos al hostal del Pau o venta de Camposines. Los diversos controles los pasamos utilizando el santo y seña: *la Patria, el Pan y la Justicia*. Llamamos a la puerta con la excusa de un comunicado urgente. Tal vez sea el comandante Del Amo o el coronel Peñarredonda.

—¿Quién coño será a estas horas? —gruñe el comandante, que añade—: ¡Más vale que sea urgente de verdad u os mando fusilar!

El comandante abre la puerta y Pablo Uriguen le coloca su pistola Luger entre ceja y ceja. Está desnudo. Le hemos interrumpido en plena consumación del matrimonio.

—¿Puedo vestirme?

—Por supuesto. Le acompañamos —responde Perich.

El cabrón tiene una pistola en su cuarto. Normal. Su mujer, desnuda, gruesa, de pechos grandes y caídos, se tapa y se encoge con la colcha y las sábanas, gritando con angustia:

—¡No lo maten! ¡No lo maten! ¡Por Dios! ¡Por Dios!

Gime tan solo con vernos. La tranquilizamos, le pedimos que se vista y le aseguramos que no va a pasar nada, que no vamos a matar al comandante. Ahora es nuestro prisionero.

—¡Qué no somos como ustedes, señora! —aclara Perich.

—¿De verdad...? —inquiere ella, perpleja.

—Ande, ande. Ahora es usted libre.

La guarnición rebelde que hay en Mora d'Ebre, unos novecientos hombres, sale a nuestro encuentro durante el día 26. Son hechos prisioneros. El batallón especial del Ejército, a las órdenes de Miguel Bascuñana, conquista la población al tiempo que prosigue nuestro avance.

En Mora d'Ebre, el vientre de una mula en medio de una calle acompaña a las derruidas casas, y en otras, intactas, rezuma el aceite a causa de las tinajas rotas.

Algunos cruzan por un puente de barcas tendido de una orilla a otra, con el objetivo de tomar García y la venta de Camposines u hostal del Pau. Revolotean los mosquitos en el aire y el calor, las ansias, los nervios, los grillos, los cuclillos y mochuelos, mientras los perros aullan lejanos y los soldados cruzan por encima de espinosos matorrales, arena, caminos y barrancos, olivos, masías, pistas forestales, desfiladeros, montes, cruces, desiertas carreteras, averiados camiones, perolas, ollas, mugrientas cantimploras, olivares, viñedos, mujeres llorando, almendros, avellanos, peñascales, cigarras, la venta de Angelita, la de Masip y la de Camposines. Les esperan las moscas, mosquitos y moscardones, el pozo del Mas de Parrot, el vacío, el dolor de cabeza, y a lo lejos, la iglesia gandesana de la Asunción, sucesivamente románica, morisca, gótica y barroca.

Roque Esparza lleva su gorro frigio inclinado hacia la izquierda, y se encuentra sentado en la barca que comparte con Felipe López Bautista, *El Mudo*, mientras el sol se empeña en derretirlos y las aguas discurren plácidas y normales. Están construyendo una pasarela. Roque está sentado en la popa de la barca y frente a él, en la proa, *El Mudo* (que no lo es, pero lo parece) va manejando las cuerdas. La pasarela está formada por diversos tramos que descansan sobre las barcas y cruzan por la mitad, asegurados por las cuerdas colocadas entre listón y listón. De anchura tiene poco más de medio metro y los listones no sobrepasan los veinte centímetros, con dos clavos por banda que los unen a las casi infinitas vigas de madera que van de barca a barca, y alargan la pasarela hasta llegar a la otra orilla.

Atrás quedan los cañaverales, los avellanos, un capitán con cabeza de rana, treinta pontoneros, cuarenta tramos, cincuenta tramos para un puente de hierro, el secreto de que van a colocar los polvorines en los túneles de Ascó y de García, con Modesto en su puesto de mando y un par de botas checas con tacón de acero.

—En la guerra se aprende a esperar —endilga Roque. No hay más remedio que tener paciencia y aguantarse.

El tiempo se mide por los hechos que pasan, van a pasar o no pasan ni pasarán. Por la necesidad de alimentarse con algún horario habitual, si es posible, o por los ataques enemigos. Vivimos siempre esperando.

Felipe, *El Mudo*, lleva un pañuelo en la cabeza a modo de casquete. Lo llamamos *El Mudo* porque casi no habla. De vez en cuando, muy en cuando, confiesa que lleva el pañuelo blanco para que el enemigo vea donde tiene la cabeza. ¡A ver si aciertan!

Habla tan poco por culpa del cine, que, en el año 34 ó 25 treinta, lo llevaron a ver *Napoleón* de Abel Gance, en una versión más corta y ya sonorizada, en contraposición a la de 1926, y quedó impresionado. Hay quien dice que ha visto demasiadas atrocidades como para perder el habla de cien vidas, y lo que sucede es que no cree ni en el hombre ni en sus palabras, y lucha contra aquellos que amenazan su tierra y su familia. El caso es que habla poco, poquísimo. Tiene los huevos en su sitio. O es que quizá está loco; más que Roque.

—A que te doy un jetazo que te arreglo del todo, estalentao... —se gira Roque a Felipe—. Cinguonguo, que eres un cinguonguo. Deja de tocarme las peloticas y no te hagas tanto el valiente, tontolaba farruco, que caen chuzos de punta como pepinos de huerto. Y al paso que vas, cagüendiez, un día de estos te aciertan.

Tenemos planeado fingir puentes y construirlos a base de sacos. Desde el aire los rebeldes no pueden distinguirlos. Además, si sale bien podremos reírnos hasta reventar. Los del Cuerpo de Ingenieros somos la leche. Quizá los pontoneros no podamos vencer a la aviación, pero nos burlaremos de ella. Malgastarán sus bombas. Es una lástima que no puedan oír ni comprender nuestras carcajadas.

El Mudo prosigue su trabajo con la cuerda. Vamos a empalmar otro tramo. Roque pisa la cuerda con sus sandalias por si acaso. La sostiene con la diestra, se la enrolla en la muñeca, la barca se bambolea, igual que un bebé mecido en una cuna por un padre tranquilo y protector. En voz baja, canta Roque:

> *Aunque me tiren el puente*
> *y también la pasarela*
> *me verás cruzar el Ebro*
> *en un barquito de vela.*

El 26 de julio Roque va a Miravet. Se prepara una foto que será histórica y dará la vuelta al mundo. Los soldados cruzan el Ebro en dirección a Miravet. El nivel de las aguas es muy bajo debido al estiaje que padece el río. Se escoge una extensa zona o playa fluvial que va de la Peixera hasta el Molí Salat. Algunos soldados participan en la escenografía. El fotógrafo los hace entrar en el río, en grupo, y los coloca como si ahora mismo estuviesen cruzando el Ebro y él sacara una instantánea. Nunca supo su nombre. Roque ayuda a colocar gruesas sirgas de paso y pasaderas.

«Maldito calor, pegajosa sanguijuela», piensa Perich con su sonrisa gutural y contagiosa, extravagante. Es poco impulsivo, aunque práctico y sensato. Para él la vida terminó el día en que perdió, maldito sea, a su mujer y a su hijo, a Berta y a César. No le importa morir. Siempre pensó en los peligros que lo acechaban en las sombras. Ahora solo piensa en el descanso de la muerte. En sus seres queridos, las tumbas, el reposo infinito.

Avanzan conquistando terreno, desgastando las botas sobre la tierra agreste, seca y montaraz que cede el enemigo. Respiran un aire caliente, bochornoso, irrespirable, que obliga a los pulmones a expulsarlo con soplidos de auxilio y largas y agotadoras bocanadas.

Basilio sostiene entre sus labios un cigarrillo inglés. Consiguieron un par de paquetes de *Navy-Cut* y *Gold-Flake* y los va consumiendo, poco a poco, consciente del lujo que suponen, aunque no de la miseria e infierno que le esperan. Basilio es pesimista desde antes de nacer, malhumorado a veces, de corazón frágil, vulnerable, con profunda herida en busca del retiro, la soledad y la muerte que provoca la guerra.

«Maldito calor», ronda en su mente, en el interior de su cabeza de cejas salientes y pómulos altos, ojos pequeños, mandíbula poco pronunciada y dientes algo desiguales. «Pegajosa sanguijuela», repite en su interior, huesudo, él, de largos brazos y peludas piernas, anchos hombros y manos y pies enormes, con su faz expresiva, y su increíble memoria fotográfica compara el paisaje con el de La Garriga. Continúa el avance. Basilio es curioso, taimado, compasivo, protector, duro como una roca y algo loco a veces. Los pies viven en un completo incendio. El aire, irrespirable, hiere como un puñal de lava en erupción. «Tal vez la guerra sea un desierto dentro del desierto», especula por dentro, mientras aprieta el paso.

Michael O'Donnell Berger, Maik, el conductor de ambulancias, aún no ha cruzado el río. Está en la otra zona, consciente del ajetreo, donde van a concentrarse en la noche de mañana más de doscientos vehículos para pasar el Ebro. Camiones, carros blindados, los tanques rusos T-26 B, piezas de artillería y vehículos como el suyo, una ambulancia norteamericana de la Lincoln.

Maik está sentado en una silla, a la sombra de un pino, con su gorra de plato ladeada hacia la derecha y el cuello del uniforme abierto. El calor asfixia. Su gorra lleva una cinta blanca que rodea la cabeza por encima de la visera, del grosor de un par de dedos, y en el centro y frontal una cruz roja, mucho más pequeña que la del brazalete del brazo izquierdo. Sus correajes y cinturón son de cuero, también sus negras botas militares, con cierre de tres hebillas, que deshacen sus pies en un horno crematorio.

Está sentado con las piernas abiertas y sus dos brazos reposan sobre sus muslos, cuelgan sus manos como si un peso enorme le doblara la espalda. Lancaster, su ciudad natal, le resulta lejana e inalcanzable, un suspiro que no puede rozarse en la vaga distancia del recuerdo.

Se sonroja al recordar a la hermosa joven del camión pinchado, Carmela, que sonrió al ver su corto pantalón caqui y su peinado en crencha. Ojalá pudiera saber más de ella. Le esperan las aspirinas, el benzoato, los bicarbonatos, el permanganato, el salicitato de sosa, la quinina, el fenol, las pastillas de plasmaquina. La erección fue brutal. No sabe si ella lo percibió.

Maik va a un hospital de campaña de 120 camas instalado cerca del río, en una cueva, para llevarles un camión de servicio de transfusión y laboratorio. Allí están los médicos Reggie

Saxton o Douglas Jolly, y la enfemera Lilian Urmston, que usan la sangre conservada para curar a los heridos, método inventado por el español Trueta y el canadiense Norman Béthune.

En la masía Torrenova, cerca del vértice gaeta y el cruce de cuatro caminos, se instalará un hospital de sangre adonde alguna vez acudirá con su ambulancia. Hay quien acabará en una fosa común entre la ermita de Santa Magdalena y el principio del camino de Pinell de Brai.

El sol choca contra su frente alta, despejada, acostumbrada a los movimientos rápidos que no denotan su pose cansina. Contempla el ajetreo con sus ojos brillantes y una brizna de hierba entre los labios, a modo de palillo. Empapa en sudor el uniforme con su cuerpo alto, atlético y aficionado a la velocidad. Sus manos aún no han palpado las muertes, las heridas, las cicatrices, los olores y las vistas de la cruel batalla.

Maik es poco soñador, ingenuo, muy optimista, inquieto, divertido, bravo, sarcástico, idealista, decidido, generoso, osado, incapaz de guardar un secreto, cándido, sincero, valeroso, donjuanesco, temerario, falto de tacto y dispuesto siempre a meterse de boquilla en una cama de mujer (aunque nunca lo haya hecho). Nunca se metería en un anillo de compromiso.

El sol derrite su cabello rizado, castaño, su nariz aguileña, su cabeza grande y su empaque de atleta uniformado, con un aire cercano al *David* de Miguel Ángel, vestido de oficial. *Maik* no se inmuta, con su brizna de hierba entre los labios acostumbrado a fumar en pipa, sin respirar como nosotros, sin tener que respirar como nosotros, un olor agresivo, ácido, vaho de amoníaco y descomposición, que abre los pulmones con sus tirantes y desgarradores puños de calor y asco, desagradable, que penetra casi entre arcadas y vómitos, con un tufo asqueroso, agrio e insoportable, emanado de los muertos putrefactos y en descomposición sobre los campos de batalla y de los hombres heridos que sangran, gimen, maldicen, siempre amontonados sin medios suficientes para su evacuación.

Un sol desintegrador, de zarpazos desgarradores, se incrusta en la piel con mordiscos, llamaradas y un calor infernal y excesivo que a pleno peso cae y cada cual lo soporta como mejor le ha enseñado la vida o la ocasión.

Un astro rey despiadado, lacerante y cruel,, se vierte sobre nuestros duros tegumentos, lava sobre las montañas, y arrasa por acumulación nuestros sentidos. Nos agota, nos siembra su energía y nos fustiga en preludio o acompañamiento al fuego que provoca el enemigo con sus armas de guerra.

Roque Esparza contempla el río que se siente fuerte. Trozos de barca, maderas medio quemadas. Una gran hoguera. Llamaradas. Tablones y barcas. Griterío. Ruido de motores. Camiones y cañones que intentan cruzar. Aviones plateados describen círculos en el aire, sobre los puentes, y lanzan «regalos» que, al explotar, levantan fugaces surtidores de agua. El puente salta literalmente en pedazos.

El puente salta en pedazos.

—¡Rediez! Nos lo han jodido —murmura Roque. Algunos camiones se «ahogan»—. Nos lo han jodido bien —discurre cascarrón—, los cabroncicos. Nos están tocando otra vez los cojoncicos —suele repetir.

Felipe López, El Mudo, le sonríe. A Felipe le cae una bomba en plena cabeza, cuando está con los pantalones abajo, mira al cielo, la ve bajar, la escucha silbar y se dice que tendrá que caer en otro sitio, que él no se aparta. Tozudo él. Cadáver picado, triturado. No hacen falta gritos de auxilio, nada de «¡Camilleros, camilleros!». Su carne se esparce sobre la tierra y se vierte sobre el río. Entonces sabe Roque que no es mudo, le oye gritar, como Felipe nunca había gritado, segundos antes de estallar la bomba suelta un simple:

—¡Mierda!

—Nuestros pasos de río —décadas después disertará Roque Esparza— aseguraban los recambios, la conducción a la línea de fuego, al frente de batalla, de cuanto necesitaban los combatientes (material bélico, provisiones y demás) para equilibrar la potencia de fuego enemiga.

«Cabroncicos, los de la aviación, ¡qué burricos que son!», piensa Roque, que sonríe. Les construimos pasarelas falsas. Montamos puentes de vanguardia durante la noche (de emergencia) y al alba los desmontamos. Cabroncicos, ni se enteran. Reparamos los puentes dañados por sus bombas o averiados por el cambio del nivel de las aguas y mantenemos siempre abierta la comunicación entre las dos orillas del río. A pesar que los cabroncicos nos jodan los puentes cada dos por tres… ¡Rediós! Hace unos años en vez de cantar lo que canto, estaría cantando una jota; esa que tantico me gusta:

> *Ya vuelven los segadores*
> *de segar en los secanos,*
> *abrasadas las costillas*
> *y los puños agrietados.*

Pero ahora está lejos de su casica y una miaja jodido. A ratos se le pone el pecho hinchadico. El enemigo, ¡miá!, es más fanfarroncico que él. Y ve pasar aviones y caer bombas más quedico que la punta Sierra Guara. *Quiés icir algo y no sabes qué.* ¡Rediez! *Vusotros* no lo entenderéis nunca.

—Lo que queda de Felipe López, aunque sea a trozos, está más frío que el mármol sobre el que descansa la Pilarica —señala Roque.

Hay que seguir luchando. La guerra no acaba con su muerte.

Tenemos que montar un puente de más de cien metros de longitud, que desmontaremos al alba, y montarlo nos cuesta más o menos una hora y media. Si alguien necesita pasar el río, utiliza las pasarelas de corcho. Hoy ha habido 30 ó 40 bombardeos; aéreos, cosa que será una diaria costumbre mientras dure la batalla en curso. Las riadas no le mosquean tanto como las bombas. Abriendo Tremp, Terradets o Camarasa nos provocan olas de más de tres metros de alto. ¡Rediós! Lo que le toca las narices son los troncos con flotadores que nos envían los fachas; son troncos que llevan una fuerte carga de explosivos y estallan cuando chocan contra los puentes, o contra las pasarelas. Eso nos hace perder tiempo; ralentiza el flujo de nuestro paso, de nuestro trabajo, para cruzar el Ebro.

Ellos nos fastidian con todo cuanto pueden; nosotros no nos quedamos cortos. Fingimos tender puentes que, en verdad, son puentes de lona; falsos puentes que aparentan, desde el aire, ser como los demás. Así que a ellos les hacemos gastar bombas, bombas y más bombas para que se desahoguen y así, de alguna forma, paguen los cabroncicos los malos ratos que nos hacen pasar. Y ¡Rediós! Tó es más soportable por detalles como este. El hambre y la escasez agudizan el ingenio. Nos arreglamos como podemos pá que los cabroncicos se crean que somos más tontos que ellos. La verdad más que estos aviadores es difícil serlo. Sin faltar, claro.

Rojo y Modesto anulan la orden de Tagüeña para que la 16.ª División cruce el Ebro la noche del 25 al 26. Les falta audacia.

El día 26, a las dos de la tarde, vuelve a crecer el río por el agua que viene de Tremp y Camarasa. Los rebeldes controlan las presas de Camarasa, Barasona, La Satonera, Ardisa, Santa María del Belsué y la Peña entre otras. Nosotros tenemos escasez de cables de teléfono. Los enlaces radiofónicos son deficientes; hay pocos, las emisoras no son buenas y quienes deben manejarlas suelen tener escasos conocimientos técnicos.

«Así que aquí estoy —apunta mentalmente Roque—, construyendo de noche falsos puentes, hechos con sacos, para engañar a esos cabroncicos.»

Llueve metralla. Hay un camión incendiado y cadáveres atrincherados junto a él, cerca del río. Las pasarelas se inclinan a favor de la corriente y hacen más largo el camino. Los soldados pasan separados por un par de metros y a paso ligero; pero los pies se mojan. Hay quien, desequilibrado, cae al río y lo arrastra la corriente. Los jefes gritan que no debemos ayudarlos, que hay que cruzar cuanto antes. El día 28 habrá luna clara.

Los nacionales nos sobrevuelan durante todo el día. En 26 servicios de reconocimiento se pasean sobre el territorio de la ofensiva 40 Savoia-Marchetti S.M.79, nueve, 30 Heinkel He 111, 8 Dornier Do 20, 30 Junker, 20 Savoia-Marchetti S.M.81, 9 Breda 20 y siete grupos de cadena y cruceros.

En la zona del molino de arroz aciertan tres agujeros en la cantimplora. A los que se rinden en el castillo de Miravet los reúnen abajo, en el patio, y los hacen pasar el río para interrogarlos. Se habían parapetado en él al grito de «¡fuerzas al castillo!», y resistido con fusilería y granadas de mano. Desde el Mas Reparo nuestra artillería acertó a matacanes y a aspilleras. Su comandante, el del Séptimo Batallón de Arapiles, falleció. Sin agua ni víveres y casi sin munición se rindieron y nuestra bandera se izó en lo más alto del castillo.

Miravet en otro tiempo fue archivo central de la Corona catalano-aragonesa y también la Tesorería General Provincial.

Como bandadas de cuervos caminando por la tierra, vistos desde el cielo, progresamos en nuestras conquistas. Como una marea humana, un río desbordado, ocupamos una bolsa de la que tardarán casi cuatro meses en echarnos.

El universo es una pequeña luz; todo lo demás, es oscuridad. Nos cantarán: catalán judío y renegado, pagarás los daños que has causado, arriba escuadras a vencer, que en España empieza a amanecer.

Hemos tomado una trinchera. En ella, sus defensores tienen un cuadro torcido, un par de bombillas colgando, un triste crucifijo y una mesa muy simple sobre la que permanece, medio llena, una botella de Osborne, rodeada por unos finos vasos. También hay catres, mantas, gorrillas, fusiles, municiones, un botijo, un reloj de pared y algunas sillas. Hemos tomado una pagaduría con mucho dinero rebelde que, sin dudarlo, demuestra la total sorpresa táctica que nuestro ataque ha causado.

Carta número 345

Añorada Berta:

Aunque nunca recibas esta carta (ni las demás) has de saber que no te olvido. Casi me estoy ahogando en mi propio sudor y en el cansancio acumulado. Mis ojos intentan no cerrarse y mis plúmbeos párpados a ratos me los cierran. Los fascistas están desorientados. No se esperaban esto de nosotros. Les estamos conquistando territorio. Cierro los ojos y tu imagen, desde la oscuridad, resurge y me ilumina. ¿Recuerdas la morera, nuestra morera?

Hoy me da vueltas a la cabeza la morera. Con sus hojas alimentó a mis gusanos de seda cuando eran orugas y yo más joven y pequeño. Es una morera blanca. Un árbol moráceo y solitario, erguido en el andén de la estación del ferrocarril, en su polvorienta y no asfaltada tierra, con su tronco verdoso y gris retorcido. La morera fue testigo de nuestro primer beso y de muchos atardeceres y momentos que compartimos. En ella están grabados nuestros nombres, junto a un corazón y una flecha, con una costumbre que quizá desaparezca con nosotros. Mientras exista la morera aunque tú ya hayas muerto, aunque yo también muera, vivirá nuestro amor en nuestra propia tierra, en nuestro pueblo.

Frente a la morera respondiste «sí, quiero». Apoyada en su tronco, que entonces era liso y que se irá arrugando con la edad, envejeciendo, como yo y sin embargo repetirá sí, quiero. Podré ver sus ramas débiles y pensar que dieron sombra a nuestro amor. Tocaré la base de sus hojas verde claro, con forma de corazón, blandas, y vendrá tu sonrisa hasta mis manos, resoplará tu mirada, besará mis pulmones y sentiré en mi lengua tu amor nunca olvidado, al acariciar las hojas cuyas flores se transforman en moras rosáceas y hablan de aquellos días en que fuimos felices.

Estás muerta. La morera está lejos. En el andén, en La Garriga. Los trenes que pasan le dirán que no estamos. Que no volveremos a estar juntos. Mi vida ya no es vida. Soy un soldado sin mujer y sin hijo, un hombre destrozado. Un combatiente más. Venceremos. Decidiremos la guerra a nuestro favor. Y tú. Y vosotros.

En medio del calor y la locura no te olvida, Berta, tu Basilio.

4

A las puertas de Gandesa

Cualquier destino, por largo y complicado que sea, consta en realidad de un solo momento: el momento en que el hombre sabe para siempre quién es.

"Biografía de Tadeo Isidoro Cruz" (1829-1874), *El Aleph*
Jorge Luis Borges

—El enemigo ha optado por romperse los cuernos contra nosotros —sentencia el general Vicente Rojo.

El 2 de agosto ya es consciente de que la maniobra del Ebro ha terminado. Modesto ordena defender el terreno de conquista y desgastar dónde y cuando se pueda, al enemigo con acciones locales.

El general Sarabia ordena, de forma inútil, la retirada del Ejército del Ebro con su constancia testimonial. El Gobierno de Negrín no quiere refrendarla.

La orden la firman el general Sarabia y el coronel Aurelio Matillo en la posición 114, el 7 de agosto. Será quemada meses después, tras cruzar la frontera hacia Francia, por el teniente de artillería Ramón Galí.

Rojo y Negrín, quizá más por los designios soviéticos que por los de la serenidad y la cordura, no permiten la retirada a la margen izquierdo del río. La razón es el prestigio internacional. Creen que el Ebro desencadenará la guerra en Checoslovaquia. Un error que, como le explicará el teniente coronel Botet al teniente Galí, provoca una limitada batalla de desgaste.

—¡Ay, Ramón, qué despistado vas! —le dice con sorna—. Maricones lo son todos los que parecen serlo y la mitad de aquellos que no parecen serlo.

El Ebro fluye con más sangre que agua. Bajan los flotantes y azules cadáveres por el río como restos macabros de un naufragio asesino, brutal, sanguinolento. Los exánimes cuerpos, troncos podridos, vidriosas miradas, silenciosas bocas, piel arrugada, son peces sin vida en dirección al mar.

Los puentes de pontones no tienen el arraigo de los puentes fijos y sus elementos quedan siempre a merced de las aguas.

Roque mira al cielo y se pregunta dónde están nuestros «Chatos», los Polikarpov I-15, con su famoso Mickey Mouse en la cola a manera de emblema, o los «Moscas» y «Supermoscas», Polikarpov I-16. ¿Qué estarán haciendo nuestros pilotos? A los nacionales sí les ve, sí, con sus Heinkel He 111, sus Messerschmitt, Dornier, Caproni, Breda, Fiat y demás. No deja de verlos. Están en todas partes. Vienen y nos dejan su mortífera carga, su diaria lluvia. ¿Dónde coño están los nuestros?

En 1938, Italia gana en Francia el campeonato del mundo de fútbol. A Basilio Perich, culé perdido, le vendrán a la memoria en el futuro las antiguas oficinas del Barça, destruidas en marzo de 1938, sitas en el número 311 de la calle Consell de Cent.

Ojalá estuviera en cualquier otra parte, quizá en esta misma tierra, pero en paz. Si cualquier guerra es una locura de por sí, esta es una ciega atrocidad. El enemigo no es inconcreto, abstracto o extranjero. Es, por desgracia, un vecino, un familiar o, lo que es más simple y más grave, un español que lucha por sus ideales. Es un catalán que sabe que, en cualquier caso, siempre perderá.

—Nunca dudé —recordará, inflexible, Maik—. Jamás pensé que me había equivocado. Mi lugar estaba allí como iba a estarlo, después, allí donde mi presencia se precisara, en la Segunda Guerra Mundial. En ninguna guerra sobran las ambulancias, ni quienes las conducen.

Las carreteras que llevan a Gandesa y Corbera rebosan agujeros, los que al azar van provocando las granadas y en los trayectos, los baches maltratan aún más a los heridos. Nunca vi tanta sangre ni tantos miembros gangrenados. Nada impide que pasemos a formar parte de la extensa lista de mutilados. Nuestras cruces no son respetadas.

Alguien fija la vista en una especie de escapulario, un detente bala, con la imagen del Sagrado Corazón atravesado sobre el pecho de un requeté muerto.

—Basilio, ¿qué haces? —se interesa el polaco, alargándote un cigarro.

—¿Qué voy a hacer, Jerzy? —contesta el aludido—. Resistir. Esperar a la muerte, aunque sin cantar. ¿No decía eso el teniente Miguel Hernández, el poeta?

—¿El qué? —murmura Jerzy.

—*Cantando espero a la muerte/ que hay ruiseñores que cantan/ encima de los fusiles/ y en medio de las batallas.* —lento, lo recita Basilio.

A veces piensas en la mujer, el niño, la familia y la casa. Esperas que una maldita bomba no los arranque de cuajo, no los borre, de la faz de la tierra. Un día u otro finalizará la locura, la contienda incivil y acabará la pesadilla, la niebla de la lucha.

El sol acaricia los campos castigados por la lluvia del odio y el mes de julio abrasa con un sudor endemoniado. Enciendes el pitillo que te ha prestado Jerzy, el polonés. Añoras tiempos mejores, pasados, sin esperar demasiado de los que puedan venir. Te enterrarán en estas tierras. Quizá ni eso.

Tal vez una bala te reviente los sesos, te cercene un brazo o te atraviese una pierna. Quizá un trozo de metralla te tumbe y vayas desangrándote entre líneas, sin que nadie se atreva a retirarte, mientras la artillería agita sus cañones y los morteros intentan hacer blanco entre tus camaradas. Herido y sin fuerzas para poder huir, quizá te pudras sobre el suelo en combate. Te llevarás contigo tus mejores recuerdos. Eso sí, seguro. Eso sí.

A tu pupila acude el esplendor de Berta, su melena azabache, su castaña y diminuta mirada, su cuerpo de curvas indomables, en el lecho común e improvisado del bosquecillo de Malhivern, en tu Garriga natal.

Retozaste desenfrenado en los campos brillantes y verdes, con el corazón fuera de sí, la sangre hirviente en el crisol del anhelo y los labios gastados en generar placer.

Quizá tus manos no se agarren nunca más a sus nalgas, ni palpen de nuevo la suave robustez de sus muslos, ni amasen el volumen de sus empitonados senos. Tus manos, habituadas a las necesidades de la guerra, no olvidan el tacto de tu amada mujer, la dulzura de su carne entregada, la humedad de su sexo receptivo —de par en par— a tu suave embestida, contrayendo instante, sexo, nalgatorio y alma, muy lejos todavía del hombre que serás con paso lento, cansado y renqueante, algo incómodo, con la cabeza cana y el cuerpo surcado por el paso del tiempo, algunas décadas después de la batalla.

Hay que abrir zanjas, cavar trincheras, levantar parapetos o construirlos (si se puede), escupir tierra, cegados por las explosiones de mortero, por el zumbar inútil de la artillería o por las bombas que dejan de recuerdo, con su ronco ronroneo aéreo, los trimotores que avanzan en el cielo con disciplinado oleaje.

Si en Madrid la consigna es «¡No pasarán!», el grito desgarrado que lanzó La Pasionaria desde Unión Radio, con el trasfondo y estruendo de las bombas y las ametralladoras, en el Ebro es Negrín quien arenga: «¡Resistir es vencer!»

Basilio Perich descubre el cine a los trece años, en 1928, cuando *El secreto de la Pedriza* está en cartelera en los cines de Barcelona. Lo descubre en la calle Muntaner, en una oscuridad poblada de imágenes cautivadoras, donde de súbito aparecen el contrabando mallorquín, las montañas y paisajes de Mallorca, las pistolas automáticas y su deseo en un futuro, si puede, de visitar aquella tierra. Lo había llevado su padre y solo Dios sabe qué estará siendo ahora de él.

—No es suficiente. Nunca es suficiente. No basta. No es bastante. Siempre puede hacerse más de lo que se ha hecho o cuanto menos, intentarlo —farfulla Jerzy.

—Gracias por el pitillo... —le desconcierta Perich—. Lo único de más que puede hacerse aquí...

—Es morir —se adelanta Jerzy.

—Sí, eso, morir... —corrobora, débil, Basilio—. Como lo hicieron mi mujer y mi hijo.

Estalla un incómodo silencio entre ambos. Al amanecer, Basilio contempla las leves hogueras humeantes, pequeños puntos dispersos, lentísimos tornados estáticos, que tiñen de pavesas, fuego, humo y ceniza la claridad de la mañana. Espera el ataque. La guerra...

Entre barcas, descamisados, parapetos, casas que vuelan por los aires, tierra de humo (que intenta escupir la metralla recibida), rincones de tierra árida, y entre cuatro que llevan una ametralladora y su correspondiente munición, y entre los que dirán que esto es el Verdún español, te sigue amando, Berta. Te sigue amando, en su conciencia, Basilio.

Con la bayoneta calada, al ataque, hormigas. Todo salta por los aires. Se suceden las explosiones que arrojan al aire la tierra, escupitajos de polvo contra el cielo, bajo el bombardeo continuo de los aviones franquistas, y la siniestra sinfonía de los interminables cañonazos. Piensa en ti. Sigue queriéndote.

El día en que Berta y su hijo fallecieron (piensa Basilio) fue el más triste de toda su vida. Aunque él se enteró unos días después. Siempre se ha preguntado porqué estaban ella y él en Granollers justo cuando se produjo el fatuo bombardeo, hace solo unos meses, en el maldito 31 de mayo del presente: un año inolvidable, sí, 1938.

Cuando estalló la guerra ambos vivían en La Garriga, una población pequeña, donde los campos abundan con la misma esperanza que los sueños: hacer realidad los frutos perseguidos. La amó como a nada en el mundo pudo, podrá o haya podido amar. Su hijo, casi recién nacido, tenía unos meses y lo llamaron César. En las peores circunstancias es cuando uno saca todo lo que tiene, lo que es, dando de sí su máximo y no sabe si en otro tiempo vuestra fugaz historia, imborrable y maravillosa habría acabado igual o siquiera habría existido.

Te recuerda despidiéndose de ti con César en brazos. ¿Ibais a poder salir adelante? Su obligación era acudir al frente y, con el dolor que produce perder lo que se quiere, separarse como un paracaidista de su paracaídas (cuando uno sabe que va a caerse en el vacío), tuvo que marcharse. Recuerda que tus labios, siempre dulces, se mezclaron con una incontenible hilera de lágrimas, pasó las yemas de sus dedos por tus hermosos lacrimales, te aseguró que iba a volver por ti, que iba a seguir amándote, mi vida, aunque una bala le atravesara el corazón. Eso no iba a pasar. Volvería por ti y por vuestro hijo, sí, mi Berta, por César que vio una España distinta a la que él esperó, por la que Perich lucha. Una bomba se os llevó a las tinieblas.

Su último recuerdo, el de la despedida en el andén; retorna, un duro latigazo que ha aprendido a encajar, que aún duele. Entonces la plaza del silencio no existía, caminasteis por la calle del Centro, en la que destacaba el sencillo rótulo de la farmacia, y bromeó contigo sobre los árboles escuálidos, altísimos, de la altura de las casas que son de dos y tres plantas. Ella sonrió, incapaz de contener su amor. El reloj en la iglesia a cada campanada, mi vida, recordará el latido de su pecho en batalla, recordará que aún vive, y que piensa volver para que tú y él y el niño (y los que quieras que hagáis en el futuro) seáis una feliz familia. Te besó con la sensación, la misma sensación que al recordar le hiere todavía, de que ibais a perderos. Así fue. Desde aquel 31 de mayo que lleva demasiadas décadas maldiciendo.

—Joder con la trinchera de la hostia —deja escapar Uriguen mientras cava—. Ni que fuésemos a hacer un túnel hasta Euskadi, oye.

—Quizá… —le bromea con su marcado acento catalán, Perich—. Podemos cavar hasta tu casa. ¿No crees?

—Oye, hasta el infierno, si te parece.

—El infierno —augura Basilio. Sombrío—, ya nos rodea a nosotros.

—Oye, que un vasco no se arruga ante nada ni nadie, Basilio. Así que si viene el infierno aquí estamos, oye —le espeta Uriguen, que añade—: Lo malo es que aquí nadie entonará por mí el *Euzko gudariak*.

—Si eso te preocupa —le apunta Basilio, mientras sigue cavando—, me lo enseñas, por si acaso. Y si mueres y yo no, te lo silbo.

—Oye, pues no es mala idea, ¿no?

—No, Pablo, no —secunda Perich. Yo te enseñaré, en mi materno catalán, *els segadors*.

El río es una ácuea sierpe que fluye bajo las bombas. Ahora el frente está en calma.

Roque, sentado sobre los escombros, se encuentra de guardia. Tiene la espalda algo curvada, la gorra en la coronilla y el fusil entre las manos, que apunta al aire. Otea el curso del río. Las nubes cruzan lentas el cielo. Es un día claro. El puente está hecho trizas. Las columnas centrales no sostienen ya nada y las vigas, hierros y maderas que todavía se sostienen, o están retorcidas, o apuntan hacia abajo, caídas como hombres empujados al abismo desde una cruel altura.

Roque sostiene el fusil con sus dos manos. La barba empieza a notársele. Al otro lado el frente parece estar en calma. El paisaje no muestra síntomas de guerra. Su puente, destruido, lo mantiene alerta. Lleva las mangas de la camisa subidas por encima de los codos. El rumor del río le acompaña. «Habrá que construirlo otra vez —piensa—. Lo construiremos de nuevo aunque nos lo revienten. No podrán con nosotros.»

En el interior de la cueva de Santa Lucía, a un kilómetro y medio de la Bisbal de Falset, en dirección a Flix, se instala un hospital militar con un gran número de camas y diversos quirófanos.

Estas montañas parece que se han abierto paso sobre la tierra a base de tijeretazos, puñaladas y afilados impulsos contra la insondable magnitud del cielo. Parecen rebelarse contra todo. Les escupen bombas, las medio carbonizan, las cubren de fuego y llamas, les arrancan los árboles y como si un hechicero o un mago removiera, absorbiera o levantara trozos de su suelo, parecen negarse a tolerar su destrucción. Las columnas de humo, bamboleadas por el viento, aparecen y desaparecen entre estas montañas. Hasta el sol teme que quieran destruirlo.

—Por aquí quizá pudiéramos pescar algún rodaballo, sí, en la desembocadura del Ebro —apunta Uriguen.

—Hombre, Pablo, si te parece, cambiamos los fusiles por cañas y preguntamos a Franco qué opina de esto, si paramos un poco para irnos de pesca... A lo mejor a Rojo, Modesto, Líster y demás les parece bien, ¿no?

—Oye, que ya sé que estamos en una guerra, joder. No sabes tú —le señala Uriguen con el índice diestro— lo que daría ahora por unas sardinas, unas sardinitas.

—¿De lata?

—Mesedez!*

—Te comprendo, Pablo —asiente Basilio con convencimiento—. Yo también les hincaría el diente a las sardinitas, si fueses capaz de pescarlas, claro.

—Algún día lo haremos —desea con fervor Pablo Uriguen.

La bibliotecaria Carmela Miró sostiene entre sus manos la publicación *Frente Rojo*, bajo cuya cabecera, con separación de tres estrellas, puede leerse *Órgano del Partido Comunista*, y *S.E.I.C. Barcelona, viernes 29 de julio. Teléfonos de la redacción 10416 y de la administración 10389. Oficinas: Trafalgar, 14. Año II. 30 céntimos. Número 468.*

En su portada, primera página, con enormes letras en negrita, destaca un título que reza: PROSIGUE LA OFENSIVA DEL EBRO. Bajo este, dos líneas informan lo siguiente: *Ayer hicimos seiscientos prisioneros y ocupamos importantes posiciones.*

La cabecera de *Frente Rojo*, entre *Frente* y *Rojo*, luce la hoz y el martillo comunistas, sobre los cuales se exclama: *¡Proletarios de todos los países, uníos!* La información central prosigue comunicando: *El enemigo saca tropas de otros frentes e inicia algunos contraataques, que son rechazados.* Se acompaña una foto de las tropas republicanas que, a la carrera, están cruzando el río más caudaloso de España. Al pie de la misma está escrito: *Por la pasarela, con la premura de llegar a la orilla donde se combate.* A la derecha de la foto se inserta este texto: *Avanzamos también en Levante. Los extranjeros se vengan bombardeando salvajemente Tarragona.*

Carmela comienza la lectura de la noticia:

---

* "¡Por favor!", en euskera.

FRENTE DEL ESTE. Ha continuado la ofensiva de nuestras columnas, que han avanzado en una profundidad de más de seis kilómetros, alcanzando las inmediaciones de Bot y el cruce de carreteras de Bot a Xerta.

El enemigo, reforzado con tropas sacadas de otros frentes, ha iniciado algunos contraataques en la zona de Gandesa, que fueron totalmente rechazados, teniendo que replegarse a las primeras casas del pueblo.

Otras fuerzas republicanas han rebasado la carretera de Pobla de Masaluca a Gandesa y han limpiado de fugitivos la zona conquistada.

El número de prisioneros se eleva a más de seiscientos y entre el material recogido figuran dos baterías del diez y medio.

La aviación italo-germana ha actuado sin interrupción durante toda la jornada, realizando constantes bombardeos y ametrallamientos.

Más abajo hay un artículo, del enviado especial Clemente Cimorra, titulado *HAZAÑA DE LOS QUE CRUZARON EL RIO*, que Carmela no lee pues pasa a la columna de la izquierda: *La conquista en los márgenes del Ebro*, para dar lectura a su primer párrafo, quizá excesivamente largo:

Los contraataques enemigos en la jornada de ayer, durante la cual continuaron valientemente su avance los soldados del Ejército del Ebro, prueban que el mando extranjero ha movilizado a toda prisa tropas de guarnición en otros frentes. Convencido de que las grandes masas de aviación utilizadas contra los atacantes no son suficientes para defenderse ni mucho menos para reducir su entusiasmo, se esfuerzan por extraer reservas de donde fuere.

«¿Será posible que ganemos la guerra? —se ilusiona mentalmente Carmela—. ¿Y cual es el precio? No soy ningún juguete. No somos ningún juguete. ¿Se burla de nosotros el destino?»

Revisa un lote de libros para un nuevo paquete y otea con sus celestes ojos, que cruzan la ventana, las ambulantes nubes del firmamento. Al caminar oscilan sus faldones plisados como una batuta de director de orquesta. «Solo se vive el tiempo que se ama. Si por lo menos encontrara un amor, aaah… —suspira, pensativa. ¿Dónde estará mi príncipe?»

—Tengo un primo en el aire, oye —le cuenta Pablo Uriguen—. Se llama Diego, Diego Zaldívar. Si salgo de esta, pienso preguntarle dónde coño estaba a finales de julio y a principios de agosto. Aquí ni una mosca, ni un *Mosca*, entorpece al bombardeo fascista.

—Ya vendrán, le dices; ya vendrán. Nosotros a lo nuestro.

Basilio Perich se frota la nuca con la diestra y luego se rasca la coronilla. Chorrea sudor con la amargura propia, inconsciente, de un hombre sin familia; de un soldado sin hijo y sin mujer, dando paladas en la rojiza tierra.

—No lo entenderán nunca.

Pablo Uriguen chorrea también, con la boca reseca y los ojos amargos empapados de sudor. Se pasa el antebrazo por la frente y prosigue ensanchando la trinchera.

—¿A quiénes te refieres?

Basilio lo mira unos instantes sin dejar de cavar. Retorna la mirada a la rojiza tierra. Sonríe con tristeza. Quisiera estar seguro de que van a ganar. Que escribirán la historia y el país será suyo, de todos. Que habrá una España democrática y plural, hija de las urnas, la libertad y la razón, que carezca del odio que se respira en 1938. Sonríe con tristeza. Basilio intuye que no pueden ganar. Que serán derrotados. O más bien, destruidos.

—*A los que vengan.*

Jerzy y Ulrich conversan sobre automóviles mientras limpian sus armas. Manuel Ramos Jiménez, *Manolo*, les escucha con curiosidad.

Hablan del Citroën 15 CV que han visto convertido en ambulancia y que lleva un tal *Maik*, voluntario de la Brigada

Lincoln. Ulrich, con las pupilas dilatadas, intenta expresar con sus manos la majestuosidad de un descapotable Mercedes Benz SSKL, de 1931. Después hace lo propio con la de un Benz de 1923.

Manolo se entromete. Es analfabeto, a mucha honra. Quiere tener más cultura, pero no la tiene. En su opinión, como el Bugatti 37 no hay ná.

Ulrich sonríe, exclamando un seco, jactancioso y duro ¡Ja! ¿Quién va a saber más de coches que él, o de motos? Era mecánico antes de llegar a España. De coches, lo que queramos y más aún.

Menciona un Horch, alemán, de ocho cilindros del año 1932; luego un Opel Kadett, motor de 1.100 centímetros cúbicos de 1936, y un Opel Olympia, 1935, cuatro cilindros, 1.300 centímetros cúbicos, 26 CV, que llega a los cien kilómetros hora. También sus faros, partes trasera y techos redondos.

—Un Chevrolet —interrumpen los americanos Joe y Oliver—, uno de 1935 estaría bien. O un coche marca Cord, precisa Joe, con tracción delantera, de esos que fabrica la Auburn Automobile Company.

—¿Y un Plymouth? ¿Un Chrysler? —sugiere Oliver.

—No entendéis de coches —les critica un tal Ryan, londinense por más señas—. Un Austin Seven Ruby, de 1935.

—¿Eso? —se sorprende Ulrich.

—Bueno, quizá —se lo piensa Ryan— sea mejor un S.S. (Swaloww Sports) de la marca Lyon, convertida después en Jaguar. Sí, uno de 1931; un cochazo negro, con un morro interminable, faros circulares con forma de cuenco, dos puertas y una repisa como una ese —Parece dibujarla y recorrerla con las huesudas manos—, extensa y alargada. Sí, una de esas repisas que dan un aire inconfundible y señorial.

—¡Cómo es posible! —exclama Enzo, un italiano—. ¿Qué dudas tenéis? Lo mejor es un 508 o Balilla, un Fiat —bromea.

Ulrich hace una mueca que, sin decirlo, aparenta decir que acaba de oír la mayor burrada imaginable. Sus carcajadas resuenan como graznidos de cuervo. ¿Qué pensará el enemigo? El resto le secunda.

Manolo, con gesto pensativo, frunce el ceño.

—Un Hispano Suiza coupé, del 35, *zeñoré, ezo zí é argo impresionante* —afirma.

En estos tiempos Hispano Suiza es la mejor marca de coches del mundo, mucho mejor que la Mercedes o que la Rolls Royce. Con la guerra ha llegado su fin.

Todos están de acuerdo. Un Hispano Suiza coupé, del 35. Aunque ninguno sea capaz de repetir, con el acento y tono de *Manolo*, cuando concluye:

—*Imprezionante.*

Manolo, a los siete años tuvo que empezar a trabajar. Eran siete hermanos. Siete bocas. Había que espabilarse.

Lucha contra los rebeldes porque no tienen *concencia*, y *ze* han *cargao* a *mushos* de *zus* familiares. No se averguenza de su *inorancia* porque no ha tenido otra *lavor* más que el trabajo.

—*Ezo me lo an enzeñao bien* —repite.

La guerra solo le da *decceciones*, los compañeros caen como las hojas en otoño, o la fruta madura, y nadie *á nazío pá'cabar azí*. Que *ay que tené poco corasón pá* no *zentirze* mal.

Lucha por la *vandera* republicana.

—*Boy a vé zi llegamó a mañana* —dice con sorna.

Una bala le reventará los sesos y le devolverá al *varro* con el que, según le insistían de pequeño, los cristianos, todos los hombres han sido formados.

Una maldita e inoportuna bala tras la que Ulrich solo podrá articular un torpe y entrecortado:

—En un lugar u otro hay que morir...

Durante la noche, Basilio Perich y Pablo Uriguen han cavado un trozo de trinchera de poco más de metro y medio de amplio y unos cincuenta metros de largo, que se unirá a los cavados por otros camaradas. Al alba, los pedruscos, torrocos y guijarros están dispersos frente a ellos, entre líneas, y un sol claro y despiadado los azota con sus rayos de finales de julio. A rastras se acerca un compañero que ordena resistir y añade:

—Al no tomar Gandesa, pasamos a la defensiva.

El frente parece en calma.

Basilio y Pablo aspiran el nocturno perfume de la retama y el lentisco. Cuando el sol vuelva y sea mediodía, pondrán buches de paloma al ruido de las moscas sobre la basura, al áspero viento, al zumbido de los mosquitos, a la fatiga, los dolores de cabeza y las bocas besadas que ya no besarán los rubios camaradas inmolados contra Gandesa.

A veces el corazón, el cuerpo, el alma, todo, duele. El dolor te pincha la cabeza, estocada inacabable, mosquito jugando en el cerebro, y una angustia infinita te corroe las entrañas. La vida no te importa.

Quieres llorar, como si fueran grifos tus ojos, infinitos ríos de tristeza. Tu mirada anclada y perdida en el tiempo, vacía, impide dar rienda suelta a las emociones.

Flor sin suelo ni esperanza, ave sin alas, recuerdas que antes todo era distinto y ahora, como siempre, es una mierda. No escuchas al pinzón, el mirlo o el ruiseñor verter su trino, sí a los cañones, aviones y morteros escupir la cortante metralla. Sí escuchas a los hombres morir como borregos, caer entre desesperados balidos o rendirse implorando comprensión y piedad. Sí escuchas lo que viene y se acerca; el paso de Azrael, el arcángel de la Muerte, mientras la soledad y los recuerdos ensanchan a boquetes el dolorido cuerpo, el afligido corazón, la atormentada alma. Te torturan los cuerpos, inermes y abatidos, de tu esposa y tu hijo, de Berta y de César, que reposan en las tumbas de tu ciudad natal, La Garriga, aún no bombardeada por las tropas fascistas.

A veces desearías retener una bala, una sola, de las que disparas y reventar tus sesos, esparcirlos, sobre este loco mundo de memoria y ausencia. El odio y la rabia, las lágrimas de impotencia y venganza, te susurran: «¡Dispara! ¡Dispara! Mata al enemigo.»

Algunas décadas después, con tu cojera y tu pasado a cuestas, sabes de sobra que la vida es la vida, que «las cosas que se van no vuelven nunca», como escribió el poeta, Lorca y que «tu odio nunca será mejor que tu paz», tal como escribirá Borges. Al fin y al cabo la vida siempre se ríe de nosotros y nos mantiene vivos. Quizá esa sea una desconocida forma de venganza. A veces te duele el presente merced a los fogonazos del ayer y la boca se te atraganta de saliva; los ojos se te anegan en lágrimas y el corazón, enérgico, te grita que aún la quieres,todavía los quieres y no vas a olvidarlos.

Te importe o no, la batalla continúa.

En Gandesa, el campanario de la iglesia se eleva sobre las circunstantes casas, larga cabeza sobre la multitud. Los parduscos campos, los viñedos y los árboles asisten atónitos al inclemente intercambio de fuegos. Las tropas republicanas llegan hasta el cementerio, lo hacen ante la cooperativa agrícola, la Eiroa. Los requetés navarros no se la dejan tomar.

Desde la sierra de Pándols se ve el avance por la llanura. La sierra está verde y lozana, una alfombra ondulada por curvas de mujer tendida. Hasta donde alcanza la vista, Gandesa es una mancha terrosa y blanquecina y las tropas puntitos que pululan como abejas de panal en panal.

El objetivo de la 35.ª División es tomar Gandesa, uniéndose en Cendroses con las 11.ª y 16.ª Divisiones. Así, a las puertas de Gandesa o a sus inmediaciones, llegan los Batallones Lincoln, Spanish, Palafox, Rakosi, Thaelmann, Zwölfte Februar, Mac-Paps y British. Al Puig de l'Aliga, cota 481, entre Pándols y Cavalls, los interbrigadistas de la Lincoln lo llaman «El Grano» y los del Zwölfte Februar, «la cota de la muerte». Por ahora, resulta imposible tomarla a pesar de los esfuerzos. Ni ayer se pudo ni hoy, bajo el sofocante calor de julio, día 27, van mucho mejor las cosas. La caballería está frenada frente a Pobla de Masaluca. En el flanco izquierdo, al este de Gandesa, se avanza hacia Bot. El servicio de transmisiones está reducido aquí a motos y caballos. No hay más medios ni posibilidades. Nos falta velocidad.

En Gandesa, el enemigo tiene tres divisiones frescas y al completo, acompañadas por dos regimientos de artillería, baterías antiaéreas, antitanques y de morteros, más alguna que otra unidad. Cada vez es más fuerte y cuenta con más medios. Nosotros, ni tenemos aviones ni tanques, ni artillería, ni transporte más que nuestros pies, el regimiento de caballería y el poco material que hasta el momento cruza el río a cuenta gotas; aunque eso sí, peor está la frontera con Francia.

Si es preciso morir para ser libre, si es necesario luchar para vivir sin yugos, si no hay otra solución: aquí está. Que la muerte no tenga que venir a buscarlo. Ulrich aprieta los dientes y dispara su Mauser.

En la trinchera, Basilio piensa en Berta; en su melena azabache y su castaña y diminuta mirada. Es lenta y segura a la hora de moverse, parca en el hablar hasta que se suelta, divertida. Mira serena, directa y clara. Anda con gracia, tiene las orejas pequeñas, acepta a la gente sea como sea y si no le gusta, adiós muy buenas, sin llantos ni andanadas. Es un pequeño milagro hecho mujer.

Berta es práctica, con sentido común y comprensión. Lo fundamental en un ser humano es la capacidad de comprender.

Berta es un lago en calma, incansable, trabajadora, hospitalaria, llena de una infinita confianza, con un inmenso corazón y una moral realmente inabarcable.

¡Maldita sea!

Berta es un cadáver en su corazón.

¿Y su hijo César?

No imaginas las cartas que ha querido escribir, que ha escrito y roto, cuando le da permiso la guerra. Ni las flores que hubiera querido depositar por ellos, ni los pensamientos con los que consume sus esperas.

«¿Sabrás algún día la cantidad de pensamientos, Berta, que depositó en ti después de haberte perdido? Daría el resto de su vida, la eternidad si ello fuera posible, por pasar junto a ti algunas nuevas horas. Estás muerta, como César. Tienes tu tumba y tu reposo.» Como él su zozobra y su trinchera.

El alcalde de Gandesa es Xavier Sicart Soler. A las puertas de la población hay sacos terreros, parapetos y un control formado por guardias civiles, algunos paisanos armados y algunas fuerzas de Orden Público.

Ayer y antes de ayer la lucha aquí fue primitiva; a base de fusiles, ametralladoras y morteros. A media tarde de hoy, día 27, ya contamos con tanques y proyectiles con los que amenazar Gandesa.

Los de infantería llevamos tres días y tres noches combatiendo y marchando, mal alimentados, mal calzados, con los heridos gimiendo sobre el terreno sin que nos sea posible evacuarlos. Sin alimentos y sin agua potable.

Las secciones especiales republicanas se encargan de vigilar y depurar a los desertores. En cada brigada hay un batallón especial y en cada batallón hay una compañía especial. La disciplina aquí no tiene límites.

Vamos a convertirnos en parte del paisaje. Vamos a morir si es necesario. De todas formas, unos u otros han de matarnos. Es el fusilero destino de los pobres: ser dados en un tablero ajeno, piezas que deben enfrentarse al caprichoso antojo del poder que no tienen, que nunca les favorece, y dar gracias a dios —o a quién o qué corresponda— por seguir vivos.

—Luchamos contra el espíritu de la fuerza con la fuerza del espíritu —parlotea Basilio—. Por la justicia, el orden, la libertad y la verdad. Eterna guerra: la luz contra la oscuridad, el bien contra el mal. Una guerra de y por la cultura. Mantenemos la fuerza del derecho contra el derecho de la fuerza. Defendemos un Gobierno surgido de las urnas contra una sublevación militar e impopular apoyada en las armas. Luchamos por nuestras tierras y nuestras familias (las hayamos perdido o no), por nuestros ideales, contra la tiranía del fascismo.

—Luchamos —le hace callar Uriguen—. Ninguna guerra defiende la paz. No hay derecho sin fuerza, ni fuerza sin derecho. Luchamos por obligación. No hay más remedio. La guerra no la empezamos nosotros. Hoy toca defenderse y esperar la llegada de mejores tiempos. De paz, esperemos.

El cementerio de Gandesa se puebla de violencia. Se lucha entre las piedras, matorrales, rastrojos y la escasa vegetación. Hay algunos cipreses, oscuras espadas de carbón, próximos a un edificio de puerta de madera, que está terminada en un arco semicircular, coronado por un tejado de uve alargada y al revés, de amplio ángulo, que remata una sencilla cruz destartalada.

El cielo, azul y claro, resplandece sereno. ¿Cómo creer que en días tan hermosos acontezca una guerra?

Es el 25 ó 26 de julio. Unos cuantos internacionales llegan hasta el Sindicato Agrícola o Cooperativa, a la entrada de Gandesa, por la carretera de Corbera. Frente al grupo escolar y a pocos metros de la plaza mayor, se ha levantado una barricada de sacos. Buscan vino para sus cantimploras.

Los republicanos ocupan las lomas de Garidells, Gironesos, Coma d'en Della, Coma d'en Pou, Turó de les Forques, cota 403, Puig de l'Àliga o cota 481 y Coma de Bernús o cota 382.

En Londres, el 28 de julio, *The Daily Mail* informa que:

> …en setenta y dos horas las tropas gubernamentales se han adueñado de un territorio mayor que el que le dieron las tres ofensivas de Brunete, Belchite y Teruel juntas.

The Daily Telegraph subraya:

El Ejército republicano realiza la ofensiva casi exclusivamente con la infantería. Los facciosos luchan con su aviación.

The Daily Herald destaca:

Toda la superioridad de la aviación facciosa no basta para detener el avance republicano. Durante todo el día de ayer centenares de aviones alemanes e italianos han lanzado metralla sobre las tropas republicanas, que han continuado impertérritas su avance. Se ha demostrado, una vez más, que una buena infantería puede desafiar a la aviación.

The News Chronicle advierte:

…un ejército que progresa no se desmoraliza.

El 29 de julio es viernes. Los del Tercio llegan a Vilalba andando desde la estación de Bot y vienen de Extremadura.

Hay barras de hielo en la iglesia de Vilalba.

En la defensa de Vilalba dels Arcs son pocos los que quedan indemnes a las balas o a la disentería.

En Vilalba dels Arcs le abren a un requeté la cabeza con una aristada bayoneta rusa y lo dejan abandonado bajo un almendro. Es un paisaje de cráneos destrozados.

A la cota 481 o Puig de l'Àliga, la llaman después «el bosque quemado» por todas las bombas incendiarias que caen sobre ella.

La consigna del Tercio es «vencer o morir», respaldada por el vino de veinte grados de Vilalba, el saltatrincheras, sobre las vainas de un nueve largo, repetida sin descanso en el grupo que meses después, a las órdenes del sargento Masanés de Gironella, llegará primero al Ebro y clavará en sus fangosas aguas la bandera bicolor de la España monárquica. Algún requeté versiona a su modo los versos de l'Emigrant, de Mossen Cinto Verdaguer, y murmura:

—*Dolça Catalunya/ Patria del meu cor/ qui de tu s'allunya…/* ¡recony quina sort!

Al corneta de la 18.ª bandera se le ha clavado un proyectil de mortero del 50 en la nalga y no ha estallado. Se lo sujeta con la mano. Lo tendemos boca abajo y nos lo llevamos en busca del puesto de socorro, rezando para que el artefacto no le explote. Lo llevamos hasta un piso de estrecha escalera, donde hay médicos de bata blanca junto a una mesa cubierta con sábana también blanca. Colocamos al corneta sobre la mesa, con cuidado, sudando a mares. Las espoletas de los morteros son muy sensibles. Bombardean. Nadie baja al refugio, en la bodega. Nos pegamos a la pared. Hay que llamar al maestro armero de artillería y no pensamos quedarnos a saber cómo acaba todo esto. A la gente que muere aquí la entierran en el mismo patio de la casa y a los cadáveres de batalla en una fosa del patio trasero del pueblo, en la fosa común, sobre la báscula de entrada a Vilalba. Todas las casas tienen vino y todas están abandonadas. Las casas con agua las controla el teniente coronel Capablanca; y el agua se usa para los heridos.

Estamos junto al requeté Gabaldá, día 31, cuando nos atacan con fuego de mortero y cañón doce cuarenta. Nos defendemos con bombas de mano y armas automáticas. Con unos zapadores tendemos una alambrada, y antes de terminarla, nos atacan de nuevo. Durante la noche, un requeté, en servicio de escucha, nos alerta de un ataque enemigo que es rechazado. Matamos a cuatro rojos. El requeté, al amanecer, se acerca para cambiarse los zapatos con alguno de los muertos y descubre que ha matado a José, su hermano menor, un adolescente en la 24.ª brigada mixta, y ante su cadáver sufre un ataque de locura. No deja de lamentarse. No deja de gritar:

—¡Te he matado! ¡Te he matado!

En las sierras de la Fatarella, Cavalls y Pándols empieza el sistema prelitoral catalán. Tenemos los pies deshechos, derretidos. El cansancio es un ácido que devora nuestra carne para roer nuestros castigados huesos.

—Morir nunca ha sido un problema —murmura Uriguen, lapidario—. Lo difícil siempre ha sido vivir.

La torre del campanario de Gandesa es de planta cuadrada. Una granada de mortero acertará a tocarla. Sus ventanas son estrechos arcos de medio punto; por sus fachadas anterior y posterior, y en su penúltimo piso, se divisa la campana. La torre está coronada por una pequeña cúpula que descansa sobre muros de aspecto cilíndrico. La iglesia es una enorme bala terrosa, puesta en pie, que desafía al cielo; austera y quizá románica. Sobresale entre las casas con dos veces o tres más de altura que el resto de edificios más elevados. Tras ella, en la distancia, árboles, montes, caminos y valles conforman el tranquilo paisaje, casi llano. Frente a ella hay carrascas y viñedos al acabar las calles, y las casas llegan hasta nosotros. Los soldados rebeldes resisten en el casco urbano. Cada vez son más y acumulan reservas y refuerzos. ¿Cuándo vamos a atacar? Nos mantenemos a la espera.

Pedro Hernández es la Torre Eiffel y se mueve más que la estructura superior de esta cuando hace viento. El sol de julio abrasa. Agosto ya se acerca. Dos compañeros juegan a las damas, en las trincheras, sobre un pobre tablero. No tienen damas y por eso juegan con balas puestas de pie. En la incomodidad de la trinchera estudian posiciones y jugadas, empapan sus camisas con sudorosas manchas, gotean lentos manantiales que poco a poco humedecen el suelo.

—Con las balas no se juega —advierte Pedro, que puntualiza—: A los de ahí enfrente no les divertirán vuestros disparos... —Y añade con ceño—: ¿Por qué no hacéis algo útil?

Pedro no espera una respuesta. Tras encogerse de hombros, coge una cantimplora y bebe. Se desliza encorvado en la trinchera, igual que gato que encrespa el lomo, y otea el horizonte con los ojos almendrados y oscuros. El viento le mece el ondulado pelo. Les han requisado el tabaco a los prisioneros y ahora algunos paquetes de *Ideales* son de su propiedad. No fuma. Los guarda como moneda de cambio.

Libertad. Paz. Trabajo. ¿Por eso se lucha? ¿Por la República? Pedro piensa en sus hijos, su mujer, Carmen, y en las pocas películas que ha visto en el cine, no recuerda ya cuándo, con los Hermanos Marx en *Una noche en la ópera* y los *39 escalones* del maestro Hitchcock, un lunes de mucho tiempo atrás.

Los camaradas prosiguen su partida de damas aunque las balas sobre el tablero van menguando. Juegan con los fusiles a mano y la mirada puesta en el juego, bajo el intenso calor último de julio, casi agosto, con las bocas resecas y los ojos anegados por la amarga y sudorosa espera. En la guerra siempre se está esperando. Son críos que juegan con piedras y maderas, parapetados en su inocencia y su maldad a un tiempo, a la guerra, a lanzarse insultos y pedradas en las calles, heridas y devastadas, de cualquier lugar de España.

Pedro Hernández es astuto. Habla poco, simple, directo, el corazón le late en la garganta. Usa una bayoneta soviética Mossin-Nagant de un par de palmos, delgada y fina, de gorda aguja interminable, a la que ha afilado al límite la punta para borrarle su redondez, y que sea más efectiva y mortífera.

Pedro Hernández mantiene la calma y serenidad contra lo adverso. Se entretiene tallando en la trinchera algunos trozos de ramas con su navaja albaceteña. Entre sus pertenencias descansan un par de granadas de mano, con la anilla y la palanca de seguridad, que aguardan su hora letal y, enfundada y silente, su pistola Llama, de 9 mm largo, que arrebató a unos rendidos nacionales. Su fusil de cerrojo es un Mauser español de 1913, de 7 mm, cinco disparos y dos mil metros de alcance. Pesa casi cuatro kilos y tiene una longitud de casi 124 centímetros. Fabricado en Oviedo con licencia.

El calor no cesa. Los camaradas comienzan una nueva partida. Pedro, fuerte, vital y rebosante de alegría, apisonadora de confianza y dignidad, es celoso e impulsivo. Ha cambiado su gorro isabelino, sin borla, por un casco de acero de origen checoslovaco. No lo lleva puesto. El calor es insoportable y el viento mece su ondulado pelo.

Mira al firmamento y se pregunta si al acabar la guerra seguirá siendo humilde, tolerante, serio, buen jugador, bebedor de vinos, noble, audaz, trabajador, amigo de la franqueza, la bondad y el respeto. El sudor fluye incontenible por sus sienes y bajo el sol que abrasa, ignora por completo la respuesta. Bastará con vivir, supone. Bastará con vivir para saberlo…

El Puig de l'Àliga está al salir de Corbera, en dirección a Pinell de Brai. Al final de un camino bastante amplio, a mano izquierda desde el Puig del Nen, que recorre las montañas por su parte superior, sigue la línea divisoria de las vertientes y conduce luego hasta la cima del Puig de l'Àliga.

El Puig Cavaller domina Gandesa. En él hay una iglesia. En él está el santuario y balneario de la Mare de Deu de la Fontcalda. Desde él se divisa la llanura de Gandesa.

A veces, los aviones la toman con la fiel infantería. Se les puede escuchar llegar y se les puede escuchar marcharse. Cuando están sobre nosotros, por unos segundos, el silencio se hace inmenso y el tiempo parece detenerse.

—Algunos de los nuestros podrían disparar, ¿no? —masculla Perich, indignado.

Sus motores zumban, enormes moscas, se acercan y alejan y juegan con nosotros. Somos sus blancos. Ahí viene un Fiat convencido de que somos su diana. *Ta-ta-ta-tá*, descarga sus ráfagas sin acertarnos. *Ta-ta-ta-tá*, disparan sus ametralladoras Breda-SAFAT, desde su morro. *Ta-ta-ta-tá*, una pasada más. *Ta-ta-ta-tá*, otra interminable pasada. El silencio. Vuelve a pasar. El silencio. Vuelve a pasar.

—¿Por qué no dispara? —interroga Perich.

—Se ha quedado sin munición —supone Uriguen, que se encoge de hombros.

Viene hacia nosotros. Nos sobrepasa. Se oye un clin metálico, un ruido sordo. Después, el silencio. El caza Fiat se aleja.

—Ese cabrón es español —masculla Uriguen, que escupe a continuación.

—¿Cómo lo sabes? —se sorprende Perich.

—Mira... —El vasco señala hacia unas piedras con la mano diestra—. El muy cabrón... ¡nos ha tirado una llave inglesa!

Nos atacan a las seis y media de la tarde y también a las diez y media de la noche. Hemos comenzado a cavar trincheras en el frente que va de Fayón a Xerta, como el arco que dibuja el Ebro.

Nos llegan batallones de fortificación y materiales y construimos obstáculos contra carro. Nos toca defender lo que hemos conquistado. La consigna general es:

Recordad que nunca se debe retroceder ni por inferioridad de fuerza, ni por ser envueltos: se resiste y se muere si es preciso, pero no se retrocede sin orden.

Nuestros prisioneros son un problema. Han dedicado un batallón de ametralladoras a custodiarlos. Les han hecho repasar el Ebro y allí donde los tienen, les da por bombardear a los fascistas. Creen que son de nuestras tropas y así están matando a parte de lo que fue su ejército.

Pasados unos meses, también tendrán los fachas sus prisioneros (de los nuestros) y si pudiésemos ver los unos y los otros, en un mismo tiempo y espacio, veríamos que hay pocas diferencias. Si las hay, están en sus cabezas, dentro de ellas, o en ciertos detalles como una cruz o un símbolo que no todos comparten.

El rostro del prisionero es el rostro del miedo, la duda y la derrota; a veces del por fin se ha acabado. Aunque nunca se sabe lo que viene a esperarnos. Quizá el perdón, el desprecio, el dolor o la muerte. Cada cual tiene su propio azar. O no tiene ninguno. Desde que el mundo es mundo, la suerte no es mala ni buena. La suerte es. Y el que no la tiene, insiste en calificarla de mala, para creer que, al menos, la tiene y que su signo cambiará. El rostro del prisionero lo explica una y otra vez; entre pesadumbre y cansancio; su única suerte es seguir vivo. Desconoce durante cuánto tiempo lo va a seguir estando. Dice la propaganda enemiga:

Rojos, ¿por dónde vais a retroceder? No os quedan ya puentes.

La nuestra contesta:

Para llegar a Gandesa no los necesitamos.

El 30 de julio, en *La Humanitat*, Rovira i Virgili publica un artículo sobre *El cop de l'Ebre* que Carmela Miró lee tras haber malgastado los treinta céntimos que cuesta el periódico, según contará en su diario. Ilusionada y a la vez temerosa, ve las fotos de un soldado que lanza una granada, de otros soldados que utilizan una ametralladora y de algunos aviones que levantan astillas y humaredas. Destrucción sobre el Ebro.

Unas semanas después Carmela estará cerca del frente, con el SBF para el que trabaja.

Carta número 346

Perdida Berta:

Aunque nunca recibas esta carta (ni las demás), has de saber que no te olvido. Chorreo un sudor amargo que no cesa. Julio se niega a terminar sin escu-

pirnos su calor que asfixia, ahoga y nos exprime como un tuareg a un cactus en el Sahara. El enemigo ya no corre. Ahora nos planta cara. Se rumorea que nos tocará defendernos. Mi sudor empapa esta carta. Algunas gotas se estampan contra ella. Ya lo dice el refrán: «en julio, beber, sudar y la fresca buscar.» Supongo que tú, que vosotros, no tendréis problemas como este. Las tumbas son oscuras y frías como la soledad.

Conservo intactas las cartas que te he escrito y también el libro azul que siempre me acompaña. Si me deja la guerra, un día de estos acabaré de leerlo. Uriguen sigue igual. Te habría impresionado conocerlo; estoy seguro de ello. Supongo que ahora sus verdes ojos se preguntarán qué diablos estoy escribiendo, o divagarán sobre los lejanos y paradisíacos mares del sur. A veces parece que se pierden, más allá de las cosas, para extraer del silencio órdenes como: «¡Arriad las velas! ¡Levantad el ancla! ¡Poned rumbo a Hawai!»

Me iría contigo. Quisiera irme contigo a Hawai, la Polinesia francesa o a cualquier otro sitio. No puedo. No podemos. Sé que estás muerta, que mi hijo está muerto y que yo estoy muriendo en esta guerra. Si tengo suerte, quizá me maten. Quizá deje de escribirte y nos veamos pronto. Sé que venceremos. Sé que decidiremos la guerra a nuestro favor. Me dolerá, me duele, no estar contigo. Tropezar con tu tumba, la morera o los recuerdos. La vida a veces daña más que la muerte.

En medio del sudor y la locura te sonríe, Berta,

tu Basilio.

5

Combatimos en Pándols

I a la cova han quedat les sabates d'en Jaume.

Paisatge de l'Ebre
Josep Gual i Lloberes

A veces, cuando duerme, se despierta de golpe y aún oye los lamentos, ruegos y quejidos de los camaradas en las sierras de Pándols: Joaquín Masjuan, Jack Max. Sus voces le desvelan y siente sus ojos clavados en las negras pupilas, en medio de la noche, como un flash en los párpados, terrible y doloroso.

No tienen edad para consumirse en medio de esta carnicería. La ministra de la CNT, Frederica Montseny, los llamó «los del biberón», puesto que son jóvenes que aún podrían tomarlo. Alguno de ellos va con el labio partido por el retroceso del fusil y la escasa y elemental instrucción recibida. Otros desahogan la llamada de la entrepierna tocando la zambomba, con la imagen de alguna buena y sexual hembra en la retina para aliviar la tensión acumulada.

Pándols huele a perro muerto.

Algunos han asistido a cursos de dibujo en la escuela de artes aplicadas de la Diputación o han ido a las clases de botánica de Pius Font i Quer, en la Universidad de Barcelona, y miran a «los biberones» como a hermanos pequeños, reptando como gusanos bajo las alambradas de espino y las estacas de madera, o ahora y aquí, carne de cañón, bajo un crepúsculo de mariposa nazarena, cubriéndose, tan cerca de la tierra como les es posible.

En Pándols, el ruido es enloquecedor y también la terrible peste fétida de los cadáveres. El agua la suben con algibes por batidos caminos de cabra, caminos por vaguadas salvajes, que ascienden por laderas resbaladizas y soportan el fuego de artillería y de las automáticas con tiro cruzado y sin puntos muertos.

Se cavan trincheras con machetes, uñas, como se puede. Y se asciende bajo el tiroteo enemigo como si no costase, cuando de hecho el mero ascender (sin tiros) exige un considerable esfuerzo.

En la cota 703 están emplazados los rebeldes morteros del 81. Seis soldados heridos de la 11.ª División han permanecido cinco días inmóviles entre dos fuegos. Los evacuan. El santo de la ermita de Santa Magdalena lleva un vestido violeta y una faja amarilla. Las vigas de la ermita son de melis. En la ermita se halla la única fuente de agua que hay en toda la sierra.

Bebemos de una sucia y pestilente charca. El sol de agosto da duro y es fuego. La sed es mala, mucho peor que el hambre. Te seca la garganta, acartonada, y no puedes mover la lengua. Se convierte en cuero. Y para comer hay lentejas, arenques, carne fría trinchada, judías negras o bacalao seco, enlatados. Y más sed y más sed. Chorreamos sudor. Y las tazas de peltre están vacías.

Hay quien orina en la cantimplora, guarda los orines y cuando se enfrían, se los bebe. La cantimplora es lo primero que se les quita a los muertos. Por un poco de agua puedes acribillarte a tiros.

A finales de agosto, cuando al fin podemos lavarnos, llevamos tanto polvo encima que repele el agua y hay que intentarlo cinco o seis veces hasta lograr humedecerlo.

Cansados de las zarzas, avellanos, matorrales, cadáveres de moros, pinos y del «¡Adelante! ¡Adelante! ¡A por ellos!», oímos las consignas. Con las bajas del sanitario Martiriano, de Nicasio, o de Pascual, los heridos sollozan, claman, alaridan y piden la muerte para no sufrir.

Ni siquiera podemos enterrar a los muertos en zanjas, entre cepa y cepa. Causa baja Ambrosio. Cansados de los golpes de mano nocturnos, indiferentes a los tableteos, repiqueteos, zumbidos, mientras el furriel se juega la vida con su burrito, *Bepo*, para suministrar las provisiones del medio día; causa baja Dionisio. En las trincheras en zig-zag, bajo la cruel polvisca, soñamos despiertos con chocolate, galletas, mortadela, y el enemigo nos envía carbón, suelo negro; y los soldados, estirados cuerpo a tierra y sin ponernos de pie, levitamos asustados por el impacto de las bombas y sentimos en las tripas la presión de las explosiones. La sierra huele a muerte acre, insolaciones, forúnculos, muertos despeñados por los precipicios de Pándols, enloquecidos, encajonados en barrancos, descompuestos.

La lluvia de material combustible y bombas incendiarias provoca un ceniciento, carbonizado, empobrecido paisaje, sin una brizna de hierba verde ni un simple ramal. En algunos lugares resisten negros árboles mutilados, con sus tumbadas ramas humeando allá y aquí, junto a la angustia, el vacío y el viento que esparce los residuos de la combustión. La mirada se pierde en una altiplanicie rasa, de tonos uniformes, marengos, sin rumor de follaje, sin chillidos de pájaros, sin movimiento. Los tiznados soldados, a quienes la humareda empaña la voz, contemplan los árboles sin ramas, esmirriados, que bajo la insolación se funden con umbría tristeza.

El fuego ha devorado raudo el sotobosque pirófilo de las pinedas, los zarzales, el lentisco, la palma, alguna carrasca, como a lo lejos los cañaverales, la menta de agua, los lirios amarillos, la romaza o el malvavisco cercanos al río.

El terreno calcáreo, alfombra de silicio, aparece despejado de todo estrato arbóreo, quemados sus coscojas, aladiernos, altagas o enebros, bajo un cielo sin aves y un aire sin rumores.

Se apaga todo con el tiempo. Todo el fuego. Toda la vida.

Combatimos. A veces te preguntas a cuántos seres humanos matas, cuántas vidas siegas, en este odio ciego, loco y marcial que nos empuja a hacerlo. La memoria selectiva se oscurece. Uno fue el primero y una vez roto el mundo, una vez contemplada la barbarie, todo se conduce por instinto. Se trata de escoger, de una simple elección, y la conciencia, si se tiene, comprende que al enemigo tu vida no le importa y la de él, a ti tampoco. No hay preguntas ni palabras. No hace falta pensar, todo es acción y movimiento; ataque, contraataque o defensa. Llenar el día o la noche de silbidos y balas, cubrir la posición, mantenerla o perderla y si llega el cuerpo a cuerpo, con la vida apostada en el tablero, apretar los dientes y matar. Matar. Siempre matar...

Sus manos son las manos de un asesino, aunque es mucho más agradable decir soldado o combatiente. De un asesino que no quería serlo, que recibe las órdenes y que las cumple. El enemigo también tiene sus asesinas manos y combatimos por pura inercia. No sé si la guerra es por tal o cual interés, si es una lucha entre ateos y cristianos, o porqué debemos ganar. Combatimos. Y nada volverá a ser ya lo mismo.

Este año es distinto. Lo sabemos. Agosto no es agosto. Es una parte más de la batalla. Lo saben los lagartos, culebras, lagartijas, ranas y sapos, al igual que el río. Es hora de que vuelen los vencejos (envidiables, pues pueden fornicar en el aire; como décadas después será costumbre de algunos pasajeros en aviones de líneas comerciales en los estrechos lavabos). Con guerra o sin ella, aparecen también las chinches del campo. Es época de nenúfares; de que los venados pierdan el terciopelo que recubre su cuerna; de ciruelas silvestres o endrinos; y del apareamiento de los corzos: los polígamos machos persiguen a las hembras y montan a una, a otra, a las que puedan para incrementar el número de cérvidos.

Se formarán grandes bandadas de abejarucos que desaparecerán con rumbo a África. Volverá el aleteo de los vencejos (ya sabéis), el vespertino y nocturno silencio de los murciélagos, el redundante estridular de los grillos, las cigüeñas, los cigoñinos (que abandonarán el nido para formar bandadas de emigrantes, dirigidas al sur) o las tarántulas con sus hijos a cuestas, maternales, responsables, mientras el nóctulo común copule donde pueda.

Florecerá el torvisco, con su flor blanca, rojo fruto y verde hoja, oscura y brillante. Irrumpirá la zarza, cuyas moras más dulces serán las de finales de agosto. Se abrirán las estrellas de nieve. Se buscarán —en los torrentes, lagos y manantiales— los tritones pirenaicos, para satisfacer sus impulsos sexuales, y el lirón continuará sesteando estival; aunque agosto no sea agosto y sea una parte más de la batalla.

No son solo soldados. Han sido jornaleros, peones, panaderos, profesores, agricultores, comerciantes, chóferes, contables, pintores, ferroviarios, telegrafistas, pescadores, mecánicos, carpinteros, sastres, tejedores, guarnicioneros, camareros, modistas, agentes de ventas, mineros, maestros, contramaestres o practicantes, entre otros oficios. Masip, que se incorporará en septiembre, era conductor de autobuses de la Alsina-Graells y llevaba la línea Barcelona-Mataró. Ahora, algunos son cadáveres.

La artillería bombardea Pándols durante más de tres horas. La 9.ª Brigada de la 11.ª División (Joaquín Rodríguez) se halla en la primera línea de fuego, al igual que —al Este— las Brigadas 101.ª y 307.ª, de la 46.ª División (Domiciano Leal). Es el 9 de agosto.

Un día antes se incorporan a la 4.ª de Navarra los batallones nacionales que han liquidado la bolsa de Fayón-Mequinenza, reestructurando esa gran unidad sus fuerzas, por orden del general Alonso Vega, en su 1.ª Brigada (Cisneros), su 2.ª Brigada (Ibisate) y su 3.ª Brigada (Torrente), yendo la primera de ellas a la vanguardia en la línea de fuego.

Nos acompaña el sonido de nuestros pasos, el ajetreo, subimos y bajamos colinas, levantamos polvo de la dura y seca tierra, que aparece bajo nuestros pies. Avanzamos en filas.

En Pándols la vida pierde su valor. Las cotas tienen su numeración. A la cota 666 la llaman «la cota del diablo».

Es hora de rezar para que oscurezca y podamos movernos. Aunque esos bastardos nos bombardean aquí hasta de noche. Los proyectiles explotan en la montaña y nos echan encima toneladas de roca. La montaña nos llueve con ira ajena y furia interminables. No solo matan los obuses y las granadas de la artillería, también los pedazos de roca. Ten cuidado con ellos. Ten cuidado. Muchas veces pienso que de aquí no vamos a salir vivos. No es posible.

Aunque pasen los días y vivamos, desde el silencio y la memoria renacerán los camiones ardiendo, las humaredas, los cañonazos, las ráfagas de ametralladora, los estertores de los tanques y el rechinar de sus cadenas y todos nuestros recuerdos se fundirán en uno, más amargo y confuso, que llamaremos guerra, que llamaremos Pándols y que ahora nos engulle, nos hace sentir mal, desamparados, como si nos hubiesen dado una patada y encerrado tras las puertas del Infierno.

No olvidaremos las moscas que revolotean sobre los cadáveres ensangrentados, medio cubiertos de tierra; los restos abandonados de los tanques, ya inútiles. La destrucción. Cuando tengamos que abandonar Pándols y nos vayamos, yendo poco a poco, cuando nos toque retirarnos y aparezca lejano, muy lejano, el sonido de los remos y brazos de nuestra ilusión, que aparten y crucen las poderosas aguas del Ebro.

En Pándols reinan un calor espantoso y un olor rancio, podrido y pegajoso, fruto del sudor, la falta de ventilación e higiene y el cerrado perfume de la oscura acumulación de tiempo olisco. Cadáveres quemados en cal viva.

Cuando lo extraño se convierte en normal, la excepción en regla, no se distingue ni sabe qué es lo uno o lo otro. Con los olores siempre queda el recuerdo. Se sabe si son o no desagradables, se les puede comparar con el resto de nuestro bagaje olfativo. Por eso, próximos a la muerte, aún somos capaces de comprender que olemos a animal (sea pescado o no) en descomposición. Olemos a podredumbre.

Es un olor que nos invade y recubre el capote, la manta, el fusil, la mochila, las cartucheras, y la bolsa del costado. No oleremos así siempre. Aunque no le importe entre brezos, tojos y zarzas a esa lagartija colilarga, de apariencia pardusca metálica, franjas amarillas y flancos oscuros, si la coges chilla, que está tomando el sol.

Pándols es de la misma altura que el Puig Cavaller. La batalla siembra el terreno de boquetes, brechas y agujeros. Pándols es una sierra desolada, sin agua, sombra ni casas. Una cadena de azuladas montañas de pizarra al sur del frente.

El lápiz de Pándols está en el cerro donde confluyen el Puig Cavaller y la sierra de Pándols. De frente parece un lápiz y por eso le llaman «el lápiz de Pándols». Desde el norte o el sur comienza a ganar anchura y ya no parece que sea un lápiz.

El suelo de Pándols es rocoso y duro. Es más difícil hacerle una zanja que evitar que un aragonés te repita, una y otra vez, que ahí va la despedida sin llegar a despedirse. Lo hace el pontonero ese, Roque, ¿no? Se le nota que es maño.

Así que aquí me tienes, astuto y precavido, lobo que disimula sus huellas en la nieve. En una nieve que no es tal, sino calor, casi fuego sobre piedra y que me hace chorrear un sudor ingente e inagotable. Un amargo río que nos empapa la piel.

Esto no es lo que imaginábamos cuando el centro de instrucción de la 11.ª división, en Salou, fue visitado por Líster, el 22 de abril de este año, y un día después se ejecutaba a seis muchachos ante nuestras narices. Desfilamos en formación de a uno ante la agonía de los pobres muchachos y sonaba el *Himno de Riego*. Esto es peor. «No os faltará de nada», nos prometió Líster. Lo único que sobra son palabras, bombas y enemigos.

Algunos campan aquí casi descalzos, sin botas, con unas alpargatas cuya suela es de cartón y gracias. Aún no puedo quejarme. Líster vendrá y nos arengará diciendo que nos darán la Medalla de la República; que hay que seguir luchando.

El paisaje que vemos no existe o existe solo con casas hundidas, pinares y viñas humeantes, trincheras, pozos de tiradores, parideras y parapetos defensivos. Es un paisaje yermo en el que de algunas compañías solo sobreviven el diez por ciento de sus efectivos, en el que el ensañamiento es total.

Líster ordena por escrito:

> Quien pierda un solo palmo de terreno debe reconquistarlo al frente de sus hombres o de lo contrario, será ejecutado.

Mejor ser hombre que director de hombres. Aunque aquí lo mejor es no ser nada. Lo mejor sería no haber estado nunca y que no habláramos ahora de vigilancia, fortificación y resistencia. Somos urracas, estorninos, perdices, tórtolas turcas o palomas torcaces en el implacable punto de mira donde el cazador, paciente, demora su certero y letal disparo.

Transportamos sobre mulas los obuses desarmados para subirlos a las alturas de Pándols. Los llevamos a piezas. Tubos, escudos, zunchos tope, tuercas de unión, alzas oscilantes, abrazaderas del sector de alza, tambores de alcance, palancas de fuego, zunchos de culata, tejas, manivelas de deriva, tapas de la llave de fuego.

Vamos subiendo las palancas de cierre, las bocas, los zapatos, los anillos de suspensión, los neumáticos (si los hay), las ruedas (si las hay), las asas para liberar las ruedas, los enganches para cuerdas de arrastre, los discos de arrastre, las asas de suspensión, las patillas de las ruedas. Las mulas sudan amargas lágrimas.

Y seguimos con los volantes de elevación, los soportes de las palancas de fuego, las gualderas anteriores y posteriores (y sus articulaciones), las asas de suspensión, anclajes, manguitos, patas de apoyo y barras de remolque. «Alguien sabrá juntar las piezas», nos decimos, mientras suben las mulas que, si hablaran, no dirían nada bueno o todo lo que dirían podemos imaginarlo.

El fuego crepita en las montañas. Entre espesas columnas blancas cimbrean las llamas. Devoran el espliego, el tomillo y la aliaga. Toda la vegetación que puede arder, arde. Las hogueras se agitan, naranjas y amarillas, como seres demoníacos. Huele a leña quemada, a muerte, cenizas y pánico. Pocas zonas escapan del castigo. Sobre la tierra ignita todo es desolación. El viento zarandea los gases que el carbón hace visibles. Todo está en combustión.

El calor se desplaza, ardiente lluvia, rociada calorífica, aumentándose, provocándose. Las altas temperaturas ayudan a la propagación de los incendios. Las explosiones caen con fulmíneas llamaradas sobre el suelo que escupe rocas, tierra y dolor.

—¿Qué hacemos? —se inquieta Uriguen.

—Primero, morir; después, veremos —le responde Perich, flemático.

El 9 de agosto, a las ocho de la tarde, dos batallones rebeldes parten por el camino de la Fontcalda amparados por la noche. Tienen suerte y llegan a sus bases de partida sin ser descubiertos. Se sitúan bajo nuestras primeras posiciones.

El camino de la Fontcalda cruza por la mitad de la depresión que separa el Puig Cavaller de la sierra de Pándols. Si llegan a verlos los nuestros, desde el Puig Cavaller, los fríen.

A las cinco de la mañana el 2.º Batallón de Flandes asciende por un estrecho barranco que conduce a las alturas. Los hombres de la 4.ª División de Navarra llegan a las alturas y sorprenden a nuestros primeros defensores. Nuestras ametralladoras y morteros los despedazan. Es una matanza. El fuego artillero de las tropas rebeldes, reparte explosiones y humo, una niebla de pólvora, por el aire y el cielo que hay en Pándols.

Su artillería y su aviación nos machacan en las cotas 644 y 626. Al final, los navarros se apoderan de ellas. En un solo día, entre ambos bandos, han muerto más de quinientos hombres. Quizá nos quedemos cortos.

Luchan en la cota 698, con ataques y contraataques suicidas, al borde de precipicios. Los aviones de asalto fascistas, en cadena, nos ametrallan y vuelve a comenzar la lluvia de bombardeos.

Todas las técnicas de combate aéreo —escribirá el historiador Gabriel Cardona— se experimentan en el frente del Ebro: caza, bombardeo de todo tipo, reconocimiento fotográfico, acción antitanque, bombardeo en picado, granadas incendiarias, fumígeras, de gran retardo.

El general Kindelán escribirá también algo semejante.

Son pocas palabras las que pueden expresar lo que sucede. Entre el 12 y el 13 de agosto, la discordia virulenta prosigue en las cotas 698, 671 y 705. Los cazas alemanes se elevan siempre a mayor altura que los republicanos. Vemos cazas de los nuestros y combaten.

Las bombas reverberan con sus sacudidas en los estrechos barrancos. Aquí casi todo puede matarte y hasta el suelo está dispuesto a permitirlo; los proyectiles se incrustan en él, lo quiebran, lo horadan, liberan esquirlas, provocan rebotes, vuelos de miles de fragmentos de roca, desde y contra la dureza del terreno en el que no es posible cavar trincheras, ni piquetes para las alambradas, ni enterrar a los muertos. Las temperaturas superan con holgura los treinta grados centígrados. Se añade a ellas el calor de la guerra, de su fuego, sus fuegos y su adrenalina. El corazón galopa ajetreado.

El 14 cae la cota 705. Caen hombres desnudos, cubiertos por el barrillo fruto de la mezcla del polvo y el sudor. Sedientos. Hambrientos. Hombres que deben insensibilizar los nervios de sus narices ante el olor acre y nauseabundo que se aferra a la garganta y los pulmones, que ahoga, herrumbroso y putrefacto, y es combatido con bolsitas de alcanfor, o pañuelos con los que los soldados se tapan nariz y boca; pañuelos regados por sus propios orines, que permiten al menos no morirse de asco. Caen soldados con la ropa destrozada, sin calzado; los mismos soldados (o parte de ellos) que el 2 de agosto comenzaron a cavar trincheras.

En la cota 705 está la ermita de Santa Magdalena y junto a ella, una fuente. La única que existe por aquí. La ermita de Santa Magdalena está delante de la rústica fuente. Nos sobran la lucha, la sed, el implacable sol y las nubes de polvo. El curso de agua que discurre por el barranco de la Vall está seco. Si se sigue el sendero, se llega al río Canaletes, afluente del Ebro. Pándols, una cresta de gallo, nos obliga a luchar bordeando precipicios.

El ruido es insoportable y también el hedor desagradable de los descompuestos cadáveres. Luchamos a base de bombas de mano, cargándolas en un saco, y descamisados. Las cantimploras parece que nunca hayan tenido agua. La carne putrefacta de los muertos, bajo el implacable sol de agosto, provoca náuseas y numerosas arcadas. Nos han dejado casi sin oficiales. Hemos encontrado nueces verdes. Es lo único que podemos comer. ¿Es que no piensan sacarnos de aquí? Tenemos enfermos, muertos y heridos.

Luchamos colgados de cornisas, encajonados en fajas de tierra que parecen ataúdes y las evacuaciones (si las hay y es posible) se producen por caminos de cabra.

Tenemos sed. Podemos ver o imaginar distantes, las aguas del Ebro y las del Canaletes. No se habla de relevos ni de nada. De aquí solo se sale muerto. Con suerte, quizá llegue una lata de carne y medio chusco. Veremos a repartir entre cuántos. Quizá sardinas o judías negras. Eso, a la noche.

Intentamos construir parapetos con piedras, y hacerle agujeros al suelo (si se deja) con nuestra bayoneta. El paisaje agoniza calcinado. Todo está más quemado que San Lorenzo en la parrilla.

Algunos prisioneros de la 16.ª División republicana serán llevados a Binéfar, donde los clasificarán y enviarán al campo de concentración de la Magdalena, en Santander.

Maik sostendrá entre sus manos una vieja fotografía.

Agosto. Ahí están los brigadistas polacos mirando al cíclope ojo de la cámara. Uno con el pelo revuelto y sin casco, ojos perdidos en un tiempo pretérito, y los puños cansados sobre sus piernas. A la sombra de árboles que acabarán carbonizados. Otros con sus cascos. Otros, en la sombra. Y otros descansan con sus gorrillas y sus barbas.

—Hice lo que pude —resoplará Maik—. La realidad, a veces, nos desborda. Me quedé pequeño, escaso, para tanta muerte, tantas heridas y enfermedades. Tanta necesidad.

A pesar de todo, lo mejor fue Carmela.

La segunda ofensiva franquista se concentra sobre Pándols. Del 9 al 19 de agosto se ataca con denuedo a los republicanos, aunque no se consigue la conquista total de posiciones. Las temperaturas rondan, cuanto menos, los treinta grados centígrados. A esto hay que añadir los desprendimientos de rocas causados por las bombas y las explosiones, la escasez de agua, las dificultades del servicio de Intendencia para abastecer

a la tropa, la aparición del tifus, la disentería y otras enfermedades que ocasionan numerosas bajas.

El marco natural de Pándols está lleno de colinas con viñas
y cultivos en sus vertientes y bosquecillos en las cimas. La 11.ª
División republicana lucha contra la 4.ª de Navarra.

Los artilleros muerden una ramita de pino para mantener
la boca abierta, que no se cierre bajo las explosiones; así la presión en los oídos disminuye entre fosas nasales y boca, y el
dolor que los estallidos provocan en los tímpanos decae. Otros
soldados usan también el bastoncito en la boca durante los
bombardeos, como los perros con un hueso cualquiera. Si hay
calma, recibimos paquetes de tabaco, cada quince días, con el
dibujo de una carabela. Los que no saben leer ni escribir dan
medio cigarro para que otro les escriba cartas a sus novias.

El sol es terrible por la sed que provoca. El astro rey produce un hedor infinito en los muertos que se descomponen.
Los difuntos, con un trato ni siquiera digno del ganado, no tienen entierro bajo el intenso e infernal calor de agosto.

Pándols tiene profundos barrancos con pendientes muy
pronunciadas y la vegetación no protege, es escasa y casi
inexistente. Es una tierra desolada, rocosa, sin una sola mata en
la que esconderse un poco. Pándols es un gigante que domina
su territorio, con la cabeza afilada como un cuchillo que cae
en su barranco, con una gran pendiente a la que hay que
echarle huevos y que no es nada fácil de escalar; mucho menos
durante la batalla.

Los cazas rebeldes nos atacan *en cadena*, una rueda de aviones que nos caen uno tras otro, sucesivos, como si fuesen a
estrellarse contra la cima. Nos ametrallan mientras bajan y
remontan el vuelo después. Regresan una y otra vez, divertidos
como una noche de bodas.

Estamos en un espolón rocoso, desnudo como bebé recién
nacido, y nos llueven fuegos de artillería y aviación tan generosos que nadie cree, ni espera, que aún estemos aquí. Sc asoman los de la 4.ª de Navarra y empezamos a entonar nuestra

canción: *Taratatum, taratatum, taratatum*. Con intensidad y precisión nuestras ametralladoras dicen: *¡Jodeos, que seguimos aquí!* De súbito es el Infierno, el vértigo, la velocidad y la masacre. Las tropas enemigas caen y, por los bultos, no menos de quinientos se han dejado allí la vida. Es un 12 de agosto. Nuestras fuerzas están atrincheradas y dominan el ataque por las vistas y el fuego. Los rebeldes no tienen donde esconderse. Los machacamos como el mortero, en la cocina, al ajo en el aceite para hacer el alioli o ajiaceite. Son las diez de la mañana y el enemigo está deshecho.

Luchamos por las cotas 671, 705, 698, 666 y 641, y muchas otras que están en esta sierra. Reconquistamos la cota 609, tomándole al enemigo siete ametralladoras y quince prisioneros, y de paso liberamos a tres de los nuestros. Todo es calor. Cuesta respirar. Un calor bochornoso que deshace y descompone, un aliento surgido del infierno, con agresivos rayos implacables.

El coronel de Artillería José Manuel Martínez Bande escribirá lo siguiente:

> La sierra de Pándols y la zona del Puig Cavaller son en principio dos amplias mesetas, con cornisas verticales, en cierto modo escalonadas, y caídas brusquísimas de pendientes, formando las paredes rocosas imponentes fortalezas naturales.

Lo cierto es que Pándols es tan inexplicable como infranqueable, y eso sin tener en cuenta las condiciones añadidas por la guerra. Es una cresta de gallo formada por precipicios, repleta de entrantes y salientes, de vericuetos, sobre los que el sol de agosto escancia su implacable calor. Pándols es un terreno imposible, limitado por rocosos paredones, difícil y complicado con sombríos barrancos y escarpados peñascales.

Las cotas 698 y 705, en Pándols, se ven luminosas, verdes, manchadas por la tierra o la roca, y en paz bajo un cielo azul y blanco. La cota 666, una cima que permite otear el bello horizonte, tiene escasa vegetación, los pinos, el tomillo, la aliaga y otros arbustos se yerguen en algunas zonas, ridículos, frente al hermoso panorama que la vista recorre. Podemos ver la cota 481 y también Corbera. El paisaje es casi siempre plano, pues las montañas son suaves y onduladas a lo lejos, sin alturas remarcables. A los caídos de la 15.ª Brigada Internacional los propios zapadores de dicha unidad les construyen un monumento formado por tres bloques rectangulares, uno encima del otro, escalonados, de mayor a pequeño, que simulan una minúscula pirámide a la que no van a coronar en triángulo.

Percy Ludwig, ingeniero jefe de fortificaciones de la Brigada, judío ruso-británico, construye el monolito en plena montaña, en una senda cerrada. En él hay 37 nombres: Dave Doran, Wally Tapsell, Henry Dobson, Phil Detro, Efrain Guasch Leon, Mark Millman, Joe Bianco, James Codi, Egan Schmidt (Misha), o Robert Merryman, entre otros.

Merryman murió junto a los surcos de un campo de viñedos cerca de Gandesa. Con sus botas de caña, sus pantalones de montar, su abrigo, su gorra de plato y sus gafas redondas. Por la mañana del 2 de abril del 38, junto a James Codi, al frente del batallón. Así lo relatará muchos años después Fausto Villar Esteban, desde Valencia. Merryman, graduado por la Universidad de Nevada e instructor en la Universidad de California, murió al frente de sus camaradas.

También Gandesa puede verse desde Pándols, con sus casas de cubierta de tejas árabes; que se colocan sobre cabios triangulares con mortero o argamasa.

Si el día es tranquilo toca despiojarse, poner la ropa al sol, explorarla, buscar en las junturas de la camisa, guerrera, pantalones y calzoncillos. Los malditos piojos no te dejan dormir.

La sangre se derrama en montículos abruptos, pequeñas lomas, barrancos, vaguadas, vegas con olivos, frutales y viñas, y en estas sierras paralelas al curso del río. En otros lugares, si hay calma, puede jugarse al fútbol por la noche. Un partido les costará la vida a dos tenientes, uno de cada bando por permitirlo.

Sin lavarnos. Sin afeitarnos. Peludos, con barba. Así estamos en Pándols. Nos acompañan piojos de todas clases y todos los tamaños con sus huevos blancos, de harina. Invaden cabezas y anidan en la ropa que es mejor no llevar por el calor que hace. Luchamos medio desnudos. Inundados por un olor acre y nauseabundo de carne putrefacta.

Quieres vivir. Queremos vivir. También el enemigo pretende sobrevivir. Esto es peor que las concentraciones y las marchas. El ruido se acumula. El enemigo llega y recibe el barrido de las ametralladoras. Sí, aún estamos. La noche llega y retruenan los cañones, campanean, bocinan su furia. Luego llega el día y la repetición del desgaste. Solo nos sobran insolaciones, granos, rozaduras y forúnculos. Las moscas, el hedor, la descomposición de los muertos, la mierda, los orines, la pólvora y el polvo enganchados a la piel, aquí, en las trincheras, con la roña, la grasa del fusil y los huesos crujidos por la cama al raso. Los mosquitos, las ratas, la ropa rota que no nos cambiamos ya no sé desde cuándo, un compañero muerto que cae como si le fallasen las rodillas o un herido que gime «madre mía, madre mía.»

En Pándols hay cotas que llegan a cambiar de mano diez veces en un mismo día. Castigan tanto las posiciones que convierten las rocas en grava y guijos. Si perdemos una cota durante el día, por la noche contraatacamos. A la mañana siguiente se presenta la aviación nazifascista a triturarnos. Pándols y Cavalls son indescriptibles fortalezas naturales. Pándols en su cima es un infierno. Los árboles, que podemos contar con los dedos de las manos, viven en una soledad de desértico silencio y paisaje lunar. Casi son algo extraño en estas cumbres. El suelo está formado por rocas interminables de formas caprichosas en las que la metralla practica su cirugía improvisada. El aspecto es áspero. Uno se siente incómodo y en peligro.

Acabará la batalla y habrá cadáveres en Pándols a centenares, que seguirán estando aquí cuando llegue la Navidad, sin que nadie los entierre.

Alguno de ellos será, por ejemplo, *El Napias*, que se ha aficionado al vino del Priorat, se ha quedado cojo, aquí, delante de Gandesa y se niega a ser retirado. Supongo que cuando quiera hacerlo ya será tarde.

Otros de los que aquí conoce Basilio correrán mejor suerte. *El Chichas*, panzudo, con un vientre, una barriga de globo aerostático hasta acabará adelgazando. Siempre ha sido un blanco fácil para el enemigo por lo que abulta. Un buen día le hieren en un tobillo. Una bala perdida.

Les toca el marrón a Basilio y a Uriguen, dejando sus tareas de zapadores, evacuarlo durante la noche por estos caminos de cabras. Se han detenido a descansar en las cuevas cercanas al santuario de la Fontcalda, una sobre la otra, más pequeña y más grande de forma respectiva.

—Me cago en *tó* —reniega El Chichas—. En *tó* lo que se menea. Era más *fásil* darme en cualquier otro *lao*, ¿no? Y van y me dan en *er* tobillo.

No sabrá Basilio qué será de él después. No volverá a verlo jamás. Lo dejan junto a un inglés herido, un tal Ryan, y junto a una vieja ambulancia conducida por un norteamericano, que los recoge al final del camino que lleva a la ermita de Santa Magdalena.

Nunca le han gustado los hospitales. Tuvo la suerte de no pasar por ellos durante la guerra. Aunque no siempre tuvo la fortuna de hallarse lejos. Lo de hacer de camillero era, quizá, más peligroso a veces que otros lances de guerra. Tiempo después por aquellos caminos, en Cavalls, encontrarán dos camilleros muertos, con la litera destrozada, hundidos en la tierra y el olvido como restos de tarquín, cubiertos por la sangre que lo inunda todo.

En Pándols el horizonte se difumina, soplo de azafrán, cuando llega el crepúsculo. El cielo tiembla con el avance ensordecedor de la aviación. El aire nos abraza la piel, tibia lengua juguetona.

Contempla el paisaje que se extiende, bello abanico, como una luminosa y cromática estampa entre montañas, cimas, atalayas, manchas, árboles y edificios. *El mundo es como es*, lee en las nubes. *Nosotros somos como queremos ser.*

El cielo de Pándols no necesita estrellas de celuloide: Gary Cooper, Clark Gable o Joan Crawford, ni poetas que canten su belleza. Ni siquiera palabras. Ni siquiera discursos y promesas. Nada. Nada. Basta con contemplarlo para sentir su inmensidad hermosa.

Basta con verlo surcado por cúmulos, nubes aborregadas, grandes masas blancas parecidas a copos de lana o de algodón que se visten con los reflejos del crepúsculo. Lo demás no importa; ni siquiera la guerra.

Nos toca cortar un trozo de correaje y masticarlo para engañar al hambre. A la memoria acuden quesos, miel, rosquillas, fruta de sartén aragonesa, arroz con leche, natillas, peras al vino tinto, huevos, chorizo, panceta, mollejas, chanfaina, criadillas, sesos, patatas con tomate, perdices, cabrito, liebre, gallina en pepitoria, pies de cerdo con nabos, higos, ciruelas y granadas. En la boca de Uriguen se deshacen truchas, boquerones en vinagre, bonito en escabeche, sardinas rellenas a lo pobre, congrio a la cazuela, pulpo zurrao, mojete, y bacalao al ajiaceite.

Otros sienten diferente apetito y consuelan su entrepierna masturbándose con una imagen de Manassé en la cabeza, entre los juncos, evocan una mujer desnuda de pechos diminutos, puntiagudos pezones, alargada mirada y labios cerrados, como alas extendidas de gaviota, con los brazos en cruz doblados hacia arriba y apartando los juncos.

Somos los mismos cuya infancia fueron fusiles de cartón, indios, mosqueteros, petardos de leche condensada vacíos, quienes sobrevivimos bajo la rociada de bombas y el reguero de explosiones. De aquí solo salimos muertos, heridos o prisioneros. Ojalá pudiéramos palpar el seno descubierto de aquella mujer, por las Ramblas, al declararse la República, vestida con la republicana bandera tricolor. O yacer con la estanquera de la Fatarella, una moza de muy buen ver, que reúne a mandos y tropas de uno y otro ejército que confraternizan lo justo y, después, en combate, nos matamos. Así vamos arriba y abajo, sin consuelo carnal. Vemos cosas que no querremos contar, los compañeros muertos tapados con mantas en la noche; el agua al alba, anegando las trincheras; el hedor de la carne quemada. La polla se nos muere de asco entre cascotes de granada, latas de sardina, granadas de mano a medio estallar, aletas de proyectiles de mortero, árboles calcinados que muestran los impactos de las balas, huesos humanos, piedra amarillenta, zanjas, trincheras, alambradas, y nos toca luchar en las pendientes porque en las crestas es imposible.

Carta número 347

Amada Berta:

Aunque nunca recibas esta carta (ni las demás) has de saber que no te olvido. Ni en el calor de agosto ni en este infierno montañoso. Las cosas empeoran. Los fascistas están más locos que nosotros y quieren echarnos de aquí, sacarnos de aquí, a golpes de metralla, sangre y vida. No me importa. Hace un calor tan alto y asfixiante que no cabe en los termómetros, que no cabría en ellos si tuviésemos.

La guerra es monótona: cubrirse, avanzar a campo abierto, hacer guardias, construir parapetos, utilizar las armas. Quiero decirte solo que te echo de menos. Un día, una hora, un minuto y un segundo tras otro. Y no puedo evitarlo.

Si no hubiese venido la guerra, me pregunto. ¿Si no hubiese venido? Sin embargo, Pándols me rodea, me dice que ha venido, que está aquí. Y yo estoy en ella. Y tú. Y vosotros. En algunos momentos, casi sin proponérmelo, solo creo estar viviendo una cruel pesadilla, estar dormido y amanecer al fin junto a ti, en nuestra cama, besarte, besarnos... y saber que César crecerá bajo nubes de paz, y no bajo las raíces de la guerra. Sin embargo...

Tendrás que perdonarme algunas de las lágrimas que han manchado esta carta. De vez en cuando lloro, puedo reconocértelo en la intimidad, no sé si de rabia o de dolor, y recuerdo que soy un hombre, un soldado, sin mujer y sin hijo. Que no tengo futuro. Que quizá no lo tenga. Solo la guerra, la maldita guerra, bajo el inquisitivo sol que nos derrite.

También a veces quisiera regresar con un chasquido a nuestros días felices, volver atrás, decirte, decirme, avisarnos, que la felicidad es un instante, que ya nada sería como es.

Llega la noche y el silencio. Parece que el Infierno se oscurece. Mi trinchera y tu tumba, vuestras tumbas, no serán muy distintas. Aquí solo se espera. Sé que venceremos. Decidiremos la guerra a nuestro favor. Bueno, ganar siempre ha sido difícil.

En medio de la amarga locura te llora, Berta, tu Basilio.

6

Agosto en Cuatro Caminos

No entendía que hubiera necesitado tantas palabras para explicar lo que se sentía en la guerra, si con una sola bastaba: miedo.

Cien años de soledad
Gabriel García Márquez

De los hospitales del Ejército del Ebro, el Servicio de Bibliotecas del Frente (SBF), atiende los siguientes: Cambrils, Mont-roig, Maspons, Arbeca, Soleres, Valls y Ulldemolins.

Entre la segunda y tercera semana de agosto el bibliobús del SBF pasa por Valls. Es un camión marca Ford, matrícula B-49510, que al abrirse por un lateral deja al descubierto sus largos anaqueles, donde cuatro hermosas bibliotecarias han dispuesto los libros, con eficacia y método, para acercarnos el placer de la lectura. El camión de perfil destaca por lo largo que es —casi un autobús— y por los rótulos de: *Generalitat de Catalunya, Departament de Cultura, Institució de les lletres catalanes, Servei de Biblioteques del Front.* Es de seis ruedas y puede abrirse por la parte posterior y dejar a la vista un pasillo flanqueado por estantes muy bien ordenados. En su interior hay también literas para las bibliotecarias (que se utilizarían en caso de emergencia).

No sé si es el azar, el destino o una fuerza que nunca he sido capaz de comprender —explicará Maik—. Recibo la orden de trasladar a unos heridos del 15.º Cuerpo de Ejército hasta

Valls. Si no llega a ser por eso, nunca habría vuelto a ver a Carmela Miró. ¡Menuda mujer!

Es todo un torbellino, intuyo nada más reconocerla. En medio de la barbarie fraticida, de los mutilados, la sangre y los cadáveres Maik siente que su corazón hace *crec-zum-crac*. Y no es para menos. La emoción anega sus excitados ventrículos y el aire escasea entre sus aletas y sus pulmones.

Angelical, divina aparición: labios carnosos, melena salvaje, ojos azules y más de metro sesenta de inaudita belleza corporal. Su intelecto es todavía mucho más impresionante. Como es obvio, no es en lo primero en que se fija.

Se siente un colegial ante su mirada cerúlea. Al verla, ve dos trocitos de cielo despejado, jubilosos, radiantes, y percibe la fortuna y la dicha de compartir su tiempo. Está nervioso. No sabe qué decir. Sus manos tiemblan y sudan. Lo harían aunque no fuese agosto. Carmela está ante él con su rostro ovalado, su enérgica esbeltez y su sonrisa, vuelo de águila, le golpea suave el corazón.

Se acerca al bibliobús y se presenta. Todas las autorizaciones necesarias, todas las barreras superadas, toda la burocracia y toda la sucesión de departamentos y papeles, hasta incluso sus órdenes, se esfuman y suspenden en el tiempo. ¿Cómo se llama?

—Michael, pero me llaman Maik. Fui nacido en Lancaster —le informa.

—¿Querrás decir «naciste»?

—Sí, eso mismo, camarada.

—Llámame Carmela. A secas, por favor —replica la joven con energía

—Pues, Carmela, nací en el año mil novecientos diecisiete, un veinticinco de noviembre.

—Es decir —interviene ella—, eres un voluntario americano. Sanitario, supongo.

—Y conductor de ambulancias.

Carmela le explica que pertenece al SBF y que están de paso.

—¿Necesitas algún libro? —quiere saber.

—No, me basta con hablarte. ¿Te molesta?

—En absoluto, Maik. Así nos olvidamos de la guerra.

Carmela, soltera, reside en Barcelona y tiene los veintidós años más hermosos que él haya visto en su vida. La desea. No sabe si le atrae, si le gusta, si la ama. En mitad de este caos mental, en medio de la muerte, es un rayo de luna que le zozobra, turba y encoraja a un tiempo.

—Me siento bien contigo —le confiesa en voz susurrante. Ella sonríe, y el brigadista estadounidense le asegura con gravedad—: No es ninguna broma.

—Te creo —le responde Carmela—. ¿Por qué has venido aquí?

—¿Y tú?

Ninguno de los dos sabe qué responder. Están. Son. Maik le habla de los peligros y de las carreteras, de la ambulancia y de su compañero, de los soldados que han caído, de lo que ha visto, de la lucha. Carmela, por su parte, le cuenta su trabajo, le habla de los libros, de los catálogos, de los viajes y acaban por hablar del presente y de las esperanzas. A ella le gustaría visitar América y a él le gustaría visitarla a ella. En este momento lo segundo es posible y lo primero, probable. La guerra hace milagros e imposibles, pues une y separa con increíble facilidad. Hay un instinto que los impulsa a ambos. Sus círculos de protección se han roto. Las barreras sociales están quedando a un lado. Saben que quizá sean historia. Que pueden morir sin desearlo, y que es posible que nunca más vuelvan a verse. Un instinto casi animal les empuja. Sus corazones se sienten próximos. Algo arde en ellos.

Otra bibliotecaria, una compañera, se acerca y pregunta con voz inexpresiva:

—¿Qué quiere el camarada?

Carmela le responde que es un brigadista.

—¿De dónde? —quiere saber la otra.

—Americano.

—¿Quiere algo en inglés?

—No, no quiere libros —responde Carmela con voz queda.

—Entonces, ¿qué quiere? —insiste su compañera.

—Conversar —le responde. En su rostro aparece una inmensa sonrisa.

—No te fíes, pequeña. Los hombres solo quieren una cosa. Y no es precisamente conversar.

Diez de agosto, 4.ª división de Navarra. Las granadas aúllan junto al estampido de las explosiones, los lamentos de los heridos. Es el infernal concierto que recorre las caras lívidas y las vísceras sangrientas de cadáveres mutilados, fragmentos de huesos y carne, un pie por aquí, un brazo por allá, con un olor difícil de olvidar por quienes combaten en el horror de estas sangrientas jornadas.

Diez de agosto. Día de San Lorenzo. Fiestas de Huesca. Los rojos luchan sin camisa, cargados con un saco repleto de bombas de mano y con mucho coraje. Hacen despeñarse a unos moros de la 84.ª División.

A mediados de agosto, la 35.ª División releva a la 11.ª en la sierra de Pándols, a lo que queda de ella. Las líneas están estabilizadas. En el sector de Cuatro Caminos el 19 de agosto se inicia una nueva ofensiva nacional.

Cuatro Caminos es el lugar en que confluyen las carreteras que llevan de Gandesa a Vilalba, y de Vilalba a la Fatarella, y el viejo camino de Corbera si se sigue por Valdecanelles. Junto al cruce de la Venta de Camposines u Hostal del Pau, Cuatro Caminos es de vital importancia para controlar las comunicaciones y su flujo. Dicha zona se encuentra al nordeste de Gandesa, en dirección opuesta a la sierra de Pándols.

La encrucijada de Cuatro Caminos tiene una pequeña prominencia que la domina, llamada «Punta Targa». La lucha se centra en torno a ella, la cota 481, que defiende un destacamento de la 30.ª y una Brigada de la 3.ª División y ataca el Tercio de Requetés de Nuestra Señora de Montserrat, de la 74.ª División nacional.

Algunas décadas después, el 25 de julio de 1998, sábado, La Vanguardia publicará las palabras de uno de los pocos supervivientes del Tercio de Nuestra Señora de Montserrat que aún recordará aquella infernal lucha. Don Antoni Ferrés, vecino de Gandesa, reconocía:

No podíamos salir de las trincheras ni para hacer nuestras necesidades. Todo lo que comíamos era enlatado. Teníamos mucha sed y calor.

En el recorte de prensa que sostendrá Josep Camps, otro superviviente de aquel Tercio, que no podrá evitar ni su acuosa mirada ni sus lágrimas, al recordar la épica ocupación de la Punta Targa, y aquel 19 de agosto dominado por el polvo y un sonido infernal.

La defensa republicana se articula a partir de triángulos imaginarios; se escalona. Se ha excavado una honda trinchera por todo el camino de Vilalba a la Fatarella, que prosigue en dirección a Puig Gaeta, mediante zigzagues con la apariencia o forma de dientes de sierra. La cota 481 tiene cuatro nidos de ametralladoras que cubren todas las posibles direcciones de ataque y se comunican entre sí utilizando las trincheras. Los nidos están camuflados con dos capas de troncos de pino, tierra y ramajes; sus mirillas se han construido partiendo de losas de piedra y su estructura defensiva es circular.

Existe, además, una segunda línea de fuego que cubre los caminos de retirada a la retaguardia. Frente a la primera línea de fuego se imponen tres filas de alambradas bajas de pies de madera y ya en tierra de nadie —casi en nuestras narices—

están los pozos de los tiradores que no vacilarán en apretar el gatillo.

Luchamos con el sol de agosto encima, bañados por nubes de polvo levantadas de la tierra reseca y el humo de la pólvora que dejan las explosiones y el fragor de la batalla, sumergidos en un inmenso griterío consecuencia de la necesidad de hablar más alto que las armas en nuestras propias filas, en nuestras trincheras.

Luchamos con la boca reseca, abrasados como arena en el Sahara. Es imposible conseguir agua en una tierra por la que pasa el Ebro y solo hay un poco en las charcas o en los depósitos de lluvia, la precaución agraria, que se utilizarían para sulfatar viñas y que no representan nada al ansia que corroe nuestras bocas, al sudor que resbala en nuestras frentes, que horada nuestras sienes y ahoga en llamas nuestras lenguas.

Lo único que nos queda en abundancia, no sé si por fortuna, es el vino de Vilalba dels Arcs; un líquido rosáceo, duro y con casi dos docenas de grados. Así que, recordará Josep Camps, se envía siempre a alguien para honrar a Baco con cantimploras u otros recipientes que retornan llenos del claro vino que inunda las trincheras. Ya sean camilleros o cualquier otra cosa, lo traigan en camillas o en cualquier otra cosa, el problema es el mismo. Cuando regresan, cuando el vino nos llega, está caliente y nosotros más sedientos. Aunque el vino sabe a felinas micciones cruza de todas formas nuestro gaznate. Es lo único que tenemos porque de comer no tenemos nada. Ni chuscos ni sardinas. No hay rancho, frío o caliente. Solo el calor, la sed y la fatiga.

Carmela Miró le explica a Maik qué leen los soldados. Le habla de Tolstoi, Dostoiewski, Zola y Plutarco, obras de la Fundación Bernat Metge. De *La conquista del fuego*, de Rosny; de

Agatha Christie y Conan Doyle. Y él la mira hablar y asiente y sonríe, lobo al acecho del cordero, frente a sus fascinantes labios.

Ella nombra los títulos que siguen: *Palabras de sangre*, de Papini; *El pequeño Pierre*, de Anatole France; *La madre*, de Gorki (dos tomos) y *Los hijos del pueblo*, de Eugenio Sué.

El brigadista internacional le admite que solo Gorki le suena a algo, que no ha leído ninguno de los títulos nombrados. Ella no le regaña ni reacciona con acritud.

—¿Te gusta leer? —le interroga.

Maik quiere decirle: «A mí lo que me gusta eres tú.»

Y se lo dice.

Ella se ruboriza.

—¿Y los libros? —le indaga con ceño.

Maik le responde:

—Si hablan de ti... —para luego admitir que le gusta *Las minas del rey Salomón*, de Ryder Haggard—. El otro día un teniente artillero me dijo que leía las *Elegías del Duino*. No entiendo de poemas.

Carmela desvía la conversación hacia los hospitales y hacia los libros que el SBF presta en ellos. Le cuenta que están a cargo siempre de un miliciano de cultura y se guardan en armarios capaces de albergar de doscientos a doscientos cincuenta volúmenes. ¿Los temas sobre los que versan? Conocimientos prácticos, geográficos, históricos, científicos o *simple* literatura.

Maik teme sonreír porque quizá se vean los colmillos de su deseo. Sentados frente a frente, no puede evitar complacer su belleza. Su salvaje melena se agita con cada movimiento de cabeza, calculado, que Carmela ejecuta con garbo, naturalidad y embrujo. ¿Biografías? *Stalin*, de Henri Barbusse.

—¿Soltero? —se interesa la joven.

—¿Tú crees que alguien iba a quererme a mí, Carmela?

Ella sonríe. A pesar de la destrucción que les rodea, a pesar de que el mundo puede desmoronarse, cual castillo de naipes, mientras los dos hablan, su sonrisa silente deja entrever un firme «yo lo haría». El latido del corazón se multiplica, se eleva, se dispara por momentos.

—Yo lo haría... —le confirman sus labios.

—Si no me conoces —le objeta él, perplejo.

—Tú a mí, tampoco.

—Si me dejaras...

—Si te dejara...

Sus diestras manos se rozan suaves y Carmela desvía de nuevo el diálogo hacia algunos autores, también desconocidos para Maik, que son Cabrera, Dantin Cerceda o Fabré. Hablan de astronomía, agricultura y jardinería. En verdad, ella habla y él escucha y mira. El azul de sus ojos le enloquece y sabe que no es habitual. Son hermosísimos y se siente atrapado en la tela de una araña, invadido por una serena sensación de bienestar. El deseo le devora.

Los soldados también leen a Platón y Descartes.

—¿Seguro? —inquiere el estadounidense.

—Sí, por supuesto. Aquí puede suceder casi todo.

Luego habla de otro tipo de libros que también se consultan: Motor Diesel Moderno, La taquigrafía o Aritmética mercantil.

Debe parecerle un idiota porque está absorto, embebido, cautivado por su sola presencia. Todas las mujeres tienen un perfume corporal que penetra en los pulmones y el cerebro, los llena de dudas y certezas; de manera que es posible, aún sin verla, recordar a Carmela por su dulce fragancia.

Toda mujer es una incógnita. Quisiera saber qué siente, qué piensa, sentada frente a él, la faraona ante los súbditos, solo que algo más próxima. Le importan mucho más que a él Campalans, Pi i Margall, Prat de la Riba, Rovira i Virgili, Marx, Stalin o Lenin. A él le importa ella.

Su diestra mano sigue rozándole, mientras sus dulces labios inundan de palabras el ambiente. Como un viento furioso y agitado, la guerra renace en lontananza de forma acústica. Ambos tienen la firme intención de ignorarla.

¿Qué le parecen Carles Soldevila, Pere Coromines, Santiago Rusiñol o Joan Maragall? ¿Qué son? ¿Qué van a ser? Escritores. Pues lo que a ella le parezca. Le ha mostrado y demostrado su absoluta y momentánea imbecilidad. Ella murmura en catalán:

—*Oh, els homes*... —para después decirle en castellano—: ¿Qué te pasa?

Y él contestarle:

—Tú.

Carmela domina mejor que Maik la situación. Comprende que desconozca a ciertos escritores catalanes; es una lástima, por eso. Lo intenta ahora con Azorín, Baroja, Unamuno, Galdós, Pérez de Ayala, Calderón, Lope de Vega y Machado.

—Me rindo... —le suplica—. No sé nada a tu lado; vengo de otra cultura... —su corazón se dilata hasta Marte en velocísimos latidos—. Sé que te amo —concluye.

—¿Y de Pushkin, Gogol, Shakespeare, Wallace, Poe, Conrad, Salgari, Verne, Dumas, Balzac, Curwood o Dickens? ¿Has dicho lo que has dicho, Maik? —reacciona ella al final, atónita.

—Eso creo, Carmela... —le contesta con suavidad—. ¿Qué piensas tú de mí?

El 18 de agosto llueve a cántaros. En el ataque del día siguiente los requetés se protegen tras un montón de estiércol. La ayuda de los tanques de la Legión no sirve para nada; dos han sido incendiados. Todos permanecen quietos entre los viñedos. El enemigo rojo dispara a cuanto se mueve. Los requetés se retiran durante la noche. Llovizna.

Targa tiene una doble alambrada y doble trinchera. En la trinchera circular hay dos compañías de fusileros y en su parte trasera un profundo refugio donde se guarda la munición. La trinchera de avanzadilla comunica con la circular por un pasillo de evacuación. Las dos secciones de ametralladoras disponen de nidos con cubierta de doble tronco de pino y planchas de hierro y losas de piedra en las mirillas. Entre la trinchera de primera línea y la trinchera circular están las plataformas para la sección de morteros del 50.

Frente a la cota 481 o Cuatro Caminos, está el viñedo, atravesado por el polvoriento camino de la Fatarella, de medio kilómetro de viñas, o lo que queda de ellas, recordará Josep Camps. Muchos son los que caen atravesándolas en nuestro avance hacia las posiciones enemigas. Entre disparos e insultos, tras la acostumbrada participación artillera y aérea que descarga la furia de la metralla nacional, nos lanzamos al ataque en incesantes oleadas. Cuando llegamos a las alambradas, con un reguero incalculable de muertos a la espalda, las rompemos a culatazos, sangramos por sus espinas y arrancamos las piquetas con las manos hasta abrir una brecha. Los tiradores de los pozos, entre disparo y disparo, tienen el valor, el arrojo y el desprecio necesarios para gritarnos: ¡*Fascistas, maricones, tocadnos los cojones!* Nos están acribillando.

Las verdes camisas del Tercio de Montserrat se empapan de sangre, nuestra sangre, que lucha por la bandera nacional contra las hordas demoníacas de los rojos. Las balas campan a su aire. La lucha es encarnizada y dramática. A pecho descubierto, sin más, nos enfrentamos a una muerte segura. Esta noche, para nuestra sorpresa, huirán los rojos. Ahora resisten como fieras.

Más de trescientos de los nuestros causan baja. El Tercio de Montserrat se ha deshecho hoy por segunda vez. Sus miembros han ido pereciendo hasta llegar a ser solo unos pocos, unos supervivientes, rodeados de cadáveres de compañeros abatidos por el odio y el miedo. Los viñedos se cubren de cadáveres, se vuelven mares de amapolas, ríos de vino agrio, espeso y oscuro que empapa de dolor la tierra estremecida.

Desde el mediodía hasta las nueve de la noche, los rojos han tocado su canción con los fusiles automáticos y con todas las armas que poseen. Hemos pasado demasiado tiempo a rastras, como las lagartijas, como las sierpes, esquivando su certera violencia. Nunca he rezado tantas veces el Padre Nuestro como hoy, preguntándome por qué razón seguía esta locura y cuánta sangre más sería vertida.

El aire huele a pólvora. La Punta Targa en sí está calcinada. Es una negra prominencia poblada por diablos, hombres que salen del Infierno, para abatir a nuestros requetés. Lo he murmurado entre lágrimas, aferrado al fusil, sin bombas de mano, rodeado de heridos, de cadáveres y de sangre que inunda los viñedos. Lo he murmurado mientras mato, disparo, grito y maldigo al enemigo, a su familia, a sus creencias. No quiero morir.

Padre nuestro,
que estás en los cielos.

El aire huele a pólvora. A primera hora el bombardeo es terrible. Lo ha sido. La tierra tiembla y te escupe hacia el cielo. Supongo que es lo que esperan nuestros mandos desde el observatorio en la torre de la iglesia, en el campanario, de Vilalba dels Arcs.

Santificado sea tu nombre,
venga a nosotros tu reino.

El aire huele a pólvora. Los obuses y las granadas silban y vuelan como tranvías bajo la lluvia de plomo que castiga a la cota 481, Punta Targa. Nuestros tanques están detenidos en unos márgenes que no pueden cruzar.

Hágase tu voluntad así en la tierra como en el cielo.
El pan nuestro de cada día dánoslo hoy.

El aire huele a pólvora. Los rojos nos disparan con sus Mauser. Una bala atraviesa un pecho con un seco crujido. El mundo estalla en ira. El viento es incapaz de quebrar los ruidos, gritos y explosiones. Nuestras verdes camisas ondean rabiosas ante el ataque.

Y perdónanos nuestras deudas,
así como nosotros perdonamos a nuestros deudores.

El aire huele a pólvora. Un requeté abatido suplica: «¡No me dejéis aquí!». Las balas llueven de todas partes. Sobre la ensangrentada tierra avanzamos sin freno.

—No te preocupes —me dicen—. Ya lo recogerán.

Y no nos dejes caer en la tentación,
más líbranos del mal. Amén.

«El aire huele a pólvora», murmurará Josep Camps. Algunas décadas después sabrá que solo quedó, del Tercio, una octava parte con vida. Renacerán de nuevo las viñas y sobre aquel espeluznante y calcinado territorio se levantarán los bosques de pinos que, aún con todo, no podrán borrar las visibles huellas de las trincheras que asaltaron. Dos monumentos conmemorarán el episodio que les toca vivir. Uno en Cuatro Caminos, una cruz con alguna inscripción habitual e ilegible. El otro en la Punta Targa, un monolito muy desgastado que rezará:

La Hermandad del
Tercio de Nuestra Señora de Montserrat
a los que aquí murieron.

El bosquecillo de la posición Targa huele a pino quemado, el humo se impregna sobre la piel desnuda o sobre los andrajosos harapos que sirven de uniforme.

Los republicanos abandonan la posición calcinada, solitaria, como las viñas y el poste eléctrico, de Corbera a Vilalba, junto a la humareda que persiste tras las interminables explosiones.

El 20 de agosto, por la tarde, un miembro raso del Cuerpo de Carabineros se pone en pie sobre el parapeto y saluda con el brazo arriba y el puño cerrado. El comisario Portal concedió cuatro horas de tregua a los del Tercio para que retirasen a los muertos y heridos. Dos días después murió defendiendo Puig Gaeta.

Por la noche los requetés supervivientes, sin nuestros 178 heridos, rezamos el rosario a la Moreneta ante nuestros 58 muertos, a los que el mosén Dausa da su responso a la mañana siguiente, antes de que los enterremos en una hondonada con una botella vacía en cada tumba y una hoja de filiación personal, bajo las cruces improvisadas en el cercano bosquecillo de Els Roures.

Una ráfaga de balas se llevó a Pedro Altés, hijo de artesanos de imprenta, y una explosiva bala destrozó el vientre del sargento Amat. Otra acertó en el pecho de Zacarías Avila y otra le dio a Serafín Bertomeu. El sanitario Martín Casasasús queda tendido en el viñedo ensangrentado. De la sección de choque solo tres requetés salvan la vida. Por la herida de abdomen se desangra Pompeyo Cortés bajo una cepa, y morirá evacuado en el Hospital de sangre de Batea. A Manuel de Dalmases, que gritaba «¡viva la muerte!», una bala le destroza la cabeza frente a las alambradas enemigas. Igual cae Miguel Oliveras, como su boina vieja y descolorida en medio del viñedo. Tres balazos detienen al sargento Palau. Vicente Pallarols, de la Cuarta Compañía, cae por otra bala en la cabeza y otro requeté recoge la bandera rojigualda que él portaba. Mientras Ramón Penella, albañil de carácter serio y aficionado al ciclismo, arranca las piquetas lo acribillan a bocajarro tras su «¡Viva Cristo Rey!» Solo tres tanques aparecen de catorce que hay. Una bala toca de lleno a Fernando Planas cuando auxilia al alférez Gomaz. Juan Raspau es herido de gravedad y muere en el hospital de sangre de Batea. El cabo Onofre Serra cae abatido al pie de la cota 481.

En esa cota, bosque quemado o montaña quemada, el comandante Millán de Priego, apodado *El Carreteras*, por su pésima orientación, cae herido. Lo evacuan y le dice a Daunís, el alférez, que lo sustituya: Daunís, les dejo en el infierno.

—Es una tarde abrasadora como pocas —recuerda él, por decir algo.

Carmela, con sus celestes ojos, indaga el sentido de sus últimas palabras: «¿Qué piensas tú de mí?»

Tras un breve silencio, gélido y abismal, de entre sus labios surge la respuesta:

—¿En qué sentido, Maik?

—En un sentido humano.

Se acerca a él rodeándole. Sus senos rozan la espalda. Sus brazos acarician el cuello. Le susurra:

—¿Tanto te importo?

En un acto reflejo, incontenible, el brigadista internacional le asegura:

—Me importas más que mi vida.

Su respiración cosquillea la nuca.

—¿Y qué piensas tú de mí, Maik?

—Eres irresistible, me siento afortunado de haberte conocido, Carmela.

—¿Y me conoces? —indaga ella.

—No tanto como quisiera…

Un perro ladra y cruza por delante del banco que ocupan. Se pasea frente a los peldaños de la entrada al hospital de sangre, y ambos siguen su deambular con marcada cojera. Uno de los heridos, Ryan, prometido con una londinense llamada

Louise, le ha informado de su presencia. El perro es un *gos d'a-tura* al que llaman *Trosqui*. No sabe si por «trozo de qué» o más probable por burlarse de Trotsky.

Se acerca a *Maik*. Lo acarician ambos. La guerra le ha costado a él una pata, la derecha y trasera, y se hace el remolón acostumbrado a la lástima y compasión humanas. Quizá hasta comprende que la vida no es como nos gustaría que fuese. *Es.* *Trosqui* no llega a ser más de medio metro de alto, con su largo pelo y su lengua colgando, larga hoja de árbol.

—¿Dónde estarás mañana, *Maik*?

—He de volver al frente, Carmela. ¿Y tú?

—Tenemos otros hospitales a los que ir. Otros soldados, heridos o no, a los que hacer llegar la cultura. Ya sabes, los libros.

—Quizá —replica él, lacónico.

No se atreve a romper el hielo. ¿Querrá pasar Carmela con él la noche? ¿Y si jamás vuelve a verla? ¿Si se marcha con sus faldones plisados y sus celestes ojos para siempre?

Ryan va a morir y lo sabe. Está grave y sonríe. Le confiesa que no podrá descansar como el Rey en la capilla de San Jorge, tras un funeral solemne en el que la única despedida fuese el sonido de las gaitas entre la multitud respetuosa.

¿Qué estará haciendo ahora Eduardo VIII? ¿Cuánto amor hace falta para abdicar del trono de la Gran Bretaña por una divorciada americana y dejar que la historia tenga un Jorge VI?

Ryan va a perder la vida y a descansar bajo tierra española. No va a volver a Londres. Le asegura que la muerte se acerca, que se siente como un tenista derrotado, como si tuviera que jugar contra Fred Perry en Wimbledon y es evidente que este le ganaría. «No la dejes escapar, *Maik*. No lo hagas.» Sabe que quizá mañana ya no estará vivo y si tiene miedo, lo disimula muy bien. Parece tranquilo. «Lo único que importa es ahora, camarada.» Le confiesa que él ha sido feliz, que le duele no volver a ver a su Louisc, su prometida londinense, aunque no alargaría el resto de su vida por olvidar, borrar, la felicidad que compartió con ella.

—Cógela, *Maik*. Tómala —susurra Ryan. En medio del caos, ella puede salvarte.

Trosqui se va hasta un árbol al que riega con parsimonia. La guerra continúa con eco confuso. Carmela juguetea en su oreja con los dedos, revuelve su pelo con sus manos y, melosa le exprime las entrañas diciéndole:

—¿Pero, quizá, qué?

—Quizá podamos recordar esta noche.

La vida son segundos. Algunos de ellos, maravillosos. Ahora se siente eufórico. Le ha besado. Está flotando más allá de sí mismo, nube juguetona en el cielo, Jesy Owens en el olímpico Berlín de agosto del 36, convencido de que siempre nos queda la esperanza. Y hay que luchar por ella.

Los nervios se han transformado en alegría. En el banco, frente al hospital lleno de heridos, dos bocas palpitantes se atraviesan, dos almas se fusionan y descubren, mientras florece generosa la dicha, mientras reposa el mundo suspendido, y no quieren pensar si habrá mañana, si hubo pasado, que pueda despojarlos de su comunión. La sangre, hecha burbujas, chisporrotea acelerada. Entre las esperanzas entreabiertas rozan la llegada de una paz sin más golpes, de una vida tranquila y de un mundo no en ruinas, mientras improvisan un lenguaje común que ahogue su ansiosa pasión incandescente, repentina, subterránea e ilógica. Las cosas pasan como pasan y no hay vuelta de hoja.

En medio de una tierra sembrada de despojos, de pedazos, de sangre y de amargura, sufrimientos, soldados malheridos, desalientos, corajes y agonías, entre la atroz fragancia de la guerra, ella ha llegado a él, luz que funde su cuerpo y no quiere pensar qué ciega bayoneta le empujará mañana a las tinieblas, qué siniestra razón le empujará a la búsqueda, al sucesivo olvido, a la tristeza de que tan solo ahora, durante no más de mil minutos, no hay fronteras ni límites para sentirse amado, para amar, poseerse, anhelarse, devorarse, crepitar, olfatearse, contemplar, desgarrarse, chupar, respirarse, atornillar, estremecerse, palpar o enarcarse con la satisfacción y el gozo de estar vivos.

Juntos.

Felices.

La noche del día 19 de agosto vuelve a sentirse fuerte, poderoso, arrollador, el Ebro. El nivel de sus aguas se ha elevado más de tres metros y su caudal muerde y despedaza, hambriento cocodrilo, todo cuanto halla a su paso. Derruye los puentes republicanos de Flix, Mora y Ginestar, y los arrastra. Se empiezan a utilizar barcas motoras y también compuertas para que el Ejército del Ebro no permanezca incomunicado y se logre su abastecimiento, arduo y difícil ya de por sí.

Los nacionales, un día antes, ayer, abren de nuevo los embalses de Barasona y Camarasa y el río crece como el sexo de un enamorado ante su enamorada. Hoy su corriente fluye veloz y loca a unos tres o cuatro metros por segundo. Los nacionales pretenden aislar al Ejército del Ebro que lo ha cruzado, impedir su refuerzo, aprovisionamiento o evacuación, provocando así la desmoralización entre las resistentes filas republicanas.

Durante la noche se evacua a los heridos. En la primera línea de fuego casi se tocan los dos bandos. Una gran cantidad de hombres se halla concentrada en ella. En la nocturna y momentánea paz empiezan los republicanos, intensos, a fortificar y reafirmar aún más su resistencia. Se cavan trincheras, se colocan nuevos nidos de ametralladoras, se instalan refugios y donde es preciso, para evitar el avance enemigo. Además, se sitúan feroces alambradas, fauces de león, a la espera de la lucha inminente.

Desde el aire, las tierras de España son una variopinta sucesión de manchas. El abigarrado paisaje, con predominio del verde de la vegetación y el pardusco marrón dc los campos, despliega una inmensa variedad de tonos e intensidades.

Zaldívar, el guipuzcoano, primo de Pablo Uriguen, sobrevuela los cielos con su I-16, su recién estrenado Polikarpov del Tipo 10, que por primera vez toma parte en la guerra y que los republicanos llamarán Supermosca y los fascistas Superrata.

Diego Zaldívar pertenece a la Tercera Escuadrilla de cazas republicanos, a las órdenes de Bravo, que lleva en su cola, por símbolo, una ficha de dominó, el seis doble; aunque a Diego le gustan más los de la Cuarta y Séptima, que lucen en sus colas a un simpático Popeye. Se formó como piloto en la academia rusa de Kirovabad, Azerbaiyán.

Su primer combate en el Ebro data de seis días atrás. No era buena señal comenzar la lucha un 13 de agosto; al enemigo tampoco le haría gracia. Diego Zaldívar luce un traje de cuero negro, reglamentario, con metálicas cremalleras plateadas en los flancos o costados de sus pantalones, una pistola automática Astra, de Unceta y Compañía, enfundada a la derecha, y en el pecho, un parche azul, a la izquierda, justo sobre el corazón. Hay gente que lo luce a la derecha con dos estrellas rojas, símbolo de su graduación de teniente, las áureas alas de piloto, y bajo estas una barra dorada y en pico ascendente, más propias de la Armada que del Aire. Las áureas alas de piloto tienen en el centro un disco rojo y un águila azul pálido, sobre la cual se sobreimpone una hélice dorada de cuatro palas.

A nuestros aviones les quitamos el sistema de arranque y los hicimos más ligeros. Los arrancamos con una camioneta que lleva un eje que se conecta a las hélices. Enfundado en su gorro y en sus gafas, con su fulard al cuello, el vasco despega a la espera de la entrada en combate. Los Messerschmidt Bf 109B se alzan desde la Senia y él puede verlos desde Reus. Otras veces también se asoman los Fiat desde Alcañiz, Caspe o Etra. El sol queda a la izquierda y los alemanes se van a posicionar con él de espaldas.

Nos dirigimos como flechas hacia la línea imaginaria que nace en el Ebro, vertical, y asciende hasta nosotros. A lo lejos, aullan los cazas y los bombarderos fascistas.

Estamos a más de siete mil metros de altura. Los antiaéreos no llegan hasta aquí. De todas formas lo intentan para que no se nos ocurra reducir la altura.

Hemos cruzado la línea imaginaria y, a la mitad de altitud que nosotros, tres compactas formaciones de bombarderos Heinkel He 111 se nos hacen visibles. Por encima de estos hay cazas italianos pilotados por españoles fascistas. Y por encima de estos, están los Fiat tripulados por los propios italianos.

En el Ebro se han hundido
las banderas italianas.

Cuando menos lo esperan los alemanes, nos dejamos caer hacia sus bimotores y en las primeras pasadas nos imponemos gracias a la sorpresa. En nuestra trayectoria se cruzan enseguida los Fiat. Todo sucede a tal velocidad que es imposible reaccionar. No ha habido disparos certeros. No ha dado tiempo. El cielo parece haberse convertido en una telaraña de cazas enemigos. Hemos deshecho nuestra formación. El resto de camaradas se siente como yo.

Los bombarderos aplastan a bombazos los puentes y las aguas que atraviesan el Ebro, como quien pisa tenaz las uvas de un vino que es venganza, victoria, destrucción y sangre. Combatimos con alemanes e italianos.

Nuestras cuatro ametralladoras no cesan de disparar. Algunos de los nuestros y algunos de los suyos, champiñones aéreos, han saltado de súbito con su paracaídas. Las balas también matan en el aire.

Cuatro de los nuestros han sido derribados. Todos están a salvo. En El Vendrell, en Reus, en Tarragona o en zona de combate. Ellos, por lo menos, han perdido algunos bombarderos y unos cuantos cazas Fiats.

Casi cien aparatos luchan en el cielo. El avión responde mejor de lo que espera. Tiene potencia, vira como la seda y, además, está nuevo. Desde el aire, el Ebro es tan solo una línea diminuta. Por tierra, salvado el río, adentrándonos en la zona de combate, la guerra continúa. Los soldados perecen en la primera línea de fuego.

El crepúsculo empieza a esconderse en la línea del horizonte. Trosqui dormita, en escorzo, a la izquierda de la entrada al hospital. La temperatura es agradable porque agosto no siempre es asfixiante.

Un soldado herido pasea con un libro en las manos, cuyo título es *Presencia de Cataluña*, y en voz alta murmura:

—Por tu pueblo, por los pueblos de tus hermanos, avanzas y luchas al lado de soldados castellanos, vascos, andaluces, catalanes, aragoneses, asturianos, valencianos.

Carmela sonríe. Su risa es una lluvia de felicidad, un blanco abanico de alegría que estalla con una suavidad cautivadora. El soldado no existe, es un recuerdo. Carmela lo revive desde sus dulces labios y *Maik* tan solo intenta imaginarlo.

Ella le habla de Barcelona y de los bombardeos. Las bombas caen sobre la Ciudad Condal y con su ensordecedor estrépito sacuden y destrozan a seres indefensos, a civiles que viven con los ojos clavados en el cielo, con los oídos pendientes del sonar de las alarmas, de su ulular maldito, del rugido mecánico de los motores de la aviación facciosa, y Carmela vive pensando si la bomba que cae, que cada vez se acerca más sonora, lo hará sobre nosotros o en un lugar cercano pero inofensivo. ¿Seguiremos viviendo?

Cerca de las lámparas, las salamanquesas capturan los insectos que estas atraen.

La joven bibliotecaria reconoce que quizá por eso prefiere aventurarse donde sea necesaria; el riesgo es casi el mismo en todas partes. Habrá una época para los derrotados que será una lotería segura. Habrá fusilamientos, casi tres mil en el Campo La Bota. Lo que hay ahora, hoy, en estos días, por toda Cataluña, por otras zonas de España, son viles y cobardes bombardeos, estragos de la aviación italo-alemana. Las zonas costeras catalanas son un campo de pruebas para los asesinos, los más despreciables seres de la Tierra. Tenemos que limpiar de sangre las aceras. Aprender a vivir con la amenaza de los Savoia-Marchetti S.M.79, bajo la impunidad nocturna que les dan sus radiogoniómetros que les permiten volar en plena noche, acostumbrarnos a los haces de los proyectores y al fuego de la defensa antiaérea. Acostumbrarnos al rostro indefinible de las criaturas muertas, a sus bocas inertes, abiertas como pozos interminables, tristes; a los corazones huecos, taladrados con amplios boquetes como puñetazos de incomprensión, rabia e impotencia, a las esquirlas de metralla acribillando las fachadas; al llanto habitual de las sirenas que anuncian la visita de los Junkers, mientras sobrevivimos golpeados por las bombas, hablando de *raids* y descubriendo nuevos rastros de sangre sobre las calles cubiertas de cristales, humos, escombros, polvo de ladrillos y recientes cadáveres.

Carmela le habla de estampidos, astillas y de brechas que sufren demasiados corazones inocentes. ¿Es esto la guerra? Un día antes de la ofensiva del Ebro, el 24 de julio, cuatro trimotores Junker Ju 52 visitaron Sant Feliu de Guíxols. Podría poner otra ciudad. Fue allí y no en otro sitio.

Las nueve y veintiocho de una mañana de verano. Las águilas nazis descargan sus «regalos». A su paso, una niña de tres meses y su madre de 28 años, una joven de 17, dos hombres de 56, una vecina de 54, otra de 49 y una más de 63, pierden la vida. ¿Es esto la guerra?

Los días 27, 29, 30 y 31 de julio de 1938 los fascistas bombardean Reus. Los días 3, 7, 8, 20, 21 y 24 de agosto le toca el turno a Tarragona. Al mismo tiempo que el Ejército rebelde contraataca en la sierra de Pándols, sus águilas sacan las garras en Cambrils o en Hospitalet de l'Infant los días

14, 15 y 16 de agosto. También caen las bombas en Barcelona capital, los días 3, 4, 13, 19 y 28. Sí, es una lotería. Hoy ha tocado en Barcelona. Hay otras ciudades. Hay otros ejemplos.

A Maik le gustaría que Carmela le hablara de otras cosas. Es bueno para el alma sacar los trapos sucios, airearlos y encontrar alguien que nos quiera escuchar. Le cuenta que hay gente que muere de asfixia, al quedar atrapada entre las ruinas de los edificios abatidos, entre los escombros y cascotes que deja el bombardeo aéreo. Que los ojos no olvidan ver volar en pedazos a un ser humano inerme, ver cómo se vacían sus entrañas, cómo llueven sus vértebras, cómo fluye su líquido raquídeo, se desangra, se le descuelga el bazo o se le despanzurra el riñón o el hígado; y el alma se nos parte y no hay cauterización para tan honda herida moral.

La población civil vive entre polvo de cristal, detonaciones, estrépitos, estruendos y estallidos de luz como relámpagos, en busca de refugios. El corazón se encoge, duele ya como un pinchazo. El olor y el sabor de la sangre inundan sus pupilas y sus bocas. Llueven las bombas de espoleta retardada y las bombas de aire líquido. Llueve la cobardía ignominiosa, toneladas de natamita, y el odio que derraman los Savoia-Marchetti S.M.79 y 81 italianos, los Heinkel He 111 y los Dornier alemanes, los hidroaviones italianos Cant-Z 5068, que llegan de Mallorca, y los alemanes Heinkel He 59 y He 60, con el grave sonido de la agresión aérea.

—Es terrible, Carmela.

—Bésame, Maik… —le ruega ella—. No se vive más que el tiempo que se ama.

Trosqui mueve la cola; se despereza. Se contorsiona y sacude su largo pelo, balanceando su lengua que pende, larga hoja de árbol, y se pone en pie, a pesar de su cojera, para dar un paseo y desentumecer sus débiles huesos.

—¿Querrás cenar conmigo, Carmela? —propone él en voz baja.

—Con mucho gusto, *Maik*... ¿Y después qué?

—Después la noche será larga.

Diego Zaldívar vuelve a combatir unos días después, el 24 de agosto. El ejército del Ebro no deja de solicitar nuestra presencia, las Fuerzas Aéreas de la República hacen cuanto es posible dadas las circunstancias de notoria inferioridad numérica. Salimos la Tercera y la Cuarta Escuadrillas. Para variar, la aviación rebelde fustiga nuestros puentes.

«¡Hijos de puta!», se imagina decir a Roque Esparza allá abajo.

Los bombarderos enemigos aparecen acompañados por numerosos cazas. Tras un viraje compacto de la formación, nos colocamos en posición frontal a la batalla aérea. El sol a nuestra espalda y nuestro seis doble a la cola brillan con la voluntad de derribar al enemigo. Los bombarderos son indistinguibles hasta que nos acercamos, sus explosiones elevan surtidores verticales de humo negro, polvo y llamas o de agua al impactar sobre la tierra, los puentes o las entrañas del río.

Para cortar su retirada nos dirigimos hacia su ruta de retorno a la costa. Los cazas enemigos se interponen, hordas celestes, nubes repentinas y nos disparan, una y otra vez, mientras dejan el rastro de su velocidad en el cielo hendido por su paso, enzarzados en picados, virajes, persecuciones y acometidas salvajes con un ritmo vertiginoso y mortal. Luchamos en ese *ballet* letal. Nuestras cuatro ametralladoras inundan de disparos su campo de visión. Acudimos a ayudar a un camarada en apuros.

Con un golpe hacia atrás Diego toma altura y gira para ponerse a la cola de dos Fiat. Intenta apuntar con el colimador, ponerlos a tiro en la mirilla, pero ellos le intuyen y se abren.

Sin embargo, otro Fiat se ha puesto a nuestra cola. Nos dispara y sus ráfagas nos rozan por los flancos. Han roto, por la izquierda, parte de la cabina de cristal. Aceleramos dando gas todo cuanto es posible. Lo tenemos detrás. Cuando sobrepasamos los seiscientos kilómetros por hora tiramos hacia atrás de la palanca y giramos, cohete hacia arriba, con la tierra a la espalda, sin pensar en el velo rojo, ni en el velo negro, sino en deshacernos del Fiat.

Lo hemos conseguido. El ala derecha está agujereada. Nivelamos el I-16. Hay un Fiat tocado, humeante, que está perdiendo altura. Nos lanzamos a por él. Lo tenemos a tiro. El gatillo no responde. Damos gas y lo adelantamos por arriba. Las ametralladoras funcionan. Giramos hacia abajo y nos enfrentamos de frente Lo acribillamos. El Fiat cae, paloma abatida en pleno vuelo. Se desploma hacia tierra en picado. Estalla. Regresamos a Reus.

«¡Hijos de puta!», gruñe Roque Esparza. Allá abajo; los bombarderos han despedazado un par de puentes. «Pues, cien mil veces que los tiren, cien mil veces los haremos.»

El 22 de agosto los nacionales ocupan Puig Gaeta, la cota más alta de la Fatarella y continúan su ofensiva en el sector de Cuatro Caminos. Los republicanos contraatacan sin cesar por las noches. Hasta que el día 30 aquí cesan los combates que hoy comenzarán el 19 de agosto.

«La cena es la más agradable de mi vida», recordará Maik. Ella ha cambiado sus faldones plisados por un vestido camisero, realzado por su talle, de color rojo. Es un lujo increíble para la mirada que, de forma inmediata, se ancla en su prometedor escote de pico.

Resulta inevitable un pensamiento lascivo, no imaginarla en corpiño o canesú. Al acabar la cena Maik se dirige hacia el baño. Está sudoroso y cansado. No atina a meter la patilla, hebijón, en el ojete, así que decide quitarse el cinturón.

Hemos tomado vino del Priorato, aunque sin excederse. Si lo hubieran querido, no habría sido posible. Así que se encuentra de nuevo ante sus ojos celestes, su ovalado rostro, su esbeltez enérgica y su angelical sonrisa. Su corazón ha vuelto a hacer crec-zum-crac.

—No tengo dinero ni posesiones o riquezas, Carmela —reconoce con voz queda, y añade—: Lo único que puedo darte es mi amor.

—Maik... —Le sonríe la joven bibliotecaria— eso es justo lo que ahora necesito.

Como es muy patoso ha tropezado y ha hecho caer algunos de sus papeles. Por fortuna, conduciendo no es un desastre. Se agacha a recogerlos y ella también se agacha.

—¿Esto qué es, Carmela?

—Es un salvoconducto.

Coge el papel en sus manos, puesto que Carmela se lo ha dejado ver. Lo lee. Lleva el sello y las firmas correspondientes del Ministerio de Defensa Nacional, Subsecretaría del Ejército de Tierra, rotulado como SALVOCONDUCTO, y dice así:

Se autoriza al ciudadano Carmela Miró Winkler, bibliotecaria de los Servicios de Cultura del Frente, para que durante —.—.—. días pueda trasladarse a diferentes puntos de la Región Catalana incluso zonas de guerra, sin limitación de tiempo, con objeto en el ejercicio de su cargo.

Las Autoridades Militares y fuerzas dependientes de las mismas, no pondrán impedimento alguno en su circulación previa la identificación personal.

Barcelona, 4 de julio de 1938
EL SUBSECRETARIO

—¿De dónde es tu segundo apellido, Carmela?

—¿Winkler? —responde rápido—. Es de Alemania. Mi madre es alemana.

Se ponen de pie. Maik le habla de otros tiempos y otras gentes, de su Lancaster natal. No puede imaginar nada más hermoso —sino incluye a Carmela —, ni puede contener los recuerdos evocados. Le habla de que solía bailar a todas horas con sus zapatos blancos de punta negra. No tienen música. Bailan entre juegos y risas.

—¡Déjame respirar! —pide ella.

Sueñan con poder estar juntos. No hace falta que huela ella a Chanel, ni que a él le sobre la ginebra Bols; entre otras cosas porque está claro que a ninguno de los dos les gustan. Ellos son en verdad lo que les gusta. Maik se siente como una ilustración de los cómics de Tarzán, las historietas creadas por Edgar Rice Burroughs e ilustradas por Burne Hogarth, a punto de gritar a pleno pulmón su nombre, o una descomunal sucesión de aes. Ambos saben que en la guerra se siente miedo. A veces también en la vida sucede lo mismo.

Siente miedo de perderla para siempre. Tal vez es una corazonada, una intuición. Siente que Ryan está en lo cierto. Que en medio del caos ella puede salvarle. Que lo único que importa es ahora, camarada. Siente que Carmela también está en lo cierto. Que solo se vive el tiempo que se ama. Sabe que él también tiene razón. Que la noche será larga...

Y lo es y la pasa con ella. Por primera vez comprende que *lo que haces no es tan importante como lo que sientes haciéndolo*. Al alba debe abandonarla, reincorporándose a su puesto en el frente. De haber sabido que sería para siempre se habría encadenado a ella con firmeza, habría deseado echar raíces en su cuerpo, darle el corazón y la vida, haberse despedido con algo más que un beso. Ninguno de los dos se empeña en pensar que el destino pueda separarlos, no reencontrarlos nunca. Y así las cosas, el destino se burlará de ellos.

No podrá olvidarla. Carmela le hizo sentir único, dichoso, afortunado. Junto a ella fue feliz, vivió; solo se vive el tiempo que se ama. Vivió, Duke Ellington deslizándose sobre el piano en el Cotton Club, un sueño irrepetible.

Es una habitación tranquila y no hay prisa. Cada paso lo deciden sus cuerpos. El ambiente les relaja y acoge. Están en paz y juegan con sus epidermis. La situación es cómoda y no hay tensión ni emociones más allá del ahora. Lo quieren hacer y lo desean. Sin miedos. Sin vergüenzas. Maik tiene sangre en las venas y una erección sobresaliente entre las piernas. Carmela agradece las sonrisas y la sinceridad. Es la primera vez para ambos.

Su lengua se enreda con la de él sin prisas, se la pasa por los labios, los muerde suave, lo acaricia despacio, le recorre la espalda, las caderas, los brazos. Él le corresponde. Después la aprisiona contra la puerta. La besa el cuello y le susurra palabras en inglés que ella no entiende, aunque la excitan. Carmela siente cómo le acaricia el torso, los pezones, la espalda, las nalgas. Su miembro rígido está ahí abajo. Le aprieta con suavidad los senos. Le desabrocha el pantalón. Le desabotona la camisa. Él la desnuda. Le chupa con avidez los pezones. Le besa los senos. Siente su mano metida entre sus piernas. Gime. Sus dedos rozan la humedecida vulva. Respiración, aliento. Subir, bajar, abrazarse. Siente sus brazos fuertes llevarla hasta la cama. Le besa el ombligo. Desea ser suya por completo. Fundirse con su rostro y con su carne caliente y tiesa. Separa las piernas. Él la devora allá abajo. Ella se retuerce. Lenta, rápida. La lengua. El fru-fru de las sábanas. Los profundos jadeos. Las mejillas encendidas. Maik se prepara para embestirla. Ella disfruta con sus pupilas dilatadas, bajo sus hombros amplios y robustos, sus fuertes brazos, su ancho, peludo y plano pecho y pone la mano en su corazón. Maik posa los labios sobre los enardecidos pezones. Se siente amada. Gime. Tierno y seguro, lo siente a las puertas del himen. Le besa suave y lento. No duele. Sudan. Aspiran el tufo del petróleo del quinqué y solo tienen olfato para cada cuerpo. Carmela se acelera y excita y lubrifica su vulva abierta al penetrante, duro y rítmico pene. Y el miembro de Maik entra. Entra. Entra…

Y la noche fue larga.

7

Franco en el Coll del Moro

¿Qué podemos nosotros recordar de la pasada guerra,
de esos pueblos pequeños rodeados de viñas?

Para un combatiente del Ebro, Poemas escogidos
Andrés Trapiello

El Generalísimo rebelde acude al Ebro por primera vez el 2 de agosto. Fija su cuartel general en el palacio de Pedrola. Su cuartel general móvil es un convoy de camiones bien custodiado y camuflado, que se establece en Alcañiz y se hace pasar por una estación de radio y un falso hospital de campaña. Su nombre es *Terminus*.

Terminus es el remolque situado en una finca próxima a Alcañiz. La única indicación es una flecha en un árbol con la inscripción: «Radio Requeté de Campaña. Puesto de mando y taller». Cinco grandes camiones de gran tonelaje, con sus despachos y habitaciones, las tiendas de campaña y las correspondientes alambradas.

En el Coll del Moro está Francisco Franco, en el puesto de mando del Ejército del Norte, junto al general Dávila. Franco usa binoculares similares a los Ducati modelo Sirio. En menos de un mes se cansó de la batalla y se volvió a Burgos. Casi treinta años después, un 27 de abril, el Generalísimo le explicará a su primo Francisco F. que el militar que se subleva contra un Gobierno constituido no tiene derecho al perdón o al indulto, y que por ello debe luchar hasta el último extremo. Vencer o morir.

Franco luce levita de botones a derecha e izquierda y un cuello cerrado con picas o puntas descendientes, como los de las camisas, que le confieren una imagen disciplinada, autoritaria y austera.

A Franco no le gusta agosto desde que tres años antes atropellara a un ciclista y asustara a otro, cuando se dirigía a Salamanca —o los hubiera visto ser atropellado al uno y asustado al otro— y le cargara el muerto a su sargento. Le viene a la cabeza la sangre de su víctima manándole de un ojo y un oído. Quiere creer que fue algo inevitable. Quiere creerlo aunque ni siquiera eso perturba al Generalísimo, gallego, de todas las Españas.

Franco está en el Coll del Moro. Instalado en la necrópolis prehistórica. Viene cada día desde Alcañiz para dirigir en persona las operaciones militares, durante unas pocas semanas, antes de regresar a Burgos.

El Coll del Moro es una atalaya de forma piramidal, algo ruinosa, en el flanco izquierdo de la carretera de Gandesa a Calaceite, antes del desvío a Bot.

A mano derecha hay un montículo con restos ibéricos, una necrópolis; y años más tarde habrá una cruz dedicada a los caídos en la Guerra Civil Española. Franco ha llegado aquí con su uniforme de cuello-camisero, una faja de cuero, un salacot; y da órdenes en la barraca de ramas con teléfonos y mapas y, fuera, en la mesa plegable con las sillas y telémetros binoculares, una vajilla de loza y vasos de vidrio, mientras a lo lejos mueren y matan sus tropas bajo el fragor de los cañonazos.

Septiembre es el mes de los amores de la mantis. Tiempo del aladierno, matorral de los roquedos calizos. Un mes de guerra en 1938.

La tercera ofensiva franquista, en el sector Villalba-Gandesa, no consigue su objetivo. El 19 de agosto queda ahora lejano y, también, la sangre vertida por los del Tercio de Nuestra Señora de Montserrat.

A partir de ahora se harán grandes concentraciones de potencia de fuego artillero. La guerra será un choque frontal con cañones, carros, y si es posible, aviación; bombardeos que machacan y trituran las posiciones republicanas, *cadenas* y ataques en picado.

Franco repite que la artillería conquista el terreno y la infantería lo ocupa. Avanzarán 150 metros por día con un alto tributo en vidas. Corbera, en llamas, es machacada por más de trescientas piezas de artillería. De los terrenos calcinados, de sus trincheras o sus escondites, salen los republicanos que no abandonan sus posiciones hasta que casi están perdidas. Combaten cuerpo a cuerpo. Del cielo caen toneladas de metralla sobre el campo de combate. Con el mismo odio con el que los anarquistas habían tiroteado los santos de la Iglesia católica o los habían quemado en la plaza del pueblo.

Los vecinos, casi todos ancianos sin fuerzas para huir, que quedan en Corbera, comen ratas y se refugian bajo tierra, entre incontables piojos, para evitar los «pepinos» que no cesan de caer con su pólvora y muerte; más tristes son las sopas de tomillo, las algarrobas o las almendras que a veces comen por la noche, en su desesperada búsqueda de alimentos. Corbera, la llama eterna, fue sepultada por las bombas con los techos hundidos y las vigas de madera retorciéndose al sol como las hierbas y los matojos chamuscados; calles heridas como las de Sant Pere, las Torretes, Ravaleta o Montera. Corbera, destruida y en llamas.

El 2.º batallón de carros Fiat había sido detenido tiempo atrás por el fuego anticarro recibido desde el cementerio de Corbera. De nuevo apoya el ataque de la 1.ª División, que el 4 de septiembre conquista el pueblo, convertido en un montón de ruinas.

Franco, con la pluma en la mano, garabatea lo que se debe hacer, puntualiza las órdenes para Dávila, sobre un folio en blanco en el que, entre tachones y con prisas, escribe:

> Visto el orden de operaciones número 41, encuentro problemas enormes que le hago resaltar para que se salven en la forma posible y que no nos retrasen la operación.
> Idea de maniobra:
> 1. Ruptura del frente
> 2. Ocupar la sierra de Cavalls
> 3. Avance sobre la zona de Camposines
> 4. Limitar la pérdida de tiempo de la reagrupación de la 4.ª División, y en acatamiento avance hacia el km. 6 de la carretera de Fatarella.
> Acelerar la simultaneidad o no de las acciones de los dos Cuerpos de Ejército.
> Dar cuenta de la situación y obligaciones eventuales a alcanzar.
>
> El Generalísimo
> 31 de agosto de 1938

El signo de la guerra entonces aún puede cambiar y nada está por completo decidido. La misma mano que, el 1 de abril de 1939 firmará en Burgos el último parte de guerra, la misma mano que Muro verá yerta muchos años después, tras regir el destino en lo universal de España, se coloca en su hombro y lo palmea.

Franco le comunica que, para él, el frente se ha acabado. España le necesita y él le encomienda una misión. Conocerá los detalles de la misma en una reunión personal en su cuartel de Alcañiz. Debe ser puntual.

Muro mira al cielo e inclina su cabeza de fuertes dientes, nariz recta e infinita testarudez.

Golondrinas luchando contra águilas, sonríe. El cielo es nuestro. El cielo es fascista. ¿No ves lo azul que es?

Aún está lejos el último parte, esas breves palabras sobre la hoja del Cuartel General del Generalísimo, Estado mayor, que irá sellada con el emblema del mismo y la firma del griposo

Caudillo y que resonarán, con propiedad, durante décadas, en nuestra memoria colectiva:

> En el día de hoy, cautivo y desarmado el Ejército Rojo, han alcanzado las tropas nacionales los últimos objetivos militares. La guerra ha terminado.

Muro solo podrá recordar algo más emotivo y sobrecogedor, o por lo menos tanto como el fin de la guerra, y será el semblante de Carlos Arias Navarro, su timbre y voz comunicando que:

> Españoles, Franco, ha muerto.

Aún falta más, mucho más, para ese jueves, 20 de noviembre de 1975, en el que perecerá el Generalísimo y pasará a su eterno reposo en el mausoleo del Valle de los Caídos, una vez oficiados sus funerales el domingo 23 de noviembre del citado año.

Andrés Muro se encuentra con Franco y este le explica su misión y le pregunta si tiene algo que decir.

—Por Dios, Generalísimo —le responde raudo—, libere a Madrid. ¡Libérela!

—No se preocupe, teniente Muro —afirma la aguda y leve voz de Franco—. Madrid caerá.

—El ene… mi…go —balbucea Andrés, sílaba tras sílaba.

—¿El enemigo…? —inquiere el militar gallego—. Rojos y masones, criminales y asesinos. No habrá perdón para nadie. Puede estar tranquilo. Puede estar seguro. ¡Vamos a aplastar al enemigo por España! ¡Una, grande y libre!

Los mandos de uno y otro ejército nos contemplan. Somos sus ejércitos de soldaditos de plomo y a ellos les divierte movernos a su antojo, supervisar el movimiento de sus piezas sobre el teatro de operaciones, sacudido por la ira de la artillería, la aviación y la sangre invertida en la contienda. No me ilusiona, en absoluto, sentirme una marioneta lanzada en medio de un huracán. A los generales sí les colman de felicidad sus juegos de guerra.

¡Id a luchar! ¡Id a luchar! ¡Id a luchar! ¿Y vosotros qué hacéis mientras tanto?

La orden de doce de septiembre del cuarenta y dos, publicada tres días después en el *Diario Oficial* número 207, concederá la Cruz Laureada de San Fernando a:

> **Don Giusseppe Borghesse de Borbón y Parma**, de la Cuarta Bandera del Segundo Tercio de la Legión. Sus inmejorables virtudes militares eran muy conocidas por cuantos combatieron a su lado. Dio prueba elocuente de su competencia, valor y espíritu en el combate librado el 22 de septiembre de 1938 en el Frente del Ebro. Al mando de la Onceava Compañía se lanzó al asalto de las fortificaciones enemigas, que fuertemente guarnecidas defendían la cota 356, marchando el primero a la cabeza de sus legionarios y teniendo que parar para llegar a aquélla por debajo de las alambradas que la defendían. Herido de bala en una pierna continuó, no obstante, la lucha con el mayor entusiasmo, y saltando al interior de la trinchera se apoderó personalmente de un fusil ametrallador tras de dar muerte en lucha cuerpo a cuerpo a los tres sirvientes del arma. Haciendo fuego con la máquina, protegió el avance de las otras Secciones de su Compañía, continuando así combatiendo con el mayor ardor hasta que, al saltar con bombas de mano otro puesto fuertemente atrincherado, recibió una herida gravísima en el pecho producida por la metralla de una granada; a consecuencia de la cual falleció.

El teniente Andrés Muro luce orgulloso su camisa azul, con el yugo y las flechas bordados, como el general Juan Yagüe, jefe del Cuerpo de Ejército Marroquí. Lleva enfundada su Mannlicher, una pistola austríaca del calibre 7,65 modelo de 1903, a su derecha. En su flanco izquierdo tiene siempre a mano su machete alemán K 98, un modelo de 1884, largo como dos lápices juntos, y con un filo y punta en uve alargada afiladísimos. Su gorro isabelino con borla tiene tres flechas, jefe de centuria, y un ángulo blanco, combatiente de primera línea, como divisas. Cree que le da suerte y por eso lo conserva.

Acaba de enviar una carta a su mujer, aunque sabe que no va a llegarle, refugiada en Madrid con unos familiares, con palabras de ánimo, tranquilidad y esperanza. El sobre muestra una viñeta con la muerte sembrando cruces, vestida de rojo, con un gorro con una estrella negra de cinco puntas y se lee: «El comunismo ¡siembra la muerte! ¡Franco lo vence en los campos de batalla!».

Galán murió como lo hacen y están haciendo sus compatriotas en los frentes de combate. El teniente está absorto cuando las bombas golpean el suelo y despiertan y crean, en lontananza, medusas momentáneas de aire, polvo y tierra, cual columnas de pólvora que humean, lúgubres, tras las fuertes y repetidas detonaciones.

Permanece en silencio aunque quiere cantar el *Cara al sol*. Las tropas de García Valiño atacan la sierra de La Vall de la Torre. La 1.ª Divisiónuno la componen las Banderas, los Tabores, los Batallones y Tercios de Tetuán, Larache, Ceuta, Alhucemas, Castilla, Navarra, América, Lácar, Montejurra, San Marcial y otras fuerzas. El frente que atacan no llega a los dos kilómetros de anchura.

La música del *Cara al sol* la compuso un guipuzcoano, Juan Tellería Arrizabalaga, bajo el título *Amanecer en Zegama*. La letra nació en Madrid, en la taberna vasca Or-Kompon, donde José Antonio Primo de Rivera, Agustín de Foxá, José María Alfaro, Dionisio Ridruejo y Rafael Sánchez Mazas le pusieron letra con la garganta mojada en chacolí y el estómago bañado de bacalao al pil-pil.

Durante seis ininterrumpidas horas la artillería castiga la zona, con la colaboración aérea de nuestros bombarderos. El fuego de unas 76 baterías cae sobre las tropas de la 27.ª

División republicana. La 1.ª División franquista asalta las trincheras rojas. El teniente Muro murmura en su interior:

> Cara al sol con la camisa nueva
> que tú bordaste en rojo ayer.
> Me hallará la muerte si me lleva
> y no te vuelvo a ver.

Nuestras tropas corren hasta las alambradas, las cortan y las asaltan con el apoyo de una compañía de carros. Están rompiendo el frente de Gandesa. El trabajo efectuado por las artillerías de los Cuerpos del Ejército Marroquí y del Maestrazgo, la masa legionaria y otra parte de la artillería del Ejército, junto con el de la aviación, parece haber destruido a la resistencia roja. Se ocupará Corbera y la Sierra de La Vall de la Torre. Se dejarán atrás los atrincherados campos dónde resisten los rojos. Los estamos haciendo retroceder poco a poco, golpe a golpe, con una indiscutible firmeza. El teniente continúa murmurando:

> Formaré tus labios compañeros
> que hacen guardia sobre dos luceros
> impasible al ademán y están
> presentes en nuestro afán.

Los tanques, los carros de combate y las tanquetas italianas armadas solo con ametralladoras, protegen el avance de nuestras tropas. Dos banderas bicolores ondean al asalto de las cotas que resisten. Aún hay defensores, lobos acosados, disparando sus armas. La infantería se despliega y avanza. La mirada de Franco recorre el paisaje. Corbera se encuentra en ruinas. Su barroca iglesia está mordida por la metralla. La iglesia de San Pedro, de 1804, con sus dos llaves en el techo y sus dos columnas a cada banda. Los campos se extienden hasta la Vall de la Torre y tras esta, se vislumbra Cavalls. La infantería asciende hacia la cota dejando tras de sí campos sembrados de trincheras, recibiendo disparos de todo tipo y clase de armas, mientras prosigue el teniente su interior y silente murmullo:

Si te dicen que caí me fui
al puesto que tengo allí.

Franco está emocionado. La operación artillera ha comenzado a las ocho de la mañana y ha concluido casi a las dos de la tarde, con la ayuda de más de treinta bombarderos. Ahora, tras el ronroneo de los tanques, surge la oleada humana de fusileros, luchando sin descanso, en ascenso contra el enemigo. Sus tropas van a tomar las elevaciones al norte de Corbera y los primeros contrafuertes de la Vall de la Torre. Alfombran la tierra con cadáveres sembrados por promesas de gloria, en la obsesiva y destructora determinación de victoria. Prosigue el canturreo del teniente:

Volverán banderas victoriosas
al paso alegre de la paz.
y traerán prendidas cinco rosas;
las flechas de mi haz.

Las dos banderas bicolores ondean en las cotas arrebatadas al enemigo. Franco sonríe y exalta el valor de sus portadores.

—¡Merecen una condecoración! ¡Se la concedo! Exclama, exultante.

El teniente contempla el cielo. Al salir el sol ha visto estratos, esas nubes largas de color blanco sobre el horizonte, que se han hecho después rojas o anaranjadas, arreboles, y que anuncian buen tiempo. Ahora contempla los cirros, esas nubes más altas, que parecen empedrados o largas tiras. Y en silencio Andrés Muro finaliza el *Cara al sol*:

Volverá a reír la primavera
que por cielo y tierra y mar se espera

167

¡Arriba escuadras a vencer
que en España empieza a amanecer!

Se marcha hasta la hora y lugar en que vuelve a ver a Franco, recordará el teniente Andrés Muro, con el final de un discurso que había escuchado a José Antonio Primo de Rivera, cuatro años atrás, en Puebla de Almoradiel, Toledo, publicado en el número 12, abril del 34, de *Falange Española*, con su sonido claro y su reverberación mental dándole vueltas y más vueltas en la cabeza como el tambor de una lavadora que le devuelven esas palabras que deberían recordar, de nosotros, las generaciones futuras:

> Nosotros no podemos tolerar ni estamos conformes con la actual vida española. Hemos de terminarla, transformándola totalmente, cambiando, no solo su armadura externa, sino también el modo de ser de los españoles. No queremos que triunfe un partido ni una clase sobre las demás; queremos que triunfe España, considerada como unidad, con un fin universal que cumplir, con una empresa futura que realizar y en la que se fundan todas las voluntades individuales. Y ello tenemos que conseguirlo, cueste lo que cueste, aun a cambio de los mayores sacrificios, pues es mil veces preferible caer en servicio de tal empresa que llevar una vida lánguida, vacía de ideales, donde no haya más afán ni otra meta que llegar al día siguiente. La Vida es para vivirla y solo se vive cuando se realiza o se intenta realizar una obra grande, y nosotros no comprendemos obra mejor que la de rehacer España.

José Antonio Primo de Rivera fue condenado a muerte, en Alicante, en noviembre del 36. Sabremos que es un caído más en nuestras filas. El pasado a veces, con su silencio, grita: «¡Presente!». ¿Qué espera de Andrés el Generalísimo? ¿Qué misión va a encomendarle?

Sebas suelta la cartera y, por dentro, maldice la guerra. Un sargento se ha batido con un brigadista polaco y ha vencido tras un encarnizado cuerpo a cuerpo. Ha regresado lleno de sangre con la cartera del polaco en la mano. Al abrirla, han encontrado las fotos de su mujer y de sus dos hijos.

Todo el amor que *Maik* puede sentir, sintió, por Carmela Miró, no es nada comparado con el que por Berta siente Basilio Perich. Cada día cambian las líneas de resistencia, las trincheras, por la movilidad con que se lucha. Los zapadores, como él, cavan refugios en la tierra, o donde pueden, para que los camaradas continúen el combate. Para resistir a cualquier precio.

Por detrás de nosotros, en las segundas líneas, los de transmisiones trabajan extendiendo líneas telefónicas, intentando mantener la comunicación entre los hombres que ocupamos las montañas y el puesto de mando. También están los de avituallamiento con peligrosos convoyes para traernos comida. El agua, a veces, podemos conseguirla de la tierra, de algún pozo o de algún cauce fluvial que lleva al Ebro. Para eso está la noche. Y para los heridos.

La oscuridad nos sirve también para luchar, para no desistir y lanzar contraataques, recuperar cotas perdidas e invertir nuestras fuerzas en hostigar al enemigo. Ellos vienen después con sus aviones, sus cañones, sus tanques, si es posible, sus morteros y sus granadas, a reventarnos, machacarnos, aplastarnos y hacernos retroceder. Basilio piensa en Berta.

La noche sirve también para enterrar a los muertos. Recogerlos de la tierra de nadie. O para que los sanitarios evacuen a los heridos por accidentados caminos, a pie o bien con ambulancias, cuyas luces apagadas no facilitan más las cosas, casi siempre entre botes y golpes, socavones y baches, lejos de aquí, hacia los hospitales.

Los ingenieros trabajan a destajo. Los grupos que colocan cercas y alambradas, febriles, las colocan frente a las trincheras en zigzag. Se pinchan con sus espinas los dedos, las manos y los brazos y alguna parte más, sin rechistar. El enemigo puede volverse loco en cualquier momento. Los centinelas pueden batirnos con sus ciegas ráfagas.

Basilio piensa en Berta con un trozo de pan en la mano y una lata de conserva en la otra. No siempre le toca el chusco y la lata de sardinas. A veces, peores que esta, le toca el hambre. Entonces recuerda la desnudez de Berta. Ella yace extenuada junto a él, su inextinguible cuerpo frente a sus ojos, con la pierna izquierda semiflexionada, en alto, levemente inclinada, el brazo derecho tendido es una media luna sobre su jugueto- na mano, el brazo izquierdo sobre su cadera, los labios de Perich entre su pelo, cerca de su oreja, besándola, mientras sus senos, duros y empitonados, exhalan un intenso deseo.

Añora a Berta, llovizna de placer y nostalgia, con consue- lo, serenidad, reposo y esperanza a pesar de su muerte. Vuelve a sentir su tacto, amoroso, certero y dulce; las horas en que amándola, angelical, sintió su vida plena. Existió junto a ella. Con ella. Por ella.

No volverán a estar juntos. Lo estuvieron. En la estrecha trinchera no halla mayor consuelo. Berta le ha sido arrebatada por la guerra. La muerte, la locura, le rodean frente a la prime- ra línea de fuego. La quiere. Fue su paraíso. La recuerda. Sus besos, sus sonrisas, sus gestos; su indescriptible belleza. El embeleso.

Para Perich, Berta es el aire, la fuente del valor, la máxima felicidad, la mujer que le amó y a la que ama; el color del mundo. Un desfile de recuerdos perdidos que él no quiere perder, ni siquiera cercado por las balas, buscado por las bom- bas, asustado por la metralla. Nada es igual sin ella. Solo le queda el rastro, el dolor, la certeza. La ama. Sabe que, aunque hoy sea un cadáver, haberla conocido da sentido a su vida. Nunca podría decir cuánto la quiso. La quiere aún. Sin ningún tipo de dudas. La querrá hasta que muera; admite en su inte- rior en la trinchera, mientras medita que quizá no falte mucho. La querrá, también, hasta después de muerto.

El miedo, una garra de nervios que estrangula tu estómago, sacude tu hígado y te alerta de un posible peligro indeseado, se ha acabado. Ya no teme al miedo.

Enrique Líster escribirá *Memorias de un luchador*. En estos tiempos, Miguel Hernández ya ha escrito de él, en su poema a Teruel:

> *Yo me encontré con ese comandante,*
> *bajo la luz de los dinamiteros*
> *en el camino de Teruel, delante.*

A este honor se añadirá que el insigne don Antonio Machado, en su soneto *A Líster, jefe en los ejércitos del Ebro*, finalice diciendo en sus dos últimos versos:

> *Si mi pluma valiera tu pistola*
> *de capitán, contento moriría.*

¿Qué honor y qué recuerdo tienen los simples soldados? ¿Qué sangre se derrama?

Para el sanitario del 56.º batallón, Líster es un tío con mala leche. El sanitario iba a caballo por libre. Había nacido el 27 de enero y deberá vivir con pequeños trocitos de metralla incrustados en el rostro, que años después, en la posguerra, le irán saliendo poco a poco. Odia al Líster, menudo hijo de puta, porque «ese tío es un hijo de puta, un carnicero.»

Se llama Josep Maria Borbón Mariné. Líster era un asesino y un ser humano no tenia ningún valor para él. Le vio matar a muchos de sus compañeros de milicia por la espalda, demasiado jóvenes como él y con demasiado miedo. Más tarde, él debía comprobar si aquellos jóvenes estaban vivos o muertos. Llegó a odiarlo tanto que de habérselo encontrado por la calle, tiempo después, se lo habría pelado.

En abril, en Salou, el teniente Carlos le había disparado más de veinte veces a cinco «biberones» que robaron unas tonterías, algo así como bufandas o corbatas, y los fusilaron después de hacernos formar a todos en la playa, poner el *Himno de Riego*, y después desfilamos frente a aquellos desgraciados, sin juicio previo ni consejo alguno.

Durante la batalla no come rancho y sobrevive con almendras de las casas de payés o de los pueblos que visita para curar a los heridos, ponerles vacunas y otras tareas humanitarias. Intendencia le dio un plato, un cuchillo, una cuchara y un fusil que el destino cambió por dos pistolas. Pidió un tenedor y hubo cachondeo general. ¡Es un Borbón! Los llevaron a Hospitalet de l'Infant y de aquí al Ebro.

Borbón tenía una novia de guerra, hija de un fabricante de galletas de Valladolid que de vez en cuando le enviaba alguna caja de alimentos. Fue un gran fumador a causa de la guerra, severo, entrañable, cariñoso con los niños y los hijos. Duro. Los nacionales lo depuraron con una mili de más de dos años y reenganche forzoso, cuando en Castelldefels temían un desembarco de los británicos por la segunda gran guerra.

Borbón, al retirarse, debía volar en Sant Celoni los puentes de Tordera y del ferrocarril. No lo hizo y siguió el consejo de su padre, Manuel, de escaparse si le era posible. Así se refugió en el Mas Tayeda, en las golfas, y regresó en tren a Barcelona un mes después, agradecido a la familia que le acogió.

Con frecuencia, el enemigo intenta provocarnos en el silencio de la noche. Saben nuestros movimientos. Nos leen el menú, casi seguro inexistente, de lo que dicen haber comido o de lo que van a comer. Nos insultan. Nos escupen de todo. Alguna vez, en algún frente, hasta nos ponen música de Wagner y Beethoven. No nos dejan contestarles. Algunas veces no podemos contenernos.

—¡Rojos, rojillos! ¡Pronto os vamos a hacer papilla!

—¡Fascistas, al otro barrio os vamos a enviar! ¡Oye, dile al moro que se ponga!

—¡Ruso! ¿Sabes que hablas muy bien español para ser ruso? ¡Seguramente llevas mucho tiempo en España! ¿Qué, te gusta?

—¡Hijo de puta!

—¡Maricón!

—¡Mándame a la novia y te demostraré si soy maricón! ¿Cuánto tiempo hace que se la folla otro?

Unas ráfagas de ametralladora devuelven el silencio. Alguien grita:

—¡Fascistas, maricones!

Pronto retorna la normalidad. Los camilleros evacúan heridos y Pedro Hernández sigue en su puesto de centinela, haciendo guardia.

En el frente del Ebro más de uno muere en el puesto de guardia por encender un cigarrillo. El enemigo toma la lumbre como referencia y, en la oscuridad, alguien dispara probando suerte. Fumar es un riesgo innecesario; una temeridad. Por ambos bandos.

—Me gustaría hacer unas fotografías —confiesa Perich—. Si tuviera una cámara…

—¿Para qué? —se extraña Uriguen.

—¿Para qué va a ser? Reacciona, Perich. Para tener pruebas de que existe el Infierno.

El 4 de septiembre, recordará Perich, comienza la mañana con el habitual e implacable fuego de la artillería contraria, alternado con el bombardeo de la aviación. Son casi dos horas de nubes de bombarderos que descargan oleadas de bombas (24, 6, 3, 18, 9, 27 y 2, son el número exacto de aviones en sus distintos vuelos). A veces bombardean sobre las mismas nubes polvorientas que se elevan del bombardeo anterior. Nuestros cazas luchan contra los cazas enemigos. Han destruido nuestras redes telefónicas. No creo que salgamos vivos de aquí. El bombardeo cesa. Avanzan los tanques enemigos con su ronroneo mecánico y feroz; protegen a su infantería. Su artillería continúa disparando. Parece que el mundo, nuestra vida, va a acabarse. De repente un tanque se incendia. Resistimos. Aún quedan defensores republicanos en sus puestos. Todavía estamos aquí. Nuestra resistencia dispersa a la infantería rebelde que intenta parapetarse en el terreno desarbolado, y sus soldados retroceden. Los cañones republicanos, débiles pero precisos, les obligan a e ello.

Así es nuestra vida, recordará Perich. Adelgazados, con los nervios destrozados, cubiertos de polvo y tierra, arrastrados como culebras, antes que estar erguidos y morir, de trinchera a trinchera o de agujero en agujero. La tierra agujereada por los obuses y las granadas, los pinos arrancados, las rocas desintegradas, harapos, piojos y latas.

El paisaje es una sucesión de cráteres ocasionados por las bombas, colinas marcadas por los surcos de la destrucción, rocas bañadas de metralla, árboles muertos que señalan hacia el cielo con sus inmóviles raíces, rostros sumergidos en el caos y el horror, en una resistencia inconcebible, en unas condiciones inhumanas, donde los hombres vivimos y morimos como cucarachas, roedores, topos o gusanos, bajo tierra, entre tierra o sobre tierra, soportando la cruel repetición del fuego enemigo: las explosiones, los barridos, los obuses, las granadas, los bombardeos y las bombas.

Así vivimos; así sobrevivimos. Con la ropa hecha jirones, demacrados, sin saber que no comeremos nada en los próximos días, solo café y alcohol, y sostendremos, casi en exclusiva, nuestros huesos con nuestro débil y bruñido pellejo. Sucios. Cayendo y levantando y esperando. Pendientes de la puntualidad de los morteros, las ráfagas de ametralladoras, el sonido para pedir silencio, los cañonazos, los obuses, las granadas y las bombas de las *Pavas*, así llamamos a los Heinkel He 111, y compañía.

No han sido tanquistas, con sus gorros de piel, los que han reventado el tanque enemigo. Los que lo han incendiado. No. Es la figura que se acerca corriendo; el soldado que a base de bombas y cojones, sin saber de dónde sale, ha repelido la ofensiva fascista con botellas llenas de gasolina.

La figura se acerca. Corre. Tras él, hay un horizonte derretido, deformado por el calor, en el que todo parece haber perdido su densidad. Hay camaradas que han caído y la muerte emana de sus cuerpos vencidos, derrotados, por el odio aplastante del material de guerra.

La figura se refugia en las trincheras. Es el soldado Pedro Hernández que pertenece al 1.º Batallón de Infantería de la 9.ª Brigada de la 11.ª División. Solo Dios sabe cómo ha llegado hasta aquí. No debería estar aquí. Aunque está.

—¡Esto ya no es la tierra! —exclama—. ¡Esto es la Luna! —añade.

—¡Eres un héroe! —le dices.

—¡No! —te responde, y niega con la cabeza—. Solo intento salvar nuestro pellejo.

Resistimos. Si en cualquier lugar del mundo es cruel una guerra civil, imagina en España. Todos tenemos razón. Podríamos defender lo contrario de lo que defendemos y seguir teniéndola.

Resistimos por el orgullo que en nuestras venas corre desde antaño, que palpita en nuestra sangre, por nuestros ideales y que viene desde siglos atrás; quizá, desde los Tercios de Flandes, desde aquellos cuadros de nuestra infantería, de la derrota española de Rocroi, de la que el historiador francés Bossuet aseguró: «aquellos muros tenían la virtud de reparar sus brechas». Tal vez por eso es una guerra fraticida. Ambos bandos descendemos de aquella sangre, o parte de la misma, aunque son distintas nuestras causas de fe. Resistir. O morir. *Contad los muertos.*

Corbera está en un fértil valle entre Pándols y monte Gaeta. Corbera se convertirá en un pueblo viejo, destruido, que será abandonado y dará testimonio, *ad eternum*, de lo que es, de lo que fue, de lo que está siendo nuestra guerra civil.

Ha llegado la hora de los combates locales y encarnizados que se producen y reproducen contra diversas cotas y posiciones. A la salida de Corbera la cota 343 se pierde y reconquista cuatro veces en un mismo día. En el último ataque, casi en la medianoche, las nuevas tropas fascistas nos expulsan de la misma.

Uriguen mejora con la letra de *Els segadors*, aunque quizá no logre enseñársela entera. Me dice:

—Oye, Perich, esto es *complicao*, oye.

Y le respondo que qué esperaba; que más me cuesta a mí aprender el vascuence. Tal vez lo único que consiga sea silbar, más o menos, la melodía del *Euzko Gudariak*.

—No sé… —medita, mientras saca *El malvado Carabel* y se dispone a leer un poco.

Uriguen se ríe. Mira que si les da por venir a los fascistas.

—¿Venir? —protesto, perplejo—. Primero bombardearán, como siempre… ¿Por qué no eres más optimista?

Alguien canturrea, entre las trincheras, los acordes de *Ay, Carmela*, enfatizando los versos:

> *En el Ebro se han hundido*
> *las banderas italianas.*
> *En los puentes solo quedan*
> *las que son republicanas.*

La gente dice que las guerras son siempre lo mismo.

—Todas las guerras, oye, —murmura Uriguen—, son la misma guerra.

No es verdad. Cada guerra es distinta. Lo que no varía es su causa: la locura del hombre, la voluntad del hombre. De los hombres.

Uriguen, silencioso, contempla los arreboles, las largas nubes que se tienden y extienden sobre el horizonte.

Y Basilio lee. O al menos lo intenta.

En la entrada de Corbera, el Tossal de la Ponça cambia cuatro veces de mano hasta que, casi a las doce de la noche, queda en manos fascistas.

Carmela lee *La Vanguardia*, que cuesta treinta céntimos, durante el martes 6 de septiembre de 1938, que entonces, en su cabecera, está rotulado como un *Diario al servicio de la democracia*. Los titulares sobre una foto de soldados, republicanos, atacando entre columnas de humo con el fusil, a bayoneta calada, resplandeciendo, hablan de:

> ...la brava resistencia del ejército republicano. El enemigo sufre un número aterrador de bajas en el sector de Gandesa-Corbera. Han sido derribados dos bimotores y seis Fiat. Un piloto italiano con su aparato aterriza voluntariamente en nuestro campo.

Carmela llora por *Maik*. ¿Volverá a verlo?

Siente su corazón encogerse como las chapas de cerveza que los chavales colocan sobre las vías del tranvía; quedan tan planas que puede sentirse el clin, clin, del tranvía que las machaca, el olor de la lejía en los lavaderos, mientras un morterazo o cualquier otra amenaza podía concretarse sobre la vida de su amado.

—Pertenecemos a la Cuarta Bandera de la Legión —recordará Sebastián Ortiz, *Sebas*—, y a su vez a la 13.ª división, tanto yo como el *Media hostia*, Isidoro Carmona, que muere en la batalla, algún tiempo después, en los brazos de nuestro comandante, don Carlos Iniesta Cano.

Recuerdo al *Media hostia* sonriendo con su gorrillo de borlita isabelino, limpio como el emblema legionario, la camisa abierta hasta la mitad del pecho, de cuello abierto, color kaki verdoso, el pantalón bombacho, la pernera abotonada, el correaje de cuero negro y sus botas-alpargatas, gritando «¡A mí la legión!», en el último ataque que le costó la vida.

El 4 de septiembre Corbera cae en manos rebeldes. La 27.ª División republicana se ha replegado hacia el pueblo, con sus tres Brigadas, 122.ª, 123.ª y 124.ª, encargándose de la defensa del terreno que va de la carretera general hasta el extremo oriental del Puig de l'Àliga.

Por aquella zona atacan las fuerzas nacionales 1.ª, 13.ª y 4.ª de Navarra, siendo esta última la que toma Corbera y las cotas 343 y 357, mientras las otras (1.ª) toman la cota 471 y las cinco líneas de trincheras que les separan de los Gironesos y (13.ª) el terreno al Norte y Este de la cota 355 con un considerable número de bajas. Todo saltó por los aires, y parecía que la tierra botase.

Corbera son casas tiradas y escombros, repletos estos de vigas destrozadas; piedras, pedruscos, rastrojos, residuos, ruinas, paredes rotas, fragmentadas, como si fuesen simples y viejos folios en manos iracundas, violentas, que los hacen trizas y los abandonan; fragmentos de fachadas, paredes y decrépitas columnas, mientras las torres de la iglesia y su campanario se yerguen bajo el cielo, de nuevo azul, que ahora —al parecer— surcan nubes de tranquilidad y de esperanza.

El odio a la religión católica se llevó en Barcelona por delante a maristas, escolapios, gabrielistas, salesianos, hermanos de las Escuelas Cristianas, jesuitas, capuchinos, benedictinos u hospitalarios, entre muchos otros cuando estalló la guerra y en los meses siguientes del 36.

¿Por qué coño hay que leer El capital o los manifiestos comunistas?

Edificios, signos y personas fueron atacados por el odio. Se quemaron iglesias, el Pi, Santa María del Mar, la Sagrada

Familia. Se mataron sacerdotes, obispos y creyentes. Se quemaron rosarios, estampas, escapularios, la ropa de las monjas. Si hubiera sido posible, se habría vuelto a crucificar a Cristo por no leer El capital ni los manifiestos comunistas.

Franco permanece firme, como las lanzas y sables de la exótica Guardia Mora, viendo avanzar paredes de carne viva, pensando: «Nada volverá a ser como fue.» Mientras, en Barcelona, durante los bombardeos, los sanitarios militares, piden por favor, por favor, no estorben y Carmela siente que una parte de ella está hecha trizas, como el cine Coliseo.

De la Ciudad Condal desaparecen el aceite, el azúcar, el arroz, las pastas de sopa, el puré de guisantes, las espinacas y las acelgas. Y les tocan ahora las habas secas, guijas secas, maíz, hojas de remolacha y borrajas. Y al final, nada de nada.

En los días de hambre, como buen vasco, Uriguen no hace más que hablar de arenques, anguilas, atunes, chanquetes, bacalaos, besugos, boquerones, bonitos, calamares, fanecas, fletanes, rapes, pulpos, ostras, percebes, musolas, meros, merluzas, lubinas y demás. En vez de disminuir, reniega con la cabeza Perich. Mis borborigmos aumentan.

Pablo tiene un fusil en las manos y en la cabeza solo tiene el mar. ¿La guerra? Es un baño de sangre. Sus sueños se contagian con facilidad. Es como si a la primera experiencia de Basilio con el cine, El secreto de la Pedriza, se le unieran las historias de piratas y tesoros para al final desnudarlas, mezclarlas y quedarse únicamente con el mar, la pasión y la vida. Sus palabras le transportan a fragatas, cargueros, veleros y demás; le entregan arpones o anzuelos; o hacen soplar al viento en las velas de diversos tipos: al tercio, al cuarto, latina, guaira, cangreja, marconi. El hambre no se esfuma oyéndole decir palangre, almadraba, salobre, bota, remos, cabos, redes, cañas o catalejos. El hambre persiste. Sus borborigmos persisten. Los de Pablo, también.

Este imagina que barloventamos. Nuestra embarcación avanza contra el viento y las olas se nos echan encima. La realidad son las balas, el fuego enemigo, rémora ante nuestros pasos. No avanzamos, retrocedemos. Es la guerra.

Maik no da abasto. Ha agotado las fichas en las que escribe los datos de los heridos y maldice al sarampión, la escarlatina, la difteria, la tuberculosis, la sarna y todas las dolencias que padecen los combatientes republicanos del Ebro.

—Esto es tan horrible… —murmura, impotente—. No, no. Más horrible que perecer en el Hindenburg. —Recuerda el zepelín que se convirtió en un inmenso funeral de fuego y llamas, y que ronda la memoria colectiva norteamericana desde su desastre en el año 37.

Los piojos se multiplican por doquier. Los chinches, también. Hay capotes que, al sacudirlos, arrojan al suelo legiones de piojos y otros parecen tener vida propia, se mueven; leves sombras. Tenemos más piojos que armamento. Si sirviera de algo para la guerra, si sirviera esto de tener piojos, creo que la ganaríamos sin despeinarnos. Solo sirve para decir: «Es cierto. La guerra está repleta de piojos.»

Desde la carlinga hasta donde alcanza la vista, el mundo empequeñece, sucesión de variopintas manchas, cuadro impresionista, mezclado con el intenso, claro y vivo azul de la mañana.

Las nubes proyectan sus sombras en la tierra. Diego Zaldívar, de la Tercera Escuadrilla de cazas republicanos, vuelve a surcar el cielo con el seis doble en la cola. Diego luce una cazadora negra con elásticos y cuello de piel, unas botas katiuskas y los ojos perdidos en su inquietante campo de visión. ¿Dónde está el enemigo?

Diego está pendiente del indicador de posición del flap, del altímetro, del tacómetro, del indicador de presión del aceite, del cuadrante de avance y retardo, del cronómetro, de la cuerda de ajuste y la de reloj o del indicador de velocidad relativa con respecto al aire.

Cielo claro y sereno. Pronto aparece el enemigo. Se repite la historia de siempre. Antes de eso, Diego vigila el giroscopio, el clinómetro, el selector de depósito de combustible, o el timón de dirección. Lo que aún no sabe es que no se puede ganar siempre. Hoy le toca perder.

Diego pilota con sus botas, cuya suela es de goma, y sus gafas de cristal inastillable y teñido. Ahí están los fiat y los Me Bf 109B.

Para girar su I-16, su soviético Polikarpov del Tipo 10, pisa la barra del timón, y lo tuerce hacia donde hace falta. Gira a la izquierda, descarga una ráfaga de ametralladora. Entonces tira de la columna central hacia atrás, se alzan los timones de altura, el morro se levanta y el caza cabecea hacia arriba. Diego aumenta la potencia del motor. Un Fiat le sigue.

Gira a la derecha. De golpe, empuja la columna de control hacia delante, bajan los timones de profundidad y la cola se eleva, el morro baja y el caza se acelera y desciende. Reduce gases para desacelerar el avión. Lo estabiliza.

El Fiat vuelve a la carga. Diego alabea el avión hacia la izquierda, empuja la columna de control hacia ese lado. El alerón izquierdo se levanta y reduce la sustentación de dicha ala y aumenta la de la derecha. El Fiat no deja de incordiar.

Diego alabea ahora hacia la derecha con la palanca de mando. Recibe un par de ráfagas. Vira como puede, empuja la columna de control a la derecha y presiona la barra de timón con el pie derecho. El timón de dirección se dobla hacia la derecha y el caza guiña hacia ese lado. Diego busca el angulo justo de viraje. No consigue deshacerse del Fiat. Aumenta la potencia. El enemigo está en su cola.

A su izquierda, la palanca que cierra las aletas de despegue y aterrizaje del borde de ataque del ala, los *slats*. A su derecha, el mando de gases. No sabe qué hacer. Mira el inclinómetro, indicador de virajes, y la brújula. Las ráfagas se repiten. Mira el cuentarrevoluciones.

Le han dado. Le han dado. Sin dudarlo un instante, Diego salta con su paracaídas. Abandona su I-16. Tiene suerte de caer en zona republicana y de que el enemigo no lo haya cazado en el aire como a un blanco perfecto en un tiro al plato.

Del avión no puede decirse lo mismo. Lo han cazado y bien cazado. No va a ir y decir, como otras veces, es solo el motor, el cigüeñal destrozado, la magneto, varias bujías, el filtro, la bomba del aceite, su engranaje, el carburador, el eje de la hélice o qué sé qué más. Su I-16, que estaba casi nuevo, ha quedado hecho añicos; convertido en un amasijo de hierros incrustado en la tierra bajo el fuego y el humo de la batalla. Otro nuevo Polikarpov destruido y van... Diego siente la boca seca hasta el límite, metálica y la cercanía del disparo que iba a su tripa y se ha detenido contra la palanca de mando, tras su justa en el aire.

El 3 de septiembre lucha la 11.ª división (Brigadas 9.ª y 100.ª) al contraataque, para no perder Corbera. El enemigo son doscientos tanques, la artillería italiana del CTV (Cuerpo de Tropa Voluntario, con más de 35.000 hombres), 240 piezas, y toda la aviación de combate facciosa, seiscientos aparatos. Mientras los soldados luchan, suenan los acordes de la canción *El ejército del Ebro*.

Corbera. La cota 343, la del Calvario, cambia de manos cuatro veces en un solo día. Es un inútil matadero. Nuestras trincheras están cavadas en zigzag. Tienen diez metros de una a otra. Es un terreno accidentado, reseco y poco arbolado. El viento azota enfurecido. Esta tierra está hecha de graznidos de cuervo. Sobrecoge pensar en sus fantasmas.

Tres de septiembre. Cien tanques, ciento cincuenta baterías, doscientos cincuenta aviones. Contraatacamos con veinte tanques y artillería.

Hoy quedan lejos los instantes en que comemos sobre la hierba, estirados, cerca de unos árboles cuyas sombras nos dan cobijo, con una botella de vino en medio y con tranquilidad. Los muertos también hablan. Los muertos también lloran. Sus miradas descansan, sobre el campo de batalla; esperan su ansiado sepulto.

Corbera de Ebro se caracteriza por la encina y el viburno, ahora chamuscados o carbonizados. Todavía es una tierra rica en arbustos de hoja grande y en especies esclerófilas de hoja más pequeña y lianas o bejucos.

El 3 de septiembre se rompe el frente aquí y el pueblo es destruido casi por completo y con posterioridad, abandonado.

Uno que ya no es ha encendido un cigarrillo y lo ha pagado caro. Un picado de fusilería se ha dirigido contra el punto de luz. Perich se ha puesto cuerpo a tierra y serpea con cautela, arrastrándose, entre hierbas, crujidos y pedruscos, con sus jadeos y su respiración, en dirección al parapeto.

—Está muerto —ha informado—. No pienso volver a por él. Que vayan a buscarlo los enterradores.

—Por un estúpido cigarrillo —apuntilla Uriguen, sombrío—. ¿Dónde le han dado?

—En la poca cabeza que tenía —contesta Perich.

En Mora hay un refugio de hormigón, rectangular, cercano al puente. Los de la DCA forman barreras de fuego con sus suecos cañones antiaéreos, Bofors, cuyo proyectil trazador deja una estela en su recorrido para poder corregir el tiro. Roque Esparza les bromea:

—Oye, a ver si apuntáis bien que es que no le dais ni parado que esté el burro.

Los bombardeos enemigos siguen el curso del agua y no el del camino de rodadura del puente, para no adentrarse en nuestro territorio y luchar contra nuestros cazas.

En Mora el cementerio está en el margen derecho del río. Una noche, Roque escucha comentar al centinela:

—Han venido los del carro de la carne y están descargando.

Los faros de los Katiuskas iluminan la escena. Sobre la caja de madera con laterales abatibles de los camiones, los soldados cuentan una, dos y tres, se balancean y zas el muerto al hoyo, y así prosiguen con el resto de la macabra carga.

Más que nunca, Roque se siente afortunado por no acabar así, en semejante fosa. Por sobrevivir a las aguas de mal sabor, las moscas pegajosas, al asco, al polvo, a la suciedad, a pesar de sus tímpanos resentidos y del penetrante olor a muerte y descomposición. Roque se bañaba en el río cuando las primeras crecidas. Después hubo que recurrir a los puntos de observación para medir el nivel de las aguas, velocidad, hora y lugar. Antes de la ofensiva se preguntaba para qué necesitamos tantas barcas, y ahora se pregunta si es descanso la flagrante impresión que le ha causado la fosa.

Su cabeza piensa en puentes de acero, fijación de las ues a tornillo, caminos de rodadura, acarrear y colocar puntales en los cincuenta metros del puente de García, aunque no le toque a él. Al día siguiente aparecen seis aviones enemigos en fila de a uno, a doscientos metros de altura sobre el puente. El primero de ellos, en plano inclinado, suelta su bomba y regresa a casa. Los otros hacen lo mismo. Las hojas amarillean y caen después de los árboles. Casi sin darle tiempo a los de la DCA a usar sus otras ametralladoras antiaéreas, las Oerlikon.

Carta número 348

Asesinada Berta:

Aunque nunca recibas esta carta, ni las demás, has de saber que no te olvido. Septiembre en esta guerra es otro mes tan solo de destrucción y muerte. Las órdenes son claras: defender el terreno conquistado y conservar las posiciones hasta la muerte. Como comprenderás, a finales de mes más de uno ha decidido cambiarse de camisa. No me importa. Como si quieren irse todos. Sé que Uriguen y muchos otros no se irán. Hay desertores y su número aumenta. Si estuvieras aquí, lo entenderías. No estamos bien alimentados y vivimos sin ropa, tabaco ni calzado. Además, combatimos frente a un enemigo por evidencia superior, aunque no quiera verlo, aunque no queramos verlo. Nos machacan con más facilidad que un renacuajo a una cucaracha. Y venga a repetirnos:«¡Resistid, resistid!»

Si pudiera, quemaría mi fusil y el fusil del enemigo. Todos los fusiles. Todas las armas de todos los ejércitos. Esparciría las cenizas en el viento y les diría a los soldados: «¡Quemad los uniformes!».Y a los generales no les diría nada. Aquí lo único que quiere todo el mundo, lo único que hace todo el mundo, es matarse. He visto jovencitos débiles y pacíficos, incapaces de matar una mosca, convertidos en fieras, en espeluznantes asesinos, con fauces de depredador, mirada de depredador y aliento de depredador. En ambos bandos.

A los fabricantes de armas no les haría ilusión, estoy seguro, que desapareciera su negocio. A mí, sí. Me gustaría saber cómo te encuentras, cómo os encontráis, además de muertos. Intento imaginar que vivís otra vida mejor que esta, y que me estáis esperando más allá de la muerte. Si no es así, si la muerte no conduce a otra vida, tengo miedo a olvidarte; temo que sea el olvido en realidad un sueño interminable. Cuando acabo las cartas te las beso, aunque tú no puedas contestar ni besarme, porque quiero besarte aunque estés muerta: repito, aunque estás muerta, y sea definitivamente imposible. Como comprenderás, prefiero besarte a ti que a la guerra. Es fea. Desagradable. Y si tuviera cuerpo, daría asco. Tal vez venzamos. Tal vez decidamos la guerra, a nuestro favor.

En medio del odio y la locura te respira, Berta,

tu Basilio.

8

El cruce de Camposines

España no es España, que es una inmensa fosa,
que es un gran cementerio rojo y bombardeado:
los bárbaros la quieren de este modo.

Recoged esta voz, Viento del pueblo
Miguel Hernández

Cavan entre los abetos un hoyo cuadrado de unos dos metros medio, y unos tres de profundidad. Después depositan en él entre quince y veinte cuerpos y el metro que queda libre lo cubren de tierra.

Caen los edificios, se desmoronan, frágiles castillos de naipes.

Isidoro Carmona, el *Media hostia*, sonríe con amplitud.

—Vamos a echarlos por cojones —amenaza.

Y el *Sebas* lo mira pensativo. Después le viene a la cabeza un fragmento de Castilla, un poema de Manuel Machado, y deja escapar, firme, cuatro versos:

El ciego sol, la sed y la fatiga.
Por la terrible estepa castellana,
al destierro, con doce de los suyos
—polvo, sudor y hierro—, el Cid cabalga.

Alguien grita tras él:
—¡Viva España! ¡Viva Franco!

Y una ola de vítores corea las consignas lanzadas en templada emoción.

No son solo combatientes. Han sido médicos, carboneros, industriales, militares, carabineros, organistas, fogoneros, marineros, motoristas, cafeteros, capellanes, sirvientes, guardias de asalto, peones, paletas, corregidores, jueces, jefes de estación, impresores, editores, periodistas, miembros de la guardería forestal o dependientes, entre otros. Ahora son solo cadáveres.

La vida de los seres humanos gira en torno a dos cuestiones: ¿Por qué a mí y no a otro? ¿Por qué a él y no a mí? El teniente Andrés Muro las tendrá presentes el resto de su vida, convencido de que al azar, calculado, dispone un caprichoso Dios la red del mundo, la existencia de lo que se conoce y se recuerda.

«No es necesario —cree Andrés Muro— comprender nada. Si he de ir a Munich, iré. Dios no tiene porqué dar explicaciones.»

El teniente recuerda el óbito de su caballo *Galán* mientras se rasca la coronilla. La muerte no admite condiciones. No respeta lugares, horarios o propósitos. Por eso si está escrito que muera, poco le importa dónde. Las posibilidades de que sea en el frente, en la primera línea de fuego, se han reducido de forma drástica. Las de hacerlo, continúan intactas. Siempre hay un viaje que es el último que hacemos, el último. Sin saberlo.

Ulrich lleva una rosa tatuada en la muñeca derecha y sostiene con esa mano y con fuerza el correaje de su fusil, que carga a la espalda, tras su hombro derecho; sobresale la punta de este por encima de su metálico casco alemán.

Las compañías caen como moscas. Las centenas de soldados se convierten en decenas de supervivientes. O de presos. Y aún gracias.

De modo paulatino el fuego rebelde menoscaba los batallones, las brigadas, las divisiones. La guerra pide más. Más cadáveres. Hay que sacarlos de donde sea, de una parte y de otra, para que la matanza continúe. Para que la del Ebro sea *la batalla incesante*.

«*Die jahrelange Schlacht*», pensará el alemán. Una batalla de sangre y de matanzas, *blut und menschenkraft*, mientras su vida avanza inexorable hacia la bala que le perforará el ojo, que lo abatirá, algún tiempo después.

Es una lucha desigual. Del hombre contra la máquina. De la cantidad contra la tozudez. La balanza está desequilibrada a su favor.

—Mientras *estaremos* aquí hay que aguantar lo que venga. —Se oye decir en las trincheras.

Resistimos, fuerzas numantinas ante el asedio de Cornelio Escipión. Luchamos contra el cerco de la tiranía fascista. como los numantinos contra la tiranía de la República de Roma, condenados a capitular, inferiores en número y material, decididos a morir antes que perder la libertad.

—¡Prisa! ¿Por qué? Todo llega a su tiempo —masculla, quedo y duro, Pedro Hernández.

Su hija le verá convalecer unos meses después, hospitalizado, tras su lucha en el Segre y el Ebro, por filtración de aguas. Su niña, Paquita, que será madre y mujer le llorará treinta y dos años después y casi un mes, del inicio de la batalla, cuando deje de latir su corazón.

No está destinado a pasar a la Historia, como muchos otros, como la mayoría. Ni siquiera aspira a ser un punto en alguna página recordada. Solo quiere vivir.

Pocas cosas quedarán de él, retazos de recuerdos, historias de terceros, amigos y enemigos, y esos tristes libritos que darán en su entierro. Como una cuarta parte de una cartulina, doblada a su vez de modo vertical, con una virgen, ángeles y un Jesús delante y el Cristo de Velázquez por detrás. En su interior una cruz simple y negra, delgada y pobre, sobre un rótulo en mayúsculas: ROGAD A DIOS EN CARIDAD POR EL ALMA DE DON y otro rótulo, con su nombre, más oscuro.

Después las letras serán pequeñas e informarán de su muerte en Barcelona, cristianamente, un 23 de agosto de 1970, de su edad y de que recibirá los Santos Sacramentos y la Bendición Apostólica. (—E.P.D.—). Para citar, más tarde, la aflicción de la esposa, hijos (también políticos), nietos, hermanos, sobrinos y demás familia rogando una oración por el eterno descanso de su alma.

Al final habrá cuatro ORACIONES; en el siguiente orden: *Dignaos, Dios mío, no separar en el cielo a aquellos que tan unidos estuvieron en la tierra. Jesús mío, misericordia. Debemos recordar a los muertos, no con lágrimas ni gemidos, sino con oraciones, limosnas y sacrificios. Por último, la modestia fue su mejor gala, la laboriosidad su más dulce recreo, el hogar el centro de sus amores.*

Así es como los capellanes usan las antiguas palabras para dar carpetazo a las vidas de los seres perdidos; de seres que no tienen más historia que su vida y sobrevivirán en el recuerdo, en la luz, con la dignidad de su existencia y de sus hechos, valerosos o no.

Es una lucha desigual. Del hombre contra la máquina. De la cantidad contra la tozudez. La balanza está desequilibrada a su favor. Ahí están los rebeldes, que avanzan con la bayoneta calada, entre las columnas ascendentes del humo que ocasionan los bombardeos. Pedro Hernández asoma taimado su cabeza desde las trincheras.

—¡Esto ya no es la tierra! —exclama, y añade—: ¡Esto es la Luna!

Mientras estamos aquí, quién sabe dónde, el enemigo prepara sus urgentes órdenes de ataque. Fija sus objetivos, la intensidad del fuego, el tipo de munición y de espoletas y el resto de detalles de la inminente operación. Después mira los mapas y mueve sus camiones; la artillería no siempre está junto a los depósitos de munición. Luego vendrán los tiros de corrección. El enemigo empieza por afinar su puntería, como si fuera un juego, como el que tira una piedra y se pregunta dónde caerá.

Así que están pendientes del reloj y de sus órdenes, contienen la respiración, hasta decir: «¡Ahora!» Los servidores de piezas, los ajustadores de espoletas, los artilleros con sus proyectiles en brazos, como bebés malignos, o los tiradores, casi sin respirar, esperan el «¡Fuego a discreción!»

Suenan los teléfonos, transmiten el «¡Fuego a discreción!» Los cañones escupen el fuego calculado y todo en este mundo, todo cuanto nos rodea, se convierte en horno de crueles llamaradas. Así pasa el tiempo, llega el silencio. Un silencio consciente de su regreso, su llegada, tras el terremoto del fuego. Vienen los gritos y las canciones. Han hecho su trabajo. Corre el vino. Aumenta la euforia.

Tras la locura del tirar, tirar, tirar, tras los silbidos de los proyectiles y la metralla decapitadora, tras el paisaje llameante y las dantescas explosiones, vienen las bajas y los heridos, viene el aire con la estela del odio y si aún estamos vivos, nos toca esperar. Volver a esperar. Y seguir, como ahora, esperando.

Los aviones fascistas que bombardean poblaciones civiles también transportan soldados cuya afición es la fotografía. Después se sabe que a tal hora, la visibilidad es buena, la altura de cinco mil y pico metros y que la imagen captada por la cámara la toma el sargento y fotógrafo Piovani.

Lo que no muestran las instantáneas es lo que se ve desde abajo, lo que se vive, a ras de suelo, donde puede encontrarse, después del bombardeo, el casco de un proyectil que lleva inscrito, por ejemplo, L-3 GEN 35 XIII (es decir, Génova, 1935, 13.º Año de la Era Fascista).

Tampoco muestra el rostro ni el carácter de los que bombardean poblaciones civiles. Sabemos que, tras bombardear Guernica, los alemanes de la Legión Cóndor se marchan agitando sus blancos pañuelos, se despiden tras haber arrojado su cobarde carga, borrachos inconscientes o conscientes, lo que es peor, del execrable crimen cometido contra la humanidad.

Carmela ha conseguido unas manzanas y unas nueces. En Barcelona prepara paquetes de libros para el Servicio de Bibliotecas del Frente (SBF). Piensa en *Maik* con ternura mientras mugen las sirenas y la voz de la radio alerta del peligro de bombardeo, aconsejando ir de manera ordenada a los refugios.

Siempre es la misma música: un toque, prevención de alarma; dos toques, peligro; tres toques, fin de alarma. Así funcionan las sirenas. Llega la hora de ampararse en la protectora divina Providencia, *la hora de los valientes*. De los afortunados. O de las víctimas.

Una hora que llega, por ejemplo, el 1 de septiembre a Tarragona y al muelle de Barcelona, cuando seis trimotores Junkers Ju 52 repiten bombardeo. El día 2 cinco aviones idénticos hacen lo propio en Sant Feliu de Guíxols. El día 16 otra vez Barcelona, tres escuadrillas de cinco aparatos cada una, Savoia-Marchetti, sin duda, provocan 144 heridos: 82 mujeres y 42 hombres. Y 31 muertos. El día 18, mientras la bombardean, los italianos fotografían de nuevo Tarragona. «¿Estás contento, Piovani?» Y luego el 24 y luego el 25, otra vez Barcelona. De nuevo las sirenas. La hora del bombardeo. Le toca al muelle y en él se hunden dos barcos mercantes: el *President Macià* y el *Mercedes*. Así sigue la guerra, la otra guerra, repleta de bombardeos y horas como estas. Carmela piensa de nuevo en *Maik* y las sirenas mugen alarmantes, hasta que la radio informa que pueden regresar a sus hogares. No hay peligro, la Generalitat vigila por vosotros.

La granada en la mano, bombilla ardiendo, pera de fuego que no quema, pero puede destrozarnos. Exigiendo una mano, un lanzamiento, rabiando por ser hecha pedazos, por hacer pedazos, por destruir al enemigo.

Perich duda si no es mejor que se meta una bala en la cabeza y así les ahorre trabajo al enemigo y adiós, punto y final. A todos los problemas. Quizá valga la pena reventarse los sesos si uno no encuentra reposo alguno en vida, si le hinchan los cojones los caprichos del mundo, del destino, del tiempo. Aquí es fácil morir y que te maten. Basta con que te vayas a la tierra de nadie: o te matan los tuyos, por desertor, o te mata el enemigo, por si acaso. Te matan, eso seguro.

Podría estar en el punto de mira de un tirador experto. Quizá lo estén ahora apuntando con un fusil. Y él aquí, cansado de esperar. Padeciendo la guerra. El tirador revisa el punto de mira y guardapunto, el botón de la bayoneta que no le hará falta, el portafusil y las anillas, el cañón que le busca, la abrazadera, el guardamanos, la caja, el ajuste de distancia con el que calcula acertarle en toda la cabeza o en todo el corazón si lo tuviera, al cargador de cinco tiros le sobran cuatro, el corrector de viento, el alza telescópica, el ocular, el cerrojo, el mango del cerrojo que moverá de delante hacia atrás y saltará la bala de su muerte, la culata, el gatillo o el guardamonte. Y de repente, él.

Nada de eso sucede. Ni siquiera hay un enemigo que le apunte con un fusil, cuando acabe de revisar su punto de mira, cañón, guardamanos, pata plegable y estirado le busque, cuerpo a tierra, desde alguna montaña, la culata, el portafusil y la correa o el ocular. Nada de eso sucede. Solo la noche, miedos y pesadillas. Únicamente la misma espera, la de siempre, a que llegue mañana. Pero mañana no llega nunca. La victoria, tampoco.

Estamos esperando como los cepos, las ballestas que cazan pájaros. Esperando para vaciar los cargadores. Después vienen los gritos que sollozan auxilio; llantos, desconsuelo, dolor. Misericordia. No. No hay misericordia.

Lo único que hay es cargar y descargar el fusil. Disparar. Disparar fusiles, morteros o ametralladoras. Lo único que hay son bayonetas, cajas de bombas y municiones, a la espera de ser utilizadas. Aquí todo está esperando.

En la tierra de nadie árboles con la corteza surcada de metralla, abatidos, sostienen sus vencidas raíces, lejos del lugar que en otro tiempo ocupaban.

Es la hora de batirse a fogonazos de rabia, furia y desesperación, ebrios de sangre, sobre suelos flamígeros. La hora de las descargas, estruendos y cuerpos despanzurrados, sanguinolentos. La guerra avanza con hileras de mortales crujidos que sacuden la tierra y socavan la vida, bajo la mortífera lluvia de los bombardeos.

La guerra es la caldera de un tren de carbón, no basta ni el carbón ni la madera, ni siquiera toda la carne humana, todos sus combustibles bélicos, para seguir quemando vidas, hogares y esperanzas, para seguir andando como un borracho ebrio de más vino, bolsillo roto, remolino que todo lo absorbe nutrido de sangre. Aquí estamos nosotros, en medio de la asquerosa caldera, desangrándonos, dejándonos el alma taladrada por la rabia, el miedo y la discordia.

Josep Camps recordará el olor de la humareda de dinamita combusta y de trilita, el vaho de la sangre humana, la suciedad, los montículos, los aprovisionadores con sus mulos cargados de provisiones, qué tíos, los tenían como melones, y los heridos que sentían como se enfriaban sus heridas debido a la tardanza. La aviación despedaza a una compañía entera de telefonistas. Alrededor de las cocinas de los batallones hay mujeres harapientas, criaturas famélicas y también manadas de perros vagabundos.

Recordará su mugrienta cantimplora, las cartucheras, vainas, la cabeza, cuerpo, puente y rabera del fusil, los morteros del 81, con el mulo y volquete para el mortero y munición, y los bastes y la cadena que vuela en círculo y se lanza en picado mientras la buscan las negras bolas de humo de los antiaéreos, a los moros con sus paisa, aníss, conyac, lapiss, papel escriva la novia, lejos del relente de la noche. Dios, Patria, Rey. Orden, autoridad, propiedad y familia.

> Puede asegurarse —afirmará el general Kindelán— que se han ensayado en la batalla del Ebro todas las modalidades de empleo del arma aérea: caza y persecución; grande y pequeño bombardeo; lejano y próximo; reconocimientos fotográficos y a la vista; corrección de tiro artillero; asalto y acción antitanque; bombardeo en picado; destrucción de puentes; empleo de bombas de gran retardo, de granadas incendiarias y de bombas fumígenas.

Perich no sabe si es verdad o no, le parece que son pocas palabras para nombrar todo el fuego que les cae encima, les ha caído y aún les ha de caer. Ellos tienen el poder de los aludes de fuego, que precipitan sobre nosotros a su antojo, con una intensidad intolerable, aplastante y brutal.

La guerra ha dividido el país de muchas formas. Una de ellas es visible en el tabaco. El papel de fumar está en Alcoy y Olot, zona republicana, y el tabaco está en Canarias, zona franquista. Así que, a veces, se producen intercambios de tabaco por librillos de papel de fumar.

—Tenemos que ir a hablar con los fascistas —comunica Perich.

—¿Nos matamos con ellos y ahora… —hace una pausa Uriguen— hemos de hablar con ellos?

—Levanta. Son las órdenes.

El vasco le sigue.

Una alambrada baja de pies de madera les separa de los fascistas. Llegan hasta ellos con la bandera blanca. Están en la tierra de nadie y no les hace ninguna gracia.

—¿Intercambiamos tabaco? —sugiere alguien.

—Lo intercambiamos.

—Yo soy de Peraltilla… ¿De dónde eres tú?

Una noche les disparan por la espalda, por detrás, y las balas silban y rozan la trinchera. Uriguen, Pedro Hernández y Perich se cagan en el mamón que les está disparando porque casi les mata; al menos, del susto.

—¿Alguien tiene que ir hasta él y decirle que no somos el enemigo?

—¿Y quién va?

Lo echan a suertes por el sistema de las tres pajitas. Le toca a Perich. Así que ya lo ves reptando como puede. El imbécil no cesa de soltar ráfagas y no sé qué leches se cree que está sucediendo. Menos mal que su puntería es bastante mala. O es que quizá no tira para darnos.

De repente, el silencio.

Perich se echa a la carrera y, al comenzar de nuevo el petardeo, se lanza otra vez cuerpo a tierra. «¡Su puta madre, el cegato este!», cavila mentalmente. Va reptando hasta estar lo bastante cerca como para que pueda escucharle.

—¡Compañero, compañero! ¿A qué coño disparas?

—Al enemigo, camarada, al enemigo —le responde el otro.

—¿Cómo te llamas, compañero? —le vocea.

—Me llamo Obdulio, y soy de Vic.

—Pues Obdulio, cabrón, ¡estás disparando contra los tuyos!

—Es que he visto que algo se movía —se sincera el aludido, que se encoge de hombros.

—¡Sí, nosotros! ¡En aquella trinchera, de ahí abajo! —le grita—. Y mientras estemos en ella, cabrón, no vuelvas a dispararnos. Ni tú ni tu segundo tirador, que te suministra la munición y te guarda el cañón de reserva, por lo que se calienta.

—Lo sentimos, camaradas —se disculpan los dos—. Pensamos que se acercaban los fascistas.

—No pienses más, Obdulio —le aconseja con aspereza—, que si una sola bala más tuya nos roza la trinchera, vendré hasta aquí de nuevo y te meteré por el culo tu Maxim. Así que deja en paz la puta ametralladora y resérvala para los fachas.

Septiembre es para Perich tiempo de nostalgia. Se encuentra más triste que la iglesia de La Garriga, la de San Esteban, cuando fue incendiada y destruida de forma parcial al inicio de la guerra.

Su tristeza nace del recuerdo. Antes, cuando Berta vivía y vivían en paz, la alegría del 8 de septiembre, la de las fiestas del bosque de Can Terrés, lleno de encinas y robles centenarios, se perpetuaba durante todo el mes; la alegría y el placer del teatro de la Naturaleza, que contrastan, con dureza, con lo que ahora sucede.

Basilio ve cómo destruyen los olivares y las viñas, queda carbonizada la tierra, regada en sangre. Todo es destrucción y rabia, odio y violencia, entre los unos y los otros que luchan como tirios y troyanos.

Las panorámicas que ahora alcanzan sus ojos lo entristecen aún más. Distan mucho de ser las que veía de La Garriga, desde Tagamanent o desde Puigraciós, o los parajes boscosos que hasta allí conducen. Aquí no hay calma ni esperanza. Aquí solo hay guerra. Mientras seguimos parapetados tras una hondonada, con el sol de frente y el horizonte nítido y amplio, continúa rezumando la persistente metralla.

La trinchera está situada sobre un pequeño montículo. Tenemos que tomarla. La han limpiado con bombas de mano. Sube corriendo hasta ella, entre los riscos y matojos, con el fusil balanceándose como un remo en un lago.

Al llegar arriba, a la trinchera, dispara el fusil. Sus ocupantes han muerto y, por si acaso, no quiere ser él quien lo haga. No han cogido prisioneros. Los de aquí no han querido rendirse. El olor a pólvora asciende con un vaho y no se siente bien. Es mejor sentirse así a dejar que te maten.

El moro se ha colado en la trinchera durante el último ataque y se han enzarzado en lucha cuerpo a cuerpo sobre el fango. El fragor de la batalla prosigue escandaloso. No es más acérrimo que su combate personal. Los dos alientos chocan entre puños y piernas, él le golpea con la culata del fusil y Perich le dispara con la pistola en una pierna. Forcejean. Pierden sus armas. Recurren al cuchillo.

La mirada está sedienta de sangre. Le lanza una estocada traicionera a la garganta, levanta el cuchillo y lo clava en el brazo. Le golpea con la izquierda. Basilio está cegado por la rabia y el odio. Ha cogido una piedra y le ha estado golpeando la cabeza hasta que, viendo sus sesos esparcidos por toda la trinchera, ha comprendido que no va a levantarse jamás. Le ha dado la vuelta a su cuerpo y lo ha puesto mirando a tierra.

Está muerto. Lo sabe. No es el único. Ha empezado a darle patadas y a insultarle, «¡moro cabrón, moro de mierda!», y a preguntarle por qué coño había abandonado su país para venir al nuestro, para intentar matarle y convertirle en su asesino.

—Oye, tú, déjalo ya —le ha hecho reaccionar Uriguen. Y le ha girado el rostro, se ha sentado y se ha puesto a fumar un cigarrillo, un mataquintos. Mientras el humo asciende y maldice al moro porque sus sesos, presentes en la trinchera, huelen a muerte, destrucción y miedo. Los compañeros le miran con normalidad aunque piensan: «Si te vieras.»

Al cerrar los ojos le persiguen los tejidos, las vísceras, los miembros. Siente el glu-glu del degüello,, duro como el mango de la navaja, y le despiertan unos ojos, ya muertos, sorprendidos ante el golpe de navaja en el blando vientre. «Si te vieras.»

Los soldados cruzan el río cargados con el fusil, el macuto, las bombas de mano y la munición. Lo que pasa podría no haber pasado o pasar de otra forma. Por ejemplo, lo de Companys, que morirá fusilado en el Fossar de la Pedrera, tras un consejo de guerra por rebelión y tras ser acusado por un fiscal catalán. Al estallar la guerra, algunos jefes de tribus marroquíes, se ofrecen a Companys para preparar una insurrección en Marruecos, que habría obligado al Ejército a resistir y combatir a los insurgentes. Se ofrecen a cambio de dinero, como las putas, y a cambio de la independencia, que las putas no suelen tener. Su oferta es rechazada por Indalecio Prieto.

Machado fallecerá en la hostería Bougnol-Quintana, en su exilio en Collioure, el 21 de febrero de 1939, miércoles de Ceniza.

Las cosas pasan como pasan y no hay más vuelta de hoja. Los soldados caen muertos, presos o huidos. Están cayendo.

Así es la guerra. Así sucede. Penélope teje y desteje el sudario de Laertes.

Berta es nombre de origen germánico, proviene de *bert*: ilustre, brillante, claro. Así era Berta: ilustre, brillante, clara. Hoy se halla tan lejos de Basilio como la estrella Shaula de la constelación de escorpión. O más.

A él no le gustan esas cosas. A ella, sí. A ti, sí. «Su onomástica es el día 6 de agosto, lo ha sido hace poco más de un mes», piensa Perich.

Berta solía reírse de su nombre: Basil, en catalán. Y le decía: «Eres todo un monarca, porque es de origen griego. Viene de *basilius*, rey», y a ella le parecía algo importante. Cuando llegaba el 17 de mayo, Berta insistía en que era su santo y él le replicaba que ningún santo podría llamarse Basilio y mucho menos serlo, si se parecía a él.

Su risa, sol que deslumbra y acaricia, le recorre la vista y la memoria, desfila en detalles y recuerdos, en pasiones e instantes, por los que ha de morir con la sangre magenta, ilusionado, feliz de haber vivido, de haber estado, siquiera poco tiempo, junto a Berta.

«Allí donde esté no te extrañe, mi César, hijo mío, que se empeñe en decirte que te pusimos semejante nombre por ella, por tu madre, empeñada en que el hijo de un rey, de un Basilio, no podía ser menos que un César, un *Caesar* como el divino Julio, Augusto o Marco Aurelio. No tenía imperio que donarte, ni esperanza alguna de que fueras santo, ni esperaba perderte como se pierde aquí, en esta guerra, la paciencia. Llegaron los cobardes trimotores Savoia con sus bombas, sus malditas bombas. Y después el silencio.

»Hay muchas cosas, hijo, que quería explicarte y no podré. Perdona que no te escriba cartas; no creo que tu madre te haya enseñado aún a leer. Me hubiera gustado poder hacerlo a mí. Ya sabes que no será posible.

»Pienso en ti casi tan a menudo como en tu madre. Quisiera explicarte muchas cosas. A veces lo hago como si estuvieras aquí, mi César, dentro de mi cabeza y comprendieras que no quiero perderte.

»La gente acostumbra a defraudarte cuando menos lo esperas, te decepcionan o traicionan en casi la totalidad de cuantos casos puedan vivirse en una vida. Lo que haces no es tan importante como lo que sientes haciéndolo. A veces me parece que tus ojos me miran y comprenden mis palabras. Los ojos de un recuerdo.

»No olvides nunca que la gente, cuando no te necesita, te olvida rápido. La vida es una repetición. Lo es esta guerra. Lo es el futuro.

»¿Te aburro? Es necesario que te insista en que no nos gusta la guerra. Luchamos por obligación y nosotros no la comenzamos. Nosotros, mis camaradas, mis compañeros, Pablo, Pedro. Uriguen solo piensa hoy en el róbalo y, aunque es un pez que ni he comido ni conozco, se le ha metido en la cabeza hablarme de él.

»Si no te hablo de la guerra es porque supongo que te cansa; o te disgusta, como a mí. No hay blancos ni negros, la vida siempre es gris con matices y términos medios. Te cuento que no todo es perfecto en este bando y pronuncio una odiada palabra, las *checas*, que son los lugares o las cárceles donde actúa el comité de la policía secreta rusa, cuyas iniciales son CHK.

»Sé que te disgusta la guerra y que no te apetece saber todas las cosas que tu padre está haciendo. O que le hacen. Mi vida ahora, sin vosotros, tiene el mismo sentido que la guerra: ninguno. Por eso estoy aquí, en el cruce de Camposines, hincando en la tierra, barreras antitanque, los rieles arrancados de la vía férrea.

»Quizá desde algún sitio puedas ver nuestra lucha. El valle del río Seco, el discurrir del Ebro, las avalanchas de bombas y metralla, la tempestad de proyectiles. Bajo estas nubes de guerra sigo pensando en ti. En vosotros.»

El 18 de septiembre la 82.ª División rebelde intenta ocupar la cota 523 y llega hasta nuestras alambradas, tras una indescriptible preparación artillera. No lo consigue.

Un día después la 13.ª División nos arrebata la cota 460. La 82.ª División vuelve a la carga con la cota 523, y lo intenta también con la 545. No cedemos ninguna de las dos.

Dos días después, la 82.ª sigue sin avanzar. La 13.ª nos arrebata las cotas 496 y 480, y la releva la 4.ª División.

Llega el día 23, recuerda Jerzy, anochece y a nuestra División, la 35.ª, la releva la 46.ª. La lucha es más dura que nunca. Son los últimos combates que libramos los interbrigadistas. Al enemigo le importa poco menos que nada.

Nos han reforzado con árabes, franceses y desertores. Poco a poco nos han ido aniquilando como a moscas. Nos dan dos cigarros y algunas botellas de líquido inflamable. Los tanques y la aviación se multiplican por todas partes, omnipotentes. Todo está en llamas, devastado y brutal.

Los del Spanish rechazan a los tanques, aguantan su ataque. Los del Lincoln pierden a Jimy Lardner, el hijo de Ring Lardner, que dejó el *Herald Tribune* de París para venir a España, tan solo con una mochila, un libro de Edgar Snow, *Red Star over China*, y un diccionario inglés-español. En la cota 281 luchan los del British.

Cuando nos retiramos, a un sargento de los nuestros un morterazo le ha arrancado una pierna. Ulrich junto a otro alemán, con un fusil ametrallador y a pecho descubierto, protege la retirada de los últimos combatientes. Dispara y dispara, se agacha después de cada ráfaga para coger otra nueva petaca y seguir disparando.

Ha dejado solo a otro alemán, que protege la retirada y este ha seguido resistiendo como Ulrich, disparando, agachándose, substituyendo una petaca detrás de otra petaca, ráfaga tras ráfaga, diez, once o doce veces, hasta agotar las municiones, abrazarse al silencio y recibir la muerte, árbol talado por la rabia, que el enemigo guardaba para él.

No será el último en caer. Los que quedan de la 14.ª Brigada, La Marsellesa, contraatacan durante esta tarde, entre los acordes de *La Internacional* y de *La Carmagnole*. Caen compañeros en combate hasta el último momento, cuerpo a tierra, arrastrándose, sierpes rabiosas, en ascensión hacia las cotas perdidas, hacia las cotas enemigas donde acaba la lucha de los interbrigadistas.

«Cuando se pierde algo que se ama, hijo mío, nada vuelve a ser como fue. El corazón estalla y se detiene para siempre. El mundo se hunde en el vacío y en el tiempo retumban lágrimas y dolor, tristeza y llanto, un compás desolador y umbrío.

»La pérdida se nota en la estabilidad del suelo, que se convierte en mar de oleaje aleatorio y nuestros pasos dudan que aún exista un orden que pueda vivirse con menoscabo y mengua, sin mayor esperanza ni posibilidad que los recuerdos.

»Hasta que no se pierde aquello que se ama, hasta que no nos lo arrebatan, nunca hay bastante aprecio, ni detalles, para que valoremos nuestra fortuna y dicha, nuestra suerte. No nos importa nada ni pensamos que pueda importarnos hasta que la ausencia nos conduce a una infinita noche.»

Es la quinta ofensiva rebelde, destinada a avanzar por el cauce del río Seco, con el objetivo de apoderarse del cruce de carreteras de la Venta de Camposines. La llevan a cabo las fuerzas de los Cuerpos del Maestrazgo y Marroquí. Necesitan arrebatarnos el suficiente territorio para poder preparar y concentrar su artillería, en aras a la conquista de Cavalls. El cruce de la Venta de Camposines u Hostal del Pau no nos lo toman hasta el 11 de noviembre, días antes del fin de esta batalla.

Deambula por los estrechos corredores de las trincheras. Lleva un cinturón repleto de granadas. A la hora del contrataque va lanzando granadas. Echa el brazo derecho hacia detrás, toma impulso y las deja ir. Una tras otra. Y después, la explosión. Las explosiones.

Como un puñal que se lanza a la vista va la metralla a iluminar al enemigo. La noche resplandece.

A Basilio el ruido de los camiones no le molesta, ni el rumor de las cadenas de los tanques. A él lo que le molesta, durante la noche, es no poder contestar a las provocaciones fascistas.

Les dicen:

—¡Rojillos, ataros las alpargatas, que váis a cruzar el Ebro otra vez!

Y ellos callados.

Si salen a hacer el servicio de escucha, es decir, si se van fuera de la trinchera a escuchar y sin manta, para que el frío les mantenga despiertos, con la bayoneta y una bomba en la mano y se ponen a vigilar por si algo se mueve, por si sucede algo sospechoso, y tienen que tirar la bomba y regresar a la trinchera, siempre pendientes de que los moros traidores no les acuchillen, ellos les dicen:

—¡Rojillo, ya sabemos que estás ahí!

Te preguntan de dónde eres, qué haces, si quieres desertar y, para colmo, te cuentan qué han comido. Comparan tu menú con el suyo que siempre te hace la boca agua, y te hace sentir pobre y desgraciado. Esperas, recuerdas el principio, los primeros días de la ofensiva cuando éramos nosotros los que empujábamos.

Ellos nos dicen lo que les apetece:

—¡Rojillos! ¿Tenéis tabaco? ¿Queréis? ¿Os apetece?

Y nosotros callamos. Siempre callamos. Esperando.

Los tanques rusos T-26 B pesan 9.200 kilogramos, y van montados con un cañón de 45 mm y una ametralladora. Al iniciar la ofensiva, casualmente, teníamos unos 26 de este tipo. sin duda lo mejor que ha habido en esta guerra. Son mucho mejores que los pequeños Ansaldo italianos, de 3,2 toneladas, armados con ametralladoras y lanzallamas. No luchamos en una proporción de uno a uno, sino en clara y total desventaja.

El T-26 B alcanza los veintiocho kilómetros por hora, con un blindaje de espesor de entre diez y quince mm, según las distintas planchas protectoras. No es una batalla de calidades, sino de cantidades. Se está viendo que nos toca perder.

Francisco Franco está dolido. Berlín no se comunica con él y han provocado la crisis de los Sudetes sin tener en cuenta sus problemas.

Me presento como puedo ante el Generalísimo, antes de que este regrese a Burgos, relatará el teniente Andrés Muro. No piensa explicar cómo llega hasta él, ni mucho menos lo que le dice, pues le promete ser una tumba y en algunos aspectos ha de serlo.

Franco quiere que él vaya a Alemania. Primero, por armas. Los alemanes son duros de pelar y les cuesta soltarlas. La diplomacia no anda muy fina. Segundo, por lo que puedan negociar las potencias francesa y británica con nuestros aliados. No es que él vaya a hacer de espía. Va a hacer de ángel de la guarda.

El campamento del Generalísimo está hacia Alcañiz, en un camino, un desvío, por el que Muro se adentra nervioso y expectante. No tarda mucho en tropezar con la Guardia Civil y con la Guardia Mora y en ser conducido hasta Franco.

Le impresiona la escolta montada con sus gastadores, trompetas y tropa. Son del Cuerpo de Regulares de Tetuán. Lucen guerrera color garbanzo, pantalón blanco y capa azul. En lo alto de sus lanzas ondean las banderas bicolores con la enseña nacional. Destellan sus turbantes y sus caballos enjaezados con vistosos adornos. Al frente de la tropa una figura solitaria de oficial, a caballo, porta un estandarte con una columna abajo a la izquierda, con las palabras plus y otra arriba a la derecha, con las palabras ultra, sostienen ambas una corona y están separadas por dos cabezas animales unidas por una lengua de las que una flecha señala en diagonal hacia abajo y otra señala en diagonal hacia arriba. A su entender, son distintivos pertenecientes a la simbología de los Reyes Católicos.

Los moros fuman kif y no tienen tocino en el rancho. Los tabores los manda el Caid. No comían halufo, aunque Andrés no creía en la vida sin jamón, pero sí tajines de cordero y cuscús té a la menta; y degollaban a sus animales mirando a la Meca, orando antes de sacrificarlos. Cortaron cabezas a los muertos en busca de dientes de oro, seccionaron dedos para robar anillos y abusaron de mujeres. En la guerra se cuenta demasiado entre tanques, disparos, bombas, explosiones, fuegos y muertos.

Promete no contar nunca cómo es su viaje a Alemania aunque sufre en él mil y una peripecias tanto de ida como de vuelta.

Su conocimiento de los idiomas y sin duda el azar, han llevado su nombre a los labios del Generalísimo que espera que no le defraude. Este ofrece los detalles de la operación, bautizada como Krupp.

Franco le advierte: *Escucha. Ve. Calla.* Un ejército debe destruir a su adversario.

Llevo un rojo corazón con espinas, recordará *Sebas*, con una cruz sobre él que al pie reza: DETENTE. *El corazón de Jesús está conmigo.*

Le da fuerza y tranquilidad. Aunque cuando cae el *Media ostia* solo siente rabia, ira y dolor. Quiere vengarse. Quiere matar a todo el Ejército rojo con sus manos, con sus propias manos de cirujano que acecha un tumor con su bisturí.

Durante el mes de octubre reciben refuerzos que les llegan por vía férrea desde Zaragoza. Septiembre va a acabar con la lluvia, reflejo de su alma, hecha de llanto y pena; la lluvia que anega la batalla, les enmudece mientras se preparan para dar la estocada final. Y la darán.

Las bombas caen en diagonal, lentas, brillantes, flechas de metralla que impactan con estrépito en la tierra, las describirá Basilio Perich. Los cascotes silban infinitos. Le han ordenado realizar una provisión de granadas y de balas para sus fusileros.

El rosario de bombas continúa. Las explosiones se acercan. El cañoneo coloca un obús bastante cerca y él está cuerpo a tierra, con la cabeza en el suelo y los brazos sobre esta.

Da con una tienda de campaña de lona verde y se arrastra hasta entrar en ella. Del interior surgen voces que parecen. ¡joder!, ¡jugar al mus! Sí, voces de *embido, mus, no hay mus, órdago*. Asoma la cabeza sobrevolada por las balas y los cuatro soldados ni se inmutan.

—Quisiera saber por dónde se va a —dice con voz hueca.

—¡Chis, quieto *parao*! —le interrumpe uno sin soltar las cartas—. Nosotros somos de Recuperación veterinaria y eso que preguntas no va con nosotros. Ese *fregao* de ahí fuera, tampoco. Si cae una bomba, pues adiós y muy buenas. Pregunta a los de infantería.

Sale de la tienda, arrastrándose. Aún puede escucharlos exclamando *embido, mus, no hay mus, órdago*. Y ni decir tiene que logra realizar la provisión. Cuando cuenta en el puesto de mando lo que ha visto nadie quiere creerle. ¡En plena batalla y jugando al mus!

Carta número 349

Arrebatada Berta:

Aunque nunca recibas esta carta, ni las demás, has de saber que no te olvido. Me quedan pocos folios y quizá solo pueda escribirte tres o cuatro cartas más. He estado todo el día pensando en La Garriga, en ti, en otros tiempos. En las montañas que rodean La Garriga, en sus pinos, encinas, retamas, romeros o robles, en su perfume, en su agradable atmósfera y en su aire suave, soplo de aliento al verte a ti. No quiero ni pensar que pueda suceder allí, lo que está sucediendo aquí. No quiero un pueblo devastado, calcinado y roto. No quiero que mañana, aunque no estemos tú y yo, nuestro pueblo exista sin su iglesia, su arquitectura modernista, sus árboles, sus flores, sus calles, sus jardines y su gente. ¿Cuál es la culpa de la tierra?

No quiero imaginarme al enemigo apostado en los montículos de Tagamanent, Santa Margarida, Pedres Blanques o la Rovira, vigilando y destruyendo, con sus cañones, tanques y morteros, con su aviación y con su infantería, avanzando como aquí intenta avanzar. No puedo ver morir nuestra morera. No quiero imaginarlo. Sería tan triste ahora que tú no estás, ahora que vosotros no estais. Así que aquí estoy, en la trinchera, y fumo, te lo creas o no, fumo, sabes que nunca me había gustado hacerlo, y ahora, tampoco, fumo porque de todas formas algo tendrá que matarme y pienso en ti liando cigarrillos a mano, fumando con parsimonia, esperando a que el enemigo nos ataque como un niño disparando preguntas. Tuvimos palomas mensajeras, porque cierto oficial de por aquí era colombófilo, y decía que eran útiles en las comunicaciones. Al final nos quedamos sin ellas porque acabaron por entrar en las cazuelas, conocieron nuestros estómagos y no se habló más. ¿Pasáis hambre los muertos?

He pensado, también, en Fiu; aquel gato marrón siempre enzarzado en peleas callejeras, bufidos y follones, con un pasotismo propio de la aristocracia, la cola como un mástil cada dos por tres, y unas uñas con vocación de navaja y prestas siempre a presentar batalla. De todas formas, con lo gordo que estaba, si pasa por aquí nos lo comemos. No sé si venceremos. No sé si decidiremos la guerra a nuestro favor. Solo, que tengo hambre. En especial, hambre de ti. Un hambre insatisfecha. Un hambre que jamás podré saciar. Que no podré volver jamás, nunca, a saciar. Y que la noche es triste, igual que aquel otoño que se deshoja sobre mis calles natales, como un libro cansado de repetir siempre la misma historia.

En medio de la inanición y la locura te ansía, Berta,

tu Basilio.

208

9

Las lluvias de septiembre

¡Pobres muchachos! ¿Por qué se les ha quitado la vida?
España se desangra, España se aniquila. Asisto al suicidio de una
nación. Sepultémosla en su propia tierra.

Capítulo XII, *La campaña del Maestrazgo*
Benito Pérez Galdós

Lloran las nubes. Orvalla sobre los márgenes de piedra. Algunos rostros, desdibujados por la calina, adquieren nombres y memoria fugaces. El de Joan Tañá Sanfeliu se apagará el 30 de octubre. El de José Amela palidece por un balazo recibido en el pecho, en la Pobla. Aún huele a muerto en el aire húmedo. Del Batallón Lincoln había sido herido Jack Jones, de Liverpool, cosecha de 1913, en otros tiempos aprendiz de maquinista y estibador. El teniente Eduard Valentí, lejos de su cátedra de latín, le escribe cada día una carta a la novia. Pere Guitart, de la compañía de ametralladoras, contempla los humedecidos márgenes de piedra. José Benet copia, calca o dibuja planos en la 101.ª Brigada de choque, en el Estado Mayor, el enlace es Ton Puig, del pueblo de Callús, que será hecho prisionero en Figueres y conducido a un campo de concentración en Horta. Todos los nombres, todas las pequeñas historias personales, se pierden cual minúsculas gotas contra los márgenes de piedra.

En septiembre sopla el viento del valle. El 12 y 13 llueve mucho.

La lluvia trae la calma y el frío. Las aguas del Ebro son como hojas de otoño líquidas.

La lluvia cosquillea sus manos. Se abalanza sobre él con sus cortos besos y su fugaz caricia. Varía su intensidad de forma caprichosa. Mientras, el légamo empieza a aparecer en las trincheras los campos y el paisaje ácueo.

Al alba siente la insensibilidad de las falanges y una punzada de hielo araña bajo sus uñas la carne congelada. Así las cosas, un aliento gélido le recorre la nuca y rasga sus orejas y un moquillo acuoso se precipita sin precipitarse y tiembla desde el borde de su nariz enrojecida.

La futura mujer de Sebastián Ortiz, *Sebas*, se encuentra en Ripoll o en La Farga; no lo sabe con certeza. El primo de esta estará tres años escondido en un sótano: toda la guerra. Ella lo sabrá después. Su primo saldrá con una barba que le llegará hasta el ombligo, fingirá regresar a casa con la llegada de los nacionales, confundiéndose con ellos. ¿Por qué se esconde? ¿La causa? Su catolicismo; su fe.

La futura esposa de *Sebas* se llama Montserrat Foix Bustamante, *Montse*, y tiene una hermana mayor que se llama Elvira. Ella tiene quince años cuando su futuro esposo, con solo dieciocho, combate en el Ebro. La guerra no es un asunto distante, sino cotidiano. Los trimotores enemigos azotan Cataluña tal como azotan y han azotado otras zonas de España. La población civil es también su enemigo.

Con las bombas todo se vuelve negro. La casa en la que vive *Montse* no sufre ni un rasguño, aunque sí caen algunas bombas cerca y se rompen varios vidrios. Ella tiene fe en el Sagrado Corazón de Jesús.

Sus padres la envían con su hermana mayor, Elvira, a la masía de sus tíos. Un día llegan allí los republicanos y quieren proveerse de alimentos. Rosa, su tía, planta cara a sus fusiles:

—No os doy ni un trozo de pan. Son cuatro bocas que alimentar.

No pasa nada. Quieren volar la masía. Los republicanos están preparando la dinamita. Los convencen con comida. Y se van. La masía permanecerá intacta como la fe de *Montse* en el Sagrado Corazón de Jesús.

Ella y su hermana se van de casa con sus mejores ropas, dos kilos de arroz y poca cosa más. Comen carne a la brasa, butifarras. De su periplo recordará haber dormido en la cocina, en el suelo, con las fatigas y dolores que provoca en la espalda.

Llegan los aviones; los metálicos trimotores con su carga mortífera, presagiados por el sostenido y ronco ronroneo de sus vuelos y formaciones. Todos huyen a los refugios. *Montse* no quiere. *Montse* se niega.

Los refugios están llenos de miedo, caos y críos, que los riegan con orines. *Montse* va con su hermana mayor, Elvira, a un campo cercano, en el que su padre ha construido una cabaña para las herramientas. Ven pasar los aviones. Se salvan.

Tras el bombardeo confunden a un árbol caído con un muerto, un cadáver. Por fortuna, nadie de su familia ha caído.

—Esto es una guerra, ¿qué esperas? —gritan los saqueadores de la casa del amo que con su mujer está en Barcelona. ¿A ellos qué les importa?

A su madre le entristece el saqueo; un recuerdo de finales de 1936, cuando *Montse* tiene trece años. Algunas décadas después, se fundirá y se confundirá bajo su pelo cano, ondulado y aún fuerte. Tendrá dos hijos ya mayores, vivirá feliz, católica, junto a su amado *Sebas*, al que ahora ni siquiera aún conoce.

En el periplo hacia el hogar de su tía Rosa por senderos desconocidos para ella y su hermana, encuentra en un roble una estampa del Sagrado Corazón de Jesús, que conservará con una bendita, providencial y protectora devoción.

Pasará el tiempo y sabrá que la fe las condujo hacia la masía. No saben el camino y preguntan. Unos señalan para arriba, otros indican para abajo. Por algún sitio hay que optar.

Montse le asegura a su hermana, Elvira, colocándose la estampa sobre el pecho, que el Señor no va a abandonarlas. Y no lo hace. Caminan hasta llegar a casa de sus tíos; ambas desconocen el camino. Y lo consiguen impulsadas por el deseo de llegar y la seguridad de que existe un destino.

«La vida está llena de señales para quien quiere verlas», reflexiona. Montse creerá que el roble y la vieja estampa, que en él encontró, la enseñaron y la enseñan a mantener la fe. En las peores circunstancias siempre queda la esperanza. Siempre queda uno mismo.

Aunque mucho después habrá quien manifieste su habilidad para hacer parapetos con poemas, en 1938 la poesía es solo arma de denuncia, desahogo y esperanza. En muchos corazones y cerebros se agita su bandera, por cada cual recortada a su gusto, y utilizan del verso lo que conviene.

¿Puede un poema detener una bala?

Pedro Hernández ni sabe leer ni sabe escribir y no deja, por eso, de ser poeta. Nadie recordará un verso suyo ni sabrá que lo es, siendo como es parte del pueblo, voz del pueblo, cuyo viento arrastraba a Miguel, el conocido poeta, nada que ver con Pedro, siendo como es un ruiseñor nacido en La Unión el 16 de agosto de 1908, su canto vivirá y perecerá, renacerá con cada hijo del pueblo que lo lleve a la boca, lo resucite, tomándolo como una fuente anónima. Pedro es tan poeta como cualquier otro que pueda, pudo o podrá existir. En su mente estructura versos, estrofas, ritmos, cadencias, palabras y sentidos; aunque estén condenados a desaparecer con su vieja memoria, en la que alguna vez, años más tarde, reaparecerá su *Romance del soldado Pedro Hernández*:

Si a golpe de pico y pala
dejé en la mina mi vida
a golpes de inquina pura
la pierdo de bala en bala,

si batallo en la colina,
si resisto en la montaña,
si contemplo en mis pupilas
cómo se desangra España

cómo se escapa la vida,
de enemigos, camaradas,
de la estremecida tierra,
de la tierra castigada

que inunda mi joven vista
con la sangre derramada.

¡Pedro que en guerra estás, Pedro!
¡Piedra perdida en el Ebro!

Ahí llega Ulrich, sonriente, el diestro puño cerrado y en alto. La mano izquierda conduce lo que queda de su moto. Viene de una misión de enlace.

—¿Qué ha sucedido?

—Casi me fríen —responde, lacónico.

Le han agujereado el cárter y aún no puede explicarse cómo no le han herido en su pierna. El tubo de escape es un colador al igual que el guardabarros, la horquilla y el faro laterales. Los radios y neumáticos reflejan el infierno por el que ha pasado. Resulta incomprensible, cuando baja del asiento, comprobar cómo ha sobrevivido a la encerrona.

—¿De qué te ríes? —se interesa Jerzy.

—De la suerte que tengo —le contesta, ajeno por completo a la bala que años después le perforará el ojo y le arrancará la vida—. El enemigo… —Sonríe— tiene muy mala puntería.

Bajo las lluvias de septiembre Basilio Perich recuerda el cine que descubrió a los trece años, 1928, en Barcelona con *El secreto de la Pedriza*. Se le agolpa de súbito en la retina una hilera de imágenes, que proviene de películas rusas, que sin articular palabra desfilan ante él. *El circo*; *Golpe por golpe*; *Los marinos de Krondstat*, de Iefin Tzigan; *El fin de San Petersburgo*, de Pudovkin; *La tierra*, de Dovchenko; *El diputado del Báltico*, de Alexander Zarkhi y Joseph Eifitz; *Chapaiev, el guerrillero rojo*, de Sergéi y Gregorio Vasiliev; *El hijo de la Mongolia*, de Ilia Traüberg; *La juventud de Máximo*, de Kositev y Traüberg; o *El acorazado Potemkin*, de Eisenstein, que los rusos pronunciaban *Pachiúnkin*, y que le pareció realmente próxima porque ellos también creían en lo que defendían.

Basilio nunca ha creído en nada; con excepción de su mujer, Berta, y de su hijo, César. Va a perder la guerra como les perdió a ellos, sí, con el maldito dolor de corazón que aún le persiste, desde el fatídico bombardeo del 31 de mayo de 1938 en Granollers. ¿En qué puede creer desde entonces?

A la hora de la verdad de poco sirve hablar de bípodes, empuñaduras, culatas, pistoletas, alzas, cubrellamas, percutores, manivelas de nivelación, cuerdas de disparo, estabilizadores, ejes de tiro, arcos de elevación, asas de levantamiento, miras, manivelas de dirección, de elevación, bocas, espolones, tubos y demás si las ametralladoras, cañones y morteros no dan más de sí.

La guerra es un enorme monstruo que todo lo engulle. Desgasta materiales, hombres y almas. Nos atrapa entre órdenes y miedos, realidad y esperanza, sin que sea posible huir sin más ni más. Despertar de repente y comprender que es solo una pesadilla. La guerra es invisible pero sus secuelas físicas se perpetúan indefinidas e infinitas.

La lluvia comienza a repiquetear en las trincheras. Las zanjas se humedecen y los cuerpos se enfangan. El frío de septiembre reemplaza a los lejanos y olvidados calores veraniegos. Los relámpagos desgarran el cielo ceniciento, encrespado por truenos ridículos comparados con las voces y sonidos de la batalla. La primera línea de fuego está en calma. Con este tiempo solo se puede esperar a que mejore. Es cuestión de paciencia.

Las gotas chapotean sobre los charcos recién formados, se estrellan contra la tierra, las estacas, las trincheras, los caballetes con forma de equis, las alambradas, las armas y los hombres. De nuestros cascos brotan húmedas hileras, pequeños torrentes, que saltan al vacío. La mirada se envuelve en una mutante cortina hídrica, con un sordo rumor, que decrece o se intensifica inesperado.

Ulrich sonríe abrigado por su trinchera, con el cuello de doble vista levantado, la botonadura cruzada semiabierta y los hombros ligeramente inclinados hacia delante. Está sentado sobre el fango. Por mucha agua que caiga, ni limpiará ni hará olvidar la sangre derramada. Aunque el tiempo puede y debe curarlo todo.

—¿Dónde está el sol de España? —bromea.

—No sé —responde Jerzy, que encoge los hombros y añade socarrón—: ¡Lo habrán secuestrado los fascistas!

—Seguro. ¡Por rojo!

El 10 y 11 de septiembre la 43.ª división va a Cavalls.

El Ebro crece bajo el sordo rumor de la llovizna del clima mediterráneo o mediterráneo semiárido. Junto a la hoja perenne, pino, encina, alcornoque, los arbustos leñosos, los musgos, líquenes y matorrales, retama, espliego, tomillo, romero, jara, lentisco, laurel, brezo, madroño o pita; la lluvia chapotea como un un arpa cansada.

El río se mueve, toro de nieve cristalina, y embiste tierra, sedimentos y sueños en dirección al mar. A veces no hay diferencia entre hombres y animales. La naturaleza despiadada asiente con silencio tácito. El Ebro no imagina tener en sus entrañas conejos, ardillas, topos, cabras, rebecos, ciervos, corzos, gamos, jabalíes, zorros, lobos, osos, perdices, águilas, buitres, urogallos o patos. Sí, hombres. Cadáveres y bombas, esqueletos y ropas militares, artefactos de guerra, que ha llevado hasta el mar. Puedes decir liebre, turón, tejón, gato montés, erizo, murciélago, mochuelo, lechuza o búho, sin recordar la guerra. No puedes evitarlo al decir hombre.

No hay verano para cigüeñas, golondrinas o vencejos, ni tampoco invierno para estorninos, cuervos o grullas. Lo único que hay son días para la guerra que no acaba nunca.

El Ebro salta sobre la vida con un *fado* que nace de tranquilos labios y firme corazón. No compares a los hombres con culebras, ranas, lagartijas, sapos o insectos. Nada es más animal que el hombre, la bestia de las bestias. El hombre que pasa y repasa el río, que inventa nuevas armas, que inventa nuevas guerras, que se mata a sí mismo y a los otros, por defender la tierra que destruye.

El Ebro crece bajo el sordo rumor de la llovizna. Sus aguas llevan truchas, anguilas, barbos, lucios, carpas, percas americanas, cangrejos de río o quisieran hacerlo. Sus aguas llegan al mar donde también la guerra está presente y se disuelven en el *Mare Nostrum*. Entre las corrientes nadan las sardinas, los boquerones, meros, salmonetes, langostinos y atunes. Al norte, los besugos, lenguados, merluzas, bonitos, anchoas, pajeles, salmones, calamares y langostas que pueblan el Cantábrico.

Roque Esparza contempla su discurrir de fado y en los ojos siente que con la lluvia todo se vuelve más pesado: el capote, las botas y la guardia. El viento ruge con bandazos de rabia. La noche se tumba sobre el fango. La lluvia continúa.

«Todo mejora con una buena mesacha y un buen pernil —añora Roque—. A ver quién se cansa más pronto; si ellos de lanzar sus bombas y destruirnos los puentes, o nosotros de construirlos», cavila en el silencio en el que ahora los pontoneros ya no dan hachazos, ni parten maderas con sus sierras, ni clavetean hasta llegar al ¡Listos! en que las largas caravanas cruzan sus puentes.

En Barcelona, Carmela corre hacia el refugio de la plaza de la Revolución, en Gracia. Hay una luz que indica que siguen cayendo bombas y cuando la luz se apague es que habrá terminado el bombardeo. Por hoy.

Los refugios, bajo tierra, son largos corredores en zig-zag, para que no entre la metralla. Al menos, tienen dos entradas, ventilación, agua, lavabos, otros servicios y una pequeña enfermería. En Barcelona hay casi mil quinientos.

Su instalación eléctrica es de corriente alterna con conexión a una batería. Los corredores tienen dos metros de altura por uno y medio de ancho, las paredes recubiertas por ladrillos planos y bancos de obra o de madera, sucesivos, distribuidos a lo largo de los mismos.

Los bombardeos más horribles sobre Barcelona son los del 16, 17 y 18 de marzo de 1938. «De los que supongo que el sargento Piovani sacaría fantásticas fotografías», ironizará Carmela. Las devastadoras visitas dejan su rastro virulento de agresión cobarde; elevan la indignada protesta ante el bárbaro comportamiento del Ejército del Aire fascista.

Por fin la luz se ha apagado.

—Jureles... —murmura Uriguen—. Jureles.

Los gallegos los llaman xureles. Jureles en escabeche. Uriguen siente la boca hecha un bloque de hielo en medio mismo del Sahara. El estómago sueña con mucho pescado azul, muchos jureles, para darse un festín que lo reviente, mientras la lluvia cae sin fin, sobre una tierra más bombardeada que la avenida de la Catedral de Barcelona. Y la guerra es el barro, el frío, la mierda y la sangre.

Lo ha dicho Dolores Ibarruri: «¡El fascismo no pasará!». Es un grito que proviene de los franceses, de la Gran Guerra del 14, *Ils en passeront pas!* Basilio lo intenta mantener vivo con una voz tan poderosa como la de Stántor, en *La Ilíada*, así que hacen falta cincuenta hombres para lograr la potencia que él impone. «¡No pasarán!».

—¡A mí la legión! —grita Isidoro Carmona en su último ataque. Una bala le atraviesa la yugular y lo deja atrás. Ha avanzado para lograr su objetivo.

El comandante Iniesta relatará después que Isidoro se ahogaba, y el médico dijo que no había nada que hacer.

El comandante quiere animarle:

—Venga, Carmona, que te vas a poner bien, que esto no es nada. Reza un Padrenuestro.

En vez de hacer caso o de arrugarse, él le contesta:

—Mi comandante, ¿es cierto que cuando muere un legionario ustedes avisan a sus familiares? —le interroga con una voz débil y agónica, un hilo de dolor y coraje.

El comandante asiente con la cabeza e Isidoro contesta:

—En mi caso no va a hacer falta… No queda nadie vivo en mi familia… —se esfuerza por acabar las últimas palabras—: Mi madre ha muerto hace unos días, mi comandante, y ahora voy a verla al cielo.

Su cabeza cae y le cuelga la lengua como la lengua del toro abatido en la plaza, junto a un charco de sangre que pronto coagulará.

—*Sebas* —le relatará a este el comandante—, no había forma de taponar la sangre que chorreaba de su yugular. No se arrugó, no señor. Cumplió. Se fue a unirse en lazo fuerte con tan leal compañera.

El 28 de diciembre, el día de los Santos Inocentes, relatará Perich, justo a las doce en punto de la noche el fantasma del comendador de los templarios inmolados, fray Berenguer de Sant Just, recorre el castillo de Miravet con su capa blanca y su cruz roja y convoca a sus compañeros para ir a reconquistar los Sagrados Lugares. Nadie comparece, nadie le hace caso, y por eso vuelve decepcionado a su tumba.

—¿Y llueve así, como ahora, entonces? —se inquieta Uriguen.

—¿Cómo voy a saberlo? —reacciona Basilio.— Nunca he estado en Miravet un 28 de diciembre. En cualquier caso, es solo una leyenda... ¿No crees?

—Quizá...

Los de la Legión Cóndor también tienen sus muertos y tendrán sus estelas con la inscripción *Fliegertod*. Pierden a Alexander Graf, de 27 años, teniente piloto de un Heinkel He51 de la Segunda Jagdgeschwader 88. Pierden a Gerhard Pach, operador de radio de un Heinkel He 111. También a Heinz Willer, teniente piloto de un He 111, de la Tercera Escuadrilla de Bombarderos de la K/88. La DECA, con sus bolas de humo por el cielo, también derriba y mata al enemigo.

Llueve. Llueve. Llueve. Intenta buscar un hueco en la trinchera donde acurrucarse y poder dormir. Todo está embarrado. Es inútil. El agua pasa por todas partes. Lo anega todo y la humedad es inevitable. Un día tras otro. Un día tras otro. Llega un momento en que le da lo mismo. Ducrme como si nada.

George Orwell dejará dicho:

...en la guerra de trinchera hay cinco cosas importantes: la leña, la comida, el tabaco, las velas y el enemigo.

En opinión de Basilio lo que de verdad importa es la trinchera, la tierra, el abastecimiento y la moral.

Abandonará el Ebro y no podrá olvidar las cartucheras vacías, las gorras agujereadas ni las banderas abandonadas. Uriguen morirá. No aquí. No ahora. Más adelante. Se perderá en los oscuros recovecos de la memoria, igual que el graznido de las gaviotas, de las que le hablaba en su añorado Cantábrico, al adentrarse el barco ya lejos en la mar.

Maik conduce su ambulancia absorto en que se va. Todo ha terminado. Ahora, los de arriba, deciden que debe irse. Ahora, Carmela se queda aquí y él vuelve a América. En la noche del 8 al 9 de septiembre hay luna llena. Hoy solo hay nubes grises, oscuras, cerradas, nocturnas.

Deja atrás la sarna, los piojos, el tifus exantemático, la forunculosis y las insolaciones. Deja atrás heridos y muertos como Ryan, al que nunca volverá a ver su londinense Louise, hospitales, guerra y amigos. Y sobre todo, la deja atrás a ella.

Los riscos y montañas cubiertos de metralla reciben a la lluvia. Esta zona de España, de peñascales y de tierras resecas, asiste al espectáculo del cambio de su fisonomía orográfica.

Adiós, compañeros.

Camino de Munich, el teniente Andrés Muro repite en su cabeza una clara consigna que, desde el comienzo de la guerra, tiene bien aprendida. Reza así:

¡Camarada! Tienes obligación de perseguir al judaísmo, a la masonería, al marxismo y al separatismo.

Destruye y quema sus periódicos, sus libros, sus revistas, su propaganda.

¡Camarada! Por Dios y por la Patria.

Basilio Perich conversa con Pedro Hernández y le cuenta cómo acaba *El malvado Carabel*. Con una sonrisa, Pedro se sincera y desea que ninguno de sus descendientes sea poeta.

—Ya lo dijo el poeta Maragall —afirma Perich—, «el amor más constante de los catalanes es la libertad. La han aprendido del mar y de las cimas de los montes.»

—¿Son buena gente los poetas? —quiere saber Pedro.

—Supongo que deben estar locos... Si son buena o mala gente, solo ellos lo saben.

Pedro Hernández le habla de sus disputas en los bares, disputas mediante versos, mediante cuartetas o cuartetos, o mediante otras formas aceptadas. Así que, de rima en rima, se pinchan los contertulios entre tintos y jarras, allá por un barrio de Badalona, el de la salud, junto a las tapas que a menester ponga la ocasión. Los poetas no están locos, Basilio, solo son como son. Ya te gustaría a ti serlo. Ya te gustaría, ya. Ya te gustaría. Aunque fuera una desgracia.

Uriguen duerme. Tal vez sueña con las balas Mauser de siete o de ocho mm. Las balas pueden ser de forma cilíndrica cónica, cilíndrica piramidal o esférica. O tal vez sueña con las caprichosas formas que adoptan las balas tras sus impactos y los restos, los casquillos, que dejan cuando son disparadas.

Uriguen duerme. Quizá piensa en los tipos de bala. En las balas perdidas, muertas, frías y demás. O en los cartuchos formados por un casquillo, una carga de pólvora, el cebo o pistón y la bala. En sueños, un cartucho solo es un cartucho que puede hacer cualquier cosa, que puede ser en sí mismo una guerra, vulnerante, capaz de matar las esperanzas, nuestras esperanzas, más rápido que un galgo Greyhound en un canódromo.

Lo único que nos permite resistir es nuestra voluntad de ser, de existir; de manifestarnos, de ratificarnos, españoles libres que defienden su tierra y sus creencias.

El 18 de abril de 1938, catorce años después nacerá el nieto de Pedro Hernández, los republicanos llegan a Roquetas y vuelan el puente del Estado, el de la Cinta y el del Ferrocarril en Tortosa. Lo suyo, desde luego, es volar puentes.

La calma nos permite fortificar trincheras con sacos de tierra y maderas; activar las defensas. Excavamos la tierra, aunque está mojada, para seguir llenando sacos de tierra.

Uriguen vigila desde una tronera, con el arma a punto, por si el baile empieza antes de tiempo. Hay calma. Es cierto. Fíate de la Virgen y no corras.

De pronto ve desfilar carteles por sus ojos cerrados. Ve la variopinta propaganda: *La bestia acecha. ¡Cuidado al hablar! CNT-FAI.* Es una especie de mono, de gorila, de labios rojos con una corona sobre su cabeza y una cruz con cadena le cuelga del cuello.

O ve: *Llibertat! FAI.* Un cartel obra de Carles Fontserè, cosa que entonces no sabe. Un cartel que combina el rojo, el blanco y el negro para mostrar a un campesino con pañuelo y sombrero de ala ancha, en actitud de grito, con el brazo levantado que sostiene una hoz.

O ve: *UGT. PSUC. Consigna n.º 1.* Un cartel que dice en catalán: *¿Y tú?*, en la parte superior del mismo. En medio, un soldado herido te mira fijamente, te señala con el índice diestro, sobre un charco de sangre, caído frente a un fusil. Y abajo dice: *¿Qué has hecho por la victoria?*

Uriguen murmura *xistulari*. Basilio no abre los ojos.

Roque Esparza estira de la soga, junto al resto de pontoneros y recuerda pajares y mozas, cansancios y placeres, de los que ahora solo quedan rescoldos en la memoria.

Ella tenía unos senos abundantes y tiernos, pezones cereza, muslos carnosos, torneados, que piden a gritos que se los amasen y que a él, es comprensible, lo llevan a retozar y revolcarse como un animalico, decirle que la va a comer toda, rodar por el pajar y entregarse a juegos que es mejor conocer que desear.

Sus manos estiran de la soga, junto a sus compañeros de fatiga y ella y ellas, porque una no suele ser bastante, le recuerdan a fiestas y días lejanos, a embestidas y goces, sonrisas y besos, que nada tienen que ver con lo que ahora, cada dos por tres, les ofrece la aviación enemiga.

A Roque, el castillo de Miravet le recuerda al castillo de Montearagón, solo por la apariencia. Aunque el castillo de Montearagón, entre Huesca y Angüés o viceversa, derruido y ruinoso, no puede compararse en absoluto al que contempla el Ebro, siquiera porque el de Montearagón no está ni cerca del pequeño Alcanadre, ni de otros ríos menores comparados con el que señorea junto a la Basílica del Pilar de Zaragoza.

«Los recuerdos que llevan de una cosa a otra, que evocan aquello desde esto», piensa Roque, son como son y no como uno espera que deban ser. Así que aunque el castillo de Montearagón solo contempla los áridos y secos campos oscenses, su porte surge, menor pero más cálido, con la misma majestuosidad que Miravet.

Roque estira de la soga y escucha la sonrisa de la última mujer sobre la que trotó, su olor sobre la húmeda paja, mezclado con la tierra y el sudor, con el impulso y la ebriedad del deseo, de una virginidad y una inocencia arrebatadas como la rosa al rosal.

De flor en flor recuerda ese jardín, breve pero dichoso, del carnal apetito que los hombres arrastran, en medio entre sus piernas y en el centro de sus cabezas, desde que están de pie y la sangre les alza el sexo con dureza y buscan solo consuelo, comprensión y goce en el puerto de hembras que acogen sus solitarios barcos.

Roque estira la soga y sonríe. Nadie entiende ni sabe por qué. Tal vez Felipe, allá donde se encuentre, comprenda su sonrisa mordaz. Tal vez también conozca su destino: la cárcel y el exilio que lo están esperando, como aquella tarde la voluptuosa moza Eugenia en el pajar.

Bajo la lluvia, Roque sigue estirando de la soga. Ahora se le abre el apetito y le parece que está estirando largas longanizas, que no puede morder ni degustar, que desprenden su conocida esencia y embriagan sus narices, anegan de saliva el paladar, mientras los pontoneros prosiguen su trabajo.

Les toca marcharse. Las órdenes disponen que deben regresar a sus hogares, a sus patrias y abandonar la fraticida guerra que aún estremece España.

Les agasajan con una fiesta de despedida y les brindarán un desfile. Se van en un par de camiones. Uno de esos camiones será el primer camión de reparto de la Coca-Cola en España, que años después de la batalla, se instalará en la factoría de la fábrica de gaseosas Sandaru. Maik se marcha y conduce uno de ellos, un Elizalde, y otros una camioneta Dodge, mientras los del Batallón Spanish se han puesto a cantar con júbilo y tristeza, desde la parte de atrás, subidos ya al camión, que los dirige a Falset.

> *En lo alto de una abrupta serranía*
> *acampado se encontraba un regimiento*
> *y una moza que valiente los seguía*
> *locamente enamorada del sargento.*

La lluvía repiquetea sobre la lona del camión y el cielo luce un neblinoso, ceniciento y pluvial velo. Un aire húmedo pasea sobre los campos. Los interbrigadistas se alejan de sus camaradas, que aún resisten; sus gargantas corean, con tonos, timbres y pronunciaciones diversas, la canción iniciada en el camino.

> *Popular entre la tropa era Adelita*
> *la mujer que el sargento idolatraba*
> *porque a más de ser valiente era bonita*
> *y hasta el mismo coronel la respetaba.*

El horizonte supone su inevitable dispersión. Cada cual a su casa. Dejan, bajo el suelo de España, a otros camaradas que no regresarán jamás y que no pueden irse como ellos, acompañados por la lluvia morosa, entonando una canción contagiada unos a otros, pronunciada a su modo peculiar e imprevisto, desde que la iniciara un tal Riquelme de los del Spanish, cuya alegría y tristeza se origina en el corazón y fluye por el aire, agua que mueven las olas en el mar, con el vaivén de la canción aún no acabada.

Y *se oyó que decía*
aquel que tanto la quería:
Que si Adelita quisiera ser mi novia
que si Adelita ya fuera mi mujer
le compraría un vestido de seda
para llevarla a bailar al cuartel.

Lo malo queda atrás. Para algunos, la historia tendrá peores batallas y tragos más amargos. Maik sigue conduciendo con el murmullo de las voces al fondo y la cabeza puesta en Carmela, a la que buscará de forma infructuosa hasta la aceptación de su derrota, sin maldecir jamás su suerte o su desgracia. Deseará siempre que todo hubiera sucedido de manera diferente. Junto a los estertores del camión Elizalde, motor diesel, se funden las gargantas de los interbrigadistas.

Una noche en que la escolta regresaba
conduciendo entre sus filas al sargento
se oyó la voz de una mujer que sollozaba
y su plegaria se escuchó en el campamento.

El cielo, plomizo y marengo, está repleto de cumulonimbos, de nimbos o nubarrones, que son las nubes negras o muy oscuras que traen la lluvia y la tempestad. La tormenta está aquí. No solo en la demostración física, en la caída de la lluvia que tamborilea los cristales y parabrisas, sino también en los corazones cansados de los interbrigadistas, que, a fuerza de batallas y desgracias, los han abastecido de recuerdos sabulosos y nombres que una vez desconocían y han terminado por serles imborrables. Junto al murmullo acuoso que el firmamento vierte, el canto continúa incontenible.

> *Al oírla el sargento, temeroso*
> *de perder para siempre a su adorada,*
> *ocultando su emoción bajo el embozo,*
> *a su amada le cantó de esta manera.*

«Ahora somos civiles», piensan muchos. Han entregado sus armas. Algunos hasta las han besado o les han dado caricias. No es nada agradable abandonar, forzados o no, a los compañeros de armas. También la vida es importante. Quizá empiece ahora otra vida, otra lucha, en medio de la paz. Quizá nada cambie para algunos y su guerra prosiga lejos de este país, que los llamó «extranjeros» y los hizo sentirse como si no lo fueran. La lona se estremece, árbol de hojas asustadas, mientras surca el aire la popular canción aún no acabada.

> *Y se oyó que decía*
> *aquél que tanto la quería.*
> *Que si Adelita se fuera con otro*
> *la seguiría por tierra y por mar.*
> *Si por mar en un buque de guerra.*
> *Si por tierra en un tren militar.*

Maik sigue el compás con la cabeza, sin apartar sus manos del volante. Los estertores del motor se confunden con la lluvia que chapotea sobre el metal y enfanga el suelo. Atrás van quedando las rodadas que dejan los neumáticos y el eco de la guerra que, para ellos, empieza ahora a acabarse. La guerra cuyo fragor decrece en la distancia, cubierto por la acuosa cortina de las lágrimas, la lluvia y el adiós, la guerra queda atrás, mientras los interbrigadistas acaban la canción y se preparan para atacar la próxima, desde el camión que los lleva a Falset.

Y si acaso yo muero en campaña
y mi cadáver lo van a sepultar,
¡Adelita, por Dios te lo ruego!
que con tus ojos me vayas a llorar.

—Va a llegar su santo —musita Maik. El día 29 de septiembre y no sabe nada de Carmela, cuyo santo es el 16 de julio. Es una de las pocas cosas que ha podido saber, después, de ella. Los del Lincoln cantan *Jarama Valley* en inglés y más tarde, otra vez todos juntos cantan *Si me quieres escribir*.

Miguel es un nombre de origen hebreo. Compuesto de my, quien, del adverbio ka, como, y el elemento divino El, Dios. Significa: ¿Quién como Dios?

Ulrich decide ponerse a cantar en alemán *Das Lied Von Der Einheitsfront*. Al poco, todos juntos cantan *Ay, Carmela*. Algunos con erres como «gues» con decisión y ritmo. Maik sigue conduciendo absorto en ella. La lluvia, llanto y ladrido de un perro, cae como lo harán sus lágrimas. Su tren pasó, Carmela y él no volverán a verse, a pesar del deseo.

Camino de Alemania, el teniente Andrés Muro confía en la victoria de los hijos del Cid. Sabe que sus compañeros blanden las armas con valentía y orgullo, tal como hizo con la Colada y la Tizona el famoso Campeador. Su misión es tan impresionante como el Sagrado Corazón de Palencia sobre su verde cerro. Está feliz, contento, como bailando un chotis, un baile lento, más que la mazurca, con su esposa Elena Domínguez.

Se siente en el Madrid de su infancia. Fascinado. El Madrid de su niñez donde moraban Julio Romero de Torres, Baroja, Valle-Inclán y tantos otros. En un mundo con pregones y con un loro que canta las primeras notas de la Marcha Real, vendedores de rosas y claveles, las canciones de los ciegos, *el tango del espartero*, saboreando el canto de la perdiz del zapatero o el silencio con que se hablan, a distancia, los novios y las novias como mudos, por señas, cual silentes y vigilados Romeos y Julietas.

Va hacia Alemania. Es como si fuese a la misa de los Jerónimos a hablar con Dios, a rogarle que termine la guerra y que pueda volver con su mujer, al Madrid aún sitiado y rojo, para cumplir con la exigente y absoluta fidelidad a la familia que le inculcó su padre. Sabe que, tarde o temprano, ganarán la guerra.

«Los rojos, a pesar de todo, son buenos soldados», le aseguró Franco. Al fin y al cabo, también son españoles.

Los relámpagos siembran el cielo oscuro de inmensos y cortos resplandores. Los truenos desenfundan sus látigos y tambores para vociferar entre las nubes de tormenta. Los soldados permanecen impávidos en las trincheras, llenándose de agua.

Hasta en la guerra existen los detalles, sonríe Basilio. La música de Wagner y Beethoven que sale atronadora del gramófono enemigo. O los «bombardeos» de tabaco. Sí, en vez de pólvora y metralla, a veces nos lanzan tabaco.

Pedro es un fumador de picadura. Le habla de sus tiempos en la mina, de cuando barrenaba la roca y de las zancadas que tenían que dar para ponerse a salvo. Pedro es alto, altísimo, como los árboles que hay frente a la iglesia de San Esteban, en la Garriga. Bueno, quizá no tanto. Aunque Perich dirá que lo era como la Torre Eiffel, mientras drenan las trincheras.

Lobreguece. Queda atrás el atardecer rubicundo. La tierra exhala un viento fresco que huele a cebolla frita. Todo se vuelve más pesado con la lluvia. Uriguen zangolotea con el pico y la pala.

—Me pones nervioso —le dice Basilio.

—No puedo evitarlo —responde Pablo.

Sebas mira los cascos de los proyectiles anegados por la lluvia y recuerda al pobre *Media ostia*. No estará con nosotros nunca más. Ha cumplido.

No estará en Navidad, cuando recibamos el aguinaldo, compuesto, entre otras cosas, por botellas de Jérez de los hermanos Sanchez Romate y por coñac Giménez y anís Bombita de Rute, Córdoba. Ha muerto gritando: «¡A mí la Legión!». Lo ha hecho luchando con dos *cohóne* junto a sus compañeros. Si hay que caer, hay que caer así. Al ataque.

Su nombre, Sebastián, viene del griego *Sebastós*, venerado, augusto, que deriva de *Sebos*, temor de Dios. Su Montserrat, por las cosas de los santos, devoción que tiene la pobre, se empapa de detalles. Cuando lo mira parece que esté diciendo Sebastián Ortiz Romero, nacido en 1920, y ordene y narre su vida. *Sebas* creerá que la ha hecho feliz y le ha hecho feliz con los hijos que le ha dado, que, por suerte, no les han *dao* tantos disgustos como él a sus padres. Joder, y pensar que los fusilaron los rojos.

Carta número 350

Inextinguida Berta:

Aunque nunca recibas esta carta, ni las demás, has de saber que no te olvido. Mis recuerdos de ti persisten, avispas dentro de mi cabeza, zumban entre mis ojos y el silencio. La fragancia de tu cuerpo desnudo es como el aroma de la panadería familiar, atractivo y dulce, con el olor de los pasteles, bollos, panes de viena, panes y demás. De súbito me inunda los pulmones, me acaricia la lengua, me llena de nostalgia y me ahoga de deseo.

Llueve. Algunas gotas de lluvia resbalan en el folio de esta carta. Tendrás que perdonarme, el cielo parece llorar por la barbarie de la guerra y, a veces, como ahora, su llanto resulta interminable.

Recuerdo nuestros paseos. El agua fresca, alegre, como tú, de la fuente de los Tremolencs que fluye en la montaña. Recuerdo su murmullo, su soledad, sobresaltados con nuestro amor, nuestra llegada, mientras trina el ruiseñor un infinito silbo de belleza.

Y recuerdo también los besos que nos dimos, los besos que ya no podré darte, en el bosque de Can Tarrés, en los campos repletos de verduras o bajo el aire suave y agradable que emanaban las variadas frutas, que rezuma tu inagotable boca y que estremecen mi paladar solo con recordarlos.

Ahora la lluvia humedece la noche. Guardo las cartas que te escribo con cuidado, junto al libro azul, El malvado Carabel, y me esfuerzo por no cerrar los ojos y dormirme. No quisiera creer que fuiste un sueño, que tal vez algún día te busque mi memoria y no te encuentre, que intente recordarte y seas tan solo una silueta, vagarosa y confusa, unida a un nombre. Por eso cada noche, antes de dormir, si me es posible, beso tu retrato. Tal vez sea un niño. Tal vez soy un niño. Beso tu fotografía, el papel sepia, donde estás de perfil, con fondo oscuro y miras hacia la izquierda. Ni siquiera a Uriguen le enseño tu retrato. Es mi último, mi único, tesoro. Y, además, mi secreto.

Ojalá sonaran las guitarras y pudiéramos cantar de júbilo por el fin de la guerra, que esta lluvia lo inundase todo y un nuevo sol brillase tras el fin del diluvio, y llegase al fin la paz. Cuando esta lluvia acabe, volverá el fuego. Seguiremos luchando. No creo que vayamos a vencer. No creo que vayamos a decidir la guerra a nuestro a favor. Y miro tu retrato, fruto del fogonazo de una máquina fotográfica de trípode, de las que se cubren con tela negra, que vete tú a saber dónde estará y le sonrío antes de darle un beso, que no te besa a ti pero te aviva.

En medio de la humedad y la locura te contempla, Berta,

tu Basilio.

10

Un paseo por Munich

... y lo que se ha salvado en Munich no ha sido la paz;
en Munich se ha salvado el fascismo.

Tres años de lucha
José Diaz

La austríaca, fuerte y telúrica voz de Hitler resuena en la memoria del teniente Andrés Muro.

El autor del *Mein Kamp*, que soñó con un gran Reich alemán, la superioridad de la raza aria, e hizo apología de la guerra y la violencia y del culto a la fuerza, con un exacerbado antisemitismo, convertirá sus sueños en pesadillas para el resto del mundo. Se burla de Chamberlain en Bad Godesberg y en Berchtesgaden. Le hace esperar y le propone nuevas exigencias. Mussolini ha mediado en el conflicto y el teniente Andrés Muro, enviado por Franco de informador y espía, llega en tren a la ciudad y se pregunta: «¿Qué va a suceder en Munich?»

> Lo que sucedió en Munich es colosal... el final del bolchevismo en Europa, el final del comunismo en Europa, el final de toda la influencia política en Europa por parte de Rusia, dirá el Duce, palabras recogidas en Opera Omnia, volumen 29, páginas 185 y siguientes.

Oficialmente nunca estuvo allí. Muro llega a Munich el mismo día en tren. Así que el día 29 está donde debe estar, merced a la secreta mediación italiana. Mussolini va a llegar en tren desde Italia y Hitler se ha ido a recibirlo, en persona, a la estación.

El Führer y su séquito han llegado en tren a Munich. Hitler ya ha avisado a Mussolini que cuando se resuelva el conflicto de los Sudetes, será hora de pensar en la guerra contra Francia y el Reino Unido.

El francés Daladier viene en avión, acompañado por Alexis Láger, secretario general del Quai d'Orsay. Su recibimiento corre a cargo del ministro del exterior, Von Ribbentrop, del secretario de Estado, Von Weizsäcken, y después del general Goering, jefe de la Luftwaffe.

Chamberlain llega también por el aire y para los británicos, Checoslovaquia es un país distante del que saben muy poco. Daladier viene desde el hotel Cuatro estaciones y Chamberlain desde el Regina.

Siguiendo la política de apaciguamiento denominada *la causa de la paz*, los conferenciantes van a desintegrar el Estado checoslovaco, a desmembrarlo, ante sus propios ojos y los de unos pocos privilegiados.

Esto es algo que nunca explicará a sus alumnos de FEN (Formación del Espíritu Nacional) porque podrá encontrarse en los libros de Historia.

Cada mandatario llega acompañado por su séquito y él permanece, como es necesario, en un discreto y silencioso segundo plano. Llegan montados en negros Mercedes, con las correspondientes banderas diplomáticas que ondean veloces y se detienen ante la puerta de la entrada, desde la cual Hitler baja los escalones o peldaños, cubiertos por la protocolaria alfombra, para extender su mano y recibirlos.

Los soldados de las SS saludan firmes, sus fusiles apuntan al cielo, sus diestras manos rozan sus pechos y mantienen sus izquierdas por debajo de las cinturas. Los altos mandos militares nazis parecen dispersos en un tablero de ajedrez cuya partida esté en marcha, y se sitúan a una distancia de cuatro escalones del Führer y le cubren las espaldas. También hay empresarios vestidos con trajes impecables.

Los Mercedes son descapotables y llevan subidas sus capotas. Tienen faros circulares, de extensión visual cónica, enormes melones negros partidos por la mitad.

La insignia Mercedes brilla en el morro de los vehículos como una estrella plateada de tres puntas extendida ante nuestras narices.

Se reúnen en la Fürerhaus. Sobre el mármol de su fachada destaca el águila nazi de bronce.

Hitler no se quita la gorra militar, cuya visera le preserva del matutino sol que, frontal, ilumina la entrada. Los invitados sí se han quitado los sombreros, signo cortés de educación y de respeto. Tienen el sol de espaldas. El Führer prefiere saludarlos con su diestra y sus palabras.

Así que ahí está Andrés, viendo el bigote de Hitler y una sonrisa envenenada, mueca de jugador de póquer, mientras este, impecable, bien vestido, estrecha manos a diestra y siniestra, distante, firme y seguro, bajo la mirada atenta de los colaboradores.

Goering está gordo, voluminoso, vestido de blanco, con una expresión fría, glacial, muy distinta al día en que se casó, cuando la multitud se abarrotaba a la salida de la iglesia y no podía esconder su júbilo. Ahora, sin embargo, las alas de sus águilas nazis parecen de piedra y él una estatua que concentra sus ojos en fundir a los plomizos mandatarios de la paz.

Göbbels, el ministro de Propaganda, llamado el micrófono del Tercer Reich, tiene razón. Una y otra vez susurra: «Una mentira repetida mil veces se transforma en verdad.»

Somos buenas personas. Somos buenas personas. Queremos la paz. Muro sabe que la Gestapo le observa, un tal Konrad Zausch, que pertenece a la Geheim STAats Polizei, vela como siempre por el Tercer Reich, a las órdenes de Himmler, su jefe, aunque las verdaderas y últimas sean las de Gocring, solo discutibles por Hitler.

El hermano de Konrad es un Imker, un miembro del Ejército de Tierra alemán de la Legión Condor y está en la unidad de instrucción de carros de combate Panzergruppe Dröhne, con su orgullosa boina negra. Se llama Walter.

En los ojos de Goering hay crueldad, decisión, obstinación y despiedad. Si quiere algo, lo coge; no se anda con rodeos y es mejor no toparse con él. Aunque a un español como a Muro, con dos cojones como Dios manda, nadie le tose ni amedrenta. Las palabras de Franco reverberan en él: «Escucha, ve, calla». Aunque nunca entienda por qué le envió a Alemania, sabe que no fue para crear problemas; más bien para evitar que los hubiera. ¡Pudieron suceder tantas cosas!

A Konrad Zausch lo conoce en la *anticuarium* de la residencia de los Wittelsbach, donde la luz y los arcos, el arte y la decoración, dan al final del pasillo abovedado con una escalinata, sobre la cual, flanqueadas por ornamentos y esculturas, dos escaleras, una a cada bando, conducen a una puerta enorme por la que ambos salen. Conversan sobre la arquitectura y la belleza, sobre el río Isar y Muro acepta una invitación para llenar el buche de cerveza.

Munich, *München* en alemán, se yergue junto al Isar como una anciana acompañada de un musculoso jovencito. El Isar le recuerda al Ebro al oficial franquista, aunque aquí hay paz. Aquí la guerra es un tablero de pluma y diplomacia, silencioso e internacional. Los muniqueses no advierten su fortuna por vivir en esta hermosa ciudad. Tal vez a todos nos sucede lo mismo con la nuestra. Su ciudad, Madrid, en 1938 es una señorita ultrajada, agraviada, encarcelada y medio destruida en manos de los rojos.

«La desesperación y la necesidad llevan a todas partes», murmurará el teniente Andrés Muro. Se lo enseñó la vida y no se ha cansado nunca de corroborarlo. Cada cual tuvo su razón en Munich y él pensaba en el pobre *Galán*, en su cabeza cayendo como bola de plomo; en su bella y pura esposa, Elena Domínguez, que estará rezando por él; en los compañeros de armas; en la familia; en la patria y en las palabras que Franco le dijo al despedirse: «Escucha, ve y calla.»

Cuando recuerda a Mussolini y Hitler lo hace viendo al segundo enseñarle al primero la foto, aquella imagen de tiempo atrás, que descansa en uno de los cajones del escritorio.

El Duce, calvo, luce una franja lisa, sin ningún tipo de símbolo escrito, del mismo estilo de las que lucirá el Generalísimo. La franja va de su hombro derecho a su cadera izquierda, pasa por debajo del cinturón y está rematada por largas borlas que semejan las hebras de una brocha. Tanto él como Hitler están cuadrados al estilo militar. El italiano con las botas paralelas, el alemán tras haber taconeado y dibujado un pequeño espacio triangular.

Benito Mussolini posa teatral, con los brazos a los lados de su cuerpo. El canciller germano estrecha firme sus manos delante del estómago. Su diestra atenaza a su siniestra y su pulgar derecho se apoya, en toda su extensión, sobre su brazo izquierdo. Los dos líderes visten pantalones abombados y chaquetas de corte marcial. El Führer, detalle casi imposible de ver, lleva corbata.

El 20 de abril de 1889, en Braunau am Inn, Austria, nace Adolf Hitler. Su familia vivirá en Linz tras jubilarse su padre. Querrá ser un gran pintor, un gran artista. Mucho tiempo después espera la llegada de sus invitados, en Munich y recuerda de forma repentina haberle dicho a su vecino Presemayer:

—Makart y Rubens se hicieron grandes desde la pobreza.

Dos rasgos definen a Hitler: alemán y católico. Vive una adolescencia solitaria. Lo rechazan en la Academia de Bellas Artes de Viena. Sus dibujos son más dignos de la arquitectura que de la pintura. Son los tiempos en que vive de vender cuadros donde puede, en talleres o calles, en la Viena de entonces.

En la Gran Guerra combate en las trincheras, recibe los gases y es herido y condecorado con dos cruces de hierro. A partir de ahora, su vida solo halla sentido en dos ideas: patria y raza.

Muro está en Munich para conseguir más armas y para que la guerra no se internacionalice. Es una posibilidad que está en manos de Dios pero, por si acaso, él está aquí para ayudar y para recordarle que, a los rojos, Dios se la trae floja, según se desprende de su trato a la Iglesia Católica. Para los suyos, sin embargo, hay cosas que son sagradas.

Deambula por Munich: la plaza de la estación, la casa de la moneda, la Residenz o Palacio Real, el teatro de la Residenz y el *National* de Opera. Parece un muniqués más. Se adentra en el corazón de la ciudad: la *Marienplatz*, el Ayuntamiento.

Para que Dios no se olvide de nosotros pone los pies en la iglesia *Bürgersaal*, en la iglesia renacentista de San Miguel, en la Catedral de Nuestra Señora ve atardecer en su torre sur y disfruta de sus obras de arte, en la iglesia del Espíritu Santo y en la de San Pedro para pedirle a Dios que les dé armas, más armas, para vencer a los ateos y marxistas, para limpiar España de los rojos y para regresar a casa, al Madrid liberado, presentarse ante Franco con honor, decirle: «He cumplido.» No sabe si Dios responde o no. De todas formas, sean o no sus borborigmos una señal divina o una vulgaridad humana logra extinguirlos tras comer algo en el *Viktualienmarket*.

El Duce nace en 1883 cerca de Fiori. Una frase suya le define: *Mussolini ha sempre raggione*; Mussolini siempre tiene razón. Es profesor, salchichero, repartidor, trabaja en la construcción y agita a las masas. Combate de oficial en la Gran Guerra. Tiene una niña; Edda. Y sale de Munich, sonriente y tranquilo, tan convencido de haber triunfado como cuando conferenció sobre *El hombre y la Divinidad* y demostró, sin duda, la inexistencia de Dios. Muy lejos del hombre que va a ser en el 45, cuando todo esté perdido, cuando intente llegar a Suiza disfrazado con ropas de la Werhmacht, para morir a manos partisanas.

Los franceses e ingleses deciden negociar sin tener en cuenta a los soviéticos ni a los checoslovacos. Hitler juega la baza del miedo a la guerra, esgrime la amenazante posibilidad del estallido de un nuevo enfrentamiento mundial, que al final sucederá.

Hitler tiene 49 años. Habla del *Lebensraum*, el espacio vital, y le conceden todas sus demandas; además, la Cámara de los Comunes, de forma unánime, las aprueba. Sin un solo disparo la frontera defensiva de Checoslovaquia y tres cuartas partes de sus recursos industriales pasan a manos del Führer. Veintinueve mil kilómetros cuadrados de territorio y más de tres millones y medio de nuevos súbditos; de los cuales, casi ochocientos mil son checos. Alemania ocupa de modo militar los Sudetes y se celebra un referéndum al objeto de fijar las nuevas zonas alemanas que podrían anexionarse.

—Por segunda vez —dirá Chamberlain, el *premier*—, se ha traído desde Alemania a Downing Street una paz honrosa. Estoy convencido de que esta paz sobrevivirá a nuestra época.

Se pasará toda la Eternidad diciendo, sin color, «este papel tiene no solo la firma de Hitler, sino la mía.» Esgrimirá su nota blanquecina, de regreso a Londres, para decir que hay paz, que habrá paz. Sí, porque lo dice un papel.

Neville Chamberlain: ojos negros, cabello corto, bigote, camisa blanca, corbata, levita negra, una pose estirada, altiva y señorial conforme a su cuello largo, en el instante en que su mirada recorre a las masas. Nos mira. Lo cercan multitud de micrófonos y cámaras.

Chamberlain, el mismísimo, escucha a Churchill decir, en la Cámara de los Comunes, que el Pacto de Munich es «una derrota sin guerra». Es el hombre que, ante los fracasos de sus entrevistas directas anteriores, de los días 15 y 22 de septiembre, apeló al Duce para evitar la guerra.

Un hombre ajeno a la lucha sangrienta que sacude España, absorto en los intereses nacionales, concienciado de que la paz no tiene precio, que sería una locura repetir un conflicto bélico al estilo del iniciado en el verano de 1914, y que permanece al margen de nuestra realidad, la de los combatientes, la de los afectados, señalados y divididos españoles que se están desangrando en el Ebro, o que están en una u otra línea del frente, o en uno u otro bando a la espera del desenlace de la contienda fraticida.

A Neville Chamberlain lo recibe una gran multitud en el aeródromo de Heston. Después se asoma al palacio de Buckingham, junto al rey Jorge VI y la reina, ante una muchedumbre entusiasmada. De vuelta al número 10 de Downing Street, enarbola una copia del reciente acuerdo anglo-alemán. Su misión ha conseguido la paz con honor. Paz para nuestro tiempo.

—*This morning... I had another talk... with the German canceller Herr Hitler, and here it's the paper which best his name uponded and really it mine* —comunica entre aplausos, griterío y sonrisas.

La mañana del 29 de septiembre de 1938 los titulares de los periódicos británicos ya se hacen eco de la cita de Munich.

The Sketch titula: *Premier Flying to see Hitler official. The Daily Express: Premier is flyin' to see Hitler. The Observer: Face to face. The News Chronicle: Chamberlain Flies this morning to Germany for peace conference with Hitler.*

· Y eso es lo que sucede: Chamberlain vuela esta mañana a Alemania para la conferencia de paz con Hitler. Sí, cara a cara. Está volando para ver al autócrata nazi

A su regreso, los noticiarios al estilo del posterior NODO español califican al primer ministro del Reino Unido como "un solo hombre nos salvó de la más terrible de las guerras" (*One man saved us from the greatest war of all*), mientras las imágenes, en blanco y negro, lo muestran bajando sonriente de su avión de la British Airway's, en el instante en que un oficial abre la puerta de desembarque, la multitud lo vitorea y Chamberlain se dirige hacia ellos:

—Este papel lleva su firma y la mía —afirma al mostrarlo—. Me gustaría leérselo a todos ustedes: el Führer y canciller alemán y el primer ministro británico hemos mantenido una reunión. Consideramos el acuerdo naval firmado, y el tratado naval anglo-germano como símbolos del deseo de nuestros pueblos de no volver a enfrentarse, jamás, en los campos de batalla: *Never to go to war with one another again.*

La muchedumbre pugna por acercarse a su automóvil. Alegría, gritos, un desfile triunfal por la paz, que ni siquiera sofoca la persistente lluvia.

Llega a Buckingham y se entrevista con el rey Jorge VI, y todos, menos Winston S. Churchill y unos pocos, creen que no habrá guerra mundial.

El tiempo demostrará lo equivocados que estaban.

En Munich Andrés Muro ha adquirido un jersey de cuello de tortuga para el frío. No ha comprado nada que tape su cabeza, su fino, negro y corto pelo. Se siente extraño al llevarla al descubierto. Piensa en boinas, sombreros sin alas, sombreros de fieltro, sombreros de hongo, gorras noruegas, gorros de cuartel, casquetes, panamás, y se siente desnudo, inerme, frente a la imprevisible aparición de las corrientes de aire.

Se refugia en la cervecería Hofbräuhaus. Ha visitado el Museo Nacional Bávaro, el neogótico Ayuntamiento Nuevo, el Obelisco, la indescriptible *Asamkirche*, el Palacio de Justicia y la Pinacoteca, con pinturas de los siglos XIV a XVIII.

Ha seguido negociando con Konrad Zausch el envío a España de las armas que el Generalísimo requiere. Por si acaso, por si encuentra a Dios mirándose las manos, ha conocido la basílica de San Bonifacio, la iglesia de la Trinidad, la barroca iglesia de los teatinos y la iglesia de San Luis. No ha visto a Dios. Tampoco sabe si Dios lo ha visto a él.

A las doce y cuarenta y cinco, en una sala grande con una pequeña mesa redonda, se reúnen Hitler, Mussolini, Daladier, Chamberlain, Paul Schmidt (que es el intérprete) y tres comensales más.

La primera toma de contacto entre los miembros de la Conferencia se produce en un salón en el que han puesto un bufete. Se saludan con un apretón de manos cortés y frío. Fijan sus mutuas miradas.

A Chamberlain, canoso, con las cejas pobladas y corvas, le sobresalen los dientes, con granos en la cara, enrojecidas las manos por el reumatismo. Tiene el porte del viejo hombre de leyes británico, y está acompañado de Wilson y de Strang, vestidos de negro como él, discretos y apagados.

Mussolini, sonriente, con el uniforme ceñido, con el porte de un César de opereta, protector, y el aire de quien se siente tan bien como en su casa, flanqueado por Ciano, con el aspecto de un robusto y altivo niño grande, perro que revolotea junto a su amo más parecido a un ayudante de campo, siempre atento y pelota, que a un ministro de Asuntos Exteriores que además es yerno.

Hitler se presenta amable a pesar de su fuerte y áspera voz de campesino, aunque se encuentra preocupado, agitado, muy pálido, incapaz por otra parte de conversar con sus invitados, puesto que no habla ni inglés ni francés ni italiano, y sus huéspedes tampoco hablan alemán; a excepción de Mussolini, del que el Führer no se separa ni un instante.

Édouard Daladier, está acompañado de Alexis Láger y de François-Poncet. Francia se comprometió por tratado a defender Checoslovaquia contra agresiones extranjeras. Tras el Pacto de Munich, puede decirse que la promesa de un francés vale poco menos que nada. No cumplirán.

Sí, es Édouard Daladier, con la ceja izquierda arqueada junto a la sien, su calvicie algo más que incipiente, sus orejas grandes como puños, el ojo derecho más grande que el izquierdo y la nariz casi tan grande como sus orejas, aunque más recta y discreta.

El mismo Daladier que desfilará entre el pueblo de París, tras su regreso a Francia, pensando: «Los imbéciles no saben lo que aclaman.»

Daladier regresó a París cansado, nervioso y asustado, y bebió más absenta de la habitual en el trayecto para mantener su coraje, algo que no había mantenido en Munich. Cuando aterrizó en el aeropuerto de Le Bourget y vio a la multitud, el presidente de la República Francesa agarró un brazo en auxilio y exclamó:

—Dios mío, ¿donde están los gendarmes?

La multitud, mujeres, niños, le jalearon:

—*Vive Daladier! Vive la Paix!*

Y le arrojaron flores a su paso; y después en la Cámara de Diputados más de quinientos miembros de esta lo respaldaron, menos setenta y cinco comunistas. Eso fue días después de Munich.

A eso de la una menos cuarto del mediodía del 29 de septiembre, comienza la sesión. Sin embajadores. Utilizan un texto que, no hace mucho, Von Ribbentrop ha sometido a los italianos y que de forma hábil coloca sobre la mesa Mussolini. Es un texto cercano a las pretensiones alemanas.

Hitler se muestra en su estado *teppichfresser* o *comealfombras*, que lo hace subirse por las paredes. Su voz, fuerte y telúrica, se despacha a gusto con los checos. Habla de ellos con una violencia propia de un ataque de infantería. Entonces Daladier pregunta que qué quieren: «¿Desmembrar Checoslovaquia con la idea de hacerla desaparecer?» Si es así, él rechaza cualquier tipo de acuerdo.

Ahora bien, «¿se quiere asegurar el futuro de una Checoslovaquia con los Sudetes amputados?» Entonces acepta negociar.

Mussolini le explica a Daladier que el objetivo no es que Checoslovaquia desaparezca, sino la amputación de los Sudetes.

Chamberlain tuvo la impresión que el Führer era un hombre en el que se podía confiar cuando había dado su palabra, aunque le desagradaba a nivel personal, porque tenía una mente estrecha que le perjudicaba de forma violenta en ciertos temas.

A Hitler el señor Chamberlain le resultó un anciano tan agradable que hasta pensó en firmarle un autógrafo. El Führer llevaba en el bolsillo de la chaqueta el reloj que en 1929 su hermana Angela y sus sobrinas, Friedl y Geli, le habían regalado, al que nunca daba cuerda, y preguntó la hora a sus generales.

—Si los ingleses atacan nuestras ciudades, nosotros destruiremos todas sus ciudades. Llegará un momento en que uno de los dos países se desintegrará, y es evidente que no será la Alemania nacionalsocialista —amenazó el dictador de la cruz gamada.

Dos horas después la sesión se recesa con la comida, pero se reemprende de forma rápida. Discuten unos y otros hasta llegar a un acuerdo muchas horas después. Lo firman a la una de la mañana del día 30 de septiembre de 1938.

Los checos tienen diez días para, por sucesivas zonas, evacuar los Sudetes y pueden llevarse parte de sus bienes. Una comisión internacional define las fronteras y las zonas sometidas a plebiscito. La forman representantes de los cuatro firmantes del acuerdo y de Checoslovaquia. Como curiosidad, los checos tienen un derecho de opción de seis meses.

En el anexo, Francia y el Reino Unido declaran estar dispuestas a garantizar las nuevas fronteras del Estado checoslovaco contra una agresión no provocada. Alemania e Italia prometen lo mismo cuando se hayan resuelto los problemas de las minorías polonesas y húngaras.

Munich ha sonreído a Franco.

El embajador checoslovaco, encerrado en una habitación, llora su impotencia.

Cuando piensa en Hitler, piensa en su bigote. Se le aparece su imagen con la raya del pelo a la derecha, peinado hacia la izquierda. Se acomoda en la butaca, se aferra a los bordes de los reposabrazos con sus inquietas manos y después, con gestos, invita a Mussolini a que tome asiento.

Sobre la mesa de roble del despacho un pie de madera con pantalla de pergamino vierte su macilenta luz. Las cámaras y los fotógrafos captan el momento de la firma que de pie, sin sentarse, estampan los altos dirigentes de las cuatro potencias. Mojan la pluma en el tintero que queda a su izquierda, apoyan las hojas del tratado sobre la mesa, junto al portapapeles de cuero, el abrecartas y las numerosas miradas de los allí presentes. Se estampan también los formalismos necesarios en un ambiente eufórico. Las cortinas son rojas y en la pared, tras la butaca que toma el sonriente Führer, hay un lienzo que es un retrato, quizá un autoretrato, cuya firma jamás llega a leer y cuya autoría desconoce.

Los sofás, a la derecha del Führer, son de color blanco y los que están a su izquierda, de cuero marrón; algo más claro que el color de las castañas.

Cuando el Führer firma las hojas lleva puestas sus gafas, de esbelta montura, que pronto procede a retirarse y esconder con suma discreción.

La mayoría de los militares presentes, de alta graduación, lucen en sus chaquetas más insignias y condecoraciones de las que uno pueda imaginar. No los ve Muro desangrándose, luchando a bayoneta calada o jugándose el tipo bajo las bombas, el silbido de las balas y las defensas y contraataques enemigos. Jugarse el pellejo como lo están haciendo, en el Ebro, nuestras tropas y también las de los rojos.

Aquí acaban de morir las últimas esperanzas internacionales de los republicanos. El Pacto de Munich ha aislado por completo a la Segunda República Española. Gran Bretaña y Francia acaban de demostrar su cobardía ante el fascismo, el Führer y la guerra.

Nuestra victoria se acerca. Resultará inminente. Ahora el enemigo lucha sin ninguna esperanza, sin ninguna posibilidad y nuestro avance será imparable.

En Munich, Muro vacía las reservas líquidas de casi todas las cervecerías. Celebra la victoria. Le cuesta conseguir las armas necesarias. La diplomacia es algo extraño. Es una sonrisa que esconde la implacable decisión de ser mordisco, de degollar a aquellos que negocian con nosotros, guardando siempre las maneras. Ante todo, señorío.

Visita el antiguo Ayuntamiento, la Pinacoteca, el Teatro Nacional de Ópera, con sus enormes y altas columnas y la amplia escalinata; tal vez no sea ahora, sino más tarde, años más tarde, cuando la visite, el Palacio de la Residenz y el museo técnico alemán.

En la cervecería Hofbräuhaus negocia con Konrad Zausch. Antes de nada, le ha dicho: «Sentémonos.»

Se dirigen a la mesa del rincón. Antes de llegar a ella, Konrad se detiene en otra mesa, en la que dos ancianos, acompañados de generosas jarras de cerveza, juegan al ajedrez. Observa el tablero.

Son tablas. Le sonríe uno de ellos mientras el otro se rasca la cabeza y toma un nuevo trago de cerveza, pero sin tener muy claro qué mover.

—Me permite… —se entromete Konrad. Mira a Muro y le pregunta—: ¿Crees que son tablas?

Juegan las blancas. No se detiene a explicarle el sistema descriptivo o bien el sistema algebraico. Tras observar los escaques y la posición de las piezas y tras observarle a él, sonríe con un escueto «ya veo que…» Konrad le asegura al bebedor indeciso de cerveza:

—Usted gana la partida.

—¿Cómo...? —se interroga el anciano tras apurar un largo y nuevo sorbo de cerveza.

En ajedrez, el sistema algebraico otorga a las casillas horizontales las letras de la A a la H de izquierda a derecha, y a las casillas verticales los números del uno al ocho de abajo a arriba. En el tablero quedan tres piezas blancas y tres piezas negras. El rey blanco se encuentra en la posición d5 y el rey negro en la posición f8. Hay dos peones negros: uno en e7 y el otro en h7. Las blancas tienen un peón en g6 y un alfil en f4.

—Cree que son tablas —le dice Konrad al otro anciano— porque, si pierde el peón blanco que le queda, no puede hacerle mate con un alfil solo, ¿verdad?

—¡No cabe duda! —exclama el anciano, como si fuese algo evidente.

—Nada de eso... —le contradice Konrad, ceñudo, que carraspea—. Escúcheme usted... El alfil blanco lo muevo a h6 y le da jaque. Usted puede mover su rey de f8 a e8 o bien a g8. Si lo mueve a e8, él se come su peón en h7 y usted no podrá evitar que haga una dama y le acabe ganando la partida.

—Sí, sin duda —asiente el anciano.

—Así que usted mueve su rey de f8 a g8 —continúa Konrad—, y él mueve su peón de g6 a g7. Usted podría responderle moviendo su peón en e7 a e6 o e5. Es un sacrificio inútil y le cobraría ventaja. Así que usted moverá su rey que ahora está en g8 y como en h7 tiene un peón y en g7 está su peón, que le impide moverse a f8 o a h8, solo puede mover su rey a f7.

—Me asombra usted —admite el anciano, que aspavienta de modo circular con sus manos mientras su rival apura un nuevo sorbo de cerveza, y Muro aumenta el interés depositado en la explicación de Konrad.

—Gracias, muchas gracias —sonríe Konrad, para después proseguir con el hilo de la argumentación—: Entonces, usted mueve su rey al escaque f7 y él hace dama en g8... ¡Es jaque!

Y usted no tiene más remedio que comerse su dama, su peón, en G8.

—¡Admirable! —se emociona el anciano, que asiente con la cabeza.

El otro veterano, tras restregarse el torso de la diestra por los labios, exclama:

—¡La cosa marcha!

Andrés sonríe también, aunque no le apasiona el ajedrez.

—Ahora —continúa Konrad—, él mueve su rey de d5 a e6. Usted no puede mover ninguno de sus peones; se lo impiden su rey y su alfil. No le queda más remedio que mover a su monarca y como el suyo está en e6 le impide al suyo, en g8, moverse a f7 al tiempo que su alfil hace lo propio con sus posibles movimientos a f8 o g7. Y usted no tiene más remedio que mover su rey de g8 a h8.

—Es evidente —ratifica el anciano, convencido.

—En ese caso —señala Konrad—, él mueve su rey de e6 a f7. Y a usted no le queda más opción que mover su peón en e7 a e6 o e5. Muévalo donde quiera; su próximo movimiento es el de su alfil en h6 a g7 y… —Hace una breve pausa pàra enfatizar—: ¡Es jaque mate!

—¿Quién lo hubiera creído? —reacciona el anciano indeciso que juega con las blancas y tras él, su anciano oponente con un escueto:

—¡Es increíble!

Se despiden respetuosos con un simple: «Buenas tardes», dirigiéndose luego a la mesa del rincón.

Al llegar a ella, Konrad le pregunta a Muro si ha aprendido algo de la solución a la partida de ajedrez.

—No —le responde, lacónico, y añade—: Solo me has recordado algo que ya sabía.

—¿Qué? —se interesa Konrad.

—Que «si quieres hacer algo en la vida —le contesta recordando a Pío Baroja, no creas en la palabra imposible.»

Konrad viene del balneario de Bad Tölz, en el valle del Isar. Le habla del castillo de Blutenburg; el palacio de Nymphenburg; el castillo de Neuschwanstein, sobre el Alpsee, cerca de Füsser; de los majestuosos Alpes, que están próximos y también de lagos como el Starnberg, el Ammersee, el Tegernsee, el Chiemsee y, más lejos, el Königsee.

Andrés viene de la iglesia de San Luis, casi tocando al Isar y de la Mariannenplatz. Sí, también ha estado hoy en la iglesia de San Luis. Aquí en Munich, *München*, Dios puede estar en cualquier parte y él se deja ver en las iglesias, para ver si lo encuentra. Para ver si Él lo ve.

Al final, Hitler accede a enviar 50.000 fusiles, 1.500 ametralladoras ligeras, 500 pesadas, y 100 cañones de 75 mm. Lo que Franco pedía. Estas armas van a ser usadas en los últimos combates en el Ebro.

La diplomacia es algo extraño. Es una sonrisa que esconde la implacable decisión de ser mordisco, de degollar a aquellos que negocian con nosotros, guardando siempre la compostura. Ante todo, tronío. Mucho tronío.

El miedo es una oscura extensión de la duda. Recuerda a un familiar que consiguió, en el año 36, amparándose en la Constitución, obtener de las altas esferas, el Tribunal de Garantías Constitucionales, una sentencia favorable sobre los coeficientes arancelarios, por un tema de importación de huevos de Bulgaria. La justicia no tiene diplomacia. Con ella el miedo no vale; ni con Konrad, que es duro de roer.

Los días se le hacen eternos, recordará el teniente muchos años después, como si hubiera tardado en conseguir su objetivo los mismos siglos que hicieron falta para construir la catedral de Burgos.

Konrad lleva una funda sobaquera con una pistola Colt del calibre 32, en su flanco derecho, con cachas de madera. Discuten de vides como sauvignon, merlot, borgoña, cabernet o rioja. Y le da la razón: para el calor, lo mejor es la cerveza. ¿Qué va a ser, si no? Sonríe.

Konrad es un nombre de origen germánico, de Chunradus, consejo de audaz, y su onomástica es el 26 de noviembre.

—Para entonces, quizá te invite a algo —propone el alemán.

—Ya no estaré aquí —contesta Muro. «Espero que así sea», desean ambos.

Deciden beber más cerveza. Más cerveza. Más cerveza. Más.

Konrad conduce un Mercedes de faros giratorios de 33 centímetros de diámetro, neumáticos *globo* reforzados con entrecruzado, radios de alambre, frenos de tambor en las cuatro ruedas, suspensión de ballestas y amortiguardores de fricción.

Le gusta.

Le enseña una pistola con ventana eyectora, seguro, alza, anillo del fiador, pestillo del cargador, funda del cargador, gatillo, cañón y el curioso guardamonte ensanchado para dedo enguantado.

—Cosas de japoneses —le explica en voz queda.

El teniente Andrés Muro saca un cuchillo y se lo enseña. Le muestra el pomo, la empuñadura, la guarnición y la hoja de doble filo.

—De Albacete —le dice, orgulloso, y añade—: No falla.

También le muestra la hoja de una navaja, de estilo bandolero, que hace decir a Konrad:

—Son armas del pasado.

A la hora de regresar a España ha trabado una sólida amistad con Konrad que solo la Segunda Guerra Mundial podrá romper. Es difícil ser amigo de un muerto.

Konrad le regala una Mauser C-96 con cargador delantero, gran martillo, empuñadura de palo de escoba, alza de fusil y el culatín-caja donde alojarla. Utiliza cartuchos Mauser de 7,63 mm con cargadores de diez y veinte cartuchos. Sin el culatín-caja pesa algo más de un kilo.

Lo único que puede darle Muro es su navaja albaceteña. Y aunque sea un arma del pasado, el alemán la acepta complacido. Será una lástima que Konrad no sobreviva a la Segunda Guerra Mundial, pero así estaba escrito.

El Pacto de Munich da los Sudetes a Alemania, parte de Rutenia a Hungría y Teschen a Polonia.

El teniente Andrés Muro, con su gorra y su sonrisa, volverá a Munich mucho tiempo después, con la imagen propagandística de Franco en sus pupilas: «Caudillo de Dios y de la Patria. El primer vencedor en el mundo del bolchevismo en los campos de batalla.»

Volverá intentando olvidar la hecatombe de varias generaciones, las guerras que habrán sacudido a Europa y que aún habrán de sacudirla. El *Anschluss* hitleriano habrá fracasado. No podrá reunir a todos los germanos en un solo pueblo. El símbolo de tal fracaso será Berlín; una ciudad dividida por décadas.

El teniente Andrés Muro referirá una anécdota transgresora que nada tiene que ver con Munich, pero que estará ansioso de explicar.

Dirá así: Un oficial nazi, al ver una reproducción del Guernica, en París donde está trabajando el pintor, interroga a Picasso: «¿Esto lo hizo usted?» Y Picasso responde: «No. Esto lo hicieron ustedes.»

Se retiran los combatientes internacionales de la República y también lo harán los nuestros.

El 6 de junio de 1939 dará, Hitler, su discurso de bienvenida a la Legión Cóndor:

—Camaradas —dirá, enfático—, me siento feliz de saludaros personalmente y de teneros ante mí, porque estoy orgulloso de vosotros... Partistéis para ayudar a España en una hora de peligro y volvéis convertidos en aguerridos soldados... Os habéis calificado para servir de ejemplo y convertiros en los instructores de los jóvenes soldados de nuestro nuevo Ejército... ¡Viva el pueblo español y su jefe Franco! ¡Viva el pueblo italiano y su Duce Mussolini! ¡Viva nuestro pueblo y el Gran Reich alemán!

«Los de la Legión Cóndor —dirá Kindelán— quizá fueran los que ganaron la guerra. No sé si algo así puede decirse aunque pueda ser verdad, por respeto a la sangre española vertida.»

Los de la Cóndor, en alemán, cantaban:

Volamos más allá de las fronteras
con bombas contra el enemigo,
muy alto sobre la tierra española
unidos a los pilotos italianos.
Los rojos fueron derrotados
en ataques de noche y de día.

También sé lo que vendrá después de todo esto, lo que no puedo olvidar, reconocerá el teniente Andrés Muro; sí, el pan negro de la posguerra, el azúcar amarillo, el chocolate de algarrobas, los boniatos, lentejas y farinetas; sí, las colas del hambre y las cartillas de racionamiento.

También la Segunda Guerra Mundial. Vendrá la dramática imagen de Mussolini colgado boca abajo junto a un surtidor de gasolina, en Piazzale Loreto, Milán, en abril del año 45.

Y luego, Von Ribbentrop y Goering acabarán en la horca tras Nüremberg por conspiración, crímenes contra la paz, crímenes de guerra y crímenes contra la humanidad. Sus sentencias: MUERTE.

Así acabarán Joachim von Ribbentrop, ministro de Asuntos Exteriores del Reich y el marsical de campo Hermann Goering, con un aspecto e imagen muy distintos a los del día de su boda, cuando Goering, orondo, resplandece junto a su esposa Enma Sonnemann, bella y elegante, sonrosada y rubia; una imponente valkiria.

La muerte. La horca. Así acaba Goering con su corpulencia, sus ojos azul pálido, su mirada viva y firme, su tez fresca, su tono tajante, su humor y alegría concentrados en la risa, las conversaciones sobre la caza y su maestría con el fusil y el revólver.

Konrad morirá cuando en España se escuche cantar, a Conchita Piquer, a doña Concha:

Que no me quiero enterar
no me lo cuentes vecina,
prefiero vivir soñando
que conocer la verdad.

Cuando en el año 39 Ciano visite España y ya se haya ganado la Guerra Civil Española, el Generalísimo Franco le regalará al conde un cuadro de Zuloaga, *El último requeté*, con un paisaje, tal vez agradable, de guerra y llamas. Al italiano no le hará ninguna gracia. El Caudillo se lo donará como recuerdo y el niño grande no querrá recordar nuestra contienda. Sus motivos tendrá.

Días después de la firma del Pacto, durante sus negociaciones con Konrad, brindan y apuran una botella de vino blanco del Rin. Le enseña una foto de los cuatro firmantes y Muro la sostiene sin advertir su tremenda importancia.

Aún parece que la tiene en las manos. Hitler, con su bigote, su brazalete con la esvástica en el brazo izquierdo, con la mano diestra sobre la siniestra, uniéndolas, en pose para la Historia. Son los rostros y cuerpos de Neville Chamberlain, Édouard Daladier, Adolf Hitler y Benito Mussolini.

Después le explica Konrad que, tras firmar el Pacto de Munich, el Führer exclamó:

—¡Este Chamberlain ha desbaratado mi entrada en Praga! —Y después dijo de Chamberlain y Daladier que son unos insignificantes gusanillos y, en concreto, que: He visto a las hienas... Las conozco.

Aquí están, en la foto; señalará el teniente en busca de un lejano recuerdo, un retazo de una fotografía que no tendrá y que intentará hacer visible en el aire, por el que señalará, indicará e intentará mostrar las imágenes que abrevien sus palabras.

Chamberlain, Daladier, Hitler y Mussolini, por este orden. Después vendrá octubre y su regreso. La Operación Krupp funcionó a la perfección. Mejor de lo que pudiera haber soñado.

Octubre del 38. Ha llovido lo suyo, ¿verdad? Regresé con las pobres pero necesarias armas solicitadas. Cien cañones Krupp corto, de 77/24, que irán a parar a tres baterías de campaña de obuses del 10,5 y de quince centímetros y los cañones de 10,5 que, en el Ebro, acabarán formando parte del Grupo Experimental.

Por un día brindan con vino del Rin y dejan a un lado la cerveza. Hitler se va a reír, con el tiempo, de la causa de la paz. Aquí, en Munich, algunos diplomáticos de la Europa Occidental han llegado hasta los límites de lo tolerable y, quizá, puedan haberlos rebasado. Se han bajado los pantalones para que el Führer los encule.

Los hombres que no demuestran serlo, tarde o temprano, lo pagan.

Churchill dirá en sus escritos:

> Las democracias querían la paz, sacrificaron su honor, y obtuvieron la guerra.

El Generalísimo envía a Chamberlain sus más cordiales felicitaciones por sus magníficos esfuerzos para la preservación de la paz en Europa. También felicita a Hitler por la pronta resolución de la cuestión de los Sudetes alemanes.

Franco ha aceptado mayores concesiones mineras futuras a cambio del material para sus tropas, aumentando las previstas en el proyecto Montana, y ha acabado por aceptar sufragar los gastos de la Legión Condor. Así tendrá su grupo de Stukas en el Ebro, con su bombardeo en picado, a modo de formidable artillería volante: todo el avión apunta al objetivo, lanza la bomba y recupera altura.

El Stuka se desarrolló a partir de dos Curtiss Hawk que Ernst Udet compró en los Estados Unidos de América y que desarrolló en Alemania para la pujante Luftwaffe. Les colocó las agudas sirenas conocidas como *trompetas de Jericó*, con su estridente sonido, para provocar la pavorosa huida de los defensores. Once aviones actuarán en el Ebro, con un cerdo de emblema en la cola, llenando Pándols y Cavalls de huesos.

11

Luchamos en Cavalls

Como el hombre del Ebro bajo la artillería,
los despoblados troncos junto a las aguas rojas.

El otoño y el Ebro
Rafael Alberti

Se frota las manos, intenta calentarlas insuflando su aliento en el hueco formado por sus dedos; el frío ha invadido su cuerpo y no logra expulsárselo de ninguna manera.

El rocío encanece el paisaje, las orejas heladas, la nariz gélida.

Les toca hacer patrullas de escucha nocturna, con la bayoneta y un par de granadas Laffitte y así, hora tras hora, sin manta, escuchar qué hace o dice el enemigo, casi muertos, en silencio, mientras todo parece estar calmado.

El 13 de octubre las bombas Laffitte iluminan el monte con su característico azul-violeta y oro.

El aire huele a pólvora.

El cielo es invadido por bandadas de cuervos gigantes que se alinean en un desfile macabro para soltar sus bombas sobre la sierra de Cavalls.

No son solo víctimas. Han sido vigilantes, lampistas, electricistas, factores, alguaciles, hoteleros, zapateros, carniceros, agentes inmobiliarios, guardagujas, barberos, tintoreros, matarifes, escribas o escribientes, hostaleros, cerrajeros, relojeros, funcionarios, obreros. Entre muchos otros y muchas otras cosas. Ahora son cadáveres. Restos humanos que se pudren, por encima o por debajo de la tierra, frutas consumidas por el tiempo mientras prosiguen la vida y la batalla.

En los libros de Historia hay muchos nombres que no constan; hay muchas vidas que no habrán existido. La realidad solo puede vivirse y quien trata de evocarla en palabras, intenta engañarnos. Conviene tenerlo siempre presente.

A finales de octubre, la 43.ª División defiende Cavalls; su 130.ª Brigada será embestida por las tropas nacionales. Recuerda a Roberto, José, Francisco, Ángel, Eduardo o Antonio, entre los que caerán abatidos, y a muchos otros más entre los prisioneros. Para explicar lo sucedido, quizá sirva el lenguaje, para que lo comprendas quizá la imaginación se quede corta. Que tus ojos no vean nunca nada parecido, la mirada, el corazón y el alma te seguirían doliendo el resto de tu vida.

Hay cosas de las que no se puede escapar por más esfuerzos que se hagan. Es imposible huir: se aferran a nosotros. Aparecen y desaparecen. Nos acompañan hasta que fallecemos. ¿Y quién sabe qué pasará después? No, amigo mío, no. Es inútil deseo el comprenderlo.

El primero de octubre, para los del Tercio de Montserrat, es la fiesta del Caudillo y esa señalada fecha hay rancho extraordinario.

Octubre se cierne en el paisaje con un velo de levedad y distancia, se desdibuja entre la bruma suave de la tarde, a través de los árboles heridos, bajo las lentas nubes que, a paso de dromedario, deambulan variando el horizonte.

A octubre lo acompañan los sordos ecos de los motores de la aviación facciosa, se apagan, se elevan, se alejan o se ciernen acelerados en nuestra dirección, se arrojan a castigarnos sin piedad, con el ronroneo repetido que se desliza bajo sus destellos metálicos.

Los aviones aletean, son hombres celestes con los brazos abiertos haciendo equilibrismos. Se les puede ecuchar mientras se acercan y también al tiempo de su marcha. El débil sol se abate en las montañas al tiempo que, en el aire, los aviones dibujan trayectorias sonoras que semejan estocadas corsarias.

La montaña, repleta de extrañas geometrías naturales, resiste la tormenta. El paisaje desaparece bajo el humo, el fuego y las explosiones que causan la artillería y la aviación rebelde. La infantería resiste. La Segunda República soporta aún la ira del fascismo.

Defendemos las cotas que van de la 407 a la 489 en las cumbres rocosas de Cavalls. La sierra es un lagarto largo con lomo de dientes de sierra, plagado de montículos desiguales, en una panorámica frontal.

Más y más sacrificios inútiles, más valor se nos pide, cuando las tropas enemigas se abalanzan contra nosotros y sentimos el corazón subir a la garganta, galopar desbocado, querer salirse por la boca. No sabemos si es miedo o incertidumbre la sensación que nos azota, que dura unos segundos, hasta que la proximidad y la certeza de la muerte, la aceptación de que se va a morir, nos dota de una lucidez serena y por ello mantenemos el tipo en el combate.

Uriguen morirá. Aquí no. Más adelante. Morirá. No volverá a sus ojos la luz del atardecer en las bellas playas donostiarras de La Concha y Ondarreta, los montes verdes que contrastan con el azul del mar. No verá, de nuevo, nunca más, Donostia desde el monte Urgull, desde los vestigios del castillo de la Mota, desde sus murallas, torres vigías y cañones que vigilan la bahía de La Concha. Uriguen, el vasco que añoraba tanto el Cantábrico, morirá.

Más adelante, morirá. Uriguen no podrá, aunque sea por última vez, volver a amarrar una embarcación en el puerto, al regresar de faenar como *arrantzale* o en espera de hacerlo. Ni volverá a poner los pies en la Plaza Guipúzcoa ni tampoco en el Paseo de La Concha. Nunca más va a tener entre las manos redes ni a coserlas, tan solo los fusiles y las balas que jamás debió empuñar.

Más adelante, Uriguen morirá. Basilio lamentará no tener una ikurriña para poder cubrirle con ella. Ya no tendrá retorno para escanciar un venerable txakoli, vino blanco glorioso allí donde los haya, ni para ir a las tascas ni para degustar un marmitako, lo que él daría ahora por ese guiso de patatas con atún o bonito, o unas sardinas frescas. No podrá tirar más piedras a las aguas del Urumea, ni volver a apostar por ningún aizkolari, vascos que cortan troncos con sus hachas y arte, ni por nadie que juegue al Jai-Alai a pala, cesta o mano.

Aquí no. Más adelante, Uriguen morirá. Se acabará el ir a los toros de la plaza de Chofre, en el barrio de Gros, para disfrutar de una buena corrida entre aplausos, olés y el rabo y las dos orejas. No irá al acuarium, que hace diez años se inauguró. Ya no habrá más txikitos ante barras llenas de pintxos. Ya no encontrará fuente ni hembra a la que verter sus palabras de amor.

La muerte es faro solitario, una extensión profunda del vacío. Hacia ella se dirige Uriguen. Hacia ella para no volver a cruzar el puente de María Cristina, ni el de Santa Catalina, ni el de Zurriole. Para no volver a perderse, tampoco, por el museo municipal, que hace diez años fue inaugurado.

Más adelante, Uriguen morirá. Se acabará, para él, escuchar la txalaparta o el txistu. Nunca más nos citará a Iparraguirre: *El árbol de Guernica/ es bendecido/ entre todos los vascos/ de todos amado.* Uriguen morirá y Perich se sentirá más cansado de esperar, de seguir esperando a nuestra destrucción que el arco de Bará.

La sierra de Cavalls comienza bajo el Puig de l'Aliga, se desprende de la sierra de Pándols y va de poniente a Levante. Se inicia en el cerro de San Marcos. La coronan trincheras que, muchos años después, todavía podrán encontrarse en su cima y fragmentos de metralla que quizá, muchos años después, aún podrán recordar el bombardeo infernal y exacerbado que sacude a esta atormentada sierra. Los cráneos arrancados, los ojos colgando, los restos de cerebro esparcidos, las piernas arrancadas, el polvo, los gritos, las caras arrancadas por los golpes de metralla.

El horizonte limpio se pierde más allá de las montañas, velo cerúleo rasgado por blanquecinas nubes. Desde nuestras trincheras, como arrugas de un rostro envejecido, percibimos las huellas, la magenta oscura de la metralla.

Sucios y barbudos, con los cuerpos irreconocibles, de no ser por los ojos, hechos una amalgama de pelo, sudor, fango y suciedad, nos sobran miseria, piojos, muerte y hambre.

Desde la sierra de Cavalls vemos los olivares por los que avanza la infantería franquista.

Tenemos un fusil ametrallador Hotchkiss, modelo 1922/25, calibre 7 mm, de casi diez kilos de peso, más de metro y medio de largo y con capacidad de realizar 230 disparos por minuto. Dicen que alcanza 1.800 metros, pero Perich esas cosas no las entiende. No sabe medirlas. Lo cierto es que tiene un cargador de teja de treinta proyectiles.

Los fascistas atacan tras el bombardeo y el fusil ametrallador va expulsando cartuchos vacíos por la ventanilla. No se calienta porque debajo del cañón tiene unos pequeños orificios para refrigerarse por aire y, además, una salida para los gases de la cámara.

La primera vez que vio un Hotchkiss estaba junto a una caja de madera con cierres metálicos, rotulada: «1600 cartuchos de guerra para fusil Mauser de 7 mm y acabados en mayo. ¡BALA!»

Aún nos quedan cuatro cananas de doce cargadores cada una; son 1.440 cartuchos y, por si vienen los Heinkel o los Messers, tenemos el Hotchkiss con horquilla montado sobre un jalón; que clavado en el suelo, lo sostiene y le permite girar en posición de tiro antiaéreo. Además, también podemos montar el Hotchkiss, robusto y fiable, con un bípode sustentado por patines. Freiremos a quien venga por aquí.

El hambre es un gato enroscado en el estómago, un gato de aire y borborigmos, un agujero negro que nos vacía y encoge. El hambre es oquedad que nos taladra las entrañas, sacude el intestino y puebla el aliento de putridez, estancamiento y descomposición y aroma moribundo. Es una mano que nos retuerce la barriga y que gruñe y murmura, queda y continuada, bajo la piel cansada y desfallecida.

Aferrado al fusil de cerrojo, al Mauser que carga bala a bala al tirar para atrás el pestillo y luego para adelante, apunta a un enemigo cuyo rostro es confuso todavía y a quien verá morir cuando se acerque. La altura da ventaja y, durante toda la batalla, los bombarderos les han castigado sin demasiada exactitud. Han jugado a un escondite extraño para recuperar después las posiciones, para salir como topos de donde nadie espera, regresar del propio olvido, y regalarles balas y granadas, en las mismas narices, a los hombres enviados a la muerte, a los conquistadores, cuya única gloria será morir en combate, sin mayor razón que cumplir una orden, que seguir la estrategia, aunque la mayoría de las veces todo sea un error y una locura que se paga.

Y sabemos el precio.

Desde Cavalls podemos ver las casas y las ruinas de Corbera, el valle del río Seco y la carretera que lleva hasta el cruce de Camposines. Mira a Uriguen. La sangre palpita frenética en las venas con un bombeo incesante, acelerado, que le encoge y agranda el corazón, como un pinchazo a la espera de intuir o comprender qué oscura senda depara a su vida el destino.

Supo que era la muerte. Sabe que se acerca con su lacerante guadaña y su vestimenta negra. La misma parca que ha dejado soldados amontonados en las trincheras, que los ha hechos salir de ellas para enzarzarse en furiosas luchas cuerpo a cuerpo, que los ha inmolado sobre el fango, leñador que tala, solo por diversión, las almendreras que cruzan su camino. La muerte viene, a sangre y fuego, a recoger la cosecha de cadáveres que sigue dando la batalla.

Seis días antes del inicio de la última ofensiva, el 24 de octubre, la artillería rebelde distribuye sus misiones, articula las unidades y señala los mandos. Intentan reunir la mayor masa artillera posible. Lo conseguirán. Estudian hasta el más mínimo detalle del terreno, mediante cartografía, reconocimiento aéreo y observación. Buscan los puntos débiles del enemigo.

Cuentan con la artillería de cinco divisiones y van a ponerla en juego. Son 29 baterías ligeras. Se forma una Agrupación con 25 baterías ligeras y pesadas y otra Agrupación de contrabatería con 6 baterías. Habrá dos grupos pesados y dos ligeros.

¡Qué Dios se apiade de la 130.ª brigada republicana cuando llegue el día 30 de octubre! Los aviones eclipsan el cielo y el bum-bum incesante de la artillería los destroza. La Loca con sus cuatro tiros a corta distancia. Los morteros con su caída vertical. Los cañones y los proyectiles y el sonido con la borrachera de pólvora.

Jesús Lacoma Langlara había sido compañero de los de la 130.ª Brigada, de la 43.ª División, en su batallón n.º 520. En la bolsa de Bielsa se pasó a los nacionales. Peraltilla, su pueblo, ya estaba en la otra zona. Pasó de bailar en Abizanda con las mozas del lugar a hacer trincheras en Boltaña y verse expulsado a Francia y de allí a Villarobledo de Santander. Los nacionales lo envían al Ebro y lo que toman de día, lo pierden de noche, sin descanso. Duermen de dos en dos, espalda contra espalda y con dos mantas, la de arriba chupida de humedad. Había uno de Rodellar llamado Modesto Nasarre que le dio por muerto al escribir a casa y, un poco más, y el padre Marcelino en Peraltilla, hasta le hace una misa. Luchó por dos duros diarios viendo morir a la gente como conejos.

Después del ataque del enemigo, en las rocosas cumbres de Cavalls, ve desde el parapeto un cadáver. No es uno de los nuestros. Lo ve en escorzo, estirado en el suelo, largo ciprés talado, con la cabeza casi irreconocible, su pierna izquierda a la derecha, encabalgada y estirada sobre su pierna diestra. El tronco y lo que puede ver de su cabeza, no mucho de algo que parece pelo, le hacen comprender que está encogido. Sus botas resplandecen, negras y casi nuevas, igual que el correaje que recorre su pecho y espalda. Ha ido hasta él y le ha quitado las botas. Ya no las necesita y quizá a algún camarada puedan irle bien.

Al estar frente a él, sobre su sombra, se siente solo delante de un bulto, de un fardo de carne, pobre como las rocas que nos acompañan. «Así acabamos todos un día u otro. Así», piensa mientras regresa con las botas en la mano.

—¿Para qué las quieres? —pregunta Uriguen.

—¿Y para qué las quiere él? ¿Para qué le sirven? —contesta—. Toma… —le ofrece—. Cógelas y pregunta por ahí quien las quiere.

—Oye, eso está hecho —le responde.

Y se va por ahí mientras Pedro Hernández sonríe y le dice:

—Es un crío este vasco, Basilio. No debería estar aquí.

Pedro tampoco debería estar, pero está aunque no es ni su batallón ni su brigada. «Soy parte de este Ejército», dice. Y si las circunstancias le han traído aquí, aquí se queda. Tiempo tendrá de dar explicaciones si sale de aquí y si hace falta.

Les bombardean a la hora del rancho. Los bombarderos dan paso a los cazas, *cadenas*, que les ametrallan uno tras otro. Tampoco tienen mucho que comer, así que no logran empeorar su humor.

Un hijo de ferroviario, orfebre, muere destrozado por la explosión de una granada y a otro un obús le ha mordido la espalda y quizá vaya a retaguardia.

Pedro Hernández le mira y comenta que las *Pavas* ya se están cagando, los bombarderos ya están tirando bombas.

—Ya te digo —le asiente Basilio—. ¡Y menuda descomposición!

Van cayendo las bombas, arbóreas hojas de otoño. Huele a establo, sierra y humaredas. Serpentea el aroma de la tierra mientras las ametralladoras de los cazas vomitan sus incontables proyectiles.

Esperar enloquece. Es lo único que pueden hacer.

El viento silba en las montañas. La artillería les ataca y se esparcen las volutas de humo blanco al estallar los obuses y las granadas artilleras. En las cimas de Cavalls hay una calma inherente a pesar de la guerra. La niebla, mar aéreo, extiende su blanquecina alfombra sobre el cielo.

El viento silba y surge de las gargantas de las montañas. Es la hora del rancho y aquí están con el plato o cuenco metálico y el tenedor, la cuchara y el cuchillo o lo que queda de ellos. Quizá hoy coman algo. No saben. Lo cierto es que vendrán los *Pavas*, puntuales, a moquear sus bombas o a sembrar los cartuchos sobre la cima de Cavalls; buscándoles.

Prosiguen las detonaciones. Con una tranquilidad pasmosa, Pedro Hernández saca de su macuto un dominó.

—¿Queréis jugar? —inquiere con pasmosa naturalidad.

—¿Estás loco? —contesta Uriguen—. ¿Y si una bomba nos mata?

—Bueno, me gustaría morir jugando al dominó —replica Hernández—. Estoy cansado de esperar y de esconderme.

Así que empiezan a jugar al dominó frente al Hotchkiss, como si tal cosa, como si lo demás no fuera con ellos.

En las cimas de Cavalls, donde la inmensidad puede palparse, recordará ver uno tras otro repetirse carteles, propaganda y consignas. Basilio cierra los ojos, cansado de tanta destrucción, y aparecen sus dibujos y colores, su tacto y sus fragancias, desde las calles y lugares en los que los había visto.

¡*Con disciplina se defiende la República!*, exclama uno; con tres soldados pintados en rojo con sombras negras, que desfilan con paso marcial, fiero, y rostro decidido y belicoso.

De súbito, un cartel de UGT que explica: *Cómo ha sembrado la Iglesia su religión en España.* Y sobre ese lema, un hombre vestido de negro, con un colgante con los colores de la España rebelde, sostiene un cuadrado amarillo con una negra cruz gamada dentro; un cura que siembra los surcos de un campo con cruces de muertos pasea su sable a la izquierda, con un cinturón rojo, y un horizonte de nubes tormentosas blancas y naranjas de fondo.

El viento ulula en las cimas de Cavalls, entre atalayas escarpadas y senderos rocosos y lame el contorno orográfico de la sierra. El viento, en la oscuridad de su silencio, le recuerda al que arrastraba carteles por las calles tiempo atrás, papel, paja o polvo le trae a la memoria otro cartel. De un soldado con una venda en los ojos, con el casco y un libro que no puede leer. En letras blancas advierte: *El analfabetismo ciega el espíritu*. En letras rojas prosigue: *SOLDADO, INSTRUYETE*.

Abre los ojos y palpa entre sus pertenencias. Está aquí, con él, su libro azul. Intacto sobrevive aún *El malvado Carabel*.

Lo malo de los muertos es que llevan un trozo de vida sobre ellos, en documentos o en pertenencias y permiten revivirlos de forma momentánea. Le sucedió con el enemigo, al que le aplastó la cabeza en la trinchera. No es que le importe mucho algo de lo encontrado. Solo, la carta. Por lo visto estaba escrita hacía pocas horas y no es normal que el moro aquel la llevase encima, quizá olvidó enviarla o decirle a alguien que la enviase. La verdad es que solo sabe que la llevaba encima. Es una carta dirigida a una mujer, Fátima, que vive en la Rue Lafayette, en Casablanca y al tenerla en sus manos solo piensa en quemarla, en verla arder. No pudo. No la quemó. La guardó. Y la envió sin remite, meses después desde Francia, y escribió en el reverso, en francés: «El que la escribió ha muerto.»

Después de todo podía comprender el dolor que sentía, sentiría o había sentido Fátima. Aunque no podía sentirse culpable de haberse defendido.

Carta número 351

Irremediable Berta:

Aunque nunca recibas esta carta, ni las demás, has de saber que no te olvido. Tengo el olfato taponado por un hedor agrio, salado y pegajoso; y el capote raído. Arrastro un tufo sucio y húmedo que comparto con la suciedad, el hambre y los piojos. He soñado una muerte y le he visto los ojos. La muerte se acercaba y me decía: «Sientes miedo, vacío, despersonalización.» Quería escupirle y no podía. Los piojos son mejor compañía que las pulgas. Hay una diferencia. El enemigo es solo una molestia.

Tengo que dormir acurrucado en una manta, en los huecos cavados, arrebatados a la agreste montaña. La comida, ranchos en frío, a veces, es carne de vaca acecinada, sardinas y tocino. Y otras veces ni es. Hoy ha estado precisamente en otras veces.

La oscuridad, también a veces, está labrada por bombas, granadas y obuses; fragmentos de metales, arbustos deshojados, árboles sin raíz, partidos por el odio, el fétido aroma de los cuerpos descompuestos y los disparos, los silbidos de bala, el eco y el silencio nocturnos.

Ya ves cómo me encuentro. Hace un año estábamos tú y yo juntos, todavía juntos. Habíamos visto en la Casa del Pueblo, con los años será el cine Alhambra, a un tal Charlot, en el cinematógrafo y nos habíamos reído con sus Tiempos modernos. Ahora creo que es posible comerse unas botas. Y cosas peores. Y no me hace gracia. Ninguna gracia. Preferiría escribirte que como judías, garbanzos, carne, bacalao, azúcar, huevos, aceite, patatas o sal. No quiero mentirte; no puedo mentirte. Comemos guerra. Eso nos sobra.

Y no me gusta. No nos gusta. La guerra son hogares destruidos estúpida, cruel y bestialmente. Son cambios de ropa interior poco frecuentes. Son afectos e ilusiones perdidas, con el peso añadido de eso que llaman «responsabilidad histórica». Nos jodieron, mi amor, nos jodieron. No me parece a mí que vayamos a vencer. No me parece posible que decidamos la guerra a nuestro favor. Sé que comprenderás que eso me duela menos que haberte perdido, porque arrastro un cansancio de siglos y derrotas, de ausencia y de dolor, por el que solo quiero saber qué pasará cuando esto acabe.

En medio del Infierno y la locura se agota, Berta,

tu Basilio.

12

Adiós, Internacionales

Estos voluntarios lo han abandonado todo: amor, patria, hogar, bienes, madres, mujeres, hermanos, hijos y han venido a decirnos: ¡Henos aquí! Vuestra causa, la causa de España, es la causa común de toda la humanidad progresista y de vanguardia.

Le Brigate Internazionali in Spagna
Luigi Longo

Maik se cree Errol Flynn interpretando al mayor Geoffrey Vickers, junto a la actriz Olivia de Havilland, en *La carga de la Brigada Ligera*, la última película, de Michael Curtiz, que había visto en versión original antes de marchar a España. Su destino no es la misma muerte del mayor Geoffrey Vickers. Únicamente se vive el tiempo que se ama. A *Maik* solo le va a tocar cargar contra sus recuerdos. Los héroes, sus camaradas, descansarán para siempre bajo tierra española. Su corazón, por el contrario, no tendrá descanso sobre ninguna tierra.

Conforme a la Orden General del Ejército del Ebro, 1.º de octubre, y su artículo séptimo:

Todos los extranjeros de las Brigadas once, doce, trece y catorce causan baja en sus batallones, baterías o escuadrones y se reúnen, bajo el mando del más caracterizado de ellos, en un batallón dentro de cada brigada, que forma en el acto de despedida celebrado en cada una de ellas y ante el cual desfilan las restantes unidades de la brigada. Después, sus miembros son conducidos a Barcelona o a otros lugares para su repatriación.

Los internacionales de la 35.ª división son relevados el 23 de septiembre y los de la 45.ª división un día después.

Juan Negrín, presidente del Consejo de Ministros, por la radio, les despide con ardientes palabras, reproducidas por el diario El Sol, el 30 de octubre de 1938, domingo. Palabras que palpitan y resuenan engoladas y presentes en el aire de quienes las recuerdan:

> Amigos de España que desde cincuenta y tres naciones habéis venido a combatir la invasión agresora de los países democráticos y a defender los principios de libertad y convivencia internacional, de los que hoy es mi patria el adalid singular... Al despedirme de vosotros sé que las palabras que más agradeceréis serán las que lleven a vuestro ánimo la certeza de que no hemos de flaquear en nuestro denuedo.

Dolores Ibarruri, La Pasionaria, se dirige a las mujeres de Barcelona con unas palabras que brillan más que el sol otoñal escanciado por las calles. De su garganta surge este emotivo torrente de esperanza, de reconocimiento, gratitud y respeto:

> ¡Madres! ¡Mujeres! Cuando pasen los años y las heridas de la guerra hayan cicatrizado; cuando la oscura memoria de los tristes y sangrientos días se convierta en un presente de libertad, amor y bienestar; cuando los sentimientos de odio hayan desaparecido y cuando todos los españoles sientan el orgullo de una patria libre, entonces hablad a vuestros hijos. Habladles de las Brigadas Internacionales. Contadles cómo, llegando a través de mares y montañas, atravesando fronteras erizadas de bayonetas y vigiladas por rabiosos perros ansiosos de destrozar su carne, estos hombres llegaron hasta nuestra patria como cruzados de la libertad. Abandonaron todo, sus hogares, su patria, casa y fortuna, padres, madres, esposas, hermanos, hermanas e hijos, y vinieron para decirnos: «Aquí estamos. Vuestra causa, la causa de España, es nuestra causa. Es la causa de toda la humanidad avanzada y progresiva.» Hoy se marchan. Pero muchos de ellos, miles de ellos, se quedan aquí con la tierra de España como mortaja, y todos los españoles los recuerdan con el más profundo sentimiento.

Después *La Pasionaria*, que luce un vestido negro, se dirige a los Internacionales. La recia vasca se apronta y prosigue su discurso que en forma de folleto se editará poco tiempo después en Barcelona, cuyas palabras y recuerdo temblarán para siempre en la oscura memoria del viejo corazón de Jerzy:

> ¡Camaradas de las Brigadas Internacionales! Razones políticas, razones de Estado, la sustentación de la misma causa por la que ofrecisteis vuestra sangre con tan incomparable generosidad, obligan ahora a volver a algunos de vosotros a vuestra patria, y a otros a un exilio forzoso. Podéis marchar orgullosos. Vosotros sois la Historia. Vosotros sois leyenda. Vosotros sois el heroico ejemplo de la solidaridad y universalidad de la democracia. No os olvidaremos y cuando en el olivo de la paz vuelvan a brotar de nuevo las hojas, mezcladas con los laureles de la victoria de la República Española, ¡volved!

Habían dejado el Ebro para ir a Marçà, a Espluga de Francolí, para que Negrín les dijera «reclamad el derecho a la ciudadanía española»; en el Priorat, donde habían estado Robert Capa, Harry Randall, el futuro mariscal Tito, Nehru o Indira Gandhi.

Las nubes transitan lentas por el cielo y Jerzy rememora los rostros de algunos de los caídos. Consigue reprimir alguna lágrima diminuta y recuerda a quienes han sido sepultados aquí o han acabado muriendo en otra parte. Algunos han luchado para acabar, al final, bajo rótulo francés, con una pequeña leyenda que, en el mejor de los casos, recuerda su nombre en un lugar en el que, quizá, se les tributará homenaje, silencioso y visual, como voluntarios de las Brigadas Internacionales, ocupando las tumbas de los héroes caídos por la libertad del pueblo español, el bienestar y el progreso de la humanidad: *Pour la liberté dú peuple espagnol, le bien etre et le progrès de l'humanitè.* ¿Y del Komintern?

Si durante la Segunda Gran Guerra una bala no le hubiera atravesado un ojo. Ulrich recordaría al checo que recitaba versos de Jaroslav Seifert.

Ulrich escucha *Primavera en las redes de los pescadores* y *Canción*, ajeno por completo a la letal bala que le espera, la que le atravesará su ojo izquierdo, en su lucha contra las tropas nazis. Abandonar España es algo triste, muy triste. Un trago amargo; más amargo quizá en estas condiciones. Las circunstancias ya no pueden ser cambiadas y es hora de marcharse. Amarga hora, sin duda.

Hemingway había ayudado a los de la Lincoln conduciendo ambulancias. El jefe de sanidad de la 35.ª división llevaba una ambulancia regalada por el American Medical Bureau. El británico George Green muere a finales de septiembre, en el frente del Ebro.

Las Brigadas Internacionales no han luchado solo por la República de España, sino también por sus propios países: los checoslovacos han luchado por Praga, los franceses por París, los austríacos por Viena, los griegos por Atenas, los ingleses por Londres. Albaneses, escoceses, búlgaros, flamencos, belgas, rumanos, yugoslavos, rusos, escandinavos, senegaleses, mejicanos, polacos, norteamericanos y demás se están defendiendo a sí mismos, al futuro de la Humanidad, contra la barbarie totalitaria. Los italianos han luchado contra Mussolini y los alemanes contra Hitler; no todos los italianos son fascistas ni todos los alemanes nazis. Quizá su lucha aquí haya acabado pero ha de proseguir, proseguirá, allí donde el destino disponga situarles. Si hubiese vencido la República, ¿se habría producido la Segunda Guerra Mundial?

En 1937, Jaroslav Seifert publica *Primavera, adiós* con referencias a la guerra de España. Ulrich recordaría el poema *El amor del general Franco*, que cita unas declaraciones de Carmen Polo de Franco a la prensa italiana, en su encabezamiento, según las cuales: «El general ama sinceramente España.» Ulrich murmuraría:

—Su amor es de cementerio.

A Ulrich una bala le perforará el ojo izquierdo, cuando durante la Segunda Guerra Mundial tenga ya la vista saturada de sangre, muerte, atrocidad y odio.

Ni Jerzy ni Ulrich en la hora del adiós pueden pensar en el futuro inmediato. No creen que gane la República, que ha sido traicionada por el mundo en teoría «libre». No saben si algún día volverán a esta tierra, ni siquiera si seguirán viviendo cuando llegue el año próximo. En el corazón pesan los rostros y los adioses, la retahíla lóbrega de nombres y de historias, familias y amigos que de alguna manera han sufrido la guerra. Los enfermos, los abatidos, los cadáveres, los desaparecidos, los prisioneros, los que deben seguir viviendo tras la batalla incesante, no podrán olvidar. Ni a los alemanes Markus, Andreas, Matthias y Katherina; ni al francés Antoine, con la foto de su Claire, ni a Jeroen de Holanda, partido en dos por una granada de mortero, hablando de su hermosa Marieke; ni a los eslovacos Jaroslav y Jan, esperando regresar a casa con sus esposas, respectivas, Hana y Lenke.

Tampoco olvidarán al presumido Tomi, finlandés, y a su hermano Juha, enamorados, sin valor para haberse declarado, de las gemelas Jonna y Minna, sus vecinas que nunca sabrán que las amaron.

¿Dónde estarán los húngaros Attila, Tibor y Laszlo? ¿Seguirán hablando de sus respectivas amadas Piroska, Anna y Sara? ¿Y los islandeses Gunnar y Magnus, con sus Helga y Kristin?

El mismo ojo que una bala perforará, unos años después, deja escapar alguna tímida lágrima que Ulrich justifica, ante Jerzy, con un habitual:

—Habrá sido un mosquito.

Jerzy sonríe y comenta:

—No deben esconderse las emociones. Además, esto es historia. Somos historia. Este momento es único, irrepetible.

Recuerdan también a los italianos Pasquale y Giusseppe, que no dejaban de ensalzar a sus hermosas, al menos en palabras, Beatrice y Alessandra, que ninguno duda que no fueran divinas. Pasquale era florentino y Giusseppe siciliano, los dos antifascistas, aunque aquí han sido sencillos camaradas, brigadistas, en la línea de fuego.

—Será difícil reencontrarse con los noruegos Suein y Joakim —apunta Jerzy.

—Más todavía —responde Ulrich— con sus prometidas Sidsel y Marianne.

No podrá encontrarse con Tomasz y su hermana Irena, si Polonia sigue estando en su sitio, ronronea Jerzy y se acerca hasta Breslau. O quizá él se presente en Praga y Jerzy le presente a su Izabela, si es que al volver la encuentra.

—¿Por qué no? —inquiere Ulrich.

—Las mujeres son incomprensibles. Como la vida misma. Como una maldita guerra.

—Mucho más dulces —confiesa Ulrich, que alza la mirada frente al límpido y soleado cielo que protege Barcelona.

—Eh, alemán... ¿en qué piensas?

—En que, por un cielo tan bonito se pasean los señores de la barbarie y bombardean ciudades, poblaciones civiles, solo para sembrar el odio, el terror, el pánico, la destrucción, el miedo.

—Solo para imponerse —precisa Jerzy, que repite—: Solo para imponerse.

Mientras tanto, cerca de ellos, los rumanos Jon y Vasile piensan en sus Delia y Joana; los rusos Oleg y Alexei, en sus Larisa y Svetlana; los suecos Goran y Olof, en sus Marika y Margareta; los portugueses Joao y Domingos, en sus Branca y Catarina. Y tantos otros en sus padres, hermanos, amigos, hogares, animales de compañía, amores, patrias y demás que habrán cambiado, o no, tras su regreso.

Es la hora de volver sin haber logrado derrotar al fascismo.Una amarga hora para los que han caído junto a su lucha, para los que han de caer, para los que continúan cayendo y quienes deberán vivir para siempre con el recuerdo y la nostalgia.

—Quizá volvamos algún día y España haya cambiado. Si tuviera que volver a vivir, no me arrepentiría de haber luchado aquí —confiesa, entre el gentío, Ulrich.

—Tampoco yo —responde Jerzy, convencido.

A pesar de los recuerdos de la guerra, dulces y amargos, recuerda aquel desfile como un hecho maravilloso de su vida. Entre el calor y la gratitud de la gente destaca la magia de las sardanas que se escuchan.

Lleva en él aquella magia y espera conservarla hasta la muerte. ¡Qué bella es la sardana! Primero suena el *flabiol*, gallo agudo y seco que despierta al mundo. Después vienen los tiempos cortos, algo tristes, nostálgicos, nocturnos. Tras estos, los tiempos largos, alegres, teñidos de esperanza, portan el alba a los ojos, nos rozan con piel de níspero los oídos y dejan el corazón sobrecogido por la emocionante melodía, capaz de elevar a las personas, capaz de eliminar la gravidez del mundo, con su ritmo y su repetición, de una musicalidad asombrosa, con reminiscencias griegas, que se contagian al contemplar la danza.

En los tiempos cortos los pasos se llaman *trencats* y en los tiempos largos, *seguits*. En los contrapasos existen los *girats*, que en la música de la sardana se llaman *tresos*. Los músicos que la tocan forman la cobla.

Son once. Un *flabiol* con el tamboril, dos *tibles*, dos tenoras, dos trompetas, un trombón, dos *fiscorns* y un contrabajo.

Los músicos llevan sus partituras escritas en pequeños papeles. Algunos de ellos las han colocado sobre sus instrumentos.

La gente baila. Jerzy no sabe medir la duración. Quizá sea mucha, se le hace corta. La forma es orden y cadencia, gestos armoniosos, gráciles, conmovedores, como si cuerpo y alma se fusionasen, como si un espíritu sublime latiese tras la danza.

Jerzy se dice mentalmente: «Esto es hermoso».

¿Qué habrá sido del intérprete Pérez Ballesteros, Antonio, de la 14.ª brigada, al que había fotografiado junto al coronel Dumont? Yale Stuart vuelve a casa. Alguno pasó el Ebro nadando bajo la superficie y a otros camaradas, al repasar el río, eso les salvará la vida.

¿Qué cómo sabe tanto del arrullo de las sardanas? Pasará el resto de su vida queriendo saber. Y no se arrepentirá de ello.

Atrás quedan Oliver Law, oficial afroamericano, muerto en Cerro del Mosquito, en Brunete, en julio del 37; Jack Shirai, japonés de la Lincoln, alcanzado en ese lugar por una bala que le atraviesa la cabeza; la resistencia obstinada de los del Batallón Lincoln en la cota 666, donde cayó Dave Lipton, nacido en Riga y vecino del Bronx, que lloró cálidas lágrimas con sus pobres ojos por el dolor y la angustia que causaba a sus padres frente a los viñedos y olivares cubiertos con la sangre de España; el mismo Dave, que había perdido su virginidad en París con una prostituta y al día siguiente no era feliz porque si el sexo era así ningún sexo significaría nada. En la 666 también cayó Joe Bianca y fue herido de muerte Aaron Lopoff, mientras Harry y Marty Sullivan mantenían las ancianas líneas telefónicas en uso.

Atrás quedan el ataque sin sentido que le costó la vida a Mel Ofsink; el calvario por tomar una colina; el nocturno recuerdo de la muerte de Doran o de Merriman y la de tantos otros; el plateado destello del Ebro, que hemos pasado y repasado a nado o remando botes; la sangría de los del British en los sureños barrancos de Gandesa; las escarpadas peñas, negras como el cuervo, escuálidas, jamás deleitosas, siempre perfumadas de mandrágora, coraza de tinieblas, agua sin búcaros para los transeúntes del tiempo; Will Carroll, con sus burros ingeniándoselas por las cimas de Cavalls y la imagen del eterno Mitt Wolff, alias *El Lobo*, a caballo, que se parecerá cada vez más a Abraham Lincoln y al cual, Dolores Ibarruri, de grises cabellos, le dijo «Baila conmigo» en el banquete de despedida a las Brigadas Internacionales del Partido Comunista de España. En las casas solían esconderles a las mujeres más bonitas y Wolff aprendió que hay que jugar a todo o nada, hasta los cojones. No puedes quedarte a medias.

Jerzy explicará que el *flabiol* es un instrumento musical rústico, un cañón de caña, de unos doce a treinta y cinco centímetros, cortado en modo oblicuo en un extremo y con agujeros a lo largo, como una flauta, de sonidos muy agudos.

El tamboril es un timbal pequeño que los tamborileros se cuelgan del brazo izquierdo y que tocan con una sola baqueta.

Las *tibles* son instrumentos de viento de la familia del oboe, como las tenoras, parecidos a estas pero más pequeños y de sonido más agudo.

Los *fiscorn* son instrumentos de viento, semejantes a la trompeta, de cuerpo más grande y provistos de tres pistones.

Atrás quedan los 37 nombres del monolito. Robert Merryman, el amigo de Hemingway; algunos de la Lincoln, como Arnold Reid, al que recordarán Joe Bianca, Howard Goddard, Mickenberg o el propio capitán Wolff.

Llevará muchos años soñando aquella música, escuchando aquella música e intentando comprender aquella música. Con el tiempo comprenderá, tras toda la historia que habrá vivido, que la despedida de las Brigadas Internacionales solo puede explicarse diciendo que fue una sardana. Sí. Es una sardana.

Atrás quedan almendros, viñedos, olivares, pábilos consumidos. Los antiaéreos en las lomas, el canto de los grillos, las mirillas de cemento, las cañas, las viñas, el batir de remos en el Ebro, los cólicos, las fiebres, la sarna, los piojos, el ricino, los roedores, su añoranza de las alubias, sesgada sobre el calvero.

Noviembre es el mejor mes del año. De eso no cabe duda. En su despedida hay flores y rosas por todas partes, en un desfile en cuyos flancos, como a reyes, les han arropado con una improvisada y caótica alfombrilla de flores. Muchedumbre. Críos. Alegría y tristeza. Emoción.

Es 15 de noviembre. Suena *La santa espina*. Hay un ambiente irrepetible. Emotivo. La música de las sardanas, en un principio, lo inunda todo. Hay jóvenes en círculo con faldas y camisas de manga corta, con sus manos unidas en alto, moviéndose de derecha a izquierda, con sus pies y su alegría, mientras las contemplan los soldados; algunos de los cuales saludan con el puño en alto, a la altura de la cabeza, bajo las banderas nacionales de innumerables países.

Los Internacionales desfilan sin armas, agrupados en filas de nueve por nueve, con los estandartes al frente, entre vítores y aplausos, jaleo y vocerío. Llueven papelitos blancos sobre ellos. Y flores. Alguna mujer les besa agarrándoles del cuello. También hay lágrimas. Tristeza y alegría. Emoción.

Desfilan al paso y con aire marcial, los brazos adelante y atrás, mientras *La Pasionaria* sonríe. Luce un vistoso y alegre pañuelo de seda y el negro pelo recogido con un moño detrás de la nuca.

Las mujeres sonríen. Les echan flores. Llevan flores. Lucen flores. Ondean las banderas tricolores de la Segunda República. Siguen desfilando. Algunos niños se les lanzan al cuello para besarles. Algunos les dan las gracias.

Tal vez sea octubre. El 28 de octubre. Lo cierto es que hay unas trescientas mil personas desde Pedralbes a lo largo de la Avenida Catorce de Abril, futura Diagonal. La misma gente, quizá, que vitoreará en la caída de Barcelona a las tropas fascistas. No, ni hablar. No serán esos quienes están aquí, cubriéndoles de flores, vítores y abrazos. Sí, a ellos, los veteranos de las Brigadas Internacionales que desfilan, desarmados, por última vez en tierra española. Aquí se quedan muchos de los suyos, de los que les acompañaron, bajo la piel de toro.

Al frente marchan Luigi Longo y los tenientes coroneles Hans y Morandi. Historia. Pura historia. Tras estos, las enfermeras de todos los países y dos autocares de mutilados.

Están aquí por ellos, por ti, Azaña, Negrín, Martínez Barrio, Companys, Dólores Ibarruri, Manuel Machado, el general Rojo y otros muchos más; el corazón de la República late y muestra su agradecimiento. Ellos, defensores de la democracia, de la libertad y la justicia, regresan a sus hogares. Algo de ellos queda aquí. Algo imborrable.

Atrás quedan brazos en cabestrillo, el coronel Tumanov y su traductora Liuba, cuerpos exangües, desangrados, lóbregos, torvos, los meandros del Ebro, el rebujo del fárrago guerrero, las lámparas de petróleo con su cristal ahumado, las detonaciones, los silbidos, el fragor, las esquirlas, las ojivas, la argamasa, las deflagraciones, las jambas mordidas por la metralla, las vainas acanaladas de latón, la Unceta y Compañía, los troncos cónicos de las balas, la formica olvidada de los bares, la estraza que nos viste, la laja de limpiar las armas, y también los soldados achaparrados soltando el lastre y carga de la memoria.

Aquí estamos, 15 de noviembre. Un impresionante desfile de la aviación republicana. Un cielo refulgente y límpido. Andan casi sin tocar el suelo. Los edificios se genuflexionan a su paso. Los laterales de su desfile están inundados de flores. Flores que, de haberlas visto en el futuro, a Basilio Perich le habrían recordado el Corpus en La Garriga. Entonces no, no podía ser.

Los Internacionales mantienen el paso. Los rostros aparecen y desaparecen. Las sonrisas se contagian. No parece una despedida. Ahora ya no son soldados; son hombres cuyas únicas armas son las flores. Hay rostros serios. También se van los pilotos rusos, Korobkov, Gusiev, Sabronov, que no verán el vendaval que azotará San Marx.

—Jerzy... —le susurra— no pienso irme.

—¿Qué dices, Ulrich?

—Que yo me quedo aquí —masculla el alemán, ceñudo, y añade—: Este es mi sitio.

En el palco musita el presidente Azaña, con su gafas, el rostro serio y el pelo blanco, a la izquierda del cual está Negrín, también con gafas, poco pelo aunque negro, concentrado en la lectura de no sé qué papeles. Ambos están sentados. Tras ellos, de pie, destaca entre la multitud, detrás de Negrín, la mirada sombría y pensativa del general Vicente Rojo, también con gafas, de tipo circular, casi como dos monedas sobre sus ojos, que soportan el peso de la gorra de plato, con la fulgente estrella de cinco puntas al frente y todos los detalles del rango militar; una gorra de plato cuyo peso es ser el jefe del Estado Mayor del Ejército republicano.

Tres semanas después informará a Negrín de la triste situación que se aproxima. El Ejército rebelde estará a punto de iniciar la ofensiva final sobre Cataluña y el Ejército republicano estará destrozado a consecuencia de la batalla del Ebro y con escasas posibilidades de rehacerse al carecer de los necesarios recursos humanos y bélicos.

Los brigadistas se concentrarán en los ferrocarriles de Puigcerdá y Portbou y en el puerto de Gandía para su repatriación. Algunos agentes soviéticos aprovecharán sus identidades, Ramón Mercader, parar burlar fronteras con la misión de asesinar a Trotski o la de conseguir la fabricación de la bomba atómica.

Atrás queda el caído cubano Ramiro Azcuy; la juventud de George Sossenko, alistado a los dieciséis años; la de Moo Fishman, que perdió una pierna; la de Antoine Piñol, herido en el Ebro, que huirá de Barcelona con otro soldado a punta de pistola tras requisar un coche; el run-run atroz de las *Pavas*, las burras y los barreneros, el olor a carne, a pólvora y a sangre, o el dar un poco de jaleo por la noche al enemigo. Franklin D. Roosevelt sabrá, en medio de la segunda gran guerra y desde su despacho oval, que debieron ayudar a la

Segunda República española. Algunos estadounidenses sí lo hicieron.

Negrín se inclina sobre la baranda de la tribuna de personalidades al paso del desfile y saluda con el puño en alto. Las insignias distintivas de las Brigadas Internacionales parecen los de la Mercedes-Benz, una estrella roja de tres puntas.

Robert Merriman había abandonado su cátedra de economía en la Universidad de California para pisar el barro en las trincheras de España; como Dave Doran, un marinero de Pensylvania; como Luis Díaz Soto, un médico cubano. Sus nombres reverberan en la Avenida catorce de abril, en la despedida de los brigadistas, entre sus labios y entre los balcones y palmeras engalanados.

Recuerdan a Copie, un diputado croata, al que un proyectil le deshace las piernas. Tiene las botas ensangrentadas, carne y hueso insensibles y grita y aspa con sus brazos:

—¡Un fusil! ¡Dadme un fusil! Esto no es nada. Nada, mientras pueda disparar.

A «Chasquel Honigstein», defensor de la independencia de España, que se queda en la patria de los hombres libres, reza la pancarta que precede al féretro portado en hombros y acompañado por la última formación, antes de ser disueltos y devueltos a sus lejanos países, de los brigadistas internacionales.

Se distribuyen pasquines propagandísticos:

> Al volver a nuestros países, nosotros, Internacionales, repetiremos por todas partes vuestras lecciones. Nuestro enemigo común, el fascismo. Nuestra arma común, la unidad.

Hay quien sueña con un traje elegante en los almacenes Pelayo, que antes eran los almacenes alemanes y otros levantan su: «Abandonamos España pero no abandonamos la lucha.» Otros reparten dulces y juguetes a los niños. Hay un servicio de altavoces colocado en los árboles. La aviación arroja un soneto de Miguel Hernández, el soneto titulado *Al soldado internacional caído en España*.

Desfila una sección motorizada del servicio de carreteras, una compañía de Infantería de Marina, una de ametralladoras del servicio de defensa de costas con las armas al hombro, profesores y alumnos de la escuela popular de guerra, una compañía de aviación, las banderas de los ejércitos del Ebro y del Este, que desde las trincheras se suman al homenaje y, por fin, las Brigadas Internacionales encabezadas por los tenientes coroneles Hans y Morandi y cada grupo brigadista con una pancarta al frente.

Los polacos: *España, ejemplo para todos los países amenazados por el fascismo*.

Los italianos: *La victoria será el mejor monumento a nuestros muertos*.

Los británicos: *Jamás dejaremos la lucha por el triunfo de España*.

Los franceses y belgas: *Gracias por lo que nos habéis enseñado en los dos años de lucha juntos*.

Los norteamericanos: *Aquí o en nuestros países, siempre lucharemos por la libertad de todos los pueblos*.

La bandera de los canadienses del Mackenzie Papineau Battalion reza así: *El fascismo será destruido*. Algunos de sus miembros son Frank Blackman, Lee Burke, Maurice Constant, Joe Glenn, Amedee Grenier, Hans Ibing, Bill Kardash, Bill Matthews, Arden Nash, Jules Pavio, Marvin Penn, Paul Skup o Harold Sparks.

De la Brigada Lincoln: Jack Bjoze, Morris Brier, Saul Wellman, o Mario Morales Mesa.

David Seymour, Chim, o Robert Capa, fotografían el coche de Azaña y de Negrín con flores, las mismas que llevarán en brazos los brigadistas, como los besos y abrazos de las muchachas que rompen los cordones de seguridad para trasladarles el afecto y admiración del pueblo que los despide.

Atrás queda David Guest, matemático muerto a los 27 años de edad, cerca de Mora de Ebro, que le escribía a su madre que esta era una de las batallas más decisivas que nunca se hubieran dado para el futuro de la raza humana, y que todas las consideraciones personales se esfumaban ante tal hecho.

El recorrido de los voluntarios extranjeros está jalonado por paneles en los que están escritos los nombres de los batallones, de las brigadas que se despiden con este desfile. A los Internacionales: ¡*Salud, hermanos!*

Ondea una gran bandera mejicana. Los Internacionales desfilan sin armas. Las muchachas les dan ramos de flores, se les abrazan, les besan en la cara, entre vivas y aplausos, hasta alcanzar una alfombra final de laureles.

Cierra la marcha el cuerpo de enfermeras extranjeras, y dos camiones de heridos y mutilados. Tras el paso del batallón de la guardia presidencial, por seguridad, los altavoces indican que se suspende el desfile y se ruega calma cuando ya anochece.

Se disuelven las trescientas mil personas concentradas en las avenidas Catorce de abril y de Pedralbes, en orden, porque la aviación de caza que debe protegerles se retira cuando ya anochece.

Quedaría el silencio a sus espaldas. Los ojos y los rostros, tocados por cánticos antiguos, arrugados por la mudez de la partida. Atrás las voces que cantan el estribillo de la Internacional: «Agrupémonos todos,/ en la lucha final./ El género humano/ es la Internacional.» En francés: *C'est la lutte finale/ Groupons-nous et demain,/ L'Internationale,/ Sera la genre humain.* En alemán: *Völken, hört die Signale!/ Auf zum letzten Gefecht!/ Die Internationale/ er Kämpft das Menscherecht!* En inglés: *Then comrades come rally/ And the last fight let us face./ The International/ Unites the human race.* En italiano: *Su lottiano! L'ideale/ Nostro affine sará/ L'Internazionale/ Futura umanitá.* Y en tantos otros idiomas que vuelven a su hogar.

Una bala inutilizó el brazo derecho de Sol Frankel, que si volviera a nacer de nuevo lucharía contra el fascismo aunque se pierda la guerra. Siempre se sentirá orgulloso de haber pele ado junto a los republicanos. Muy alta la cabeza.

Algunos entonan *I want to go home*, que se había cantado ya en las trincheras de la Gran Guerra. Las balas silban, los cañones rugen, no quiero ir al frente nunca más, mamá, soy demasiado joven para morir, quiero irme a casa.

Ya no insultarán más al enemigo: «Oye, maricón, has estado a punto de volarme la cabeza; a poco me matas.» Cualquiera se asomaba; la respuesta era un tiro.

Nadie enviaría cartas a sus madres para decir que sus hijos habían dado su vida para ayudar a que las cosas se hicieran mejor, y que debían estar agradecidas. Vuelven a casa vivos.

Regresan con el eco de estribillos como el de la canción de las Brigadas Internacionales (cada uno a su aire): «Adelante, Brigada Internacional,/ con la bandera de la solidaridad en alto!» O el himno: «Brigadas internacionales/ combatamos con fiereza/ para dar a España y al mundo/ el Pan, la Paz y la Libertad.» Pocos conocen los versos finales de un poema oriental, grabado en la bandera de un grupo de luchadores chinos, a los que fue donado por los soldados del Frente Nacional Unido Chino Antijaponés de Hankeu, a fecha del 1.º de marzo de 1938: «La Humanidad somos todos nosotros,/ hermanos y hermanas,/ porque nuestra patria sin fin/ es el mundo.»

Maik la busca por toda Barcelona, por los bancos de la Catorce de abril, por las débiles ramas, Carmela Miró no está. Carmela, la prima de Basilio Perich, está en otra parte que Maik desconoce. La búsqueda de siempre, la aguja en el pajar. Todo muy bonito, sí, muy bonito. Carmela no está.

Maik no volverá a ver los carnosos labios, la salvaje melena, los azules ojos ni el más de metro sesenta de inaudita belleza corporal. ¿Dónde está su sonrisa, su sonrisa silente? ¿Dónde, su dulce fragancia? ¿Dónde estarán los faldones plisados y los ojos celestes? Maik tiene el corazón en la garganta, acelerado, y la mirada es una noria a la caza minuciosa del detalle, la pista o la presencia.

¿Y si no se marcha? ¿Y si espera unos meses, algún tiempo más? Puede intentar buscarla. Quizá la encuentre. Quizá ella le esté buscando. *Maik* necesita aferrarse al amor, a aquello que se quiere, cuando tenemos la oportunidad, si la tenemos, porque, de lo contrario, el corazón es una enfermedad muy dolorosa y los latidos una flagelación insoportable. Hay trenes que pasan una vez o ninguna. Nunca dos veces. Y él quisiera saber quién fue el gracioso que creó dichos trenes y no le dijo que Carmela pasaba en uno de ellos.

Veintiocho de octubre, 1938. Sin armas va la tropa de Internacionales, rodeada de lágrimas, como un tropel de mar y libertad. Las flores llueven sobre el humano y horizontal desfile, una torre de babel hecha río que se quiere cubrir, recubrir, de agradecimiento, calor y emoción.

Los heridos van en camiones descubiertos, saludan, avanzan por la Avenida Catorce de Abril entre vítores y flores, lágrimas y recuerdos. Un francés grita: *Visca Catalunya!* Todo es agitación, una heroica marcha, una emotiva despedida.

Un varsoviano augura que no ha terminado la lucha, nuestra lucha... ¡Por la libertad del mundo!

Cada uno cantaba la Internacional en su idioma y el conjunto sobrecogía como lo habían hecho en los días de guerra. Como escribiría Camus, los hombres aprendieron que podía hacerse lo correcto y aún así ser vencidos, que la fuerza podía derrotar al espíritu, que a veces el coraje no tiene recompensa, justicia y libertad. Por eso muchos hombres del mundo entero sienten el drama español como una tragedia personal.

En su cabeza el eco de los insultos: «Cabrón, hijoputa, me cago en tu madre y en tu padre todavía no, porque a lo mejor soy yo», extraños como un gudari en la cafetería Zara de la Gran Vía que cantase somos combatientes vascos para liberar Euskadi.

Mucho tiempo después, ya en París, leerá Carmela un ejemplar del periódico El Socialista, de Madrid, fechado a uno de noviembre. Leerá lo que sigue, de su primera página:

Barcelona, 31. Como homenaje de despedida a los combatientes de las Brigadas Internacionales, el presidente del Consejo obsequia con una comida íntima a los jefes y comisarios. El acto se celebra en el castillo de Vic que ha sido acondicionado al efecto.

Asisten, expresamente invitados, los miembros de la Comisión Internacional de Control de evacuación de combatientes extranjeros. El doctor Negrín tiene a su derecha al señor Martínez Barrio y a su izquierda al general Jalender.

Están presentes todos los ministros y subsecretarios, los altos jefes del Ejército, los generales Pozas, Rojo y Asensio y numerosos jefes de Brigada y División Internacionales.

A los postres, el presidente del Consejo pronuncia el siguiente brindis:

«—Señores: Levanto mi copa por la salud de los amigos combatientes que han venido a España a prestarnos su ayuda en defensa de los intereses de nuestra Patria. Mi deseo es que regresen a sus países y realicen una labor tan provechosa como la que han realizado en España. España entera agradece el magnífico gesto de los combatientes extranjeros, que atraídos por un ideal, han venido aquí a ofrendar su vida. Loor y recuerdo imperecedero. La mejor manera de rendir homenaje a estos hermanos caídos es que todos comprendamos que sobre el interés particular están los intereses universales y humanos, que todos tenemos la obligación de defender. Perdonadme la jactancia, he visto siempre en la historia del país hechos y rasgos universales que unen lo universal a lo particular, eso que hoy se llama internacionalismo. Quisiera poder aplicar este concepto a todos los países, y levanto mi copa en memoria de los muertos caídos en tierra española.

»Habéis cumplido con vuestro deber en nuestra patria y podéis hacer lo mismo en la vuestra. Que os acompañe siempre el recuerdo de nuestra honda gratitud.»

Contesta al presidente del Consejo el camarada André Marty, organizador de las Brigadas Internacionales. No encuentra palabras para expresar la gratitud inmensa de los voluntarios internacionales por todo lo que les ha hecho el pueblo español.

«—En estos momentos —dice—, la emoción hace que me falten palabras. Hombres de cincuenta y tres países regresamos como vinimos: unidos, sin distancia de países ni de nacionalidades. Sin otros jefes que el Gobierno de la República y el Estado

Mayor Central. Dejamos de ser mandados; partimos contentos de haber cumplido con nuestro deber como hombres de la gran colectividad humana.

Elogia luego el heroísmo y la pericia de los aviadores y de los marinos republicanos, y tiene un especial recuerdo hacia el general Rojo; el jefe más querido, dice, del potente Ejército republicano.

»Marchamos con el espíritu tranquilo, en la seguridad de que este Ejército conseguirá en poco tiempo la victoria total, y pensamos que dentro de muy poco podremos contemplar una España libre.»

André Marty brinda por la victoria de la República Española.

Después del banquete, el teniente coronel Hans dirá que la fiesta ha sido un símbolo de la solidaridad entre el Ejército Popular y los Internacionales. Han convivido juntos, dirá, dos años, en situaciones muy difíciles, y al despedirse todos tienen la seguridad de que en un porvenir próximo se juntarán de nuevo para celebrar el triunfo de la verdadera España.

Por su parte, el comisario de las Brigadas Internacionales, Luigi Longo, Gallo, declarará que los combatientes extranjeros se llevan un recuerdo imborrable de España y transmitirán a los demócratas de todas las nacionalidades la impresión de la solidaridad para alzar una barrera infranqueable al fascismo.

Ni una sola palabra sobre Maik. Ni un solo dato para saber qué ha sido de él. Carmela destroza el periódico, lo lanza al fuego y comienza a derramar amargas lágrimas; lluvia triste de impotencia, un reproche a los trenes que solo pasan una vez y no se cogen, a las oportunidades que uno lamenta haber perdido durante el resto de su vida, durante todo el tiempo posterior en que uno sabe que pudo ser distinta, la vida, y no lo ha sido.

En el diario de Carmela habrá unas líneas breves sobre el desfile del 15 de noviembre o del 28 de octubre:

Grandes retratos de Negrín, Azaña y Stalin. Búsqueda infructuosa. No le he encontrado.

Maik se va. Decide irse aún sin haberla encontrado. Terminada ya la batalla perdida, a principios de diciembre, Maik coge un tren a Puigcerdá, llega a Francia y embarca rumbo a América. Se arrepiente de aquella decisión toda su vida. Querrá volver mil veces a aquel día y decir: Me quedo.

Se verá bajar del tren y emprender una odisea, un viaje hasta su particular Ítaca y regresar cansado a Carmela, su país, su universo. Ella será solo un nombre, un perfume, unas horas y un amor imposible. Nada más ni menos.

Jerzy y Ulrich dicen que se van y no se van. Ulrich se ha empeñado en no volver. A Alemania solo puede volverse tras vencer al nazismo. Y Jerzy se queda con él.

No son los únicos. Un par de miles de voluntarios se concentrarán en La Garriga, en enero del 39, y ofrecerán a la República de nuevo sus servicios. Serán los hombres que no quieren volver o no han sido aceptados por país alguno. Seguirán siendo de diversas nacionalidades.

Luigi Longo se lo hará saber a Modesto. Los voluntarios se concentrarán en La Garriga. Habrá balcánicos, checos, italianos, latinoamericanos, polacos y alemanes. Sin armas. Podrán formarse casi veinte compañías. Se hablará de unos dos mil hombres. Se los conocerá como la Agrupación Torunczyk.

Es el final de la guerra, recordará Jerzy mientras paladea el aroma amargo de su pipa, y nos vamos a ir retirando poco a poco. El Ebro ha terminado mal para la República y hemos llegado a un pueblo a concentrarnos. A La Garriga. Hay también otros soldados republicanos retirándose y la sensación, sin duda, es de debacle, hundimiento y derribo.

Entre las comisuras de la boca de Jerzy colgará una pipa de silicato de magnesio, humeante, de un negro vivo que contrastará con sus ojos viejos como telas de araña.

En aquel pueblo, La Garriga, recordará, vi a un soldado llorar frente a una morera, en la estación de tren, abrazarse a ella, como un hombre abraza amoroso a una mujer que jadea y tiembla complacida. El soldado parece surgido del Infierno, con un aspecto demacrado y decrépito, pese a su juventud, que acentúa la masiva huida en dirección a Francia. Nosotros, al final, cruzaremos a principios de febrero.

Casi puede olerse el aroma del tabaco de pipa, persistente y agudo, mientras Jerzy retoma el hilo de su estancia en La Garriga. Recordará el río Congost, en modo alguno comparable al Ebro, y los bosques de encinas y pinos. Es un pueblo pequeño, sin duda. Tienen un campo de aviación en Can Fernández, junto a la masía de Rosanes, de poca importancia, con unas diez o doce avionetas. Están el campo, el taller y el hangar, protegidos por nidos de ametralladoras. Desde el aeródromo operaban los lentos Natacha, biplanos Polikarpov, que también lucharon en el Ebro. En Can Morera fabrican motores.

A duras penas se han construido refugios antiaéreos; se divide La Garriga en tres zonas: la norte, la central y la sur. El primer refugio se ha construido en la calle Negociante. El segundo, en la estación donde llora el soldado ante la morera. Y el tercero, en el campo de fútbol de abajo.

En el almacén las provisiones para avituallamiento consisten en garbanzos, judías, carnes, azúcar, bacalao, huevos, sal, patatas y aceite, entre otras cosas.

Lo que le impresionó, recordará Jerzy cogiéndose la pipa con la diestra, fue el río humano que trazaba su lecho hasta Francia; el éxodo hasta la frontera.

Un kilo de patatas cuesta 26 pesetas, en Barcelona; una Barcelona en la que, de todas las formas posibles, han sido cazadas sus palomas. El hambre las ha hecho desaparecer de los parques, las plazas y los paseos con un exterminio paulatino y total. La Barcelona en la que está Carmela.

Maik aún escucha la lona tiritando por la velocidad del camión y del viento bajo la lluvia, percibiendo ese olor húmedo que deja la lluvia tras caer.

Meses después, cuando la derrota es casi inminente, lejos de riscos y pedregales, sin oficiales administradores de la Pagaduría, que se hubiesen desplazado desde Barcelona para hacer las pagas, tramitar los gastos y demás, cuando solo queda

el eco de las palabras Libertad, justicia, ¡Hasta la vista!, se produce la
auténtica despedida, el abrazo final de los brigadistas, agotán-
dose ya la guerra de las tres Españas.

Quedan atrás las descomposiciones intestinales, el palu-
dismo, la recuperación de cadáveres y los entierros, los cadáveres esparcidos sobre Pándols, la comunicación mediante
banderas, el batallón de obras y fortificaciones, las banderas,
las almendras de la Fatarella, el Matarraña, el Canaletes, el río
Algars, el Ebro y los días de guerra.

Jerzy se arranca con La Internacional:

> *Arriba, patrias de la tierra,*
> *en pie, famélica legión,*
> *atruena la razón en marcha,*
> *es el fin de la opresión.*

Después estalla el silencio y aparece la calma. Jerzy sostendrá su pipa humeante, y se acordará de Ulrich, de la bala que
le perforará el ojo casi al fin de la Segunda Gran Guerra, y de
las veces que le advirtió que «al mensajero siempre le encuentra la muerte.»

Jerzy sonreirá con su barba rojiza, su complexión eslava y
la seguridad que Ulrich nunca le habría hecho caso; su tempe-
ramento lo acercaba al peligro mientras el humo de su pipa
ascienda en indígena señal de humo.

Se imaginará a Ulrich con un parche negro en el ojo,
sobre su Harley Davidson acribillada, discutiendo con George,
Frank, Bill, Antoine, Foster y demás sobre coches, motos y
motores, o muerto como tantos otros mientras una voz de
ultratumba, quizá del cementerio de París, exclame: ¡Vivid, que
nuestra muerte no haya sido en vano!

Carta número 352

Definitiva Berta:

Aunque nunca recibas esta carta, ni las demás, has de saber que no te olvido. Los Internacionales ya no están. Se van de España. El tiempo no perdona. Las malas hierbas suplantan las tierras de cultivo y los soldados comprendemos nuestro abandono de los quehaceres diarios. Ahora todo es la guerra.

Esperar enloquece. La muerte nos vigila. La muerte inmerecida que nos quita lo que fuimos, lo que somos, lo que podíamos haber sido. La muerte que se os llevó a vosotros. Pero que no puede arrebatarme, no va a arrebatarme, los recuerdos.

Así sostengo un instante en que mi mano está sobre tus muslos cálidos, una mirada que recobra tus carrillos rozados por un sol refulgente, mi descubrimiento del cine, El secreto de la Pedriza, mi deseo infantil de visitar Mallorca, tu melena azabache, tu castaña y diminuta mirada, tu cuerpo de curvas indomables, Malhivern, mis manos y tus nalgas, tu tacto y tu dulzura, la dicha de ser padre, la morera, la humedad de tu sexo y tantas otras cosas, mis pequeños milagros, que me mantienen vivo a pesar de tu muerte, vuestra muerte, y esta guerra incesante, que es más inútil que un gorro de cocina para un calvo.

Esperar enloquece. La muerte anida en los árboles muertos, las casas deshabitadas y el fuego y la metralla. Se pasea entre el ruido, el silencio, la quietud y el movimiento, la angustia y la placidez, el después y el antes. Esperamos la destrucción, la inmovilidad, la quietud o el silencio. Yo espero mucho más. Te espero a ti. Espero a César. Sin esperanza. No me encuentro bien. Estoy débil. Ya sabes que nunca fui un héroe. Un hombre, a secas. Un hombre que te ama, todavía. No vamos a vencer. Jamás decidiremos la guerra a nuestro favor. Puedo verlo en la noche, y en sus nubes de guerra. Tendrás que perdonarme el folio se ha caído y manchado de tierra. Está un poco arrugado. Voy a guardarlo con el resto y a besar tu retrato.

En medio de la muerte y la locura existe, Berta,

tu Basilio.

13

Sangre en San Marx

En el peor caso la batalla del Ebro será un relámpago de justicia que ilumine un mundo que ha de quedar otra vez en tinieblas. Y ello no amenguaría un ápice su valor espiritual. Mas yo no soy tan pesimista. La iniquidad no ha dicho nunca la última palabra.

La Guerra. Escritos: 1936-39
Antonio Machado

Los fascistas se prepararon para escalar los cielos y cada cinco metros y treinta segundos, sin contar las de los aviones, una bomba estallaba.

Le sobrecoge el recuerdo de César. Basilio habría acariciado ahora mismo el pelo de su tierna cabecita, pasado la mano sobre la corta estatura, con una sonrisa feliz y esperanzada. Nunca se sabe hasta dónde va a llegar una vida tan joven, ni qué podemos esperar de su futuro. Los italianos habían *errati in tiri* y su vida y tantas otras, se habían detenido de forma seca y brusca. Su César y su Berta estaban muertos.

El viento silba en las casas vacías y un intenso helor penetra en los lechos sin abrigo. Las bajas temperaturas se deben a los enfriamientos nocturnos y a la violencia del mistral.

Pablo Uriguen ha muerto.

Los cañones estornudan sobre el campo de batalla. Los cañones estiran sus lenguas de fuego y lamen el cielo con el odio de sus entrañas. Los bimotores, trimotores y quatrimotores enemigos rasgan el firmamento.

Puede verse la metralla vertida sobre los combatientes, cuerpo a tierra, casi lamiendo con la lengua el suelo, intranquilos como los aleteos de los gorriones que intuyen al cazador, acechando ya sus vidas durante la tenebrosidad del reposo.

Bajo un cielo inquieto, por columnas, nubes y contoneos de polvo que la tierra despide, regurgita como una vaca el pastado alimento, encrespándose, sintiéndose horadada; bajo ese cielo inquieto la guerra corcovea como un gorila sobre su territorio, y el viento agita y zarandea la bandera del batallón, ya lejos de su puesto.

El cielo es un orco. Noche mefistofélica repleta de explosiones sucesivas que la inundan de un amarillo súbito de limones secos, de turbulencias y detonaciones, que petardea mientras las balas cantan como jilgueros.

—¡Camaradas, a por ellos! —quiebra el silencio la fuerte voz de Pedro Hernández, atacando con la bayoneta calada al asalto de la trinchera enemiga, bajo la cerrada noche ya casi de noviembre, más de cien días después de que empezara la batalla, a finales de julio, con el paso del gran río.

Huimos en la noche con los rostros tiznados de un polvillo mezcolanza de pólvora, tierra y erosión de roca, producto de las esquirlas emergentes tras las bombas que impactan y que llueven sobre los combatientes hollados por el fuego.

Huimos. Pedro con las espardeñas sin suela, dejando atrás la roca calcárea y al enemigo sembrando cráteres, huesos astillados, destrucción y muerte, junto al matraqueo de las pugnaces armas en combate.

Huimos. El vasco está herido. Queremos salvar nuestro pellejo. Ni Pedro ni Basilio han nacido para héroes. Les queda la esperanza.

El corazón late con la fuerza sucesiva de infinitos aldabonazos. Abre las puertas de la catástrofe.

La esperanza cesa unas horas después, como el temor que provocan las propias sirenas de los Junkers de bombardeo en picado llega la evidencia.

Antes del alba, frente al rumor del río, Pablo Uriguen ha muerto.

Tiene siete años y tenía siete años cuando fue a ver a su padre, Pedro Hernández, a uno de los varios hospitales de guerra de Manresa. Su nombre es Francisca. La llaman Paca o Paquita.

Llegamos en tren. Te llaman compañera, miliciana o camarada. Iba descalza; éramos cuatro niños junto a mi madre, buscando pan y fonda. El almuerzo va a ser chocolate deshecho con pan *sucao*. Hay dos o tres hospitales de guerra y no sabemos en cuál está mi padre. Están bombardeando. La metralla corre por *tós* los sitios, los puentes destrozados, hay que esperar a la noche. Hace un frío que *pá* qué. ¿Posadas? No, no. Naves grandes, *tó* de camas y somieres. Nos echan porque llora mi hermana pequeña y un militar les obliga a que nos vuelvan a aceptar. Les grita:

—¡Camaradas! ¿Queréis que os fusilen? ¿O qué?

A las siete de la mañana nos echan. De nuevo a almorzar; chocolate y pan *sucao*. Nos cuesta encontrar a mi padre. Frente al último hospital, desde fuera, lo veo por una ventana. Lanzo un chillido. Salto sobre los tablones. Arriba, abajo. ¡Mi padre, mi padre!

Nos dan de comer. Regresamos a Barcelona. No puedo olvidar ni las almendras ni las avellanas. Mi padre padece de filtración de aguas por su estancia en los ríos (en el Segre y en el Ebro). Está *hinchao* como un zapo. Abotargado.

Mis recuerdos son vagos y dispersos. Soy pequeña. La guerra no se olvida. El refugio en el Besós con dos bocas (una de entrada y otra de salida), los camiones, los colchones, las ollas, todo lo que se va con las riadas. Son otros tiempos. El tío Emilio nos envía su pantalón y su camisa sucios desde África, con tabaco para cambiarlo por comida.

—Si tienes tabaco, coñac o café tienes comida.

Vive en las casas baratas (Buen Pastor). La guerra se perdió.

¿Qué habían hecho los niños de los rojos? ¿Qué habían hecho? Se los llevan a Francia, con ellos (los que huyen). Nos dan el almuerzo y la comida en los colegios (comedor que hoy es el dispensario). Eran otros tiempos. De repente una explosión te sacude tres o cuatro metros hacia arriba; no ves nada, la tierra es de nubes y aire y no sabes dónde estás. Son otros tiempos. La artillería antiaérea del Buen Pastor está en el sanatorio y en el Carmelo. En la Mercedes-Benz se fabrican motores de aviación; en la Maquinista, trenes, y en la Elizalde trabaja la población civil. Por los bombardeos no quieren trabajar de noche.

No puedo olvidar la amarillenta trilita, las canciones, los tanques y los italianos en Can Sala, el campo la Bota o la Catalana (hoy el barrio La Mina) de tierra *colorao*, con sus fusilamientos, una matanza cada día y el ir a buscar troncos, leña, entre las alambradas.

Son otros tiempos. Desfilan los tanques. Llega la hora de los presos y los campos de concentración. Basilio (Perich no, otro), Pepe y Agustín desertaron para poder vivir. Pasaron muchos meses. Creíamos que habían muerto. La abuela se quedó sin pestañas de tanto llorar.

Es una guerra infernal. Fuego por un lado, fuego por otro. Artillería. Tiraron cinco manzanas de casas. Un matrimonio, pobres, murieron poniéndose las zapatillas. Muertos. Venían los fantasmas a recorrer la noche. Era visto y no visto. De golpe y porrazo el cielo se llenaba de aviones. Cuando sentíamos las sirenas no sabíamos dónde meternos. La guerra no puede olvidarse.

El mundo ha enloquecido por completo. Lo que sucede en San Marx es un vendaval de fuego y humo.

—No matan las palabras, matan los hombres. A los hombres les empujan las palabras —tercia Pedro.

—¡Ah, las causas, las causas! —exclama Basilio—. Lo importante son los efectos, camarada. Esos se cuentan, en uno y otro bando, por litros de sangre derramada, sudor y lágrimas. Aunque de las nuestra queda más por verter —concluye.

—¿Qué harás cuándo esto acabe? —pregunta Pedro.

—¿Crees que saldremos de esta?

—¿Y por qué no? —Basilio se encoge de hombros y añade—: Creer cuesta poco. Desengañarse, menos.

Tenemos lo que tenemos y de donde no hay no se puede sacar. No podemos tener las armas que reciben los otros por los puertos del Cantábrico o del sur. La comunidad internacional debe avergonzarse por lo que no ha hecho, por lo que permite y por lo que hace. No tiene vergüenza.

Muchos años después, el Gobierno británico publicará los archivos secretos alemanes sobre la Guerra Civil Española. El documento 672, fechado a 2 de octubre de 1938, y escrito por el embajador alemán en España, Stohrer, a la atención del ministro de Estado alemán, informará que:

> En opinión de las autoridades militares alemanas e italianas, aquí es inconcebible que Franco pueda ganar la guerra militarmente en un futuro visible, a menos que Alemania e Italia, una vez más, decidan hacer nuevos sacrificios en material y en personal para España.

—Quizá perdamos la guerra. Nosotros nunca perderemos la dignidad. Eso, Pablo, no puede decirlo el enemigo. Ya la ha perdido. La perdió desde el primer momento en que estalló la guerra.

—¿Crees que saldremos de aquí? —quiere saber Uriguen.

—Seguro que sí. Puede que sea por nuestro propio pie, o puede que sea con los pies por delante. Saldremos.

«Nunca lo encontraré.» Llora Carmela al recordar a Maik. Y nunca lo encontró. La música de siempre continúa sonando. El 8 de octubre los Savoia-Marchetti bombardean Tarragona, y el 13 Barcelona, mientras los Junkers Ju 52 hacen lo propio en Tarragona. Y el día 21 recibe Barcelona otro castigo. Las bombas visitan el muelle de Bosch y Alsina, también la fábrica de material bélico de la calle Trafalgar y una guardería en la calle de San Sulpici. donde dejan 24 muertos y 40 heridos.

Carmela desea ser inmune a tanta atrocidad. No lo es, al contrario que quienes bombardean poblaciones civiles. Llega noviembre, día uno, Todos los santos, y los trimotores Savoia-Marchetti vuelven a Barcelona con dos escuadrillas para montar su propia fiesta. Y cuatro días después cuarenta aviones lanzan trescientas bombas sobre Tarragona, o quizá más. Es el mismo día en que caen también aquí, en la zona del puerto, la Barceloneta y Poblenou. La lotería sigue funcionando. Once días después, cinco Savoia-Marchetti S.M.81 fotografían las bombas, los rosarios de bombas que se ven caer y estallar e inundan de fuego Barcelona. Los agujeros de viruela recorren la fachada de la iglesia barroca de Sant Felip Neri, restos de metralla de un proyectil certero.

«Y Maik, ¿dónde andará?», se pregunta ella.

Cuando aullan las sirenas de las tres chimeneas de la central eléctrica térmica de Mar de la calle Mata, del Paralelo, se aproximan las ruinas, la gente cubierta de cenizas, la oscuridad. La gente huye a refugios como los de la estación de San Gervasio o la Plaza Molina, construidos o no por la defensa pasiva de Barcelona, y se dispersa entre los pasadizos con vuelta, los bancos de piedra a un lado, una habitación de urgencias con lavabo, y una luz (tal vez de agua y carburo) que solo se apaga y enciende para indicar el fin de los bombardeos. Quizá junto a velas, bombillas, linternas o grupos electrógenos se escucha el parte, el Diario Hablado de Radio Nacional. Afuera, junto a unas ensangrentadas espardeñas, golpea una imagen los ojos de Carmela: un niño caído como un árbol, con un párvulo río naciendo en su cabeza, bajo la sombra muerta de su inmovilidad. Los cristales rotos recuerdan que Barcelona y sus alrededores son bombardeados más tarde o más pronto. Carmela reconoce a un viejo carretero muerto, Pablo El Diestro, que antes fumaba caliqueños, lucía pañuelos a cuadros, renegaba y bebía la mezcla (anís, mistela, menta y cazaña). Era de los que vio los adoquines levantados para formar barricadas, y cómo la ermita de Santa Madrona se quedó sin pináculo porque orientaba a los pilotos nacionales. La campana más grande brillaba demasiado, guiaba a la aviación, y sería fundida para fabricar armas. La ermita fue incendiada. Después fue garaje de camiones de la CNT y el lugar del Santísimo lo ocupó un restaurante popular de la CNT, con sus lentejas y garbanzos. Pablo sobrevivió a los pacos o francotiradores, pero no al bombardeo. Sus recuerdos sangraban esperanto, Verdaguer, Guimerà, Aribau. Le resumían a borbotones: «Hasta la República, España no tenía enfermeras y en los hospitales trabajaban las monjas; en algunas iglesias había armas guardadas debajo del altar». Quemó libros del seminario de la calle Consell de Cent, lloró la muerte de l'avi Macià, Companys nada tenía de comunista, los intereses mineros de Inglaterra la sitúan en el bando franquista.

Carmela siente un repentino invierno, en el que para hacer leña se usarán cáscaras de avellana o de almendra, puertas, muebles, serrín, las cajas de madera del jabón Prim, cualquier cosa que caliente las estufas de tubo. Carmela vuelve a casa, donde no queda casi ni jabón Persil ni Lagarto, lejía Conejo o sosa Solvay, y donde hará jabón con sosa cáustica y aceite de linaza. Una vez más, Maik acude a su memoria. Nunca bailarán sardanas los sábados frente al café Comic o al café Condal, en el Paralelo, ni acudirán al cine América, al Condal, al Italia, al Cómico, o al Arnau. La última vez que lo vio lucía un jersey rojo confeccionado, en el patio de la Escuela de Bosque, por sus tiernas alumnas. Nunca supo cómo llegó hasta él.

El material no se renueva. La precisión de los cañones es menor a medida que los utilizan. Lógico. Hay que repasar el ánima estriada. La frontera está cerrada. Las baterías de artillería tienen que esperar la llegada de los camiones, que vienen de los talleres y fábricas donde se crean los proyectiles, para poder entrar en fuego, con la urgencia desesperada que la ocasión requiere.

Es el último combate. La infantería rebelde nos ha copado y este puede ser nuestro final. Es en esos momentos, cuando menos se espera, en los que suceden las más increíbles y desesperadas gestas.

No lo espera el enemigo y lanzamos un contraataque que los desborda. Bajo una lluvia de disparos, con el eco de la voz de Pedro Hernández animando al combate, quebramos por el flanco derecho en busca de cobertura y nos parapetamos en las piedras.

—Hay que salir de aquí, Basilio —me achucha Uriguen—. Que aquí nos fríen los fascistas.

—Sí —afirma, contundente, Hernández, que prepara sus bombas de mano—. Vamos a retirarnos. La posición está perdida.

Mira alrededor y todo son cadáveres, de los unos y de los otros, que causan una honda impresión. No pueden resistir en tales condiciones. Corren el riesgo de que los rodeen. Eso supondría la aniquilación o la esclavitud. En cualquier caso, la derrota.

Prepara también sus bombas de mano. Solo son tres y tienen que jugársela. Ellos no lo saben. Uriguen prepara también sus bombas de mano. Las lanza. Las lanzamos. Lo hieren. No suelta la bandera.

—No pienso dejarlo —gruñe Pedro Hernández.

Se retiran por el camino amparados en la llegada de la noche. Pedro lleva a su espalda a Uriguen. No morirá aquí, aunque poco le falta. Por la espalda de Hernández fluye la sangre del vasco, que se desangra, sin remedio, sin solución, mientras intentan salvarlo. Se dirigen al río.

—Aguanta, compañero, aguanta —le anima Hernández.

No saben qué habrá sido de los otros, de los que no hayan muerto. La noche exhala un olor que les resulta inconfundible. A lo lejos, todavía persiste el petardeo de los últimos combates.

—No será nada, Uriguen, no será nada —le intenta tranquilizar Pedro. No sabe si le escucha. No sabe si aún vive.

De repente, un fogonazo, le viene a la memoria el rostro y la voz de Obdulio, que fallece junto a su ametralladora. Está encadenado a ella, como un perro a una farola, y es el último defensor de la posición. El muy tonto, en vez de caer preso, cae muerto. El muy cabrón muere como un héroe, como un desesperado, descargando sus ráfagas. Si así lo querían, los malditos comunistas, él no iba a dejar de disparar. Los fachas tienen que matarlo. No se va solo. Una hilera de muertos apunta hasta él.

El camino serpea y desciende por territorrio todavía republicano.

El sonido de la soledad lo invade todo. Es el silencio más triste de los que ha vivido.

Es el 31 de octubre. La 74.ª División franquista ocupa el cerro de San Marx por envolvimiento. Han corrido mejor suerte que otros compañeros y no han caído presos de las fuerzas nacionales.

Hay una luna roja con olor a quemado, lluvia de cenizas, humo, llamas y fuego.

—La patria es una puta que todo el mundo jode —sentencia el soldado Baldrich, al que hasta hoy jamás habíamos visto—. ¡Bebe, coño! Quizá mañana no podamos beber.

Nada tenemos que regalar a nuestros labios. Ni tenemos bandolera, esa correa que cruza el pecho desde la espalda derecha hasta la cintura. Ni franquicia militar, ni plato de aluminio, ni tenedor, ni cuchara. Ni teniente, turuta, trompetista o corneta. Ni pastillas de jabón checo, ni una trinchera de tres o cuatro metros.

Solo nos sobra la trilita quemada, el duro estampido de las ametralladoras Hotchkiss, la altura, la deriva, el «sin excusa ni pretexto», y a la espalda los eslabones de sangre, casas desventradas, hatos de ropa, edificios caídos a cascotes, los mordiscos de la metralla y el volar de las piedras y las piñas, árboles desgajados, ayes fatales de soldados heridos, mientras en la batalla vamos derramando más vidas, pasando como los caballos, los mulos, los arreos, las perolas de cocina; toda la trastería arrastrada por un ejército en movimiento, junto al aroma de la resina, las patatas, sardinas, plátanos, agua, juncos y machete de los que carecemos y con los que esperamos un final más allá de nuestras vistas.

Han perdido Cavalls. Todo lo que vendrá después será el fracaso, irracional y progresivo. Luchar hasta morir; sin esperanza alguna de victoria, sin otra voluntad que mantener la tenaz resistencia.

Hemos estado allí, luchando en la montaña como antaño hicieran los Migueletes, relatará Perich, y todo está ahora más quemado que San Lorenzo en la parrilla, nos indicará Roque, y nuestro ocaso es más sonado que la campana de Huesca. Desde luego al enemigo no le importaría decapitarnos, tal como hizo Ramiro II el monje con sus curiosos nobles. Nuestra situación es peor que la de los romanos tras la batalla de Allia, en el año 390 antes de Cristo, la paz no es posible y tampoco tenemos libras de oro con que pagar un posible rescate, salir del Capitolio y zanjar el asunto. Aquí tendremos una nueva espada y un nuevo *Væ Victis!* (¡Ay, de los vencidos!) El general, ni es galo, ni se llama Breno. Su nombre es Franco y dice ser Generalísimo. Con general a secas se queda corto.

—El *Media hostia* ha muerto —explicará *Sebas*—. Ya está criando malvas.

Nosotros seguimos apretando a los rojos demoníacos, cuya resistencia es cada vez menor. Para nosotros, el Evangelio se repite de forma constante con las mismas palabras: *Quien no está conmigo, está contra mí.* Y nos decimos: «Quien no está con nosotros, está contra nosotros.»

Si los rojos malvados hubiesen hecho caso a Epicteto. no estarían como están. Epicteto, en el siglo uno de nuestra era, dejó escrito: *Si quieres ser invencible no emprendas ningún combate sin estar seguro de que en tu mano está la victoria.*

Los rojos demoníacos cruzaron el Ebro y su acción fue una sorpresa. También fue una temeridad. Nunca podrían habernos ganado esta batalla.

—Podrán matarnos —le dijo a Hernández—. No podrán derrotarnos.

—¿Y eso por qué? —Encoge los hombros el murciano.

—Porque «la guardia muere, pero no se rinde.» Si el general Cambronne, un francés, se negó a rendirse en Waterloo, ¿qué no haremos nosotros que somos españoles?

Roque Esparza, que escucha lo que decimos, se echa una sonrisica y suelta un «¡Rediez!» Después manifiesta que esas palabricas no significan nada, que mejores eran las de Palafox, en el segundo sitio de Zaragoza, que había asegurado que «los aragoneses no se rinden hasta después de muertos.» Le viene a la nariz el olor del jamón o pernil y el salador en la despensa, la balanza de pesos. Se rasca su areola derecha y recuerda un beso lingual, un cubo de cinc, y también el maldito escozor del humo de los pinos ardiendo.

En los primeros días de noviembre los fascistas van a arrebatarnos Miravet. El castillo se yergue altivo, señorial, sobre las rocas, con sus matojos y sus lejanas manchas, bajo un cielo intenso, azul, transitado por morosas nubes, que contemplan el discurrir del río, de la misma forma en que lo hacían los árabes, que fundaron el castillo, los templarios que lo renovaron, con estilo románico, o los caballeros hospitalarios, que después lo rehicieron. Al llegar el atardecer, recordará Roque Esparza, al catalán, a este, se referirá señalando a Perich, le dio por cantar eso de...

Entonces, Basilio, tembloroso, intentará recordar de forma débil con la mano derecha en aguante de su cabeza, y murmurará:

—Ah, sí. Aquello de...

> *Gente de Mora, gente traidora.*
> *Avisad a los de Falset*
> *que las brujas se pelean*
> *en el castillo de Miravet.*

A veces cantabas otras cosas, recordará Roque Esparza; no estoy ya para muchos trotes con lo de mi memoria. Es una lástima que el vasco se muriese. Era un crío. Y parecía ser buena persona, tan buena como tantos otros. A todos nos toca, ¿comprende usted? Gesticulará Esparza, dando unos muesos a unas fruticas que no se sabrá de dónde habrá sacado.

Nos tocó a nosotros, recordará Josep Camps, ocupar el Vértice de San Marcos. A los de la 74.ª división. A la Segunda Bandera de Burgos, al Tercio de Montserrat, los míos, y a los del Séptimo Batallón de San Quintín.

Nos enfrentamos a las fuerzas de la 43.ª división, sobre las que cae en fuego lo que no está escrito y al llegar la tarde, ocupamos sus posiciones por envolvimiento.

El general Vigón nos ha mandado a tomar la sierra de San Marcos. No es un paseo. Nada más salir, tenemos bajas. Nos tiran como a palillos de feria. A uno le han rasguñado la cara. Nuestro avance logra sobrepasar sus alambradas y, en un refugio, hacemos nueve prisioneros. Ascendemos hasta coronar la sierra. Hemos salido después de comer y en media hora hemos liquidado el asunto. Tenemos veinte bajas y cumplimos. Entre otras cosas, nos apoderamos de cuatro fusiles ametralladores y dos ametralladoras. El sargento Gavaldá Eloy está contento. Cada vez está más cerca la victoria.

Regresamos cantando el *Oriamendi*, el himno del requeté, aunque a algunos desagrade:

> *Por Dios, por la Patria y el Rey*
> *lucharon nuestros padres.*
> *Por Dios, por la Patria y el Rey*
> *lucharemos nosotros también.*

En Pándols y Cavalls el silencio es absoluto si no lo rompe la guerra. En sus azules cimas todo tiene una magnitud inabarcable. Quizá por eso aquí es aún más dura la batalla, más inexplicable. No encaja con la sencillez de las montañas.

Hay muchas clases de ladrones, César, y cada ser humano es una de ellas. Ladrón es el que roba. Todo el mundo, queriendo o sin querer, roba algo a alguien. Todo roba. Cuando los ríos y corrientes se llevan parte de la tierra por donde pasan, se dice que roban. Los seres humanos, desde que lo son, quitan o toman para sí, con violencia o sin ella, lo ajeno. Lo toman o lo hurtan. Lo raptan. Los colmeneros dicen que roban cuando cambian de colmena las abejas y quitan de las vacías todos los paneles. Cuando en algunos juegos de cartas se cogen naipes, o en el dominó, fichas, se roban. La gente suele captar con eficacia y de modo violento el afecto o la voluntad de otras personas. Tu madre me robó el corazón.

Piensa el ladrón que todos son de su misma condición. Tal vez él también se lo robó a ella. Quiere creer que así fue. Quiere estar seguro. Y solo sabe, con certeza, que Berta le robó el corazón. Allí donde ella esté, allí donde estén, sean ahora lo que sean, algo de él seguirá latiendo junto a ellos, explicándoles que sigue vivo a puro huevo y que a veces le escribe y que a veces le habla, para que su prolongada ausencia no le robe recuerdos, y mantenerla viva de algún modo, de algún tiempo a esta parte, como a toda ilusión que no quiere perderse.

En los archivos secretos alemanes sobre la Guerra Civil Española un documento, fechado a 22 de octubre de 1938, atribuirá al subsecretario de Estado alemán las siguientes palabras:

> ¿Queremos asegurar una victoria completa de Franco? Entonces será necesaria una fuerte ayuda militar; seguramente, la que ahora nos pide no será suficiente. Si, por el contrario, nuestro objetivo se reduce a poner a Franco en condiciones de resistir a los rojos, también necesitará nuestro apoyo, y para este apoyo el material que nos pide ahora puede ser de importancia. Si no prestamos a Franco ninguna otra ayuda, aparte del mantenimiento en España de la Legión Cóndor, todo lo que puede esperarse es un compromiso cualquiera con los rojos.

Uriguen está herido y no está muerto. Nos encontramos cerca del castillo de Miravet. Podemos verlo. Recuerdo la panorámica del río que el castillo permite ver, como tiempo atrás se lo permitía a la Orden de San Juan de Jerusalén que lo ocupaba. El castillo se eleva a 125 metros de altitud y está a ocho kilómetros de Mora de Ebro, por Benisanet. Por Pinell de Brai comunica con Tortosa y Gandesa, entre otros pueblos.

Uriguen está herido. El donostiarra se desangra. Pedro Hernández carga con él al hombro bajo el protector manto de la noche. Sus pasos, tan veloces como pueden, aplastan y siembran de huellas el tomillo, la aliaga, las algarrobas, los cascojos, los palmitos y la tierra que casi ni siquiera pueden ver.

Cualquiera puede pegarles un tiro sin preguntar. Quedan lejanos los días en que el pueblo cantaba *A las barricadas*, y su mujer vivía y las calles no olían a muerte, como esta tierra, en la que ahora nadie canta *A las barricadas*:

Negras tormentas agitan los aires,
nubes oscuras nos impiden ver,
aunque nos espere el dolor y la muerte,
ante el enemigo nos llama el deber.

La noche, gato negro, se encorva sobre el cuerpo de Uriguen; se debilita como un cántaro agujereado cuya agua se vacía, desaparece poco a poco con la sangre del vasco. En esta tierra, un día de esos en que el pueblo se cabrea o en que algunos se emborrachan, quisieron tirar abajo el castillo, les parecía molesto, motivo suficiente es la molestia para iniciar una batalla, una guerra o una exterminación, y entonces empezaron a lanzar cántaros contra las murallas, tal como nosotros habíamos lanzado granadas, bombas y balas. Pronto habían destrozado todos los cántaros del pueblo, y con mayor molestia y sin haber agotado sus ganas de derruir el castillo. Lanzaron huevos, como podrían haber lanzado cualquier otra cosa, y los chafaron contra las firmes paredes del castillo de los viejos templarios. Dice una voz popular que la parte ruinosa del viejo castillo se produjo de esta manera. Me parece a mí que con huevos y cántaros solo se pierde el tiempo.

Hernández asegura que eso aquí es posible. Podríamos luchar con huevos y cántaros e igual nos mataríamos.

Al explicárselo a Roque, el maño, dirá que por qué no iba a ser cierto. «¡Rediós!» Todo el mundo sabe que cuando a un español se le mete una idea en la cabeza, no hay Dios que se la quite.

Me dan un *Chato*, recordará Diego Zaldívar, y otra vez vuelvo a surcar los aires y las nubes de guerra. La sierra de Cavalls arde como una falla de inmensas hogueras. La están regando con fuego. La artillería lo destroza todo, numerosa y colérica. La aviación enemiga no se aleja de Cavalls, la cubre con sus generosos regalos de fuego. El *Chato* es un caza biplano soviético muy ágil y muy apto para combatir, pequeño, con mucho coraje.

Toca calentar motores y probar ametralladoras. El escaso grupo de cazas republicanos, unos cincuenta, intenta tapar brechas en el cielo cuando un grupo de bombarderos protegidos por cazas nacionales acude a un objetivo de importancia escasa y de esta manera a los verdaderos objetivos llegan otros bombarderos enemigos, a los que solo molestan las baterías antiaéreas. O bien atacan de forma simultánea distintos objetivos para garantizar que solo podamos resistirles en uno. Su táctica de barrido del espacio logra que los cazas luchemos en altura, y por el hueco libre las pescadillas o lucha de *cadenas* vayan a ras de tierra soltando su metralla de lado a lado.

Veinte días después es 30 de octubre. El sol está a nuestra espalda y de pronto aparecen dos escuadrillas de cazas italianos Fiat, que escoltan Savoias-Marchetti S.M.79 y S.M.81, Junkers Ju 52 y Heinkel He 70. Volamos a mayor altura que ellos y, antes de que se den cuenta, nos lanzamos en picado y embestimos. Como el banderillero a la caza del toro.

Disparo. Paso sobre el morro de un fiat y pico hacia abajo. Le suelto unas ráfagas. Creo que le he dado. Tal vez le haya agujereado el parabrisas. Sus baterías antiaéreas nos saludan. Las dos escuadrillas de Fiat, 24 aparatos en total, rompen su formación y se desdoblan, una hacia la derecha y otra hacia la izquierda.

Decidimos ir al ataque de la de la derecha, que ha virado hacia el mar. Cuando estoy a la cola de un Fiat descubro que más arriba nos sobrevuelan tres escuadrillas más de idénticos cazas.

Se han dado cuenta del ataque y realizan un viraje. Pasamos como flechas descargando las máquinas. Vuelvo, flanqueado por dos *Moscas* y un tercero que me guarda la cola. Debemos acercarnos, entre todos, casi a los mil kilómetros por hora. Los Fiat nos ametrallan. El parabrisas explota llenando de cristalitos una parte del cielo. He de seguir disparando. Mis dedos son una extensión de la ametralladora. Voy vomitando fuego y huelo a pólvora.

Tengo a un Fiat colimado. Viene hacia mí. Su nariz se acerca. Cada vez más grande. Nos vamos a encontrar como las lanzas de los caballeros medievales en el momento más álgido de la justa. Las trazadoras se hunden en el Fiat, que sigue vomitándome fuego. Hay un pequeño choque. Creo que he muerto. He perdido el sentido.

Lo recobro al agitarme con los disparos de un Fiat, que sacuden el muñeco protector a mi espalda y pico como una flecha en una vertical desesperada, atravesando nubes, seguido del biplano enemigo, acelerando, hasta saltar, como un salmón que remonta un río, y llegar a un desierto blanco, un cielo de espuma, que es nuestro techo. Nadie nos sigue. Nadie alrededor nuestro. Hemos despistado al Fiat. El morro del *Mosca* chorrea aceite o, tal vez, combustible. Las alas están hechas polvo.

Empujo la palanca de control hacia delante. Descendemos. Acelero con el mando de gases, cruzando capas de estratos y yendo al encuentro de la muerte que no voy a encontrar; al menos aquí, hoy. Acudo en socorro de un *Mosca* amenazado por un Fiat y le escupo con mis armas automáticas al pasar por su flanco. Me pego a él y le envío un par de ráfagas largas. Ha estallado. Es una enorme bola de fuego que tengo que esquivar. El enemigo ha saltado en su paracaídas.

Me acerco al *Mosca* y veo que el piloto está herido. Le indico con una mano que me siga y otros *Moscas* se unen. Lo llevamos en dirección al mar. Aterrizará en la playa y lo socorrerán. Parte del capó de mi *Mosca* ha salido volando, y la parte derecha del fuselaje está cubierta de aceite. Dibujo estelas de vapor en el cielo. Quiero volver al frente, pero el indicador de presión del aceite desciende. Gano altura. Me dirijo a Valls, aunque podría haberme detenido en Reus. El motor se ha parado. No sé si llegaré.

Planeo. Pierdo altura. ¿Podré aterrizar? Viro despacio, con calma. El aire silba entrando por los parabrisas rotos. Saco las ruedas. Intento nivelar el *Mosca* y lo consigo. Estoy flotando. Poco a poco, como labios que recorren a una mujer, voy bajando hasta meter los frenos, tocar tierra y tirar con todas mis fuerzas la palanca hacia atrás, hacia mi pecho y conseguir que el *Mosca* no se estrelle contra los árboles que han ido aumentando vertiginosamente de tamaño, mientras bajaba, como la presencia de un inevitable pubis, hasta que suelto un freno y el caza gira y poco después se detiene.

Estoy herido. Sangro como una virgen pero lo hago por mi hombro izquierdo. Aun así, quiero un trago. Me acercan una bota de vino. Bebo. Salto de la cabina. Me tiemblan las piernas, bailan como flanes en un terremoto, y después solo sé que despierto en un hospital de emergencia.

He recibido un par de balas y perdido mucha sangre. Quiero levantarme y no puedo. Me encuentro débil. Todo son gemidos y estremecimientos agónicos. Quizá sufra tanto como los hombres que deben estar bajo las polvaredas que he visto levantarse en Cavalls. La oscuridad me cierra los ojos, el paso del tiempo, corroborado solo por esos sonidos, magnifica este tétrico lapso de dolor. Alguien mueve la camilla.

—Todo saldrá bien —me dicen, y repiten—: Todo saldrá bien.

Tuve mejor suerte que los que caían al otro lado del Ebro. Los que eran transportados en litera, en medio de la noche, hasta acabar sobre un pontón y cruzar el río, para luego seguir padeciendo en su traslado. Para entrar a un rústico sitio medio calcinado, con la mínima claridad de una luz de gasolina que, sin quererlo, ilumina la quieta retahíla de cuerpos destrozados, triturados, deshechos por la metralla mientras esperan, sobre el suelo de tierra, que llegue su turno y que los sanitarios, agotados, los intenten salvar. Un joven, casi un crío, con la mandíbula desencajada, pende como una lengua muerta, la mirada fija en vientres reventados, o en miembros amputados tiempo ha, y por cuyos propietarios nadie puede malgastar aún un poquito de tiempo. La mayoría va a morir y con suerte les tocará una fosa común, y luego los recubrirán con cal viva. Aquellos cuerpos, estos cuerpos, no parecen ni hombres ni parecen heridos, tan solo hileras de desgraciados animales, carnaza para la carnicería, y se extinguen sin poder contemplar el cielo cubierto de altas nubes; la batalla que ya estamos perdiendo.

Perdimos a pilotos como Vicente Beltrán, Juan Huertas, Luis Margalef, Francisco Paredes, Francisco Sanchez, Manuel Fernández y José García. El coronel García Lacalle quiso reunir unos cincuenta aviones entre Natachas, Rasantes y Grummans para atacar a las tropas fascistas al inicio de la batalla, antes de que sus cazas hicieran acto de presencia. Modesto dijo sí. El jefe de operaciones de Estado Mayor, Visiedo, no dio su permiso. Estaba, «geográficamente» hablando, en zona republicana. Las setas de la traición afloran cuando la derrota se acerca.

Antonio Beltrán, El Esquinazau, mandaba la 43.ª división que fue copada en Bielsa. Cruzó los Pirineos hacia Francia con un número cercano a los diez mil, contando también civiles, y optó por regresar a Cataluña; si se exceptúa a casi cuatro centenares de personas, que eligieron volver al sector franquista. Pudieron escoger entre Irún, Burgos o Barcelona. Ahora no pueden elegir. Ahora en Cavalls los están machacando. Los tienen acorralados y los trinchan como a pavos en el día de navidad.

Una granada hiere al teniente coronel Beltrán, en la defensa de Ascó, y por pocos milímetros no lo deja sin huevos. El Esquinazau, al comunicárselo el cirujano bromea:

—¡Coño, si no había peligro! ¡Los tenía en la garganta!
—ahora no puede ni bromear.

Desfilan los Stukas por el cielo, con las alas de gaviota invertida, el tren de aterrizaje macizo, las sirenas para el picado, las ametralladoras fijas en el borde de las alas, la ametralladora orientable en la parte trasera de la carlinga, para el segundo tripulante, y sus quinientos kilogramos de bombas. Los motores de esos Junkers Ju 87 suenan como el zumbido de millones de abejas reunidas en una única nube.

Treinta de octubre. En el extremo norte de la sierra de Cavalls, en kilómetro y medio de frente, durante más de tres horas se concentra la masa artillera más potente de la guerra, según describirá García-Valiño, compuesta por 175 cañones de calibres comprendidos entre 75 y 260 mm, más la masa artillera legionaria. Se suman también las armas de acompañamiento de la infantería, *acumuladas en aquel sector en número extraordinario*, y son capturadas unidades enteras de republicanos que, acogidas a sus refugios, *estaban anonadadas ante aquella lluvia de hierros y explosivos.*

En verdad deben de estarlo bajo el estruendo provocado por casi quinientos aviones, la artillería, los tanques, unas quinientas bocas de fuego, el grupo de carros de combate franquista y la Agrupación legionaria de carros italianos. Sufren la implacable e intensa concentración de más de trescientos cañones de diversos calibres, más todas las piezas antitanques enemigas, más las unidades especiales de morteros y de ametralladoras, más el fuego de doscientos bombarderos y más de doscientos cazas. *La Loca* disparaba tres proyectiles de golpe. Zas, zas, zas.

¿Cómo no van a estar anonadados los miembros de la 130.ª Brigada? Caen sobre ellos toneladas de bombas de aviación, proyectiles de artillería y mortero. Así las cosas, les destruyen sus escasas defensas, los trinchan como a pavos, al tiempo que de forma africanista la infantería asalta sus posiciones cuando está acabando la preparación artillera. En algunos tramos de las trincheras luchan cuerpo a cuerpo, resisten hombre a hombre, a un enemigo muy superior en efectivos, con una fuerza aplastante, decidido a lograr la capitulación total.

Cada cinco metros cae una bomba. Con quinientas bocas de fuego concentradas sobre Cavalls, la 130.ª Brigada, de la

43.ª División, sufre un castigo interminable, un choque brutal y directo en el que siete de cada diez efectivos son aniquilados.

Las tropas del Maestrazgo han sido entrenadas para correr. Las secciones de vanguardia, con los oficiales al frente, cubren a la carrera el kilómetro largo y despejado que los separa de la sierra de Cavalls. Corren. Ascienden. El bombardeo sobre Cavalls aún no ha cesado y con las últimas explosiones, las tropas rebeldes ocupan la primera línea antes de que puedan regresar sus defensores. Se combate todo el día en las alturas. Al caer la noche, caen sus defensores.

Los han entrenado para correr, recordará Sebas, y eso no lo esperan los rojos demoníacos. Las tropas de Mohammed el Mizzian toman Cavalls. Se hacen con 19 posiciones fortificadas, toda la red de defensas republicanas, mil prisioneros, 1.500 cadáveres enemigos, mientras en el aire 14 aviones rojos son derribados. Los han entrenado para escalar los cielos.

Uriguen vive todavía. Está lejos de los compañeros que quedan en Cavalls. Están lejos en la noche. Llegarán los facciosos y tendrán que contestarles atacando con la bayoneta calada hacia delante, hincándola a la altura del vientre, retirándola, si fuera menester con la ayuda del pie, poniendo la bota sobre el enemigo muerto, después de haberle dado las suficientes cuchilladas con la bayoneta y ver que su sangre se esparce a borbotones sobre la tierra.

Llega el sangriento domingo del 30 de octubre. Llueven los «pepinos» entre centelleos fosforescentes. Las granadas estallan contra el suelo, levantan abanicos oscuros de humo, tierra y cascotes. El aire huele a azufre, pólvora, tierra y tropas quemadas y madera calcinada.

A las bombas incendiarias de fósforo no las apaga el agua, solo el cubrirlas con tierra. La poca vegetación que va quedando en la zona arde hasta que toda la zona ha sido pasto de las llamas.

La atmósfera es densa y opaca, espesa niebla retumbante y prolongada, y esconde a la metralla vertiginosa que atraviesa cuerpos, carnes, a cuchilladas y garrotazos, silban y rebotan, hecha fragmentos de sí misma, hiere, desgarra y mata.

En San Marx todo se difumina en un vapor gris y siniestro, espolvoreo de cenizas. Los fusiles crepitan y nuestras andanadas de bombas de mano surgen de las tinieblas. Ellos lanzan su fuego de cortina, y el odio y la guerra restallan de nuevo en pechos desfondados.

Durante varias horas su artillería brama enfurecida, lo sacude todo y levanta espirales de cuervos amarillos, grumosos, que nacen entre grietas y hoyos, entre cadáveres desparramados y el ruido o el silencio de las botas de los supervivientes. La sierra tiene ahora embudos, pestilencia y destrozados sacos terreros, policromos, que van siendo golpeados, de forma paulatina, por el rosario de bombas que se nos viene encima.

Nuestros alientos bogan entrecortados bajo el tableteo de los fusiles, el reventón de las granadas y el furor de los pájaros de plomo. Las tropas de la invasión nos obsequian con sus siupum, za-bum, tun, tun, tun, pran, pran, pran, ra-ta-tam, ra-ta-tam, ra-ta-ton-bum. Y de repente: ziu, ziu, paf. O los morteros con su característico pep-chuff. O La Loca con su tro-tro-trom, tro-tro-trom, tro-tro-trom. Zas, zas, zas. La tierra tiembla y el mundo se acaba con el polvo metido hasta el fondo de la garganta. Somos carne humana torturada. Temor en el corazón y hambre en el estómago. Miseria y horror. Olor a muerte. Vientres destrozados, intestinos palpitantes. Todo es polvo y tierra y lo mascamos enloquecidos, ciegos y enterrados en una orgía de sangre, bajo las aspirinas de la aviación. De poco sirven ya las alambradas.

Y ahí están los hombres, que desaparecen entre las nubes de humo y pólvora. La artillería dispara como lo hacíamos nosotros en la escuela, antaño, con las bolas de papel. Dibujábamos trayectorias parabólicas hasta tropezar con la pizarra, los pupitres, las ventanas, el techo o las paredes. Aquí sus proyectiles buscan nuestra carne.

Ahí están los artilleros alemanes con sus excepcionales cañones de 88 mm. Trazan sus disparos contra nuestra aviación, protegidos entre los olivares, transportan unos la munición, otros corrigen el tiro y sin excepción, todos están pendientes de los cañonazos y los vuelos de nuestros aviones.

Ahí están los artilleros. Revisan sus cañones, con su brocal, su caña, su refuerzo de la caña, su blindaje, el eje fijo de la rueda, el punto de mira, los proyectiles, las ruedas del cierre automático, la boca por donde disparan aquéllos, las gualderas, las culatas, el escobillón o la palanca. No quieren fallos durante el espectáculo.

Carta número 353

Infinita Berta:

Aunque nunca recibas esta carta, ni las demás, has de saber que no te olvido. Tal vez mis lágrimas estropeen el papel, pero no puedo contenerlas.

Sucedió la catástrofe. La bandera de nuestro batallón había caído y Uriguen ha logrado recuperarla. Los fascistas nos tenían contra las cuerdas y una bala ha traicionado al vasco. La he oído entrarle como el pitón furioso y corneante de un toro, crujiéndole, mientras Hernández lanzaba sus granadas.

Estaba herido y Hernández, con las espardeñas sin suelas, lo ha cargado a hombros mientras nos retirábamos. Lo demás no me importa. No me importaba. ¡Qué más da si vencemos o decidimos esta maldita guerra, esta loca batalla! Ahora solo sé que ha sucedido. La catástrofe.

La noche es mefistofélica y el cielo refleja un orco. Estamos bien jodidos, estoy bien jodido, en un infierno de muertes y de muerte. Le he visto morir como a un sueño enclenque y fracturado.

He visto sus ojos vidriosos, su boca abierta, desangrado y muerto, frente al rumor del Ebro, antes de que llegase el alba. Le he visto proteger la bandera, ese inútil y maldito trapo o tal vez ese símbolo, orgullo y esperanza, no lo sé, mientras lanzaba su última granada.

Veo a Pablo. Lanza hacia atrás su brazo derecho, deja ir la granada, recibe la fija mirada del ojo del fusil, que descarga su plúmbea rabia en las entrañas de Uriguen. Veo que lo hieren, su cuerpo desprende un líquido viscoso y negro como las babas que dejan los caracoles sobre las hojas de las lechugas. Se abate como un abrigo que se desprende lento, se desploma, de la percha que ocupa.

Lo veo, unas horas después, tras el esfuerzo de Hernández, junto al murmullo del Ebro, casi llegando el alba, escanciar sus últimas palabras: *Askatu, Libre. Garripen, Victoria. ¡Bon cop de falç! Aaaag.*»

Lo veo morir, mirarme, como si los ojos se le hundieran en las cuencas, desvaneciéndose con el último hálito de vida, y aún siento su mirada aferrándose a mí como un ahogado a un rosco salvavidas.

Y me encuentras pensando en la locura de la guerra, en sus batallas y en la gloria de César, Carlomagno o Napoleón cimentada siempre en la sangre ajena.

Aquí está el alba, triste y maldita, que me ha visto ahondar la tierra con mi pico y mi pala, ayudado por Hernández, para cavar la tumba de Uriguen, cerca del Ebro. Le hubiera gustado tener una ikurriña y como no la tenía, lo he cubierto con la bandera del batallón que, al fin y al cabo, le ha costado la vida. He pensado en las velas de los barcos, los pesqueros, el perfume de las flores, las fachadas de rojo ladrillo, Unamuno destituido de la vida, ruido de espuelas y un cojín de sangre coagulada. Pablo, al menos, ha logrado repetir el primer verso de Els Segadors antes de morir. Por mi parte, emocionado y nervioso, solo he sido capaz de silbarle el Euzko Gudariak.

Ahora me encuentras, ya casi sin papel, recordando el olor de tus cabellos, amada Berta, lo que dicen tus ojos y tus labios, sueño y realidad, amor de este mundo y del otro, lejos de la catástrofe. Sé que te amo con un amor sobrehumano, inexplicable. Nunca pude amarte ni más ni menos. Siempre te he amado de una forma infinita, inabarcable, a pesar del dolor y la distancia, a pesar de tenerte y de perderte. Porque te necesito y no te tengo.

Porque ya no estarás cuando regrese a casa, cuando esto termine, si es que la guerra acaba alguna vez, y no quiero morir y quisiera estar muerto, y quisiera saber y también no saber, y beso tu fotografía, con tu vestido de mangas de mariposa, que te hicieron con una máquina fotográfica de trípode, de las que se cubren con tela negra y sonreíste ante su fogonazo, como ahora ante mí, acelerando el ritmo de mis latidos, mi sístole y díastole, a pesar de la muerte que nos ha separado. Que me privó de ti, de César, y que me acaba de privar de un buen amigo, Uriguen.

¡Por esta discordia civil! ¡Por esta guerra!

Ojalá resucitaras y tu corazón carnívoro me devorara el mío, de nuevo, y todo hubiese sido solo una pesadilla.

No, Berta mía, eso ya no es posible. La guerra es la máxima expresión del odio. Y nuestro amor fue un sueño de paz, hoy roto en mil pedazos.

Somos consecuencia del tiempo que vivimos, y solo se vive el tiempo que se ama. Mientras te ame, tú seguirás viviendo. Seguiremos viviendo. Sin equilibrio, no hay fuerza.

Tras la catástrofe y la rabia te persigue, Berta,

tu Basilio.

P.D. Le he regalado a Pedro Hernández mi libro El malvado Carabel, de W. F. Flórez, y él me ha regalado a mí su dominó.

14

El repaso del Ebro

Los hombres saldrán algo idiotizados de las trincheras, preguntándose
por qué han guerreado y para qué se guerrea.

Viejas profecías de Juan de Mairena
Antonio Machado

Franco se siente satisfecho al final de la guerra, por un telegrama de agradecimiento del mismísimo Papa por la inmensa alegría que le depara la victoria católica de España.

El pasado está repleto de fantasmas empecinados en regresar. De súbito.

—¡Camaradas, a por ellos! —Quiebra el silencio la fuerte voz de Pedro Hernández, que ataca con la bayoneta calada al asalto de la trinchera enemiga bajo la cerrada noche, ya casi de noviembre.

Es el último combate en el frente del Ebro y la exclamación, irónica y desilusionada, contrasta con el ímpetu del contraataque nacional. Ellos sí que vienen a por nosotros.

Pedro Hernández permanece ajeno a su futuro destino de recluso, prisionero y vencido, en el que pasará a constar en numerosos informes, bien para un batallón de trabajadores, bien para lo que los vencedores dispongan; cuando su vida quede reducida a unos datos en manos de fríos burócratas, que lo mirarán como a un «posible comunista», y que irán escribiendo su nombre y apellidos, su edad, estado, naturaleza y residencia; y rellenando líneas comunes que responderán, entonces, si es afecto, desafecto o indiferente al nuevo régimen; si se considera peligrosa su libertad para la conciencia social; su filiación política, donde repetirían siempre: «posible comunista»; si ha servido en el Ejército rojo, con un sí por respuesta; voluntario o forzoso, no recuerda; y, en último término, la conducta y antecedentes del mismo antes y durante el Glorioso Movimiento Nacional.

A pesar de todo, vivirá.

Cuando llega noviembre, Carmela sospecha que todo se ha perdido. El jueves, 3 de noviembre, *El Diluvio*, que cuesta treinta céntimos, como el resto de periódicos, informa en primera página:

> Dígalo quien lo diga, miente si afirma que disminuye la intervención italiana en España. Vaya al Ebro para que trescientos aeroplanos lo prueben sobre su cabeza.

Y Carmela piensa en *Maik* al otro lado del Atlántico, perdido quizá ya para siempre, y comprende el silencio del papel que lee y lo anota en su diario.

Un día después, el viernes 4 de noviembre, lee *La Humanitat*, que informa así:

> Jornadas épicas en la Sierra de Cavalls... —con una foto de las montañas ya de por sí impresionantes a la derecha, y prosigue, a la izquierda, informando—: El enemigo, a costa de grandes pérdidas, rectifica su línea y, al perder la cota 276, abandona prisioneros. En el Centro se han ocupado diversas posiciones y capturado prisioneros. Como represalia, los facciosos abocan 650 obuses sobre la población civil de Madrid. En dos combates aéreos hemos abatido cinco aviones extranjeros y hemos averiado otro.

Cinco días después, el 9 de noviembre, el mismo medio, *La Humanitat*, destaca:

> ... la eficiencia del Ejército republicano. Mientras se resiste en el Ebro se ataca en el Segre y en Levante.

Carmela escribe en su diario que todo está perdido, que no podrán parar a los fascistas.

Todo está ya perdido. Como pierde el rastro de su hombre, de su sueño, sin saberlo casi al otro lado del Atlántico. A principios de diciembre de 1938, junto a otros norteamericanos, *Maik* se sube a un tren que lo lleva hasta Puigcerdá y desde allí se va a Francia y regresa al final a su país, y entra para siempre en la añoranza de Carmela. Una añoranza mutua, compartida a través del espacio y el tiempo.

José Castillo, sargento nacional aficionado a la caza, acabaría vestido de alemán combatiendo en la División Azul, hecho prisionero por los rusos, aficionado al vodka, redimido del alcohol y sobrio hasta la muerte por una hija que le nacería mucho tiempo después. Su vecino sería Pedro Hernández Hernández, embotado como un sapo por las aguas del Ebro y las aguas del Segre.

Al cruzar la frontera en Le Perthus, Basilio Perich recordará a Séneca, al mirar al cielo inaccesible para todos, y se preguntará si «los que nos arrojan de la patria, ¿son menos desterrados que nosotros?»

El exilio espera a Perich, tal como los presidios a Pedro Hernández y Roque Esparza y la muerte, a Ulrich, algún tiempo después.

Cuando todo esté perdido, sin ninguna esperanza, se consumará la derrota frentepopulista. Pedro Hernández y Roque Esparza acabarán compartiendo prisión y cura. Un cura demoníaco: Fanlo De la Cruz, que les dirá que tienen que ser más católicos que Dios, ¡coño! Y que no merecen vivir, pero Dios es misericordioso; aunque demasiado a veces.

No llegará la paz. Llegará la Victoria franquista con mayúscula. No terminará el odio. España gemirá desde sus entrañas, en las raíces de su tierra, aire y sol, por los asesinatos de causa religiosa, de civiles, de obispos, de monjas, de eclesiásticos, de seminaristas; por las ejecuciones y fusilamientos, por los expolios, venganzas, destrucciones, saqueos, incendios, checas, incautaciones de periódicos, prohibiciones, depuraciones, confiscaciones, asaltos, robos, campos de prisioneros, tumbas, cicatrices, víctimas. Por la guerra que dividió al país.

El Ebro ha visto y sentido la guerra, los tanques, piezas de artillería, carros blindados, ametralladoras, rifles automáticos, pistolas, morteros, fusiles, camiones, motocicletas, miles de proyectiles de artillería, millones de cartuchos, toneladas ingentes de pólvora, cazas, bombardeos. ¡Soldados!

España sangra a través de sus generaciones de vencidos y héroes, a través de los huesos y la carne que consume la guerra, que devoran los materiales bélicos al uso, las altas decisiones, para que el interés de unos pocos o de otros pocos permanezca.

El poder puede agujerear la tierra, escupirle a la cara, sostenerse en mentiras o en barbarie para teñir de sangre sus aguas, las montañas, los campos o las nubes; para que algunos hombres abandonen su patria, su hogar, su vida, para morir en el exilio, o para no comprender ya nunca qué, cómo, por qué.

El Ebro ha conocido la guerra civil, y en sus entrañas lleva las huellas, el caos y la locura.

Les toca retirarse. Retirarse y seguir retirándose. España gotea exiliados. Los vencidos o los simpatizantes, que quieren y pueden escapar, que desean marcharse se dirigen a Portbou o a Le Perthus, como almas pecadoras hacia la salvación. Poco a poco se extingue la Segunda República Española.

Cataluña es cruzada por familias enteras que huyen sin rumbo fijo, arrastran cuanto pueden llevar, cuanto les queda, en una huida difícil e incierta. Es el éxodo, la aglomeración.

Son los rostros, los cuerpos, que caminan hacia la nieve o hacia el barro, hacia las gélidas noches cerca de la frontera, con los niños en brazos y la derrota a la espalda. Hacia los campos de refugiados (Argelés, Saint-Cyprien). Sin hogar. Sin patria. Sin consuelo.

El Ebro fluirá rojo de sangre en su memoria. El futuro, tras él, es la voz de Isidro Castrillón López, director de la cárcel Modelo de Barcelona, y su inequívoca bienvenida recalcando con voz gélida:

—Hablo a la población reclusa; tenéis que saber que un preso es la diezmillonésima parte de una mierda.

Para otros, el futuro es el penal de Santoña, volver a casa oliendo a jabón de azufre, a zotal, con el cuerpo lleno de polvo y sarna. Para casi todos la España de postguerra, del estraperlo, el hambre y la miseria; la España del nosotros profesamos la Religión Católica Apostólica Romana, que es la única verdadera, por Jesucristo fue fundada y como jefe reconoce al Papa.

El 25 de enero del 38 una bomba destruye parte de la sexta galería de la Modelo, que se convertirá al final de la guerra en la prisión más densa del mundo, según el padre Martí Torrent.

Y hace falta la sencillez del corazón para entender la benevolencia de Dios. Hace falta la humildad para gozar y disfrutar a Dios con júbilo.

—¡Pero para eso, rojos —gritará Fanlo De la Cruz—, deberíais tener corazón! Y no lo tenéis. Tenéis un agujero negro en el pecho y suerte, mucha suerte, de que existan la piedad, la misericordia y el perdón. Aunque, sabe Dios, que por mí no existiría ni piedad, ni misericordia, ni perdón para vosotros. ¿Por qué? Porque no merecéis siquiera la saliva que me hacéis gastar; el tiempo que el Señor os ha dado, a mi juicio, con excesiva generosidad. Pero, como el sol que está en la calle, vais a acabar siendo más católicos que Dios, ¡coño! ¡Más católicos que Dios! —bramará Fanlo De la Cruz, llevándose unidos a la boca y besándolos el índice y pulgar diestros con un seco—. ¡Por estas! ¡Por estas! O lo acabáis siendo o yo dejo de ser cura.

El general Queipo de Llano promete transformar Madrid en un vergel; Bilbao en una gran fábrica y Barcelona en un inmenso solar.

Es el Queipo de Radio Sevilla que arenga así a sus tropas:

—Nuestros valientes legionarios y regulares han enseñado a los rojos lo que es ser hombres. De paso, también a las mujeres de los rojos; que ahora, por fin, han conocido hombres de verdad y no castrados milicianos. Dar patadas y berrear no las salvará.

Bobby Deglané escribe sus crónicas, sus reportajes del frente, sobre tanques, como el titulado *Mora de Ebro, en la victoria de la gran batalla*, para dar cuenta del fracaso de los rojos. Para afirmar que, tras pueblos destruidos y montañas desventradas, quedan sobre las aguas turbias del Ebro los muñones de lo que antes fueron los pilares de la cabeza de puente tendida por los rojos.

El *Tebib Arrumi*, Víctor Ruiz Albéniz, cronista que firma *Clarines de España en la Serranía del Ebro*, con fotos de Campúa, escribirá en *El Heraldo de Aragón*, febrero del 39, que conviene dar a Barcelona un castigo bíblico para purificar la ciudad roja, la sede del anarquismo y el separatismo. Palabras piadosas como las que proferirá el gobernador militar Aymat:

—¡Perros catalanes! ¡No sois dignos del sol que os alumbra!

Nos vamos dejando un pueblo muerto tras otro pueblo muerto. Dejando atrás casas ennegrecidas, perseguidos, como si lloviera polvo de cristales rotos. Dejando atrás casas destruidas, caminos desiertos. Muertos sobre muertos en las orillas del Ebro. Muerte que parece dormir y muertos que parecen mirarme, y estar a punto de ponerse en pie. Cadáveres sin brazos o sin piernas; destrozados, despanzurrados. Esqueletos y huesos devorados por la arisca soledad del paisaje. Camiones abatidos sacuden sus últimos instantes, con las ruedas levantadas como si fueran patas de moribundos caballos; arden junto a abandonados tanques, condenados a recordar Pompeya y Herculano, junto a máquinas destrozadas y jirones de lona bamboleados por un viento furioso. El Ebro arrastra puentes bombardeados o fragmentos de los mismos, maderas que no recuerdan su origen y restos de la lluvia de odio que toca a su fin.

Atrás quedan trincheras que parecen huellas enormes de sierpes juguetonas o líneas profundas en la tierra que semejan el rostro inverso de las dunas del Sahara. Es la hora de los buitres en el cielo. Y vemos trozos de aviones derribados, cuervos que graznan al paso de barcas a la deriva. Todo está salpicado por la muerte pestilente, quemada, de algunos de los combatientes del Ebro.

El 16 de noviembre, a medianoche, mientras escucha la radio, Carmela decide irse a París. Maik está al otro lado del Atlántico, y ella irá a ver a unos familiares a La Garriga para después cruzar a Francia. Tardará unas semanas. El parte oficial comunica lo siguiente:

> Ejército de Tierra. Este: Obedeciendo al plan premeditado del Alto Mando republicano, ampliamente logrados los resultados pretendidos con la táctica de desgaste aplicada desde el veinticinco de julio, las tropas españolas, mediante voluntaria y metódica maniobra de retirada, han repasado el Ebro durante la noche última, reintegrándose a sus antiguas posiciones de la parte izquierda del río. La operación se desarrolló en perfecto orden, sin que un solo soldado ni un solo fusil hayan quedado en poder del enemigo.

La guerra es una consecuencia del exceso de dinero, de población, de armas, de energías vitales, de ideas o de despropósitos. También de una posible carestía de todo lo anterior.

Es muerte, excitación, angustia, paciencia, largas velas, aburrimiento, pérdidas, dolor y miedo. Un vendaval de uniformes y harapos, vendajes y tristeza, con un fondo sobrecogedor de ruinas, suciedad, miseria y hambre.

Tras la batalla, una vez más, somos hombres sin Dios, ni moral, ni familia, ni amigos.

O cadáveres. Si después de calzarnos las botas y calar las bayonetas hemos pagado el precio que dispone Caronte.

El soldado es fermento, anquilosados pasos. Sostiene el desplome de millones de infancias, de los sueños perdidos que la locura y el poder persiguen.

La guerra tiene siempre culpables. De eso no cabe duda y nuestros pasos van, lentas tortugas, empujándonos hacia los puertos nevados que llevan a Francia o a los puestos fronterizos del Pirineo. Y después a sitios como Argelès, con sus campos de concentración, alambradas y hambre.

Y a otras guerras…

El teniente Andrés Muro regresará a Madrid meses después, a su Elena Domínguez, cuando las monjas con el brazo en alto saluden la entrada de las tropas fascistas y se hundan en el olvido el dolor del bombardeado barrio de Argüelles y el oscuro cartel de la CNT en el metro: LEER.

Cuando queden atrás para su Elena los sacos terreros protegiendo establecimientos, los vendedores callejeros con puestos portátiles, el letrero caído de una farmacia con los cascotes esparcidos, mosaico variopinto de vidrios, astillas, polvo y demás disperso tras una explosión. Y el Metro utilizado de refugio, estufas JMB, carbón, leña, gas, tostadoras y molinos de café, máquinas de rallar queso y sopa, puertas correderas. Mientras Andrés se estira sus tirantes y sonríe porque el frente, visto por un nido de ametralladoras, ya no es un pequeño cuadro donde todo parece una heroica y alargada película, y resulta ser una tediosa espera. Porque Andrés, como la Guardia Mora de Franco, el Segundo Escuadrón de Regulares de Tetuán, con sus blancos turbantes, sus capas blancas, sus lanzas y caballos, ha vencido.

Después de tanta guerra y de tanta barbarie se exilió de España sin saber si le habían demostrado a Indalecio Prieto que sus pechos eran duros, eran pechos de acero y contenían corazones sensibles, estremecidos por el dolor humano y rebosantes de piedad.

La lucha, la resistencia, los contraataques fueron atroces, crueles y sanguinarios, por una y otra parte, y a sus corazones solo dolor y balas acudían. ¿Cómo tener piedad bajo un cielo que aún rezuma metralla? ¿Cómo perdonar sobre una tierra aún carbonizada por el odio fraticida?

Entonces fue consciente de haber perdido todo aquello por lo que estuvo vivo. No tenía a su hijo ni a su mujer, el resto de la familia había menguado; la guerra le había dejado un socavón en el alma y su tierra, su patria, estaban poblados de fantasmas, de oscuros recuerdos, que quería exorcizar.

Meses después del fin de la batalla, cuando los nacionales estén ya muy cerca de La Garriga, paseará por última vez entre los plátanos del Paseo de la Garriga, se abrazará a la morera y llorará de ausencia y de dolor, de pérdida y vacío, antes de recoger sus pocas cosas, algunas cartas que nunca has recibido, ¿cómo ibas a hacerlo?, alguna foto que jamás ha abandonado y casi nada más, y empezar a andar por la carretera de Sant Llorenç Savall a Llinars, empezar a andar hacia el exilio, hacia la soledad más dura que la piedra de las torres de la Sagrada Familia y una supervivencia anclada en el pasado.

Recibirá una carta estando en Francia, de un familiar, que en paz descanse, que le cuenta la llegada del Arriba España y del tercer Año Triunfal. Le habla de las tropas de Franco, en enero de 1939, y de la destrucción total de la estación de ferrocarril. Su morera, no sabría explicar cómo, sobrevivió y perdura. Le relata lo de las bombas que caen en el cruce de la carretera del capitán García Hernández y lo de las que caen entre la calle del Figueral y la Avenida del Catorce de abril. Le explica lo del campo de aviación de La Garriga y que en l'Atmella los anarquistas, retirándose, fusilan a los de derechas en las puertas de sus casas, y lo de los moros de regulares que fusilan en la puerta de Can Tarrés, por asaltar la masía, las mismas tropas fascistas. Aprenderá a olvidar de forma selectiva en el exilio, y les recordará a ellos, Berta y César, por encima de todo lo que quiere y necesita recordar.

La Segunda República fue un desgobierno y algunos ayuntamientos funcionaron por pistolas e ideologías. En la Garriga, un coche fantasma y una mujer misteriosa liquidaron, sin demasiadas preguntas, a muchos de los que iban a misa. Se sacaron y llevaron, por orden, los cuadros religiosos, libros, estampas, cruces, bajo amenaza de muerte o prisión. La iglesia de Sant Esteve era una tea humeante, la quijotesca hoguera presagiaba muertes de capellanes como la de mosén Ramón, muerto en su huida por las montañas del pueblo. Unos de las Brigadas Internacionales llevan a un facha al que pinchan a golpes de bayoneta, aunque él sigue rezando a la virgen María, y lo matan y lo cuelgan en la subida a la estación. El bombardeo se acerca. En la estación hay armas y un polvorín. Las Brigadas Internacionales quieren luchar en la Garriga y están minando los accesos al pueblo, algunas casas, el puente de can Palau. No pasó nada. Se retiraron.

Aunque aquel 28 y 29 de enero hubiesen muerto trece personas, los Guasch, Jané, Pujol, Casanovas, Castellsaguer, Clavell, Tallero, Vilella, Rodríguez, Hidalgo y Alvarez, cuando reciba la carta y sepa que a pesar del bombardeo su morera seguirá intacta, en la estación de La Garriga, será aún más feliz, si cabe, que el día que liberen París de la ocupación nazi.

«Si llegas a hacer de la mentira una creencia puede ser más fuerte que la realidad», advertirá Basilio Perich.

Kindelán escribe que la batalla del Ebro *acabó por decidir la guerra a favor nuestro sin posible apelación*.

La batalla ha supuesto para los republicanos diecisiete reemplazos y para los fascistas doce. En algunos momentos ha sido inabarcable. En un solo día ha llegado a haber trece mil seiscientos disparos de artillería. ¡Cómo para contarlos!

Ha visto edificios derrumbarse, castillos de papel, venirse abajo partidos por las bombas, hechos añicos y convertidos en jirones de lo que habían sido, soltando un polvillo, restos de un viejo papiro, agitados como olas de arena, entre nubes de destrucción que humean ventiladores desorientados y se mueven cinturas de futbolistas que fintan hileras de bosque, de árboles balanceados, nerviosos, porteros ante una pena máxima y transmiten el profundo desasosiego de su inmenso dolor.

Ha visto las bombas, gotas de lluvia, anegar de fuego la tierra estremecida, levantar hogueras, espesas y grises, que dejan cenizas, carbón y restos devastados frente a los combatientes que, estatuas en una plaza ardiendo, resisten hasta que es imposible resistir. Hasta que les matan o hasta que les capturan. O hasta que no hay más huevos que salvar el pellejo y lo abandonan todo para seguir viviendo, con honor o sin él, con órdenes o sin ellas, un poco más atrás de donde se supone que han de resistir.

Poco a poco, hombres empujados hacia el abismo, van retrocediendo y perdiendo moral y territorio, esperanza y victorias, ante un enemigo que transforma sus miedos y su sorpresa en material y apoyo numeroso, en aplastante fuerza, para dejar bien claro que ellos no luchan solos, que el mundo les permite destrozarles sin más, porque ellos son los malvados rojos, casi habitantes de un antiguo Jerusalén, contra los que se impulsa la nueva Cruzada bendecida por la Iglesia de Roma.

Ha visto la rabia y la venganza en los rostros, la sangre a borbotones empapar la tierra, el laberinto oscuro de las bombas, la luz de los fusiles, el ataque masivo de la artillería, la precisión de los morteros y el avance sangriento de los tanques en una gran tragedia improvisada, ante hombres que cumplen su deber o castigo, hombres que se baten con desesperación, desprecio u osadía para decir *hemos vencido*; sobre un país roto, cansado y dividido.

El exilio, interminable y gélido, llega también a la cultura. Llegan sus maletas y se echan a andar junto a Alberti, León Felipe, Pedro Salinas, JRJ, Luis Cernuda, Antonio Machado, Max Aub, José Bergamín, respira, Josep Carner, Pompeu Fabra, Joan Coromines, Sender, Arturo Barea, Corpus Barga, Salvador de Madariaga, Mercè Rodoreda, vuelve a respirar, Serrano Poncela, Luis Buñuel, Carlos Velo, Pau Casals, Manuel Altolaguirre, Emilio Prados, Margarita Xirgu, sigue respirando, José Gaos.

Y muchos más.

Y más.

El exilio.

El odio cuando echa raíces sustituye al perdón. Lo sabrá, por ejemplo, el joven Numen Mestre, un «biberón» más, de quince años, que logra sobrevivir a la batalla, exiliarse, superar los campos de refugiados franceses, y al que su clandestino regreso le conduce, un 17 de febrero de 1949, a su fusilamiento en el Campo de la Bota.

Nos toca repasar el Ebro desnudos. Los que cruzan a nado con la ropa, el fusil, macuto, zapatos y toda su indumentaria militar, acaban siendo arrastrados por la corriente; alguno incluso tendrá suerte, como un tal Sanz, que se salvará agarrado a un tronco y aparecerá en Amposta. Sin embargo, otros corren peor suerte. Líster ametralla con sus propias manos a quienes han perdido su fusil al repasar el río.

Carta número 354

Enigmática Berta:

Aunque nunca recibas esta carta, ni las demás, has de saber que no te olvido. No hemos vencido, ni hemos decidido la guerra a nuestro favor. Quizá todo lo contrario. Nos toca retirarnos.

Son mis últimos folios y quizá sea mi última carta. No sé qué pasará conmigo. Quiero que sepas qué sucedió aquel martes 31 de mayo de 1938.

Fue una masacre, muerte y masacre como la de Guérnica en abril del 37. Si Barcelona era una ciudad desoladora por tanto «raid» aéreo Granollers fue tu tumba. Y la de César. Y en parte la mía, la de mi corazón.

Junto a ti, a vosotros, más de doscientas personas murieron. Hubo más de seiscientos heridos y alrededor de ochenta edificios destrozados.

Las nueve y cinco de la mañana. Cinco trimotores Savoia-Marchetti S.M.79, italianos, llegan sobre Granollers a lanzar sesenta bombas, ni una más ni una menos. Cuarenta bombas de cien kilos, diez bombas de veinte kilos y diez bombas de quince kilos.

Tú eres una mujer más, con César en tus brazos, que hace cola. También están los niños que van hacia la escuela y los hombres, alguno hay, que van a trabajar.

Es un minuto. Un maldito minuto. Y no suena la alarma. La alarma no sonó.

Berta, tus asesinos pertenecen a la escuadra de los «Falchi delle Balleari»". Esos malditos cabrones fallaron. Sus objetivos eran la central eléctrica de Estebanell y Pahissa, para cortar el suministro eléctrico a la línea de ferrocarril Barcelona-Puigcerdá, y dos talleres de montaje y reparación de aviones. Los cabrones fallaron. No dieron en ninguno de ellos. Después bombardearon San Adrián del Besós.

No comencé junio con muchos ánimos como ya te he escrito más de una vez. Al menos sé que a los heridos, casi seiscientos garriguenses les ofrecieron mantas, sábanas, cojines, toallas y toda clase de material sanitario. La Garriga, nuestro pueblo, está cambiando. Ha pasado de los tres mil y pico habitantes que éramos antes, contigo y con César, a los diez mil que me cuentan que hay ahora. Supongo que también estará intacta nuestra morera.

Ahora que te he contado lo que sé y que me quedo sin folios, solo quiero pedirte que vuelvas algún día, que volvamos a encontrarnos, aunque sea imposible.

Camino del exilio y la cordura te espera, Berta,

tu Basilio.

Siguen peleando y ceden un poco más en cada retroceso. La batalla de la Tierra Alta se ha perdido.

Unos meses después, ya en el año 39, volverá a estar en La Garriga, relatará Perich, con las tropas de Líster que no hayan sido abatidas o caído presas.

A pesar de todo se sentirá feliz, elevado, como los altísimos árboles que hay frente a la iglesia de San Esteban. Reencontrará muchas cosas. Está también triste. El bosque de Can Tarrés ha sido talado. La tala comenzó durante la segunda mitad del año 37. La imagen que ofrece, entonces, le hace sentir un poquito más muerto: ha perdido una parte de él, de ellos, de su Berta, y de lo que del bosque les habían contado, con sus milenarias encinas.

Querrá hablar de Granollers, del bombardeo. Algunos, de los que aún quedan, le relatan suficientes cosas. De ella, de ellos, de sus tumbas sabrá todo cuanto puede saberse. De un piano roto frente a la colchonería, sobre los escombros. De una mujer de la que solo queda el tronco, el pecho descubierto, la ropa desgarrada, las vísceras al aire, sobre la tierra y la persiana abatida, con el brazo derecho vencido hacia arriba y el izquierdo hacia abajo, los ojos entreabiertos, el seno derecho arrancado y las vísceras fuera. De los cadáveres, o lo que queda de ellos, en hilera, depositados al aire libre en el cementerio de Granollers.

Los bombarderos italianos, bendecidos por Pío XI, habían hecho macabro su trabajo. El martes 31 de mayo del 38, el pez que no llega, la Porxada mordida, asolada por la crudeza voraz del desconcierto, los alaridos, las vidas sepultadas por las bombas. La resaca del odio se olía bajo las nubes y la indefensión, bajo las ruinas.

Le hablarán de los otros. De los que siguen viviendo y llegaron a La Garriga. Cuando llegaron los heridos aquí, a La Garriga, no había ni alcohol ni médicos. Estaban los heridos estirados sobre el suelo en mantas o colchones entre quejas, gemidos y llantos. Había que ir limpiándoles las llagas de la metralla que se había incrustado en todas partes.

Unas cincuenta personas ingresaron en el hospital que fue donado por el Ayuntamiento a la Sanidad Militar. La gente tenía miedo a que aquí sucediese algo semejante. Un bombardeo igual.

Sucedió. No tan grave. Hubo trece muertos por los innecesarios bombardeos del 28 y 29 de enero de 1939. «Ya no estaba allí —apuntará Basilio—, ya casi estaba en Francia. La Garriga fue ocupada el uno de febrero. Los rebeldes entraron por la carretera del capitán García Hernández o carretera de l'Ametlla.»

El 26 de enero de 1939, el Cuerpo de Ejército de Navarra, el Cuerpo de Ejército Marroquí y la División italiana Littorio, ocupan Barcelona. Su prima Carmela ya se halla en París. Habrá pasado por aquí, por La Garriga, a hablar con la familia y algunos se habrán ido y otros se empecinarán en quedarse.

Entre las pocas cosas que le quedan y que abandona, con alguna excepción, hay una radio Philips con forma de uña al revés, vista con la palma de la mano mirándonos, que emite los programas de Radio Asociación, bautizada al instante como Radio España, que serán interrumpidos para retransmitir el siguiente mensaje:

Catalanes, hace pocos momentos que el glorioso Ejército español comenzó a entrar en la ciudad de Barcelona. Tomada ya totalmente la población, las fuerzas desfilan tranquilamente por las calles, levantando indescriptible entusiasmo. La muchedumbre vitorea a los soldados. Ciudadanos, ¡engalanad vuestros balcones! ¡Arriba España! ¡Viva el Caudillo Franco!

Los últimos soldados republicanos que huyen de Barcelona son los de Transmisiones. La bandera blanca ondea en Motnjuich. Para unos, las lágrimas. Para otros, el entusiasmo cuando la motorizada cruza la Diagonal. En la Plaza Cataluña se celebra la primera misa de campaña.

A los que huyen les esperan el hambre, el invierno, las víctimas en las cunetas, el éxodo, el llanto, el cuerpo a tierra, las columnas de soldados, los cráteres de las bombas, los bebés llorando, los coches destrozados, un futuro incierto, cadáveres, cadáveres, y más cadáveres.

A los que se quedan, las cartillas de racionamiento y las amargas lágrimas por un país cambiado, vencido, depauperado, famélico, impotente y apenado.

A finales de los años veinte, por la Exposición Universal, comenzó a urbanizarse la montaña de Montjuich. Ahora lo que se expone es la catástrofe, dolorosa como el incendio en la Casaraona del Raval. Ahora la vencida Rosa de fuego es la chiquillería que suplica pan y apela a la caridad. Si no se ha ido.

«Los muertos no explican la Historia», dejará dicho Ciano. Los muertos no vivirán tiempos de memoria prohibida.

Los vivos huyen de Barcelona, en 1939, entre el humo de los papeles quemados en los monasterios, la impotencia de los que no pueden huir y se esfuerzan gritando, maldiciendo, chillando, con los ojos del miedo rabiando porque los abandonamos. No todos pueden huir en los camiones con colchones, derribados cuerpos de derrota, jaulas, muebles, mujeres, viejos y niños asustados en una caravana tan triste como alegre había sido el aire de abril del 31 con el que llegó la Segunda República.

Ahora toca huir con lo único que aún puede ofrecer Barcelona, su pronto perdida libertad, rescatando recuerdos entre la luz y la música dominical del Paralelo, debiendo dejar atrás el ambiente triste y herrumbroso, frío y putrefacto, de una ciudad arrodillada.

«¡Los nacionales! ¡Vienen los nacionales!» Como si fuesen romanos en la Roma de Aníbal en las puertas, o ciudadanos de la Cartago de Amílcar sitiada por los bárbaros, gritarán unos mientras los otros esperan poder gritar: «¡Los nuestros! ¡Ya vienen los nuestros!».

El Gobierno republicano esconde en Barcelona almacenes de alimentos para resistir en caso de asedio. Hay garbanzos, judías, azúcar, cajas de botes de leche condensada y de carne soviética, aceite, zapatos, en la estación de Magoria, en un palacio de Montjuïch. Para el pueblo barcelonés los alimentos son cada vez más escasos, la gente huye hacia los refugios con la inseguridad acerca de si su hogar estará en pie, o no, después del bombardeo. La desesperación y el pesimismo son generalizados. Por la noche, Barcelona se queda a oscuras por el temor a los bombardeos.

Los fascistas entran en Barcelona por el sur y el oeste. Por el Besós, por Collserola, por Vallvidrera y la Avenida de la Diagonal, por Collblanc, la Bordeta y Plaza España, mientras los moros de Yagüe ocupan el castillo de Montjuïch. Y, después, la plaza de Cataluña, las Ramblas, la plaza de Sant Jaume, el Paralelo. Por las calles desiertas, observadas desde atemorizados balcones y ventanas, sin un tiro, avanzarán las tropas rebeldes. La noche del 26 en Barcelona, desde la plaza de las Glorias hasta el Besós, hubo algo así como una tierra de nadie, donde reinó el tenso silencio.

—Me voy —dirá—. Ya todo está perdido.

Las tropas de Líster se retiran por la futura carretera de Samalús. Ve a algún Internacional que también se marcha, aunque a regañadientes. Llegan los fascistas y sus cambios. No quiere estar aquí cuando ellos lleguen. Vendrán y llamarán a esta carretera por la que nos retiramos la Avenida de Sanjurjo. El Paseo pasará a ser el Paseo de José Antonio Primo de Rivera. Vendrán también la Avenida del Generalísimo, la de la Falange y la Ronda de Navarra, entre muchas otras cosas que cambian.

Se va dejando La Garriga silenciosa y vacía, famélica y cansada, muchos pasos atrás, muy lejos, a su espalda como si el infinito le alejase de ella.

Solo es un soldado más, un hombre del montón, vencido, entre cabizbajos combatientes, camiones, coches, máquinas de coser y de escribir, carros, jarras de aceite, bicicletas, colchones, ropas, carretones, gallinas, fardos, y todo cuanto intentan llevarse los vencidos. Tirará sus armas a un barranco antes de cruzar la frontera. Mira a su alrededor y solo ve el desfile y el éxodo, en unos 150 kilómetros hasta llegar a Francia.

Se va con los batallones que desean luchar y añoran los siete barcos de armamento ruso que Hidalgo de Cisneros, con el aval de su firma por más de cien millones de dólares, logra de Stalin, Vorochilov y Mikoyan, salidos desde el ártico Murmansk hacia puertos franceses, como el de Burdeos, donde la hipócrita Francia retrasa su permiso de tránsito hasta que las armas son innecesarias.

Cruzarán la frontera y brindarán sin nada por todos aquellos que nunca han creído en ellos. Porque a pesar de todo jamás habrán perdido la dignidad, el valor, el respeto y la confianza en sus propias ideas.

Llegó noviembre y todo fue cayendo poco a poco. Entre los días 1 y 2, las alturas de Pándols. El día 3 los fascistas llegan al Ebro cruzando Pinell. El día 7 cae Mora la Nueva; atacan y cae Monte Picosa. El día 10 solo quedan seis baterías republicanas al oeste del gran río. El Quinto Cuerpo de Ejército de Tagüeña cubre el paso de los otros dos cuerpos. El día 14 cae la Fatarella. El 16 cesa la batalla, 116 días después de su comienzo.

En la madrugada del 17 de noviembre, recordará Roque, se evacúa Flix entre la niebla. Los fascistas lo invadirán con prudencia.

De un gramófono surgen los versos de L'emigrant (El emigrante), que traspasan el lúgubre silencio:

Dolça Catalunya (Cataluña dulce)
pàtria del meu cor (patria de mi corazón)
qui de tu s'allunya (quién de ti se aleja)
d'enyorança es mor (de añoranza muere).

Las gallinas, las pocas que quedan, están condenadas a desaparecer sino por unos, por otros. Cacarean asustadas por el ruido de las orugas, por el olor del carburante, se desbandan a todo correr por el campo abierto. Caerán de todas formas.

Los fascistas llegarán con su pan, sus latas de sardinas y su sopa caliente. Ya no estaremos. Llegarán con sus moros vendiendo chocolate, tabaco, galletas o conservas a cambio de plata; con sus aliados luciendo su tarbuch. Entonces será normal ver el *bakalito* o tenderete de los moros con chocolate, galletas, brandy y cigarrillos.

Llegarán también los del CTV, Cuerpo de Tropas Voluntarias, a los que nosotros llamamos los italianos del *¿Cuándo te vas?* Ya no estaremos.

Bombardearán Madrid con panes que los nuestros dirán que están envenenados, aunque no lo estarán ni mucho menos. Seguirá saliendo la música del gramófono.

—Cada hombre sostiene su propia maldición a puro huevo. —Cabeceará afirmativo Basilio.

Días después de la muerte de Uriguen, un Savoia-Marchetti S.M.79 se estrella en la sierra de Cavalls, recordará Roque. Estuvo hasta el final sí, hasta los «fuegos artificiales».

Roque, que tendrá un sobrino camionero cuyo camión se llama *Todo Aragón es mío*, y otro baturro que estará bailando y cantando jotas todo el día. Roque estuvo hasta el final.

Como que la virgen del Pilar es de talla gótica; se persigna. «¡Rediós! Menudo final», piensa.

Atrás quedan los días cubiertos de sangre, la batalla, la guerra, con las balas retumbando circunfusas. Nos retiramos con la manta, la mochila y la cantimplora. Con un frío del carajo y poco más. Abandonando parapetos de piedras y sacos terreros, paja en el suelo, latas de conserva vacías, trozos de ropa sucia, peines de ametralladora, cartucheras, platos de campaña, capotes jironados y sangrientos, y fotografías de gente a quienes sus propietarios no volverán a ver. Tras nosotros descansan los caídos que no volverán a casa.

La nuestra es una huida ridícula, como los casquetes de los flechas negros italianos. Nosotros, los zapadores, con los picos y las palas, con las gorras, tropezando con proyectiles de artillería sin disparar, apilados, cañones abandonados, coches destruidos y tanques inutilizados. Nuestras fuerzas desaparecen como plomos que se hunden en la arena.

Estamos vivos después de todo; aunque nos esperen la prisión o el exilio. No hemos acabado como los 307 soldados heridos o muertos, durante la batalla, que son sepultados en una fosa común en el cementerio del Perelló. Retrocedemos para unirnos, dentro de unos meses, a la desilusionada diáspora humana, grabada en la retina, que huye del país.

El Grupo de Ejército de la Zona Centro-Sur, mandado por Miaja, permanece casi inactivo, sin intentar ayudarnos, mientras nos desangramos los combatientes de la tierra alta.

Y aquel cura, recordará Roque, aquel Fanlo De La Cruz, empieza a hablar de San Pablo y a gritar:

—*¡Todas las cosas son buenas para los que aman a Dios!* ¡Vosotros no, rojos! ¡Vosotros no! A vosotros, igual que Cristo multiplicó los peces y los panes, voy a multiplicaros las hostias, las que os merecéis, porque Dios es generoso, demasiado generoso, con vosotros y os voy a hacer católicos, creyentes, aunque sea a golpes de crucifijo… —Y nos habla luego de fe, de ovejas sin pastor, de que hacen falta pastores y generosidad, añadiendo—: ¡Para vosotros no, rojos! Porque habéis luchado contra los sagrados destinos de España y tenéis suerte de estar vivos, de seguir viviendo, ¡facinerosos! Si por mí fuera, estaríais en el Infierno con vuestros jefes ateos y marxistas, masones, por burlaros de la Iglesia, por ser lo que sois y querer serlo. Claro que Dios es generoso, quizá demasiado, y yo estoy aquí para que seáis más cristianos que Cristo, ¡coño!

Basilio Perich sacará una vieja foto, color sepia amarillento, envejecida por los años y la acercará con su tembloroso pulso, mientras se mecen sus canosos cabellos y una lágrima resbale de sus ojos y discurra sobre el rostro arrugado hacia el vacío.

—Es ella —confirmará, cabeceando—. Es Berta.

—Es muy hermosa —reconozco con voz queda.

—Sí, lo era… —reaccionará Perich. Mucho más hermosa que Imperio Argentina que de por sí ya lo era bastante.

Lo cierto es que al verla, al ver su fotografía, su corazón parecerá un globo que se desinfla poco a poco. Le vacía y le atraviesa el pecho su imagen, certero espadazo.

Miraré a los ojos viejos como telarañas de Perich y mascullaré un leve:

—Lo siento.

Podré ver a Perich caminando bajo la nevada, como si lloviesen copos de algodón, dirigiéndose a Francia, sobreviviendo a la pérdida de una mujer irrepetible, con cuyos relieves y silueta puede un hombre soñar toda la vida.

El silencio estallará como una granada. La mirada de Perich y la mía se encontrarán y no diremos nada.

—Es algo más que un río —romperá el silencio Roque—. Es una parte de nuestras vidas. Un momento por el que todos pasamos. Una aventura, como la vida misma, que todo hombre puede vivir. Debe vivir.

Una metáfora.

La vida es un combate de boxeo que disputamos contra nosotros mismos.

—Durante mucho tiempo no comprendí nada —admitirá Perich—. Ahora sé que el destino tiene sus propias reglas. Si tuviera que escribir un epitafio para mí, para Uriguen, para Roque o quien fuera, desearía tan solo la misma leyenda que Cantinflas quiso que se escribiera en su tumba: PARECE QUE SE HA IDO, PERO NO ES CIERTO.

Contemplaré la fotografía de Berta, que luce un vestido de mangas de mariposa, y ladearé la cabeza hacia Perich, que parpadeará con un cansancio digno de un papiro. Con una sonrisa irisada, como una luz que cruza *strass* tallado, se la devolveré. A veces la belleza nos deja sin palabras, o es inútil buscarlas cuando uno sabe que no las hay, no puede haberlas. El corazón y el alma henchidos se estremecen, y no hay ningún lenguaje que pueda definir lo indefinible.

—Del Ebro también se retiran los periodistas —recordará Roque.

Hemingway, Buckley, Matthews y Sheean repasan el río en el último momento. Hemingway rema en una barquilla. El mismo Hemingway que morirá, muchos años después, volándose la bóveda craneal con su fusil inglés de dos cañones. En Ketchum, a primeros de julio de 1961, a punto de cumplir los 62.

El día 15 repasan el río, amparados en la neblina, los tanques que pudieron salvar mediante una compuerta tirada por un cable y también los camiones que usan el puente de hierro. La infantería, caída ya la noche, cruza por las pasaderas de Flix y Ascó. Hay quien cruza a nado o por cualquier otro medio. Si pierden las armas, o si las han abandonado antes, afirman haberlas arrojado para que no las cojan los fascistas. Los superiores no pueden consentir que el enemigo se apodere de nuestras armas y castigan su abandono. Por eso, precavidos, la mayoría habla de destrucción.

Cuando han pasado ya todos los hombres, desde la misma orilla en la que comenzamos el ataque, replegamos las pasaderas y preparamos los «fuegos artificiales».

La niebla la producen las nubes en contacto con el suelo. La niebla, un velo lechoso, levanta su cortina en el paisaje. Nos vamos y nuestra moral es más frágil que el acero del *Titanic*. Atrás quedan perros muertos, gatos muertos, caballos muertos, gallinas muertas, vacas muertas, pájaros muertos, vientres abiertos y ojos despanzurrados. El silencio en la tierra de nadie, entre líneas, emerge con un infinito y nocturno laberinto. El abandono inunda aspilleras y la soledad se incrusta en las trincheras, una faca clavada en medio de una hogaza de pan, mientras la niebla se arrastra sobre los restos de los muertos.

Creo ver fantasmas, batallones de fantasmas, que vagan hacia las montañas. Tal vez los espíritus de todos los caídos, de cualquier tiempo y espacio, que se preparan para ver los «fuegos artificiales». Sí. Muchas vidas quemadas.

Todo está listo para la perfusión final de pólvora y de fuego, para el gran espectáculo pirotécnico, sobre el rumor del río.

Mientras manejan la dinamita recuerda su esfuerzo, el de las brigadas de pontoneros, construyendo pasaderas sobre barcas dispuestas horizontalmente, atadas entre ellas con sogas, con cuerdas de cáñamo, y todas las canciones y momentos invertidos. También a Felipe López. Todo aquello está a punto de ser historia.

A la una de la madrugada del 16 todas las unidades han repasado el río menos la 13.ª Brigada, que no tardará en hacerlo. Tagüeña se marchará hacia Poblet.

—Me encontraba en Flix —recordará Roque—, desde cuya central eléctrica se dirige el repliegue de nuestro casi vencido Ejército, mediante jinetes que enlazan con la compuerta de la presa, el puente de hierro al norte de la misma y la 13.ª Brigada. Cuando han pasado los tanques y blindados se corta el cable de hierro de la compuerta, dejando esta a la deriva.

Son las cuatro de la mañana cuando el último pelotón de la 13.ª Brigada repasa el Ebro. La niebla, un velo de humo, engulle a los que preparamos el final de nuestra retirada. Vamos a destruir todos los pasos. Un jinete de enlace llega con la orden: ¡A la yugular! ¡A la yugular! Faltan quince minutos para las cinco de la madrugada del 16 de noviembre de 1938 y el latido de nuestros corazones se acelera. Poco después nuestra respiración se llena de jadeos.

»Igual que otros compañeros como Pedro Hernández, habíamos rechazado los tanques enemigos con latas llenas de dinamita, echándole cojones al asunto, ahora nosotros, con un frío del carajo, volamos la central, la compuerta y el puente de hierro. La batalla ha acabado. Han llegado los «fuegos artificiales» a Flix. Tagüeña acciona el mecanismo y el puente de hierro salta en pedazos.

»Mientras nos adentramos en la densa niebla.

»Había fuego en el Ebro. La gran batalla había acabado.

El desfile de carros, burros, maletas, fardos, heridos, tanquetas; cuando los nacionales ametrallan a madres en su retirada a Francia, «alé, alé», que caminan hacia cárceles, campos de fusilamiento, el exilio, la resistencia, el cese del trueno de las armas ayuda a comprender que no es el final de la pesadilla, sino más bien su verdadero inicio. Es, en palabras del poeta León Felipe, *el principio del éxodo y el llanto.*

—Y aún me siento —reconocerá Perich—, caminando hacia la frontera francesa. Hacia el exilio, junto a seres abatidos, cabizbajos, andrajosos y hambrientos. Hacia las playas del Rosellón y Gurs.

»O hacia demasiados años de pensar lo que pudo haber sido y no fue.

Epílogo

Testimonio del oficial de artillería republicano Josep Corominas Colet, de la 130.ª Brigada, de la 43.ª División

(Fragmento 1 de 3)

Estuve en Bielsa. Nos apretaron mucho. Lanzaron la ofensiva y nos quedó aquel rincón tranquilo. Cuando nos atacaron, en cuatro días nos tuvieron que sacar de allí.

La artillería era algo aparte de la división; un complemento. Nos llevaron a Cassà de la Selva (solo a la artillería). Yo estaba en el mando, era teniente; el capitán con que había hecho la campaña del Pirineo me cogió simpatía y quería que fuese con él... Íbamos siempre dos con él. Uno que llevaba un «naranjero» y era su guardaespaldas y yo, que era su hombre de confianza y apuntaba todo lo que se debía hacer. No quería ningún cargo pero él quería hacerme sargento. Le dije que no y, por entonces, me quedé como cabo.

Iba con él. De allí fuimos a Falset y allí atacamos. Estuvimos en Cavalls y también en Pándols.

La sierra de Cavalls es un terreno muy inhóspito... Aquello era un desastre... Recuerdo a Salvà, que estudiaba medicina, era de Arenys, y su abuelo era notario. El capitán que teníamos en el Ebro era un tal Eduard Ferré, que era abogado y farmacéutico y tenía la farmacia en la calle Terés. Cuando acabó la guerra de tanto en tanto le veía, hablábamos un rato y nos encontrábamos allí.

El problema que tuvimos los artilleros republicanos fue el de acabar las municiones. La frontera con Francia estaba cerrada y lo que pasaba, si pasaba algo, era muy poca cosa. Francia estaba con la No Intervención y cumplía bastante, no como en el otro bando.

El control de la República lo llevaban Francia e Inglaterra. El control de Franco era Italia y Alemania (allí pasaba todo).

A Pándols y Cavalls llevamos artillería de montaña, y no jugó gran papel allí porque teníamos pocas condiciones y la zona no era adaptable, no era muy plana. El artillero de montaña puede llegar a ciertos lugares pero cuesta, cuesta...

Los uniformes republicanos carecían de uniformidad. Allí para vestir se aprovechaba todo. Yo, por ejemplo, llevaba una cazadora de piel que me compré porque, claro, cuando me movilizaron aún hacía frío (y como no la daban) me compré la cazadora de piel, forrada de lana o de piel de cordero. Cada uno iba como quería. La camisa sí, la llevábamos verde, porque nos daban la camisa. Yo llevaba polainas; otros llevaban la pierna como vendada en color verde... ¿Espardeñas?

Cuando había lluvias llegaba la calma. Por una parte era fastidioso porque te mojabas pero, por otra, sabías que ibas a estar tranquilo.

Yo crucé el Ebro en barca y volví con una polea; una cuerda que iban estirando y pasábamos de uno en uno. Algunos se ahogaron.

Los nacionales abrieron las compuertas del Pirineo que estaban más arriba. Cuando les parecía, nos tiraban el agua. El río subía dos o tres metros. Subía mucho.

Tengo un mal recuerdo de aquella guerra. Y eso que aún tuve la suerte de estar al principio en Boltaña. Nuestro capitán había sido sargento y era socialista, comunista. Por eso no ascendía antes en el Ejército. Sin embargo, allí pasó rápido a ser teniente, después capitán, comandante y creo que llegó a coronel o teniente coronel.

El socialismo y el comunismo eran los que mandaban en el Ebro. Yo era catalanista —antes de la guerra— de Palestra, una asociación que tuvo a Pompeu Fabra de presidente, a Baptista Roca de secretario, Teixidor era el tesorero y yo era vocal de educación física... Aunque la política no me ha interesado nunca, no demasiado, pero tampoco huía de ella.

De joven era de Palestra pero estaba metido en el atletismo. Llegué a ser presidente de la Federación Catalana de Atletismo, presidente de la Española y vocal de la Internacional.

(Fragmento 2 de 3)

Los comunistas en el Ebro tenían bastante preponderancia. Entre los que eran catalanes y los que eran de Madrid siempre hubo divergencias y quizá siempre las haya. Tengo muchos amigos en Madrid pero cuando hablamos de Cataluña no siempre coincidimos. Ellos no pueden tragarse, admitir, comprender que yo soy nacionalista catalán. Ellos están con lo de la España Grande y todas esas cosas. Nosotros queremos una España plural.

Los parapetos en Pándols y Cavalls eran muy primarios. Se cogían piedras o lo que se pudiese. De todas formas, al principio, los fascistas no se dedicaron mucho a querer limpiar aquella zona de Pándols y Cavalls. Pero cuando se dedicaron, lo hicieron con material y nos sacaron. Nosotros dependíamos de su voluntad; no podíamos hacer gran cosa. Aguantar, que ya era bastante. La iniciativa la llevaban ellos.

La aviación franquista, de tanto en tanto, venía a repasarnos. Tiraba unas cuantas bombas. Sin embargo, la aviación republicana casi no venía. No sé si la querían para defender Barcelona y las ciudades, no sé porqué, pero en el frente no se distinguía a la aviación republicana y es una lástima. Los aviones enemigos no tenían oposición. Solo cuatro cañones que muchas veces no llegaban; disparaban al aire y ya se veía que no llegaban sus proyectiles, que volvían a caer.

Cuando cruzamos el Ebro para entrar en la zona nacional ellos ni se enteraron. Estaban muy distraídos y eso que llevábamos barcas y llevábamos de todo y podías verlas por el día; si las vieron, no hicieron caso. Les sorprendimos, y como era el 25 de julio, el día del patrón de España, Santiago, no había demasiada vigilancia.

Estuvieron bastante distraídos.

Yo veía camiones cargados de barcas y de cosas para pasar el río y ellos no se enteraron. Y el 24 ya había jaleo, fiesta, en la zona nacional.

Nosotros veíamos los preparativos, veíamos las barcas y no comprendo que los fascistas no las viesen, o no les diesen importancia.

Camiones con remolque y grandes barcas… Sí, después de sesenta años, eso aún lo tengo grabado.

Los que se llevaban el primer golpe, los que rompían el frente, eran los Internacionales. Comían bien. Yo hablaba inglés, el italiano bastante bien, y me defendía con el portugués. Fui a una escuela de la Lliga y a los nueve o diez años ya aprendía el francés.

Nosotros comíamos bien cuando había tranquilidad. Normalmente lentejas o arroz cocido y un poco de carne. Pero cuando había combates a veces no comías, estabas dos o tres días sin que te dieran comida, procurabas tener la cantimplora llena de agua porque la sed era terrible, y porque había poca agua.

Al principio, en el Pirineo de Huesca, estaba bien. Hice amigos. La gente de allí es muy buena, amable, hospitalaria y abierta. En aquel tiempo estaba en un depósito de municiones y en aquellos pequeños pueblos, donde me trataban y llamaban como «mocico», siempre nos daban algo de comer. De aquellas gentes y aquella tierra estoy encantado. Quizá sea el mejor territorio de España.

Estuve en Boltaña, Bielsa, Ainsa y demás.

Cuando nos evacuaron de Bielsa, al cruzar la frontera, nos hacían entrar a una habitación en la que había tres personas. En el medio, un representante de la Sociedad de Naciones. Uno, a la derecha, representando a Cataluña, el Gobierno español. Y uno, a la izquierda, representante de Franco. Te preguntaban: «¿Adónde quieres ir?» Contesté: «Quiero quedarme en Francia.» Dijeron que no podía ser. Que debía escoger entre Barcelona o Burgos.

Naturalmente, escogí Barcelona. Tenía allí la familia y era catalán. Me hicieron subir a un tren vigilado hasta Perpiñán, y recuerdo que dormí, a cielo raso, sobre la calle.

(Fragmento 3 de 3)

Nací en Hospitalet. Conocí a Modesto.

Recuerdo a un amigo que no he vuelto a ver. Cuando acabó la guerra, recibí una postal suya desde Praga, que decía: «Estoy aquí. Ahora me voy a Stalingrado.»

No he vuelto a saber nada de él. Debió morir en Stalingrado. Si no, me habría escrito alguna otra vez. Porque él sabía que yo trabajaba en un banco, era director de una sucursal, lo fui en Hospitalet, Gerona, Barcelona (Plaza Palau, Gran Vía), y él enviaba sus postales así: «Banco Central Barcelona.» Y allí, en personal, me las hacían llegar a mí.

Recibí de él un par de postales. Y la última era la que decía que se iba a Stalingrado. Debió morir allí.

Conocí a mucha gente. A Rojo, Vicente Rojo, que vino una vez a vernos. Era militar de profesión y sentía el Ejército.

Había mucha gente que fue porque tenía que ir, no porque quisiese ir... Ya hace sesenta años de esto...

No estaba con el obús o el cañón. Mi puesto era otro.

Le escribía las cartas de amor a la mujer del capitán, que le contestaba diciendo: «Me escribes las cartas de amor como nunca lo habías hecho.»

¡Claro... si las escribía yo!

El capitán me decía: «Dile tal cosa», y yo lo inflaba. «Recuerdo aquellos momentos que pasamos...» Porque el capitán me explicaba algunas cosas, y él estaba contento porque su mujer estaba contenta, sí, con las cartas que yo le escribía. «Me dices unas cosas que nunca me habías dicho con tanto cariño y tanto aprecio» (ahora sonrío, sí, puedo sonreír).

Yo quería ser médico, pero mi padre me decía «el comercio, el comercio». Y acabé siendo profesor mercantil. Luego entré en la banca. Tengo tres hijos; uno de ellos, Jordi, catedrático de geología de la Politécnica (se lo ha ganado a pulso, es un fuera de serie), y una nieta que ahora se casa.

Una gitana me dijo que llegaría a los noventa. En el treinta y cinco, en Hospitalet, una gitana hermosa me dijo: «¿Quieres que te la diga, resalao?»

«Sí», contesté. Y ella añadió: «Treinta céntimos.» Y yo: «No llevo nada.» Y ella: «Bueno, es igual.»

Me dijo: «Pasarás muchos peligros (vino la guerra), saldrás adelante. En la vida profesional tendrás constancia y serás tal y tal cosa. Pasarás una vejez tranquila sin problemas de dinero.»

Y lo mejor de todo... es que me dio un beso de tornillo (hasta entonces no me habían dado un beso como aquel) y ella era guapísima, cercana a los treinta, mientras que yo tendría diecisiete o dieciocho. Fue un beso de aquellos en que debes decir «déjame» pero no quieres, cuando ya ni siquiera puedes respirar. Aún la recuerdo (sonríe). Y era hermosa, hermosísima, sí, aunque iba algo acelerada. ¡Qué beso!

Tengo familia exiliada en Argentina, en Rosario. Sí, dos hermanas. Recuerdo que siembran el campo en avioneta y que lo supe cuando estuve en Buenos Aires.

Las guerras civiles nunca son agradables. Son terribles. Mucha gente fue franquista por interés. Porque les habían quitado lo que tenían, los negocios familiares, y, claro, ¿qué iban a hacer, si no?

Los Internacionales comían bien y tenían tabaco. No les faltaba de nada. Daban la cara y eran todos voluntarios. Conocí algunos, incluido un ruso acompañado por intérprete. Muchos rusos eran alumnos de la escuela militar.

¿El Ebro? Aquello fue un infierno. No había visto nunca caer tantas bombas. Bombardeaban continuamente, y los nuestros no salían.

Nos dieron una medalla colectiva que, físicamente, nunca he recibido... y que me hubiera gustado tener.

... aún la recuerdo (sonríe). Y era hermosa, hermosísima, sí, aunque iba algo acelerada. ¡Qué beso!

OTROS TÍTULOS

MÁS ALLÁ
DEL
CARACOL

DANIEL ATIENZA

NARRATIVA
NOWTILUS

nowtilus
ficción

MÁS ALLÁ DEL CARACOL

Poco antes de morir, David debe encontrar el error trágico de su vida para poder seguir su viaje al otro mundo. Pero, pronto, al rememorar su existencia, descubrirá que nada es lo que parece, ni siquiera la muerte.

Normalmente tendemos a pensar que la muerte es un final. Un final irremediable, impuesto y ante el cual no existe ninguna opción. Sin embargo, en el caso de David, esto solo es un comienzo porque poco después de morir no encuentra el vacío que siempre pensó. Al contrario, solo observa a un anciano que le hace una singular propuesta: le permitirá elegir el camino a seguir más allá de la muerte si es capaz de decirle cuál ha sido el mayor error de toda su vida, ese error del que todos sus demás errores derivan. David decide, entonces, narrarle su paso por el mundo.

Autor: Daniel Atienza
ISBN: 978-84-9763-723-7

XAVIER ALCALÁ

HABANA
FLASH

NARRATIVA
NOWTILUS

nowtilus
ficción

Habana flash

Hace unos años, Xavier Alcalá partió hacia La Habana pasando por Lisboa. De aquel viaje necesario surgió este libro. Uno en donde aquella ciudad cobra vida —o la recupera de alguna manera—, cargada de voces zumbonas, de calor, de autos viejos, de calles con la alegría decrépita de la revolución… Allí se sumerge Xavier Alcalá para re-encontrar el pasado, rememorando las huellas de su abuelo Remigio, quien como otros tantos gallegos, dejó su país con la esperanza de encontrar en Cuba aquel horizonte que le mezquinaba su tierra. El espíritu de este abuelo Remigio nos acompaña durante todo el viaje, en las conversaciones con los gallegos que jamás regresaron, en los paisajes, y, sobre todo en Peixiño, aquel sitio donde el mar todavía retiene el acento.

Xavier Alcalá es un narrador orgánico, vital, que explora, escucha —tal vez más de lo que espera—, recuerda, contextualiza, relaciona y concluye. Pero concluye para empezar de nuevo, para escribir contra el pesar del regreso o, quizá, sobre todo, contra la falta de tiempo, porque sabe que si él "pudiera juntar tanta vivencia, escribiría tanto y tanto podría dar a saber al mundo sobre la aventura de existir…".

Autor: Xavier Alcalá
ISBN: 978-84-9763-726-8